と倫敦《ロンドン》ミイラ殺人《さつじん》事件《じけん》

本文《ほんぶん》の挿絵《さしえ》　城芽《じょうめ》ハヤト

シュロック・ホームズ氏《し》、それから
ピクロック・ホームズ氏《し》、
またルーフォーク・ホームズ氏《し》に
スティトリー・ホームズ氏《し》、
ならびに
すべてのシャーロッキアンに捧《ささ》ぐ。

世《よ》に発表《はっぴょう》されている「シャーロック・ホームズ冒険譚《ぼうけんたん》」は、長短編合《ちょうたんぺんあ》わせてちょうど六十編《ろくじっぺん》ある。しかし、未発表《みはっぴょう》のワトスン手記《しゅき》は、このほかにもまだ存在《そんざい》することが予想《よそう》されていた。

はたして一九八四年四月一日《せんきゅうひゃくはちじゅうよねんしがつついたち》、ロンドン在住《ざいじゅう》のM・パイスン氏邸《してい》の裏納屋《うらなや》で、ワトスン氏《し》のものと思《おも》われる未発表原稿《みはっぴょうげんこう》が発見《はっけん》されたのは記憶《きおく》に新《あたら》しい。M・パイスン氏《し》は、一九〇〇年当時《せんきゅうひゃくねんとうじ》、チャリング・クロス、ノックス銀行《ぎんこう》の頭取《とうどり》をやっていたK・パイスン氏《し》の孫《まご》にあたる。

この興味深《きょうみぶか》い原稿《げんこう》をロンドンのさるやんごとなき知人《ちじん》から手《て》に入《い》れた私《わたし》は、これも未《み》発表原稿《はっぴょうげんこう》として、東京《とうきょう》は国会図書館《こっかいとしょかん》に眠《ねむ》っていたわが夏目漱石《なつめそうせき》氏《し》の「倫敦覚書《ロンドンおぼえがき》」と併《あわ》せ、ここに堂々発表《どうどうはっぴょう》する栄誉《えいよ》を得《え》たのである。したがってこの書物《しょもつ》は、漱石研究家《そうせきけんきゅうか》、並《なら》びにホームズ研究者《けんきゅうしゃ》、また英国文学史《えいこくぶんがくし》や西欧歴史《せいおうれきし》に興味《きょうみ》を抱《いだ》く方々《かたがた》にとっては垂涎《すいぜん》のまととなり、貴重《きちょう》な資料《しりょう》として長《なが》く後世《こうせい》に遺《のこ》ることも予想《よそう》されよう。一家《いっか》に一冊《いっさつ》、是非揃《ぜひそろ》えておかれたい。

また、したがって本書物《ほんしょもつ》に書《か》かれていることは完全《かんぜん》な事実《じじつ》であるから、受験生《じゅけんせい》にも一読《いちどく》をお薦《すす》めする次第《しだい》である。ただし、漱石氏側《そうせきしがわ》の手記《しゅき》は、若《わか》い読者《どくしゃ》のため、旧《きゅう》かな遣《づか》いを新《しん》かな遣《づか》いに改《あらた》めた。漢字《かんじ》の一部《いちぶ》をひらがなにも改《あらた》めてある。

夏目漱石《なつめそうせき》（当時《とうじ》の名《な》は金之助《きんのすけ》）氏《し》は、西暦一九〇〇年《せいれきせんきゅうひゃくねん》（明治三十三年《めいじさんじゅうさんねん》）から二年間英《にねんかんえい》国《こく》に滞在《たいざい》し、毎週火曜日《まいしゅうかようび》に、ベイカー街《がい》へシェイクスピアの勉強《べんきょう》に通《かよ》っていた。そして彼《かれ》が内《うち》に何《なん》らかの悩《なや》みを抱《いだ》いて日々悶々《ひびもんもん》とし、何《なに》を怖《おそ》れてかロンドンじゅうの下宿《げしゅく》を転々《てんてん》としていたことは、史実《しじつ》からも明《あき》らかであった。さらには下宿《げしゅく》で一人泣《ひとりな》き暮《く》らし、精神《せいしん》を患《わずら》って、帰《かえ》りの船《ふね》まですっぽかしたという。本資料《ほんしりょう》により、これまで不明《ふめい》だったその理由《りゆう》も明《あき》らかとなった。

こういう悩《なや》めるロンドン市民《しみん》が、あろうことか毎週《まいしゅう》ベイカー街《がい》へと足《あし》を踏《ふ》み入《い》れながら、同年《どうねん》あの「六《むっ》つのナポレオン像《ぞう》」の事件《じけん》などで勇名《ゆうめい》を恣《ほしいまま》にしていたシャーロック・ホームズ氏《し》に相談《そうだん》することがなかったなどと主張《しゅちょう》する歴史家《れきしか》がいたら、それこそは常軌《じょうき》を逸《いっ》しているというべきである。

かねてよりそう主張《しゅちょう》していた筆者《ひっしゃ》は、このような資料《しりょう》が発見《はっけん》されたことにより、主《しゅ》張《ちょう》が裏《うら》づけられて、おおいに満足《まんぞく》している。

また読者《どくしゃ》は、本文中《ほんもんちゅう》の主《しゅ》として漱石側《そうせきがわ》の手記《しゅき》により、後世超人《こうせいちょうじん》としてのみその名《な》を知《し》られているホームズ氏《し》が、ベイカー街《がい》のご近所《きんじょ》ではどのように遇《ぐう》されていたかについて、意外《いがい》な真実《しんじつ》を知《し》ることになろう。

ただしこの点《てん》を、初対面《しょたいめん》の時手《ときて》ひどいからかい方《かた》をされた漱石氏《そうせきし》がそれを根《ね》に持《も》って、少《すく》なくとも前半《ぜんはん》までは、ホームズを現実《げんじつ》より少々《しょうしょう》だらしのない人物《じんぶつ》に描《えが》こうとしたと推《すい》理《り》されても、それはご自由《じゆう》というものである。

地図／ロンドン市街・二〇世紀初頭

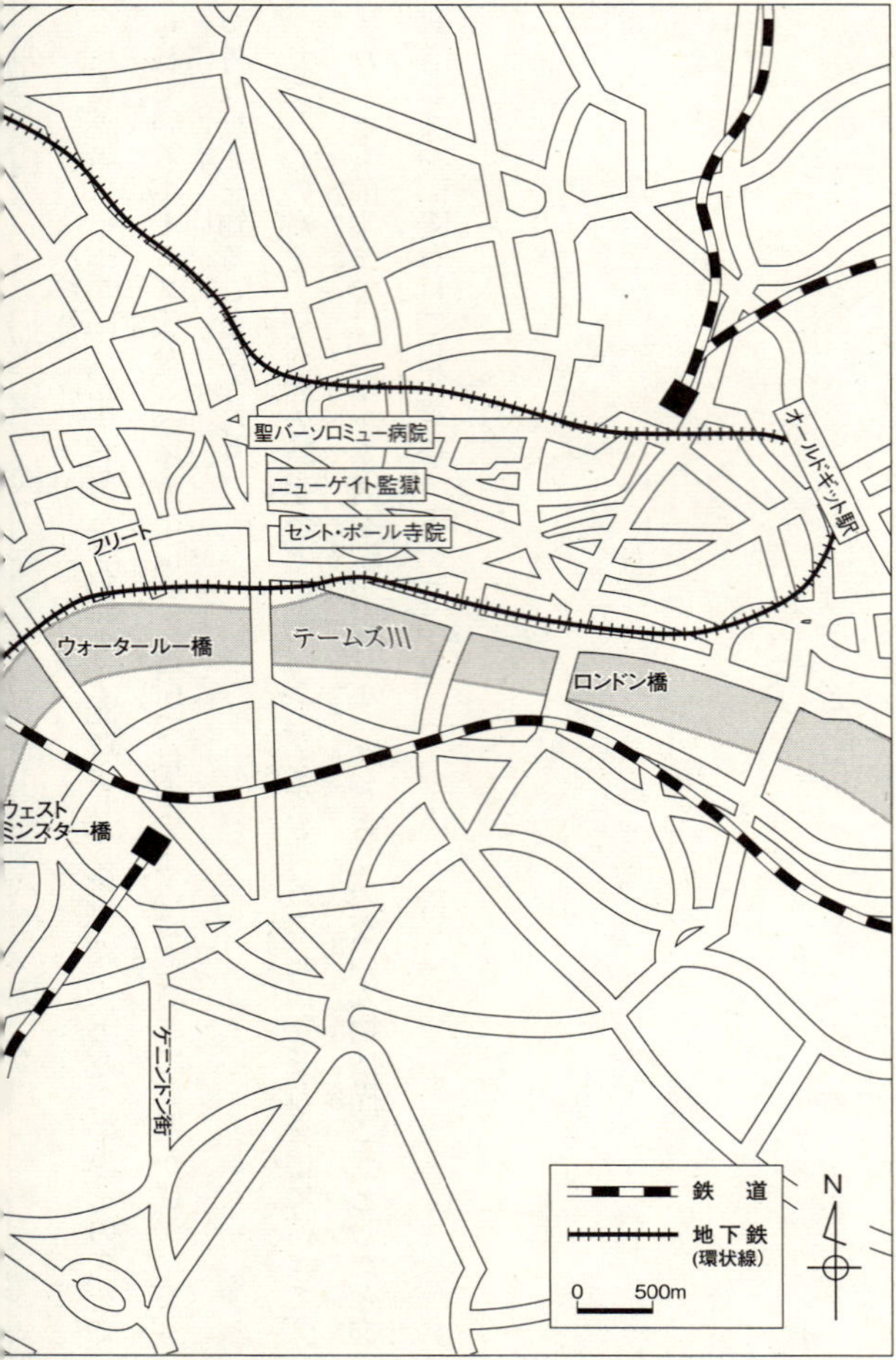

リージェント・パーク
ベイカー街221B
ベイカー街駅
ベイカー街
パディントン駅
国立中央図書館
ロンドン大学
大英博物館
トテナム・コート・ロード
チャリング・クロス・ロード
オックスフォード街
リージェント街
ピカデリー・サーカス
ハイド・パーク
チャリング・クロス
ホワイトホール
サーペンタイン池
ピカデリー街
ニュー・スコットランド・ヤード
バッキンガム宮殿
アルバート・ホール
国会議事堂
ケンジントン・チェルシー
ビクトリア駅
セント・ジョージ広場

1.

昔《むかし》海《うみ》を渡《わた》り、英吉利《イギリス》に暮《く》らしたことがある。留学《りゅうがく》の期間《きかん》はおよそ二年《にねん》であった。明治《めいじ》三十三年《さんじゅうさんねん》十月《じゅうがつ》二十八日《にじゅうはちにち》の日曜日《にちようび》のことである。藤代禎輔君《ふじしろていすけくん》や芳賀矢一君《はがやいちくん》たち独乙《ドイツ》留学組《りゅうがくぐみ》とはすでに巴里《パリ》にて別《わか》れていたから、自分《じぶん》はたった一人《ひとり》でずいぶん心細《こころぼそ》い思《おも》いと闘《たたか》いながら、英仏海峡《えいふつかいきょう》を渡《わた》ってきた。不案内《ふあんない》な土地《とち》をようやく倫敦《ロンドン》にたどり着《つ》いたのは、午後《ごご》の七時頃《しちじごろ》である。

きわめて寒《さむ》い年《とし》であった。この点《てん》をよく記憶《きおく》している。晩秋《ばんしゅう》の北国《きたぐに》のことであるから、すでに陽《ひ》はとっぷりと暮《く》れ、まるで街《まち》じゅうが夜会《やかい》の最中《さいちゅう》でもあるかのごとくシルクハットの男《おとこ》たちが往《ゆ》きかい、車輪《しゃりん》の音《おと》も高《たか》く二輪辻馬車《ハンサム》が行《い》く。

当初《とうしょ》、異人《いじん》たちが皆《みな》シルクハットを被《かぶ》っているのでずいぶん驚《おどろ》いた。貴族《きぞく》から煙突《えんとつ》の掃除人《そうじにん》にいたるまでこれを被《かぶ》っている。ある時《とき》は、裏街《うらまち》で自分《じぶん》に一《いち》ペネーくれと言《い》った物《もの》乞《ご》いまでがシルクハットを着用《ちやくよう》していた。

女《おんな》たちは、頭《あたま》に軍艦《ぐんかん》を載《の》せたような、飾《かざ》りがたくさんある重《おも》そうな帽子《ぼうし》を愛用《あいよう》し、道《みち》をひきずるほどの長《なが》いスカアトを穿《は》いている。顔《かお》の前《まえ》に網《あみ》を垂《た》らしたレデーもいて、まるで角兵衛獅子《かくべえじし》である。自分《じぶん》は最初《さいしょ》、あれは蚊《か》よけの蚊帳《かや》のようなものなのかしらんと考《かんが》えた。否《いな》、これが当世風《とうせいふう》のお洒落《しゃれ》と見《み》える。

倫敦《ロンドン》の霧《きり》にも驚《おどろ》いた。噂以上《うわさいじょう》である。ひとつ通《とお》りを隔《へだ》てると、もう向《む》こうの様子《ようす》が判《はん》然《ぜん》としない。これほどのものとは思《おも》わなかった。まるで煙《けむり》だ。ヴィクトリア駅《えき》の構内《こうない》に立《た》っていると、瓦斯灯《ガスとう》に薄明《うすあか》るく照《て》らされた軒下《のきした》に、もくもくと吹《ふ》き込《こ》んでくるのが解《わか》る。

自分《じぶん》はガウワー・ストリートの下宿《げしゆく》にいったん荷《に》をほどき、東洋《とうよう》の果《は》てからのおのぼりさんよろしく、しばらくは地図《ちず》を頼《たよ》りに、名所旧跡《めいしょきゅうせき》の類《たぐ》いを片端《かたはし》から歩《ある》いて廻《まわ》った。

かの地《ち》で痛感《つうかん》することは、自分《じぶん》の背《せ》が畸型《きけい》のごとく低《ひく》いということと、肌《はだ》がいやに黄色《きいろ》いということである。黄色人《おうしよくじん》とはよく言《い》ったもので、これはまことに黄色《きいろ》い。かの地《ち》に暮《く》らしてみると、自分《じぶん》の肌《はだ》の色《いろ》に不思議《ふしぎ》な感慨《かんがい》を抱《いだ》く。

背《せ》が低《ひく》いのにも閉口《へいこう》する。女《おんな》でさえ自分《じぶん》より背《せ》の低《ひく》い者《もの》は少《すく》ない。男《おとこ》たちとなると、まるで二階《にかい》に頭《あたま》が載《の》っているような印象《いんしょう》である。自分《じぶん》は軒下《のきした》をこそこそ歩《ある》くような気分《きぶん》で彼《かれ》らと擦《す》れ違《ちが》う。

向《む》こうから小柄《こがら》な男《おとこ》がやってくるのを見《み》つけると、あれなら自分《じぶん》か、どうかすると自《じ》分《ぶん》より小《ちい》さいくらいだろうと期待《きたい》する。しかしそばへ来《く》ると、やっぱり自分《じぶん》より大《おお》きい。自分《じぶん》は倫敦《ロンドン》の道《みち》を歩《ある》いていて、いつのまにかそんなことばかり考《かんが》えるようになった。そうして、今度《こんど》こそおかしな小人《こびと》がいる。あれなら自分《じぶん》より確実《かくじつ》に小《ちい》さいと思《おも》い、勇《いさ》んで近《ちか》づいていくと、硝子《ガラス》に映《うつ》っている自分《じぶん》である。

こういうわけで、自分《じぶん》はかの地《ち》に来《き》て、文明《ぶんめい》よりも何《なに》よりも、自分《じぶん》の背《せ》が低《ひく》いことがこたえた。大男《おおおとこ》たちの中《なか》を歩《ある》きたくないから外出《がいしゅつ》は控《ひか》えようかと思《おも》ったほどである。こうして大男《おおおとこ》ばかりの国《くに》へ来《き》てみると、小躯《しょうく》の身《み》はまことに辛《つら》い。こういう気分《きぶん》を自分《じぶん》は、生《う》まれてはじめて味《あじ》わった。

ガウワー・ストリートの下宿《げしゅく》はじきに出《で》た。何《なん》といっても、目《め》の玉《たま》が飛《と》び出《で》るほど宿《やど》料《りょう》が高《たか》かったからである。ここの宿料《やどりょう》は、日本円《にほんえん》に直《なお》し、週四十円以上《しゅうよんじゅうえんいじょう》になる。一《いっ》週間《しゅうかん》の料金《りょうきん》である。四十円《よんじゅうえん》といえば、東京《とうきょう》でならひと月《つき》の宿賃《やどちん》どころか、大《だい》の男《おとこ》の二《に》カ月分《げつぶん》の月給《げつきゅう》である。まるまるこれが一週間《いっしゅうかん》で消《き》えるのである。西洋《せいよう》にては、気《き》がひけるほどに金《かね》がかかるが、これはいくら何《なん》でもひどすぎる。もっと安《やす》い家《いえ》を早急《さっきゅう》に探《さが》す必要《ひつよう》があった。

そうして二回目《にかいめ》の下宿《げしゅく》に定《さだ》めたのは、倫敦《ロンドン》の北《きた》、ウエストハムステッドにあるプライオリィ・ロードの高台《たかだい》であった。木立《こだ》ちに囲《かこ》まれた赤煉瓦造《あかれんがづく》りの一戸建《いっこだ》てで、すこぶる瀟洒《しょうしゃ》な風情《ふぜい》である。ただし宿料《やどりょう》は週二磅《しゅうにポンド》。日本円《にほんえん》にすれば二十四円《にじゅうよえん》。ガウワー・ストリートの家《いえ》よりはだいぶ安《やす》いが、それでも高《たか》い。

家《いえ》の外観《がいかん》が気《き》に入《い》ってすぐに下宿《げしゅく》に定《さだ》めたが、いざあてがわれた部屋《へや》で荷《に》をほどきはじめたら、たちまちにして後悔《こうかい》の念《ねん》が起《お》こった。どうもこの家《いえ》は陰気《いんき》なのであった。どういう具体的《ぐたいてき》な説明《せつめい》はむずかしいが、何《なに》から何《なに》までいやに陰気《いんき》にできあがっている。

まずおかみの顔《かお》つきが陰気《いんき》であった。目《め》が凹《くぼ》み、鼻《はな》がしゃくれ、ちょっと見《み》には年恰好《としかっこう》の判断《はんだん》がつかぬほどに女性《じょせい》を超越《ちょうえつ》している。滅多《めった》に笑《わら》い顔《がお》を見《み》せず、全体《ぜんたい》の印象《いんしょう》としては、何《なに》やら龍安寺《りょうあんじ》の庭《にわ》に鎮座《ちんざ》している岩《いわ》のごとき風情《ふぜい》である。

それからこの家《いえ》に働《はたら》くアグニスという十三《じゅうさん》、四歳《よんさい》の娘《むすめ》がいたが、この子《こ》がまたおかみに輪《わ》をかけて陰気《いんき》であった。いつ見《み》ても蒼褪《あおざ》めた顔《かお》をして、枯《か》れ枝《えだ》のように痩《や》せた腕《うで》で、重《おも》い石炭《せきたん》バケツを引《ひ》きずるようにして運《はこ》んでくる。自分《じぶん》はこの娘《むすめ》の笑《わら》い顔《がお》も、ついに見《み》ずにしまった。

自分《じぶん》がこのプライオリィ・ロードの下宿《げしゅく》に移《うつ》ってきたのはまだ十一月十二日《じゅういちがつじゅうににち》の月曜日《げつようび》であったが、落《お》ちついて翌日《よくじつ》、窓《まど》を見《み》るとなんと雪《ゆき》が舞《ま》っている。自分《じぶん》が驚《おどろ》いて窓《まど》を指《ゆび》さし、

「あれは何《なん》です？」

と朝食《ちょうしょく》の時《とき》おかみに言《い》ったら、

「雪《ゆき》でしょう。塩《しお》には見《み》えないから」

と答《こた》えて焼麺麭《トースト》をかじった。

気《き》の滅入《めい》るような下宿屋《げしゅくや》であったが、時《とき》おり姿《すがた》を見《み》せる、おかみの亭主《ていしゅ》とみえる四《し》十恰好《じゅうかっこう》の男《おとこ》だけは血色《けっしょく》が好《よ》く、愛嬌《あいきょう》があった。

十二月《じゅうにがつ》の、おそらく二日《ふつか》のことであったと記憶《きおく》している。三日《みっか》ばかり前《まえ》、早々《そうそう》に雪《ゆき》が

積《つ》もったので、その日《ひ》も窓外《そうがい》にはあちこち残《のこ》り雪《ゆき》が見《み》えているような寒《さむ》い朝《あさ》であった。自《じ》分《ぶん》が朝食《ちょうしょく》に呼《よ》ばれて階下《かいか》のホールに降《お》りていくと、くだんの男《おとこ》が新聞《しんぶん》を読《よ》んでいる。自分《じぶん》の姿《すがた》を見《み》つけると、亭主《ていしゅ》が赤《あか》ら顔《がお》をあげていわく、

「あんた新聞《しんぶん》は読《よ》めますかな?」

当然《とうぜん》だと言《い》って自分《じぶん》が頷《うなず》いたら、この広告《こうこく》を読《よ》んでみなされと言《い》い、開《ひら》いていたデイレー・テレグラフの広告欄《こうこくらん》を指《ゆび》で示《しめ》した。見《み》ると、そこには次《つぎ》のようなことが書《か》かれてある。

《昨日《さくじつ》ユーストン駅《えき》で卒倒《そっとう》された御婦人《ごふじん》へ。当方貴女《とうほうあなた》を抱《だ》き起《お》こしたる者《もの》ですが、あの時《とき》より小生《しょうせい》の義歯《いれば》が見《み》あたりません。もしうっかり持《も》ち去《さ》られたものなら、早急《さっきゅう》にご一報《いっぽう》くだされたく候《そうろう》――》うんぬん。

読《よ》み終《お》わって自分《じぶん》はやっぱり笑《わら》った。親爺《おやじ》は、どうです、変《か》わった広告《こうこく》でしょうがと自《じ》慢気《まんげ》に言《い》った。それから、いったいこの男《おとこ》はどういう抱《だ》き起《お》こし方《かた》をしたんでしょうなあと言《い》い、

「この三行広告《さんぎょうこうこく》ってやつは毎朝《まいあさ》わしを楽《たの》しませてくれるが、今朝《けさ》のはまた一段《いちだん》と特製《とくせい》だ。

今頃《いまごろ》この男《おとこ》は朝食《ちょうしょく》も食《た》べないで待《ま》っておるに相違《そうい》ない。何《なに》しろ歯《は》がないんだからなあ！」

そう言《い》ってまたひとしきり笑《わら》う。それから、

「どうです、お国《くに》の新聞《しんぶん》は。こんな広告《こうこく》は載《の》っておりますか？」

と訊《き》くから、いやもっと退屈《たいくつ》なものですと自分《じぶん》が答《こた》えたら、

「それはお気《き》の毒《どく》だ。わが国《くに》の新聞《しんぶん》は退屈《たいくつ》しようたってなかなかさせてくれませんぜ。例《たと》えばこの隣《となり》の広告《こうこく》だ、こいつがまたまた変《か》わっておる」

そう言《い》って、次《つぎ》のような文面《ぶんめん》を読《よ》みあげた。

「なになに、《痩《や》せて髯《ひげ》の赤《あか》い紳士《しんし》を求《もと》む》か、《痩《や》せていればいるほど可《か》》ときた。《身《しん》長五《ちょうご》フィート九《きゅう》インチくらい。演技経験《えんぎけいけん》あるか、もしくは自分《じぶん》が演技《えんぎ》できる者《もの》と信《しん》ずる三十代《さんじゅうだい》の紳士《しんし》。当方《とうほう》二《に》百《ひやく》磅《ポンド》を支払《しはら》う用意《ようい》あり》こいつは豪勢《ごうせい》ですぜ夏目《なつめ》さん、二百《にひやく》磅《ポンド》ときた」

それから頼《たの》まれもしないのに、自分《じぶん》の学生時分《がくせいじぶん》の演劇道楽《えんげきどうらく》を吹聴《ふいちよう》しはじめた。自分《じぶん》は面倒《めんどう》に感《かん》じて以降《いこう》はあまり聞《き》かなかった。

その夜《よる》のことである。ようやく異国《いこく》での生活《せいかつ》にも馴《な》れはじめた自分《じぶん》の安心《あんしん》を、一挙《いっきょ》に覆《くつがえ》すような出来事《できごと》が起《お》こった。

闇《やみ》の中《なか》でふと目《め》が開《あ》いた。枕《まくら》の下《した》からニッケルの時計《とけい》を引《ひ》き出《だ》して見《み》ると、まだ十時《じゅうじ》すぎである。自分《じぶん》は陽《ひ》が暮《く》れてずいぶん書《か》き物《もの》をしてから床《とこ》に入《はい》ったので、もう夜半《やはん》をとうにすぎていると思《おも》ったのがこの時間《じかん》である。この地《ち》の冬《ふゆ》は、まるで一日《いちにち》じゅう夜《よる》のような印象《いんしょう》である。

窓《まど》かけを引《ひ》き忘《わす》れた出窓《でまど》の向《む》こうの闇《やみ》で、梢《こずえ》が鳴《な》っている。どこかで野犬《やけん》の遠吠《とおぼ》えがする。

それからまたうとうとしかけた時《とき》、自分《じぶん》は不審《ふしん》な物音《ものおと》を聞《き》いたように思《おも》った。パチンと何《なに》かが爆《は》ぜるような音《おと》だ。じっと聞《き》き耳《みみ》をたてていると、ずいぶんと間隔《かんかく》を置《お》いて、またひとつ、二《ふた》つと鳴《な》る。最初《さいしょ》はごく小《ちい》さい音《おと》であったが、次第《しだい》に大《おお》きくなってくる心持《こころも》ちがする。しんとして物音《ものおと》ひとつしない夜中《よなか》であるから、異音《いおん》はやがて部屋《へや》じゅうに響《ひび》き渡《わた》るほどにも感《かん》じられてきた。自分《じぶん》の胸《むね》も次第《しだい》に穏《おだ》やかでなくなる。ぜんたい何《なん》であろうと思《おも》って、片肘《かたひじ》をついて、寝床《ねどこ》でわずかに身《み》を起《お》こした。しかしむろん何《なに》も見《み》えない。何《なん》の物音《ものおと》であるかもとんと解《わか》らぬ。見当《けんとう》もつかぬ。窓《まど》の外《そと》には相変《あいか》わらず寒々《さむざむ》とした闇《やみ》があり、時《とき》おり犬《いぬ》の声《こえ》がするばかりだ。やがて音《おと》はやんだ。自分《じぶん》はそれからも長《なが》いことそのままの姿勢《しせい》でいたが、だんだん馬鹿《ばか》馬鹿《ばか》しくなって寝《ね》てしまった。

その夜《よる》はそれですんだ。しかしこの異音《いおん》を、自分《じぶん》はそれからもたびたび聞《き》くようになった。毎晩《まいばん》というほどではないが、ほとんどひと晩《ばん》おきである。倫敦大学《ロンドンだいがく》に聴講《ちょうこう》に通《かよ》い、顔馴染《かおなじ》みとなったカー教授《きょうじゅ》の紹介《しょうかい》で、ベイカー街《がい》のクレイグという沙翁《さおう》（シェイクスピア）学者《がくしゃ》のもとへ、火曜日《かようび》ごとシェクスピアの講釈《こうしやく》を受《う》けに通《かよ》うようになってからも、一向《いっこう》にやむ気配《けはい》がない。

自分《じぶん》はさすがに気味《きみ》が悪《わる》くなって、下宿《げしゆく》の親爺《おやじ》をつかまえてそれとなく問《と》い質《ただ》してみた。ところが彼《かれ》は一向《いっこう》に覚《おぼ》えぬという。例《れい》の無愛想《ぶあいそう》なおかみにも質《ただ》そうかと思《おも》ったが、何《なに》を言《い》われるか知《し》れたものではないのでやめた。

自分《じぶん》は、今夜《こんや》にはもうやむかもしれぬと考《かんが》え考《かんが》え毎晩床《まいばんとこ》に就《つ》いていた。ところが異音《いおん》はやむどころかますますひどくなる。ある晩《ばん》は何《なん》だか息遣《いきづか》いのような音《おと》までが、闇《やみ》を震《ふる》わせるようにして聞《き》こえてきた。と思《おも》っていたらその次《つぎ》の夜《よる》は、息遣《いきづか》いが言葉《ことば》になった。

「出《で》て行《い》け……。この家《いえ》から出《で》て行《い》け……」

長《なが》い間隔《かんかく》を置《お》いて、囁《ささや》くような声《こえ》が確《たし》かにそう繰《く》り返《かえ》すのである。臓腑《ぞうふ》の底《そこ》から絞《しぼ》り出《だ》すような、暗《くら》く重《おも》い声《こえ》であった。もはや疑《うたが》いの余地《よち》はない。これは亡霊《ぼうれい》だ。自分《じぶん》は闇《やみ》の中《なか》で震《ふる》えあがった。

声《こえ》は次《つぎ》の夜《よる》もその次《つぎ》の夜《よる》も聞《き》こえた。自分《じぶん》は思《おも》わず闇《やみ》の中《なか》で手《て》を合《あ》わせ、南無阿弥陀仏《なむあみだぶつ》と唱《とな》えた。そして、明日《あした》こそこの家《いえ》から出《で》て行《い》きますから、どうか今夜《こんや》のところは勘弁《かんべん》していただきたいと日本語《にほんご》で頼《たの》んだ。

しかし夜《よ》が明《あ》けると毎回何《まいかいなん》となく元気《げんき》が出《で》て、こんなことで引《ひ》っ越《こ》しするのも馬鹿馬鹿《ばかばか》しいような気分《きぶん》になるのである。

そのうち幽霊《ゆうれい》のほうも、毎晩《まいばん》出《で》て行《い》け出《で》て行《い》けと同《おな》じことばかり言《い》っているのに飽《あ》きてきたのか、歌《うた》を歌《うた》うようになった。それは、「お馬《んま》よ栗毛《くりげ》の尻尾《しっぽ》を巻《ま》け」というこの地《ち》の古《ふる》い民謡《みんよう》なのだが、その歌詞《かし》はおよそ次《つぎ》のようなものである。

お馬《んま》よ鼻《はな》の穴《あな》おっぴろげ
大《おお》きな白《しろ》い息《いき》を吐《は》け
前足後ろ足《まえあしうしろあし》交互《こうご》に出《だ》して
ワン公《こう》なんぞに負《ま》けるでないぞ
お家《うち》に着《つ》いたら尻尾《しっぽ》を巻《ま》いて
一声大《ひとこえおお》きくヒンとなけ

まあだいたいこのような詩《し》であるが、亡霊《ぼうれい》は歌《うた》うたびに「ワン公《こう》」のところが「うさ公《こう》」になったり「イタチ」になったりした。どうも幽霊《ゆうれい》のやつは歌詞《かし》をしっかり憶《おぼ》えていないようである。

自分《じぶん》はこの異郷《いきょう》の都《みやこ》に不案内《ふあんない》であるし、外国人《がいこくじん》が次々《つぎつぎ》と新《あたら》しい下宿《げしゅく》を探《さが》すのは何《なに》かと大変《たいへん》であることを心得《こころえ》ていたから、まずベイカー街《がい》のクレイグ先生《せんせい》にそれとなく頼《たの》むことにした。

稽古《けいこ》をすませた後《あと》、自分《じぶん》が次《つぎ》の下宿《げしゆく》が見《み》つかるまで一時《いちじ》先生《せんせい》の家《いえ》へ置《お》いてもらえないだろうかとためしに言《い》ってみたら、先生《せんせい》たちまち膝《ひざ》を叩《たた》いて（これは師《し》の癖《くせ》である）、なるほどそれならぼくのうちを今見《いまみ》せるから来《き》たまえと言《い》って、食堂《しよくどう》から下女部屋《げじよべや》から勝《かつ》手《て》から、一応《いちおう》すっかり引《ひ》っぱり廻《まわ》して見《み》せてくれた。先生《せんせい》の家《いえ》は四階屋根裏《よんかいやねうら》の一隅《ひとすみ》だから、もとより広《ひろ》いはずはない。二《に》、三分《さんぷん》もかかるとすっかり見《み》る処《ところ》はなくなってしまった。先生《せんせい》はそれでもとの席《せき》へ帰《かえ》って、君《きみ》こういう狭《せま》い家《いえ》なんだからどこへも置《お》いてあげるわけにはゆかないよと断《こと》わるかと思《おも》うと、突然《とつぜん》ホイットマンの話《はなし》を始《はじ》めた。思《おも》うにホイットマンさんにもこうして家《いえ》の中《なか》を見《み》せたものらしい。

昔《むかし》ワルト・ホイットマンが自分《じぶん》の家《いえ》に来《き》てしばらく逗留《とうりゆう》した。その時彼《ときかれ》の詩《し》を自分《じぶん》ははじめて読《よ》んだ。その時《とき》は少《すこ》しものになるようには思《おも》えなかったが、何遍《なんべん》も読《よ》みすごしているうちにだんだん面白《おもしろ》くなって、しまいには非常《ひじよう》に愛読《あいどく》するようになった――、などと話《はな》しているうちに、先生《せんせい》も当初自分《とうしよじぶん》が何《なに》を話《はな》そうとしていたのかすっかり忘《わす》れてしまった。やがてその時《とき》シェレーとかいう者《もの》が誰《だれ》かと喧嘩《けんか》を始《はじ》めて、いかなる理由《りゆう》があろうとも喧嘩《けんか》をするのは絶対《ぜつたい》によくない、自分《じぶん》はどちらの人間《にんげん》も好《す》きだったのであるから、などとはなはだ訳《わけ》の解《わか》らない話《はなし》になって、書生《しょせい》に置《お》いてもらう件《けん》など永遠《えいえん》にどこかへとんで行《い》ってしまった。自分《じぶん》ももう一度《いちど》切《き》り出《だ》すことは差《さ》し控《ひか》えた。

そんなわけで仕様《しよう》がないから、自分《じぶん》は一人《ひとり》でカンバーウェル界隈《かいわい》を下宿《げしゅく》を探《さが》して歩《ある》くことになった。

カンバーウェルというのは、テームズ川《がわ》に沿《そ》って、下級労働者《かきゅうろうどうしゃ》が多《おお》く住《す》む地域《ちいき》である。この辺《へん》は安《やす》い下宿《げしゅく》が常《つね》に住人《じゅうにん》を求《もと》めている。しかしこの地区《ちく》の中心《ちゅうしん》に住《す》むのはさすがに気味《きみ》が悪《わる》かったので、自分《じぶん》はこの隣町《となりまち》のフロッデン・ロードを訪《たず》ね歩《ある》いた。するとさして辛苦《しんく》をするまでもなく、じきに手頃《てごろ》な家《いえ》が見《み》つかった。煉瓦造《れんがづく》りの立派《りっぱ》な建物《たてもの》で、もとは私立《しりつ》の学校《がっこう》であったらしい。宿料《やどりょう》は週《しゅう》二《に》十《じゅう》五《ご》志《シリング》。いたって安《やす》い。前《まえ》のほとんど半分《はんぶん》である。

しかし安《やす》いだけあって、案内《あんない》された部屋《へや》は何《なん》ともお粗末《そまつ》なものであった。天井《てんじょう》には縦《じゅう》横《おう》にひびが走《はし》っていてすこぶる不景気《ふけいき》である。窓《まど》のたてつけもこれ以上《いじょう》ないほどに悪《わる》い。すき間風《まかぜ》が実《じつ》によく通《とお》る。夜《よる》、腰《こし》のあたりがたまらなく冷《つめ》たくなる時《とき》など、はたして本当《ほんとう》に硝子《ガラス》がはまっているのかしらんと手《て》で確《たし》かめたくなる。ストーヴがまたいい加減《かげん》な作《つく》りになっている。ある北風《きたかぜ》の強《つよ》い日《ひ》、自分《じぶん》がストーヴの焚《た》き口《ぐち》のところにかがみ込《こ》むようにして読書《どくしょ》をしていたら、ストーヴから煙《けむり》が風《かぜ》に押《お》されて部屋《へや》に逆戻《ぎゃくもど》りして、自分《じぶん》の顔《かお》はススで真《ま》っ黒《くろ》くなった。だが亡霊《ぼうれい》に悩《なや》まされないだけ天国《てんごく》である。貧《まず》しい下宿生活《げしゅくせいかつ》ではあるが、自分《じぶん》はしばらくはこの家《いえ》で満足《まんぞく》した生活《せいかつ》を送《おく》った。

やがてクリスマスの日《ひ》となる。これは西洋《せいよう》にては、日本《にほん》の元日《がんじつ》のような、すこぶる大事《だいじ》の日《ひ》であるらしい。青《あお》い柊《ひいらぎ》で室内《しつない》を装飾《そうしょく》し、家族《かぞく》の者《もの》は皆本家《みなほんけ》に集《あつ》まって晩餐《ばんさん》をする。自分《じぶん》も下宿《げしゅく》のおかみ姉妹《しまい》にアヒルの料理《りょうり》を御馳走《ごちそう》になった。

この家《いえ》のおかみは、前《まえ》の下宿《げしゅく》の女《おんな》と違《ちが》ってすこぶる陽気《ようき》である。ちょっと陽気《ようき》にすぎるくらいで、特《とく》に姉《あね》のほうはいささか口数《くちかず》が多《おお》く、時《とき》として生意気《なまいき》である。

この英文学《えいぶんがく》の専門家《せんもんか》をつかまえて、ストローという字《じ》を知《し》っているかとか、トンネルと書《か》けるかなどと問《と》う。まるで幼稚園児《ようちえんじ》に対《たい》するかのごとき口《くち》をきく。だがそういうことを別《べっ》にすれば人間《にんげん》は悪《わる》くない。概《がい》して親切《しんせつ》である。

やがて深夜《しんや》すぎともなり、自分《じぶん》が部屋《へや》に退《さが》ると、しばらくして皆《みな》も寝《ね》ついたようであった。自分《じぶん》は書《か》き物《もの》のペンを置《お》き、寝台《ねだい》に入《はい》った。窓《まど》の外《そと》の倫敦《ロンドン》の街《まち》は、一面《いちめん》に雪《ゆき》が覆《おお》うており、存外静《ぞんがいしず》かであった。クリスマスの夜《よる》は夜《よ》っぴて騒《さわ》ぐ者《もの》もあると聞《き》いたが、この辺《へん》はそうでもない。

その時《とき》、自分《じぶん》はまた例《れい》のあの玉《たま》の爆《は》ぜるような音《おと》を聞《き》いたのである。

その夜《よる》はその音限《おとかぎ》りであったが、やがて予想《よそう》したとおり翌晩《よくばん》には息遣《いきづか》いが聞《き》こえはじめ、三《さん》、四日《よっか》もすると、あの例《れい》の出《で》て行《い》け、この家《いえ》から出《で》て行《い》け、と聞《き》きとれるささやき声《ごえ》にと変《か》わっていった。そしてこの怨霊《おんりょう》の声《こえ》は、年《とし》が明《あ》けて明治三十四年《めいじさんじゅうよねん》になっても、二《に》、三日《さんにち》おき、あるいは四《し》、五日《ごにち》の間隔《かんかく》をおいて続《つづ》いたのである。

ヴィクトリア女王《じょおう》が亡《な》くなり、二月二日《にがつふつか》に国《くに》をあげての葬儀《そうぎ》が行《おこ》なわれた。自分《じぶん》はハイド・パークまで下宿《げしゅく》のおかみたちと葬列《そうれつ》を観《み》に行《い》ったが、この頃《ころ》は自分《じぶん》の精神《せいしん》はすっかり尋常《じんじょう》でなくなっていた。街《まち》じゅうが陰気《いんき》でやりきれぬ。心底日本《しんそこにほん》が恋《こい》しいと思《おも》った。

二月五日《にがついつか》の火曜日《かようび》のことであった。クレイグ先生《せんせい》に教授《きょうじゅ》を受《う》けているハムレットが、ちょうど父《ちち》の怨霊《おんりょう》に会《あ》う行《くだり》にさしかかった。そこで自分《じぶん》は稽古《けいこ》がすんで帰《かえ》るばかりに仕《し》度《たく》をしてから、この英吉利《イギリス》には亡霊《ぼうれい》が実際《じっさい》に住《す》んでおるんですなあ、と先生《せんせい》にしみじみ切《き》りだした。悩《なや》みを聞《き》いてもらおうと考《かんが》えたのである。先生《せんせい》は顔《かお》じゅうに黒白乱生《こくびやくらんせい》している髯《ひげ》をもぐもぐ動《うご》かしながら黙《だま》っていた。鼻眼鏡《はなめがね》の向《む》こうで目《め》がきょとんとしている。おそらく、何《なん》のことだか解《わか》らないというご様子《ようす》である。

そこで自分《じぶん》は亡霊《ぼうれい》の体験《たいけん》を、プライオリィ・ロードの下宿《げしゆく》から順《じゅん》を追《お》って話《はな》した。たまらぬからフロッデン・ロードに移《うつ》ったのだが、亡霊《ぼうれい》は相変《あいか》わらずくっついてきて、出《で》て行《い》け、出《で》て行《い》けと繰《く》り返《かえ》す。挙句《あげく》は下手《へた》な歌《うた》まで歌《うた》いだす始末《しまつ》だ、余程自分《よほどじぶん》は亡霊《ぼうれい》に好《す》かれるたちらしい。しかしこうなると出《で》て行《い》けというのは、家《いえ》からではなく、この国《くに》からということだろうか。自分《じぶん》はこの国《くに》に友人《ゆうじん》はいないし、相談《そうだん》するあてもない、どうしてよいかほとほと途方《とほう》に暮《く》れているところであると先生《せんせい》に訴《うった》えた。

「そんな話《はなし》をはじめて聞《き》いた」

クレイグ先生《せんせい》は言《い》われた。そう言《い》ってから鼻眼鏡《はなめがね》をはずし、寝巻《ねまき》のような縞《しま》のフラネルの袖口《そでぐち》のところでごしごしやってから、また肉《にく》の厚《あつ》い鼻《はな》の上《うえ》に戻《もど》した。

自分《じぶん》はもう長《なが》いこと英国《えいこく》に住《す》んでいるが（先生《せんせい》はアイルランド人《じん》である）、一度《いちど》もそういうおかしな目《め》には遭《あ》ったことがないし、友人《ゆうじん》が遭《あ》ったという話《はなし》も聞《き》かない。先生《せんせい》はそう続《つづ》けてから両手《りようて》を両股《りようもも》の間《あいだ》にはさみ、自分《じぶん》を不思議《ふしぎ》な生《い》き物《もの》でも見《み》るようにじっと見《み》つめられた。

自分《じぶん》には、それは大《おお》いに不満《ふまん》であった。自分《じぶん》は英国上陸《えいこくじようりく》以来《いらい》、亡霊《ぼうれい》に会《あ》わなかった晩《ばん》のほうが少《すく》ないくらいである。英吉利《イギリス》にはああいうのが沢山《たくさん》いて、英吉利人《イギリスじん》は大半《たいはん》がああいう経験《けいけん》をしているものと考《かんが》えていた。

この時先生《ときせんせい》はまたぽんと膝《ひざ》を打《う》たれた。そして言《い》われた。

「それは君《きみ》、お困《こま》りだろう。こいつはこの近所《きんじよ》に住《す》むあの男向《む》きの話《はなし》だな」

自分《じぶん》は何《なん》の話《はなし》だか解《わか》らないので、どの男《おとこ》ですと尋《たず》ねた。

「君《きみ》はシャーロック・ホームズという、常人《じようじん》とは一風変《いつぷうか》わった男《おとこ》の噂《うわさ》を聞《き》いたことはありませんか」

と先生《せんせい》は自分《じぶん》のことは棚《たな》にあげて訊《き》かれる。

「いいや」

「このすぐ近《ちか》く、二二一《にひやくにじゆういち》－Bに住《す》んでおるんだ。ちょっと頭《あたま》がおかしい男《おとこ》なんだが、なに大丈夫《だいじょうぶ》、最近《さいきん》はもう治《なお》ったという噂《うわさ》だ。医者《いしゃ》がずっとつきっきりで一緒《いっしょ》に暮《く》らしておるからね。帰《かえ》りにでも寄《よ》って相談《そうだん》してみられるのがよかろう」

しかし自分《じぶん》は気味《きみ》が悪《わる》かった。こっちの頭《あたま》の状態《じょうたい》もよくないのに、このうえ狂人《きょうじん》には会《あ》いたくない。クレイグ先生《せんせい》だって、そう言《い》っては何《なん》だがあまりまともなほうではない。ぜんたいそれは何者《なにもの》なんです、と自分《じぶん》は警戒《けいかい》して尋《たず》ねた。

「私《わたし》がシェイクスピアを研究《けんきゅう》するように、あらゆる犯罪《はんざい》とか、風変《ふうが》わりな事件《じけん》を専門《せんもん》に研究《けんきゅう》しておる男《おとこ》です。少《すく》なくとも本人《ほんにん》はそのつもりでおる。しかし実際《じっさい》に研究論文《けんきゅうろんぶん》を書《か》いておるのは医者《いしゃ》のほうらしいがね」

自分《じぶん》は一応《いちおう》へえへえと言《い》って聞《き》いたが、訪《たず》ねてみようとは思《おも》わなかった。

「一般《いっぱん》の人間《にんげん》にとっては、よろず悩《なや》み事相談人《ごとそうだんにん》といったところであろう。本人《ほんにん》は探偵《たんてい》というふうに自分《じぶん》の仕事《しごと》を称《しょう》しておるらしいが」

「頭《あたま》がおかしいというのは、その、凶暴《きょうぼう》なところがあるのでしょうかしら」

クレイグ先生《せんせい》はまた膝《ひざ》をぴしゃりと打《う》って立《た》ちあがった。

「いや、普段《ふだん》そういうことはないんだ。ただ毎日気《まいにちき》が向《む》くとこのあたりを女装《じょそう》してうろついたり、部屋《へや》で拳銃《けんじゅう》を撃《う》ったり、走《はし》っている辻馬車《つじばしゃ》の後《うし》ろにやたらに飛《と》び乗《の》ったりするもんだから、子供《こども》ならともかくもう四十《しじゅう》をすぎた大《だい》のおとなだからね。近所《きんじょ》の連中《れんちゅう》が気《き》味悪《みわる》がって寄《よ》ってたかって無理《むり》やり入院《にゅういん》させたんだ」

「どこにです？」

「精神病院《せいしんびょういん》だ。そしたらどうもコケインのやりすぎということが解《わか》ってね。なに、真《しん》に芸術的霊感《げいじゅつてきれいかん》を得《え》る者《もの》の精神《せいしん》というやつは、常《つね》に狂気《きょうき》と紙一重《かみひとえ》だ、解《わか》るだろう、夏目君《なつめくん》」

自分《じぶん》はへえと言《い》ったが、ますます気味《きみ》が悪《わる》くなった。

「その、その人《ひと》に相談《そうだん》して解決《かいけつ》した例《れい》はあるんですかしら」

「なかなか多《おお》いという話《はなし》だよ。つき添《そ》っている医者《いしゃ》のほうがなかなかの切《き》れ者《もの》らしいからね。彼《かれ》が的確《てきかく》な処置《しょち》をしてくれることがあるらしい。ホームズ先生《せんせい》が出《で》まかせの思《おも》いつきを散々《さんざん》わめいている間《あいだ》に、横《よこ》で考《かんが》えをまとめるらしい」

「こんな東洋人《とうようじん》の相談《そうだん》に乗《の》ってくれますかね」

「その点《てん》は心配《しんぱい》なかろう。そういう偏見《へんけん》は一切《いっさい》ない男《おとこ》らしいから。事件《じけん》さえ面白《おもしろ》ければこっちがいいと言《い》ったって乗《の》ってくるさ」

「見料《けんりょう》は高《たか》いんじゃないですかしら」

「私《わたし》のように金《かね》に困《こま》ってはないらしいからね。何《なん》でも裏《うら》でコケインの密売《みつばい》をやって相当《そうとう》儲《もう》けて蓄《た》めこんでいるという噂《うわさ》だな。その商売品《しょうばいひん》をあれこれ夢中《むちゅう》で試《ため》しているうちに中毒《ちゅうどく》にかかったらしい。

だから金《かね》の心配《しんぱい》はないが、あの男《おとこ》と会《あ》うにはちょいとコツがいる。あの男《おとこ》は今《いま》も言《い》ったとおりちょっと頭《あたま》が普通《ふつう》でない。だから、君《きみ》を見《み》たら何《なに》かと訳《わけ》の解《わか》らぬ出《で》まかせをあれこれ言《い》うだろう」

「はあ……、どんなことをです？」

「そりゃ解《わか》らんよ私《わたし》は。実際《じっさい》に会《あ》った人間《にんげん》がみんな言《い》っておることなんだ。大事《だいじ》なことはだ、君《きみ》は決《けっ》してそれを否定《ひてい》してはいかん。否定《ひてい》するとつむじを曲《ま》げたり、暴力《ぼうりょく》をふるったりしてまわりが往生《おうじょう》するという話《はなし》だ。ただ黙《だま》って彼《かれ》の言《い》うことを聞《き》いておいて、最《さい》後《ご》にいや驚《おどろ》きました、何故解《なぜわか》ったんでしょう、とこう言《い》うんだ。どうだ、できるかね？」

「できません。私《わたし》はそんな人《ひと》は遠慮《えんりょ》しますよ」

自分《じぶん》は逃《に》げ腰《ごし》になった。

「タダなんだから我慢《がまん》したまえ！」

クレイグ先生《せんせい》はすると断固《だんこ》として言《い》われた。

「少々《しょうしょう》の苦労《くろう》がなんだね！　それでもし解決《かいけつ》すりゃ儲《もう》けもんじゃないか。いいかね、かえすがえすも先生《せんせい》のつむじを曲《ま》げさせちゃいかん。ホームズという男《おとこ》はもと拳闘《けんとう》のチャンピオンだったんだ。ワトスン氏《し》などは、そのつき添《そ》いの医者《いしゃ》の名《な》だが、ホームズのアッパー・カットをくらって三日《みっか》失神《しっしん》していたという話《はなし》だ」

「――――」

自分《じぶん》は心細《こころぼそ》くなって冷《ひ》や汗《あせ》が出《で》た。拳闘《けんとう》というのは最近《さいきん》アメリカではやりはじめた殴《なぐ》り合《あ》って勝《か》ち負《ま》けを決《き》める、一種《いっしゅ》の果《は》たし合《あ》いのような西洋人《せいようじん》の野蛮《やばん》な遊《あそ》びのことだ。狂人《きょうじん》に刃物《はもの》というのはまさにこのことではないか。

「だがもし万《まん》が一《いち》、あの先生《せんせい》の機嫌《きげん》をそこないそうになったなら、つまり君《きみ》が先生《せんせい》の拳骨《げんこつ》をくらいそうな状況《じょうきょう》に追《お》いこまれたら、ひとつだけ逃《のが》れる方法《ほうほう》がある。それをこれから教《おし》えておく」

「はあ」

自分《じぶん》は何《なん》だか泣《な》きたくなってきた。幽霊《ゆうれい》にはおどされるし、クレイグ先生《せんせい》はまともじゃないし、このうえ何《なん》でそんな頭《あたま》のおかしい人間《にんげん》に会《あ》わなくちゃならないのか。いい加減《かげん》日本《にほん》に帰《かえ》りたくなった。

「たったひと言《こと》、『コケイン』と言《い》うんだ。それだけでよい。他《ほか》のことは一切《いっさい》言《い》ってはならん。『コケイン！』、それだけだ。それでホームズ先生《せんせい》、アメを見《み》せられた子供《こども》のようにぴたっとおとなしくなるという話《はなし》だ。よく馬《うま》が暴走《ぼうそう》しそうになるとさっと人参《にんじん》をくれてやるだろう？　あの要領《ようりょう》だ」

コケインというのは、こっちへ来《き》て知《し》ったことだが、アヘンのような麻薬《まやく》の一種《いっしゅ》らしい。この倫敦《ロンドン》の街《まち》には、そのホームズという男《おとこ》のように、これのやりすぎで頭《あたま》がおかしくなった英吉利人《イギリスじん》がずいぶんいるらしい。

「それは、どういう理由《りゆう》からですか？」

「よく解《わか》らんよ、狂人《きょうじん》のことだからね。それを聞《き》くと先生《せんせい》はガラリと言葉遣《ことばづか》いが丁寧《ていねい》になって、もみ手《で》をしながら『持《も》っていらっしゃるんで？』と訊《き》いてくる。そうしたら君《きみ》は、ただあいまいに笑《わら》ってごまかせばよい」

「つまりそのコケなんとかが欲《ほ》しさにおとなしくなるんですか？　その人《ひと》は」

「そうだろうな、たぶん」

自分《じぶん》はそのワトソンという医者《いしゃ》が心底気《しんそこき》の毒《どく》になった。なんでそんな狂人《きょうじん》といつまでも暮《く》らしているのか。

「医者《いしゃ》も別《わか》れたいらしいんだがねえ」

クレイグ先生《せんせい》はしみじみ言《い》う。

「もともとは彼《かれ》も、ホームズという患者《かんじゃ》を治《なお》してやろうとしてつき合《あ》いはじめたらしいんだな。当時《とうじ》ワトスンさんはインドから帰《かえ》ったばかりで時間《じかん》もあった。ホームズ先生死体《せんせいしたい》置《お》き場《ば》に出向《でむ》いて行《い》って、やたらに死体《したい》を棒《ぼう》で叩《たた》いて廻《まわ》るんで、大学病院《だいがくびょういん》から彼《かれ》に要請《ようせい》があったらしい。はじめて会《あ》った時《とき》も先生《せんせい》、怪《あや》し気《げ》な薬《くすり》を発明《はつめい》したんだと言《い》って有頂天《うちょうてん》だったそうだ。何《なん》でも血液《けつえき》を検出《けんしゅつ》する薬《くすり》だと本人《ほんにん》は言《い》っていたらしいがね、もちろんそんな薬《くすり》などあるはずもない。

ワトスン氏《し》は、この先生《せんせい》と親《した》しくなった後《あと》は何度《なんど》も結婚《けっこん》して、このやっかいな親友《しんゆう》のもとから逃《のが》れようと頑張《がんば》ったらしいんだが、そうするとホームズ先生決《せんせいき》まって発作《ほっさ》を起《お》こすらしい。ワトスンさんの新居《しんきょ》にやってきては、ソファにすわりこんでずっと唸《うな》り声《ごえ》をたて続《つづ》けるんだそうだ。それで奥《おく》さんはみんな怖《こわ》がって離婚《りこん》してしまう。確《たし》か彼《かれ》の最初《さいしょ》だか二《に》番目《ばんめ》だかの奥《おく》さんは、ノイローゼがこうじて精神病院《せいしんびょういん》へ入《はい》っているはずだよ。この病院《びょういん》は、ホームズさんも入《はい》っていたところらしい。

おや、夏目君《なつめくん》、帰《かえ》るのかね？」

「少《すこ》し一人《ひとり》になって考《かんが》えてみたいと思《おも》いまして」

「じゃあ私《わたし》のほうでホームズ氏《し》に手紙《てがみ》を出《だ》しておこう。だから明日《あす》には行《い》ってみたまえよ。ベイカー街《がい》の二二一《にひゃくにじゅういち》－Bだ、解《わか》ったかね？」

自分《じぶん》は挨拶《あいさつ》もそこそこに、逃《に》げるようにしてクレイグ先生《せんせい》の部屋《へや》を出《で》た。

その日《ひ》、むろん自分《じぶん》は怪《あや》し気《げ》なホームズ氏《し》とやらのもとを訪《たず》ねる気《き》など毛頭《もうとう》なかったが、その晩《ばん》また亡霊《ぼうれい》のおかしな歌《うた》を聞《き》かされるに及《およ》んで気《き》が変《か》わった。他《ほか》に頼《たよ》るあてもないし、何《なに》より無料《むりょう》というのが大《おお》いに魅力《みりょく》である。どうせほかに予定《よてい》もない。それにワトソンという医者《いしゃ》のほうは切《き》れ者《もの》だというではないか。いずれにしても、状態《じょうたい》が今《いま》より悪《わる》くなることはないであろうと考《かんが》えた。

翌日《よくじつ》またベイカー街《がい》へ地下電気《ちかでんき》（地下鉄《ちかてつ》）で出《で》かけていくと、二二一《にひゃくにじゅういち》‐Bはすぐに解《わか》った。金属細工《アイアン・ワーク》のちょっと気取《きど》った柵《さく》が往来《おうらい》に面《めん》してあり、シャーロック・ホームズと刻《きざ》んだ小《ちい》さな銅板《どうばん》と、ジョン・H・ワトソンと書《か》いた同様《どうよう》のものとの二《ふた》つが貼《は》られたドアがあった。ドアを開《ひら》くと階段《かいだん》があり、どうやらホームズという男《おとこ》の部屋《へや》は二階《にかい》にあるものとみえる。

階段《かいだん》を昇《のぼ》り詰《つ》めるとまたドアがあったが、これは細《ほそ》めに開《ひら》いている。そのドアを自分《じぶん》が怖《おそ》る怖《おそ》るノックすると、どうぞという大勢《おおぜい》の男《おとこ》の声《こえ》、少《すく》なくとも三人《さんにん》の陽気《ようき》な男《おとこ》の声《こえ》が揃《そろ》って言《い》った。

おずおずとドアを開《ひら》いて中《なか》を見《み》ると、えんじ色《いろ》の壁紙《かべがみ》が貼《は》られたなかなか上等《じょうとう》な部屋《へや》である。左手《ひだりて》の机《つくえ》に、倫敦《ロンドン》によくいる洒落者《しゃれもの》といった感《かん》じの髯《ひげ》をたくわえた男《おとこ》が、読《よ》み物《もの》をしていたらしい本《ほん》を伏《ふ》せてこっちを見《み》ている。奥《おく》には暖炉《だんろ》があり、その前《まえ》にはおそろしく背《せ》の高《たか》い、でっぷりした体軀《たいく》の男《おとこ》がのっそりと立《た》ち、その横《よこ》の安楽椅子《あんらくいす》には妙《みょう》に手足《てあし》が長《なが》く、白《しろ》い額《ひたい》が目立《めだ》つわし鼻《ばな》の男《おとこ》がかけて、パイプをふかしていた。三人《さんにん》の紳士《しんし》

がくつろいでいるクラブに、場違《ばちが》いな東洋人《とうようじん》がまぎれこんだといったふうである。

自分《じぶん》が、ホームズさんはどの方《かた》ですと言《い》ったら、安楽椅子《あんらくいす》にかけた蜘蛛《くも》みたいに手足《てあし》の長《なが》い男《おとこ》が桜《さくら》の木《き》らしいパイプをかかげ、

「ぼくですよ。寒《さむ》いですからどうぞ火《ひ》のそばにお寄《よ》りなさい。今《いま》ワトスン君《くん》がソーダ水《すい》で割《わ》ったブランデーを入《い》れてくれるでしょう」

とまるで舞台俳優《ぶたいはいゆう》が舞台照明《ぶたいしょうめい》を受《う》けてしゃべる時《とき》のような、気取《きど》った様子《ようす》で言《い》った。

自分《じぶん》がへえと言《い》ってずいと奥《おく》へ通《とお》ると、ホームズさんは火《ひ》のそばの長椅子《ながいす》を手《て》ですすめた。太《ふと》った大男《おおおとこ》が大儀《たいぎ》そうに体《からだ》をよけた。

ホームズ氏《し》は、自分《じぶん》の安楽椅子《あんらくいす》をずるずるとワトソンと呼《よ》ばれた男《おとこ》がかけていた椅子《いす》の方《ほう》にひきずって行《い》きながら、西洋《せいよう》の精神錯乱者《せいしんさくらんしゃ》によくありがちな、ひどく陽気《ようき》な口調《くちょう》で言《い》う。

「さあどうかおかけください、クレイグさん。それからあなたのお話《はなし》をじっくりとお聞《き》かせいただきたい。あなたがパプア・ニューギニアのご出身《しゅっしん》で、最近《さいきん》スマトラまで航海《こうかい》され、たちのよくない黄疸《おうだん》にかかられたがどうにか完治《かんち》されて、現在《げんざい》ゴムの木《き》の育成《いくせい》に

力《ちから》をつくしておられること以外《いがい》、ぼくはあなたに関《かん》しては何《なに》も存《ぞん》じませんのでね」

自分《じぶん》は思《おも》わず後《うし》ろを振《ふ》り返《かえ》った。この部屋《へや》にもう一人《ひとり》、ニューギニアの土人《どじん》でもいるのかと思《おも》ったのである。

しかしワトソンと呼《よ》ばれた医者《いしゃ》は、自分《じぶん》のほうにグラスを運《はこ》んできながら、目《め》を輝《かがや》かせている。そして、

「へえ、すごいなホームズ、名前《なまえ》だけじゃなく、そんなことまで解《わか》るのかい?」

と訊《き》いた。

「観察《かんさつ》することだ、ワトスン君《くん》。ぼくがいつも言《い》っているだろう? ぼくの探偵術《たんていじゅつ》には確立《かくりつ》された基本《きほん》がある。それは一《いち》にも二《に》にも観察《かんさつ》だ。熟練《じゅくれん》した者《もの》の目《め》なら、彼《かれ》の被《かぶ》っている帽子《ぼうし》のひさしの裏《うら》に、クレイグという名前《なまえ》が金文字《きんもじ》で刺繡《ししゅう》されてあるのを見逃《みのが》すはずもない。それから……」

自分《じぶん》はこの時急《ときいそ》いで帽子《ぼうし》を取《と》り、昨日《きのう》あわてていたから、クレイグ先生《せんせい》のを間違《まちが》えて被《かぶ》ってきてしまっていたことに気《き》づいた。探偵《たんてい》は続《つづ》ける。

「それから彼《かれ》の陽《ひ》に焼《や》けた様子《ようす》を見逃《みのが》してはいけない。この真冬《まふゆ》の倫敦《ロンドン》で陽《ひ》に焼《や》けた肌《はだ》を

している者《もの》があれば、それは外国《がいこく》への旅《たび》から帰《かえ》った者《もの》と考《かんが》えてさしつかえない。ではその旅《たび》はどこか。病《や》みあがりの人《ひと》が好《この》む船旅《ふなたび》の旅先《たびさき》はと考《かんが》えるとむろん東洋《とうよう》だ。そしてスマトラへ旅《たび》した人《ひと》はたいていゴムの木《き》を持《も》ち帰《かえ》るものだからね」

「すばらしい!」

ワトソン氏《し》が、このまるきりのでたらめに心《こころ》から感心《かんしん》した様子《ようす》で叫《さけ》んだ。

「ふむ、だがシャーロック、まだまだ彼《かれ》から引《ひ》き出《だ》せる事実《じじつ》はあるぞ」

横《よこ》でさっきからこのやりとりを黙《だま》って聞《き》いていた太《ふと》っちょの大男《おおおとこ》が、口《くち》をはさんできた。この男《おとこ》の風体《ふうてい》は、西郷隆盛《さいごうたかもり》が血色《けっしょく》の悪《わる》くなったところを思《おも》い浮《う》かべれば大体間違《だいたいまちが》いない。

「お手並拝見《てなみはいけん》といきたいね、兄《にい》さん」

と頭《あたま》のおかしい探偵《たんてい》が言《い》った。

「もと骨董品収集家《こっとうひんしゅうしゅうか》、英国西部《えいこくせいぶ》の炭鉱《たんこう》に献身《けんしん》した男《おとこ》」

と西郷《さいごう》どんは驚《おどろ》くべき大《おお》ボラを吹《ふ》いた。

「蓄膿症《ちくのうしょう》で脚気《かっけ》」

とホームズ氏《し》はものうげな口《くち》ぶりで言《い》う。

「かつて中国曲馬団《ちゆうごくきよくばだん》にいたことがあり、火《ひ》の輪《わ》くぐりの名手《めいしゆ》」

と太《ふと》っちょも負《ま》けずにやり返《かえ》した。

「一度目《いちどめ》の結婚《けつこん》には失敗《しつぱい》し、二度目《にどめ》の女房《にようぼう》の尻《しり》に敷《し》かれている」

「子供《こども》は四人《よにん》、いやもっと多《おお》いかもしれんな、そして十八人以内《じゆうはちにんいない》だ」

「大酒飲《おおざけの》みでアヘン中毒《ちゆうどく》の犠牲者《ぎせいしや》」

ほほえみながら探偵《たんてい》は言《い》う。

「だが今《いま》は海《うみ》の魅力《みりよく》にとりつかれている」

「そうだシャーロック、いいところに気《き》づいた。彼《かれ》は根《ね》っからの水夫《すいふ》だ。七《なな》つの海《うみ》こそ彼《かれ》の寝床《ねどこ》だ！」

「あのう、ワトソンさん」

自分《じぶん》はあんまりばかばかしいので腰《こし》を浮《う》かせ加減《かげん》にして言《い》った。

「皆《みな》さんのお楽《たの》しみの時間《じかん》を、私《わたし》はどうやら邪魔《じやま》したらしい。そろそろおいとまして
……」

そう自分《じぶん》が言《い》いかけると、探偵《たんてい》は太《ふと》っちょとの口《くち》から出《で》まかせ合戦《がっせん》を中断《ちゅうだん》して、私《わたし》の言葉《ことば》をさえぎってきた。

「これはまずいよ兄《にい》さん、せっかくのお客《きゃく》さんを退屈《たいくつ》させてしまったらしい。失礼《しつれい》しましたクレイグさん、ぼくの名《な》はご存《ぞん》じのようだから、兄《あに》を紹介《しょうかい》しましょう。これはぼくの兄《あに》のマイクロフト・ホームズといいます」

精神病《せいしんびょう》の探偵《たんてい》は、これもどう見《み》ても頭《あたま》のおかしい西郷隆盛《さいごうたかもり》を手《て》で示《しめ》した。マイクロフトと呼《よ》ばれた大男《おおおとこ》は、身《み》をかがめるのも握手《あくしゅ》するのも大儀《たいぎ》とみえて、ちょっとだけ顎《あご》をひいてみせた。

「それからこっちが伝記作家《でんきさっか》として、困《こま》ったことにいささかぼくを有名《ゆうめい》にしてくれたワトスン君《くん》です」

一人《ひとり》だけまともな医者《いしゃ》は、気《き》さくに自分《じぶん》に握手《あくしゅ》を求《もと》めてきた。

「さあクレイグさん、われわれの申《もう》しあげることはすべてすみましたよ、今度《こんど》はあなたの番《ばん》だ。今《いま》あなたを悩《なや》ませている謎《なぞ》に、一刻《いっこく》も早《はや》く挑戦《ちょうせん》させていただきたいものですな」

しかし自分《じぶん》はこんな狂人《きょうじん》に自分《じぶん》の悩《なや》みを打《う》ち明《あ》ける気《き》になれなかったので、ワトソン医師《いし》の方《ほう》ばかり見《み》つめていた。できることなら、彼《かれ》と二人《ふたり》で話《はな》したいと思《おも》ったのである。するとと探偵《たんてい》は快活《かいかつ》に言《い》ったものである。

「おお、ワトスン君《くん》のことなら気《き》になさる必要《ひつよう》はありません。彼《かれ》は耳《みみ》が聞《き》こえませんので。それから兄《あに》はたった今帰《いまかえ》るところです。彼《かれ》はこれからディオゲネス・クラブでしりとり遊《あそ》びをやるのです」

そう言《い》って帽子掛《ぼうしか》けから帽子《ぼうし》をひとつとり、大男《おおおとこ》のほうにさっと投《な》げつけた。しかし彼《かれ》がそれをとりそこねたので、帽子《ぼうし》は階段《かいだん》の下《した》に向《む》かって落《お》ちていった。大男《おおおとこ》はそれを象《ぞう》のような緩慢《かんまん》な動《うご》きで追《お》って、部屋《へや》を出《で》ていった。ホームズ氏《し》はそれで再《ふたた》び安楽椅子《あんらくいす》に腰《こし》をおろした。

「あのう、まことに申《もう》しあげにくいんですが、実《じつ》は」

と自分《じぶん》はおっかなびっくりきり出《だ》した。

「私《わたし》の名《な》はクレイグではありません。夏目《なつめ》と申《もう》しまして、日本《にほん》から」

そこまで言《い》うと、ううとホームズ氏《し》が額《ひたい》を押《お》さえ、低《ひく》く唸《うな》り声《ごえ》をたてているのが見《み》えた。と見《み》るまに彼《かれ》は内懐《うちぶところ》から拳銃《けんじゅう》をとり出《だ》し、ばんばんと二発天井《にはつてんじょう》に向《む》かってぶっぱなしたのである。

自分《じぶん》は仰天《ぎょうてん》して、大急《おおいそ》ぎで椅子《いす》の背後《はいご》に隠《かく》れた。するとワトソン氏《し》はさすがにこのような発作《ほっさ》には馴《な》れっこになっているらしく、素早《すばや》くホームズ氏《し》に組《く》みつくと、拳銃《けんじゅう》をとりあげた。

ホームズ氏《し》は白目《しろめ》を見《み》せて拳骨《げんこつ》を振《ふ》りまわしている。自分《じぶん》は身《み》の危険《きけん》を感《かん》じたので、クレイグ先生《せんせい》の言《い》ったことを思《おも》い出《だ》そうとした。先生《せんせい》は確《たし》か、こういう危険《きけん》な状態《じょうたい》におちいったら、何《なん》とかいう麻薬《まやく》の名《な》をひと言口《ことくち》にすればよいと言《い》われた。ところが恐怖《きょうふ》で気《き》が転倒《てんとう》していたものだから、とっさに薬《くすり》の名《な》がどうしても出《で》てこない。自分《じぶん》は焦《あせ》った。しかし焦《あせ》れば焦《あせ》るほど思《おも》い出《だ》せない、完全《かんぜん》など忘れである。

「コケ……」

とそこまで思《おも》い出《だ》した。

「コケ、コケ」

しかしどうしてもこれ以上思《いじょうおも》い出《だ》せない。自分《じぶん》はええいままよと、

「コケコッコー！」

と叫《さけ》んでやった。もはやヤケである。

ところがこれは、むしろまずかったようであった。火《ひ》に油《あぶら》を注《そそ》ぐという表現《ひょうげん》があるが、いくらかそういう結果《けっか》になった。ホームズ氏《し》の乱心《らんしん》はますますひどくなり、もはやワトソン氏《し》一人《ひとり》では暴《あば》れ馬《うま》は鎮《しず》められぬというふうであった。

「さあ紳士《しんし》」

とワトソン先生《せんせい》は自分《じぶん》に向《む》かって叫《さけ》んだ。

「あなたのお名前《なまえ》はクレイグでしたな」

自分《じぶん》は一瞬《いっしゅん》意味《いみ》が解《わか》らずきょとんとしたが、すぐに了解《りょうかい》した。

「ぼくはクレイグです」

自分《じぶん》は必死《ひっし》のおももちで言《い》った。

「もっと大声《おおごえ》で！」

ワトソン氏《し》が言《い》う。

「ぼくの名《な》はクレイグだ！」

自分《じぶん》はほとんど叫《さけ》び声《ごえ》をあげた。するとホームズ氏《し》はようやくおとなしくなり、安楽椅《あんらくい》子《す》に復《ふく》したので、自分《じぶん》らは話《はなし》を続《つづ》けることができた。

自分《じぶん》は渋々《しぶしぶ》、直面《ちょくめん》している不可解事《ふかかいごと》を話《はな》した。途中《とちゅう》、ホームズ氏《し》がまた唸《うな》りはじめ、壁《かべ》に頭《あたま》をがんがんと打《う》ちつけはじめた時《とき》があった。それは下宿《げしゅく》のおかみが自分《じぶん》のことを夏目《なつめ》と呼《よ》んだとついうっかり本当《ほんとう》のことを言《い》ってしまった時《とき》である。

自分《じぶん》は本能的《ほんのうてき》に身《み》の危険《きけん》を感《かん》じ、自分《じぶん》でも知《し》らぬうちに、また「コケコッコー」をやってしまっていた。するとホームズ氏《し》はなんとこんなことを言《い》ったのである。

「この紳士《しんし》はどうも頭《あたま》がおかしいらしいよワトスン君《くん》、さっきから何《なに》を騒《さわ》いでるんだろうね」

自分《じぶん》のことを棚《たな》にあげて何《なん》という言《い》い草《ぐさ》であろう。自分《じぶん》はこの探偵《たんてい》のひと言《こと》でいささか気分《きぶん》を害《がい》した。すると探偵《たんてい》はさらに追《お》いうちをかけるように言《い》う。

「クレイグさん、もう幽霊《ゆうれい》は出《で》ませんよ」

自分《じぶん》が驚《おどろ》いて訳《わけ》を訊《き》くと、どうも今《いま》の壁《かべ》の音《おと》で占《うらな》ったとみえる。

自分《じぶん》はあきれ返《かえ》って、ろくに暇《いとま》の挨拶《あいさつ》もせず、さっさとフロッデン・ロードの下宿《げしゅく》に帰《かえ》ってきてしまった。

2.

長年《ながねん》の朋友《ほうゆう》シャーロック・ホームズとのつき合《あ》いのうちで、彼《かれ》のその独特《どくとく》の捜査法《そうさほう》ゆえに非力《ひりき》ながら私《わたし》自身助手《じしんじょしゅ》の役割《やくわり》を演《えん》ずるはめにおちいった事件《じけん》が数多《かずおお》くある。これらのうちには悲劇《ひげき》もあれば喜劇《きげき》もあり、すこぶる怪奇《かいき》な様相《ようそう》を呈《てい》する事件《じけん》もあれば、ごくありきたりの捜《さが》し物《もの》であった場合《ばあい》もある。

私《わたし》がわが友《とも》の知力《ちりょく》を存分《ぞんぶん》に読者《どくしゃ》に示《しめ》そうとする場合《ばあい》、事件《じけん》そのものの特徴《とくちょう》がきわめて風変《ふうが》わりであって、なおかつその解決《かいけつ》においてホームズの果《は》たした役割《やくわり》がすこぶる劇的《げきてき》であったものが望《のぞ》ましいことはいうまでもない。

しかしたいていの場合《ばあい》において、事件《じけん》そのものが他《ほか》に類《るい》を見《み》ないほどに怪奇《かいき》な展開《てんかい》を見《み》せるような時《とき》、その風変《ふうが》わりな特徴《とくちょう》ゆえにわが友《とも》の存在《そんざい》がいくらかかすんでしまうこともあるし、逆《ぎやく》にホームズがめざましい活躍《かつやく》を示《しめ》した場合《ばあい》も、事件《じけん》そのものの性質《せいしつ》はごく平凡《へいぼん》なものであったりする。これらの条件《じようけん》をすべからく満足《まんぞく》させる例《れい》を選《えら》び出《だ》すのがいかにむずかしいかに、思《おも》いをいたさずにはいられない。

しかし中《なか》には理想的《りそうてき》な例外《れいがい》もある。これから私《わたし》が語《かた》ろうとする「プライオリィ・ロードのミイラ事件《じけん》」に関《かん》してならそういった心配《しんぱい》がいっさい無用《むよう》であるといえよう。風変《ふうが》わりで類《たぐ》いまれな事件《じけん》の進行《しんこう》ぶりといい、道具《どうぐ》だてといい、またこの難事件《なんじけん》の解決《かいけつ》においてホームズが演《えん》じた離《はな》れわざといい、先《さき》に持《も》ち出《だ》した条件《じようけん》に照《て》らしてみて申《もう》し分《ぶん》がない。

この事件《じけん》は当初《とうしよ》、絶対《ぜつたい》にあり得《え》ないと誰《だれ》もが断言《だんげん》したくなるような不可解《ふかかい》さをはらんでおり、それだけにこの事件《じけん》ほど彼《かれ》の分析的方法《ぶんせきてきほうほう》の真価《しんか》が明《あき》らかなかたちで示《しめ》され、一緒《いつしよ》に働《はたら》いた者《もの》たちに強《つよ》い感銘《かんめい》を与《あた》えたものはない。

事件《じけん》の始《はじ》まりは、一九〇一年《せんきゆうひやくいちねん》ヴィクトリア女王《じよおう》の葬儀《そうぎ》の印象《いんしよう》もまだ生々《なまなま》しい、二月《にがつ》のある非常《ひじよう》に寒《さむ》い水曜日《すいようび》のことであった。われわれのささやかな住《す》み家《か》の面《めん》した往来《おうらい》も雪《ゆき》で埋《う》まり、行《ゆ》きかう辻馬車《つじばしや》もよたよたとして、見《み》るからに辛《つら》そうだった。

前年《ぜんねん》のあのソア橋《ばし》の事件以来《じけんいらい》、われわれは少々《しようしよう》ひまを持《も》てあまし気味《ぎみ》で、暖炉《だんろ》の前《まえ》から動《うご》きたくない私《わたし》にとってはそれもなかなかに歓迎《かんげい》すべきことだったが、歳《とし》をとっても相変《あいか》わらず精力的《せいりょくてき》なホームズにはそうでもないとみえて、しきりに犯罪者《はんざいしゃ》たちの寒《さむ》がりを呪《のろ》っていた。そんな時《とき》、一通《いっつう》の手紙《てがみ》が舞《ま》い込《こ》んだのである。

「この手紙《てがみ》はベイカー街《がい》から出《だ》されている」

ホームズは例《れい》によって彼一流《かれいちりゅう》の綿密《めんみつ》なやり方《かた》で便箋《びんせん》を調《しら》べながら言《い》った。

「しかしベイカー街《がい》の住人《じゅうにん》ではない。まず外国人《がいこくじん》である蓋然性《がいぜんせい》が強《つよ》いね。だがいずれにしてもきわめて特徴深《とくちょうぶか》い手紙《てがみ》だ。君《きみ》にとってもそうだろう。検討《けんとう》してみたまえ」

ホームズは私《わたし》に手紙《てがみ》を投《な》げてよこした。

「ひどく動顚《どうてん》してるね」

私《わたし》は、友《とも》のやり方《かた》を真似《まね》て言《い》った。

手紙《てがみ》は、長方形《ちょうほうけい》のありきたりな便箋《びんせん》を用《もち》いて書《か》かれていたが、左上《ひだりうえ》の隅《すみ》から書《か》きはじめられ、次《つぎ》に右横《みぎよこ》、下《した》、左横《ひだりよこ》、とぐるぐる紙《かみ》を回《まわ》しながら渦巻《うずま》き状《じょう》に書《か》かれてあったから、読《よ》んでいると目《め》が回《まわ》ってきた。気《き》が動顚《どうてん》している者以外《ものいがい》にこんな便箋《びんせん》の使《つか》い方《かた》をする者《もの》はない。

「なかなかいいね、続《つづ》けたまえ」

ホームズは例《れい》によって私《わたし》をからかうような目《め》つきで安楽椅子《あんらくいす》に身《み》を沈《しず》めた。だが私《わたし》はじきに手紙《てがみ》を放《ほう》り出《だ》した。

「ぼくにはこのくらいが限界《げんかい》だ。何故《なぜ》この手紙《てがみ》の主《ぬし》が外国人《がいこくじん》なのか、訳《わけ》を知《し》りたいね」

「いたって簡単《かんたん》さ、この手紙《てがみ》はベイカー街《がい》から出《だ》されている、もしこの手紙《てがみ》を書《か》いた本人《ほんにん》が依頼者《いらいしゃ》なら、手紙《てがみ》など書《か》かず直接訪《ちょくせつたず》ねてくるだろう、すぐ近所《きんじょ》なんだからね。つまりこの手紙《てがみ》はベイカー街《がい》に住《す》む第三者《だいさんしゃ》が代筆《だいひつ》したものだ。では何故代筆《なぜだいひつ》したのか、その理由《りゆう》は七通《ななとお》り考《かんが》えられる、しかしその文面《ぶんめん》からして、外国人《がいこくじん》である可能性《かのうせい》が最《もっと》も高《たか》いと踏《ふ》んだのさ。だがそれもじき確《たし》かめられる。どうやら依頼人《いらいにん》のお出《で》ましのようだ」

誰《だれ》かが階段《かいだん》を昇《のぼ》ってくる足音《あしおと》が聞《き》こえた。ホームズはよほど退屈《たいくつ》していたとみえて珍《めずら》しくドアのところまで行《い》き、ノックを待《ま》って自分《じぶん》でドアを開《ひら》いた。するとそこに、一見《いっけん》して東洋《とうよう》からの客人《きゃくじん》と解《わか》る、非常《ひじょう》に小柄《こがら》な人物《じんぶつ》が立《た》っていた。身長《しんちょう》はホームズの肩《かた》までもない。

ホームズは彼《かれ》の頭越《あたまご》しに階段《かいだん》を見《み》まわし、

「おや、おかしいねえワトスン君《くん》、確《たし》かにノックの音《おと》がしたんだが誰《だれ》もいないよ」

と言《い》ってから下《した》を向《む》き、

「おおこれは失礼《しつれい》しました。あまり小柄《こがら》でいらっしゃるので目《め》にとまりませんでした」

と言《い》った。

ホームズのユーモアは風変《ふうが》わりで、時《とき》として他人《たにん》を傷《きず》つけずにはすまないことがある。この時《とき》も東洋人《とうようじん》の紳士《しんし》はいささか気分《きぶん》を害《がい》したらしいことが、私《わたし》にははっきりと見《み》てとれた。

「ホームズさんはどちらです」

と東洋人《とうようじん》はやや無愛想《ぶあいそう》に、いくぶん訛《なま》りの感《かん》じられる英語《えいご》で言《い》った。しかし彼《かれ》の紳士《しんし》としての物腰《ものごし》には申《もう》し分《ぶん》がなかった。

「ぼくですよ。寒《さむ》いですからどうぞ火《ひ》のそばへお寄《よ》り下《くだ》さい。今《いま》ワトスン君《くん》がソーダ水《すい》で割《わ》ったブランデーを入《い》れてくれるでしょう」

と私《わたし》の友《とも》は相手《あいて》の気分《きぶん》にはまるでおかまいなしに、快活《かいかつ》に言《い》った。東洋人《とうようじん》はソファに腰《こし》をおろすとK・ナツミと名乗《なの》り、日本《にほん》からの留学生《りゅうがくせい》であると言《い》って名刺《めいし》をさし出《だ》した。

ホームズはそれを一瞥《いちべつ》して暖炉《だんろ》の上《うえ》に置《お》きながら言《い》う。

「失礼《しつれい》しましたナツミさん、何《なに》かお困《こま》りのことでもありましたか？　ずいぶん遅《おそ》くまで読《どく》書《しょ》や書《か》き物《もの》をなさるようですが、そのことと関連《かんれん》のあることですかしら」

ホームズがいきなりそう言《い》ったので、日本人《にほんじん》はひどく驚《おどろ》いた様子《ようす》である。

「どこかで私《わたし》のことをお聞《き》き及《およ》びですか」

「ははあ、熟練《じゅくれん》した者《もの》の目《め》には、一般《いっぱん》の方《かた》が見《み》えぬものも、見《み》えるようになるもののようです」

ホームズはそう言《い》って笑《わら》いながらパイプをふかしていたが、なおも日本人《にほんじん》が黙《だま》っているので、

「たいしたことではありませんよ。深夜《しんや》まで書《か》き物《もの》をする人《ひと》でなければ右《みぎ》の袖口《そでぐち》や肘《ひじ》のところがそんなふうには光《ひか》りません。また書《か》き物《もの》をする人《ひと》で全然本《ぜんぜんほん》を読《よ》まないという人《ひと》はありませんのでね」

と続《つづ》けた。

するとナツミはいたく納得《なっとく》した様子《ようす》で二《に》、三度大《さんどおお》きくうなずき、

「なるほど、聞《き》けば当然《とうぜん》のことですな」

と言《い》った。ホームズはやや眉《まゆ》を曇《くも》らせて言《い》う。

「こういった類《たぐ》いの説明《せつめい》をして、よかったと思《おも》ったためしがないですな。お悩《なや》みの儀《ぎ》をどうかお話《はな》しください。ところでこんな無駄話《むだばなし》をしにいらしたんではないでしょう。ロンドンの犯罪界《はんざいかい》からは無鉄砲《むてっぽう》も空想力《くうそうりょく》も、永遠《えいえん》に消《き》え去《さ》ってしまった今《いま》もワトスン君《くん》と、まったらしいと嘆《なげ》いておったところです」

そう聞《き》いて、日本人留学生《にほんじんりゅうがくせい》の語《かた》った話《はなし》はおよそ以下《いか》のようなものであった。彼《かれ》はプライオリィ・ロードに下宿《げしゅく》していたが、毎晩亡霊《まいばんぼうれい》のものと思《おも》われる声《こえ》が聞《き》こえ、出《で》て行《い》け出《で》て行《い》けと言《い》う。そしてたまらずフロッデン・ロードへ越《こ》したが、相変《あいか》わらず怪奇《かいき》な出来《でき》事《ごと》は続《つづ》くというのである。

私《わたし》はなかなか興味深《きょうみぶか》く日本人《にほんじん》の話《はなし》を聞《き》いたが、私《わたし》の友人《ゆうじん》はそうでもなかったとみえ、ナツミの話《はなし》がひと通《とお》り終《お》わると、伸《の》びあがるような仕草《しぐさ》をした。

「日本国内《にほんこくない》でなら、私《わたし》もこれくらいのことでまいることはなかったろうと思《おも》うのです」

日本人《にほんじん》は言《い》う。

「しかしご承知《しようち》いただけると思《おも》うのですが、ここは私《わたし》にとって頼《たよ》る者《もの》のない異国《いこく》であり、必要以上《ひつよういじよう》に神経質《しんけいしつ》になっていたかもしれません。ご退屈《たいくつ》なすったのでしょうな」

ホームズはパイプを持《も》つ手《て》をあげ、肩《かた》をすくめた。

「とんでもない。確《たし》かにお話《はなし》のような事件《じけん》は過去《かこ》にいくつか手《て》がけはしましたが、陽《ひ》の下《もと》の事件《じけん》に新《あたら》しいものはなしです。一見《いつけん》ささいな出来事《できごと》の内《うち》に、創造的《そうぞうてき》な要素《ようそ》を見出《みいだ》すのが芸術家《げいじゆつか》の目《め》というものでしょう」

ナツミは、自分《じぶん》を悩《なや》ませている出来事《できごと》をささいなものと言《い》われ、少々心外《しようしようしんがい》に思《おも》ったらしかった。

「しかしナツミさん、お会《あ》いできて楽《たの》しかったです」

ホームズは言《い》う。

「あなたの遭遇《そうぐう》されている事件《じけん》そのものは、それほど深刻《しんこく》なものとはぼくは考《かんが》えません。しかしその事件《じけん》はお引《ひ》き請《う》けしましたので、あなたの名《な》やお顔《かお》を決《けつ》して忘《わす》れることはありません。もう一度今夜《いちどこんや》にでもその亡霊《ぼうれい》があなたの部屋《へや》に現《あら》われるようなら、明日《あした》またご連絡《れんらく》ください、そうすればすぐにとんで行《い》ってさしあげますよ。しかしぼくの考《かんが》えが間違《まちが》っていなければ、その幽霊《ゆうれい》は二度《にど》とあなたのところには現《あら》われない確率《かくりつ》がずいぶんと高《たか》いように思《おも》いますね」

「どういう意味《いみ》でしょう？　もう少《すこ》し詳《くわ》しくお教《おし》え願《ねが》えませんかしら」

日本人《にほんじん》は腰《こし》を浮《う》かせながらこう尋《たず》ねた。

「いや、ことがはっきりせぬうちは何《なに》も話《はな》さないのがぼくの流儀《りゅうぎ》なのです。事態《じたい》がぼくの想像《そうぞう》どおりに進《すす》むようでしたら、その時《とき》にはすべてをお話《はな》しします。ではさようならナツミさん。この事件《じけん》とは別《べつ》に、よくベイカー街《がい》へいらっしゃるようだから、この次《つぎ》はお国《くに》の話《はなし》でも聞《き》かせて下《くだ》さい」


「がっかりしたようだね」

日本人《にほんじん》が帰《かえ》っていくと、私《わたし》はホームズに向《む》かって言《い》った。

「少《すこ》しく。珍《めずら》しい神秘《しんぴ》の国《くに》からの客人《きゃくじん》だから、どんな話《はなし》が聞《き》けるかと期待《きたい》したんだがね、内容《ないよう》そのものはいささか平凡《へいぼん》なものと言《い》わなくてはなるまいよ」

「ぼくにはそうは思《おも》えなかったが」

「ははあ、君《きみ》を退屈《たいくつ》の川《かわ》から救《すく》い出《だ》すのはいたって簡単《かんたん》なようだね、ワトスン君《くん》。ぼくのささやかな経験《けいけん》から言《い》わせてもらうと、そもそも幽霊事件《ゆうれいじけん》というやつにはたいした発展《はってん》の可能性《かのうせい》はないものだよ。モンタレーの幽霊事件《ゆうれいじけん》がそうだったし、ケネスバンク将軍《しょうぐん》の双《ふた》児亡霊《ごぼうれい》の事件《じけん》もそうだった。

せいぜい期待《きたい》しないで待《ま》つがね、あの愛《あい》すべき日本人《にほんじん》がもう一度《いちど》やってきて、もう出《で》なくなりましたと言《い》う確率《かくりつ》はずいぶん高《たか》いと思《おも》うね」

「どうしてそう思《おも》うんだい？」

「そりゃ幽霊氏《ゆうれいし》のもとに、日本人《にほんじん》がぼくというおせっかいのところへやってきたという報《ほう》告《こく》が届《とど》くかもしれないからさ。そもそもああいった謎々《なぞなぞ》の答《こた》えはたいてい単純《たんじゅん》なものなのさ、つまり……、おやまた誰《だれ》かが階段《かいだん》を昇《のぼ》ってくる。今度《こんど》のはもっとましな話《はなし》だと嬉《うれ》しいんだがね、ワトスン君《くん》。

やあお入《はい》りください。外《そと》は寒《さむ》いでしょう。暖炉《だんろ》のそばにしばらくすわっていると、外《そと》の雪《ゆき》のことなど忘《わす》れられますよ」

いざ退屈《たいくつ》が破《やぶ》られるとなると、えてして事件《じけん》は重《かさ》なるものである。今度入《こんどはい》ってきたのは裕福《ゆうふく》そうな身《み》なりの婦人《ふじん》で、長《なが》い手袋《てぶくろ》を塡《は》め、スカートの裾《すそ》をちょっとからげている。そういったやり方《かた》でずっと雪《ゆき》の上《うえ》を歩《ある》いて来《き》たのだろう。たぶん何《なに》ごとか頭《あたま》を支配《しはい》した困難事《こんなんごと》のために、部屋《へや》へ入《はい》ってからもスカートから手《て》を離《はな》すということに思《おも》いがいたらないでいるのだ。

歳《とし》の頃《ころ》は四十歳《よんじっさい》くらいであろうか。あるいはもっと若《わか》いのかもしれないが、寒《さむ》さとおそらくは絶望《ぜつぼう》のために、頰《ほお》の肌《はだ》がかさかさにかわいてしまったような印象《いんしょう》で、また同《おな》じ理《り》由《ゆう》のために体《からだ》が絶《た》えずこきざみに震《ふる》えている。

「のんびり火《ひ》にあたっているような気分《きぶん》にはなれません、ホームズさま」

婦人《ふじん》はきびしい口調《くちょう》で言《い》った。

「私《わたし》は今《いま》までにこんなに絶望《ぜつぼう》したことはありません。こんなに不愉快《ふゆかい》で、不可解《ふかかい》な目《め》に遭《あ》っている人間《にんげん》は、ロンドンじゅうに私一人《わたしひとり》でしょう。何《なん》としても説明《せつめい》していただきたいのです。それはキングスレイもきっと同《おな》じ気持《きも》ちだと思《おも》います。ただ彼《かれ》はちょっと精神《せいしん》がまいっているために、そんなふうに自分《じぶん》の気持《きも》ちをおしはかれないでいるのです」

「まあまあリンキイさん」

ホームズはわれを忘《わす》れてまくしたてる婦人《ふじん》を手《て》で制《せい》し、来客用《らいきゃくよう》のソファを手《て》で指《さ》し示《しめ》した。

「あなたはこのワトスン君《くん》のようなところがおありです。とにかくこの火《ひ》のそばのソファにおかけになったほうがよいと思《おも》いますよ。最初《さいしょ》から順序《じゅんじょ》だててお話《はな》しくださるなら、これよりもっとずっと有効《ゆうこう》な助言《じょげん》もして差《さ》しあげられるんですがね」

しかし婦人《ふじん》はその言葉《ことば》にしたがおうとせず、目《め》を丸《まる》くして突《つ》っ立《た》っていた。

「私《わたし》の名前《なまえ》をご存《ぞん》じなんですの？　ホームズさま」

「名前《なまえ》を知《し》られるのがお嫌《いや》でしたら、これからは雪《ゆき》を払《はら》う時《とき》、名前《なまえ》を刺繍《ししゅう》してないハンカチを使《つか》われるほうがよろしいでしょう」

訪問客《ほうもんきゃく》ははじめて笑顔《えがお》らしいものを見《み》せた。

「こまかいところにお気《き》のつかれる方《かた》だとはうかがっておりましたのに。きっと私《わたし》、ずいぶんととり乱《みだ》して見《み》えることでございましょう。けれども私《わたし》のこれから申《もう》すことをお聞《き》きになれば、それもいくらかは無理《むり》からぬこととお感《かん》じになられましょう。では失礼《しつれい》して火《ひ》のそばへ行《い》かせていただきますわ」

「さあどうぞ。何《なに》か体《からだ》が芯《しん》から暖《あたた》まるものをさしあげたほうがよいかもしれないよ、ワトスン君《くん》」

婦人《ふじん》はしばらくの間《あいだ》、ゆっくりと私《わたし》のさし出《だ》したブランデーを口《くち》にしていたが、やがて話《はな》しだす決心《けっしん》がついたとみえて、ゆっくりと次《つぎ》のような奇怪《きかい》な話《はなし》を語《かた》った。

「私《わたし》は子供《こども》の頃《ころ》よりずっと貧《まず》しい暮《く》らしを続《つづ》けてまいりましたが、ロンドンであるお金《かね》持《も》ちのお年寄《としよ》りと知《し》り合《あ》い、結婚《けっこん》いたしました。

主人《しゅじん》はずっと独身《どくしん》を通《とお》してきました人《ひと》で、したがってそれまでに子供《こども》もありません。弟《おとうと》が一人《ひとり》いるという話《はなし》ですが、私《わたし》はまだ会《あ》ったことはありません。私《わたし》は結婚《けっこん》してメアリー・リンキイとなりましたが、旧姓《きゅうせい》はホプキンスです。

主人《しゅじん》が昨年《さくねん》の九月《くがつ》亡《な》くなりましたので、私《わたし》は北《きた》のプライオリィ・ロードのほうの土地《とち》屋敷《やしき》を相続《そうぞく》いたしました。ここに執事夫婦《しつじふうふ》と三人暮《さんにんぐ》らしです。

主人《しゅじん》との間《あいだ》に子供《こども》ができませんでしたので、私《わたし》は猫《ねこ》を飼《か》って生活《せいかつ》の慰《なぐさ》めにしておりました。それが子供《こども》を産《う》み、現在四匹《げんざいよんひき》となりましたので、近所《きんじょ》の方々《かたがた》にはうちを猫屋敷《ねこやしき》などと呼《よ》んでいる方《かた》もいらっしゃるようです。近所《きんじょ》にいる野良猫《のらねこ》にもみんな餌《えさ》をあげていますから、屋敷《やしき》の庭《にわ》にはたいてい猫《ねこ》がたくさんうろついているようなありさまです。主人《しゅじん》は不動産《ふどうさん》だけでなく、貴金属《ききんぞく》や宝石《ほうせき》の類《たぐ》い、また貯金《ちょきん》も遺《のこ》してくれておりますので、生活《せいかつ》には困《こま》りませんでした。

ところで私《わたし》には十代《じゅうだい》の頃《ころ》、生《い》き別《わか》れになった弟《おとうと》があります。年齢《ねんれい》は私《わたし》と六《むっ》つ違《ちが》いですので、現在三十四歳《げんざいさんじゅうよんさい》になるはずです。

私《わたし》は苦《くる》しい生活《せいかつ》の末《すえ》に、運《うん》よくどうやら一応《いちおう》以上《いじょう》の生活《せいかつ》の安定《あんてい》を得《え》ましたので、何《なん》としてもこの弟《おとうと》を捜《さが》し出《だ》し、まだ貧《まず》しい生活《せいかつ》をしておりますものなら屋敷《やしき》のほうへひきとって、共《とも》に生活《せいかつ》をしたいと考《かんが》えました。そこで新聞《しんぶん》に尋《たず》ね人《びと》の広告《こうこく》を出《だ》しましたが、いっこうに反応《はんのう》がありません。

しかしがっかりしておりますところに天《てん》のお恵《めぐ》みで、ジョニー・ブリッグストンと名乗《なの》る方《かた》が訪《たず》ねてみえたのです。このロンドンにはずいぶんといろいろな職業《しょくぎょう》の方《かた》がいらっしゃるものですわね、ホームズさま。広告《こうこく》を見《み》て来《き》たのだが、自分《じぶん》は尋《たず》ね人捜《びとさが》しを職業《しょくぎょう》としているものだ、とブリッグストンさんはおっしゃいました。

この方《かた》はもうあまりお若《わか》くはなかったのですが、それゆえ経験豊富《けいけんほうふ》な方《かた》のように思《おも》え、何《なに》よりほかに頼《たよ》るあてもありませんでしたので、お願《ねが》いすることにして、弟《おとうと》のことをいろいろとお話《はな》ししました。

弟《おとうと》は名《な》をキングスレイと申《もう》します。私《わたし》ども姉弟《きょうだい》は二人《ふたり》きりでした。弟《おとうと》がまだ生《う》まれて間《ま》もない頃《ころ》、父母《ふぼ》が亡《な》くなりまして、私《わたし》たちは二人《ふたり》とも親類縁者《しんるいえんじゃ》にひきとられて育《そだ》てられたような訳《わけ》です。育《そだ》った家《いえ》はこの親類《しんるい》の人《ひと》たちによって売《う》り払《はら》われました。

この親戚《しんせき》というのが本当《ほんとう》にひどい家《いえ》でして、今《いま》でも忘《わす》れられない嫌《いや》な思《おも》い出《で》がいくつもありますが、そんなことを一々《いちいち》お話《はな》しして、退屈《たいくつ》していただくこともございますまい。私《わたし》と弟《おとうと》とはそれである晩《ばん》、この家《いえ》をとび出《だ》したのです。私《わたし》が十九《じゅうく》、弟《おとうと》が十三《じゅうさん》の時《とき》のことです。そうして街《まち》や公園《こうえん》をうろついておりますうち、私《わたし》たち姉弟《きょうだい》は旅公演《たびこうえん》の芸人《げいにん》の一座《いちざ》に拾《ひろ》われました。

しかしまもなく、弟《おとうと》はそこもとび出《だ》し、行方知《ゆくえし》れずになりました。孤児院《こじいん》に入《はい》ったという噂《うわさ》も聞《き》きましたが、訪《たず》ねてみることもできませんでした。もう二十年以上《にじゅうねんいじょう》も昔《むかし》のことになります。以来弟《いらいおとうと》には会《あ》っておりませんでした。

弟《おとうと》の特徴《とくちょう》はというと、これといってはっきり申《もう》しあげられることはないのですけれど、私《わたし》には会《あ》えば必《かなら》ず解《わか》るという自信《じしん》がございました。

そのほかには、私《わたし》たち姉弟《きょうだい》は、お揃《そろ》いのロケットと、父母《ふぼ》の写真《しゃしん》をそれぞれ持《も》っておりました。ロケットは父《ちち》からのプレゼントで、亡《な》くなる一年《いちねん》ばかり前《まえ》、私《わたし》に二《ふた》つくれて、キングスレイが大《おお》きくなったらひとつはあげてくれと言《い》い遺《のこ》したものです。いわば父《ちち》の形見《かたみ》ですから、弟《おとうと》は今《いま》も大事《だいじ》にしていてよいはずです。

しかもこの弟《おとうと》のロケットには、あるキズがついておりました。伯母《おば》の家《いえ》をとび出《だ》す時《とき》つけたものです。私《わたし》はそのキズの様子《ようす》をはっきりと憶《おぼ》えておりましたので、もしブリッグストンさんが弟《おとうと》と思《おも》われる人《ひと》を見《み》つけてくれたとしたら、このロケットのキズは大《おお》きな証拠《しょうこ》となるように私《わたし》は思《おも》いました。ですからこのキズのことはブリッグストンさんには黙《だま》っておりました。

これが去年《きょねん》の十一月十日頃《じゅういちがつとおかごろ》のことでございます、ホームズさま。私《わたし》が見《み》つかるものでしょうかとブリッグストンさんに言《い》いますと、まず孤児院《こじいん》からあたってみることになろうから、時間《じかん》がかかるかもしれませんよとおっしゃいました。だがこういう人《ひと》はたいてい従軍《じゅうぐん》している例《れい》が多《おお》いし、名前《なまえ》を変《か》える理由《りゆう》もない、何《なん》とかなるんじゃないか。ま、われわれのような熟練者《じゆくれんしゃ》には、顔《かお》を出《だ》すべき場所《ばしょ》とか、いろいろと確立《かくりつ》したやり方《かた》があるので、しばらくの間《あいだ》は期待《きたい》されていてよかろうというふうに言《い》われました。

それからしばらくの間《あいだ》、私《わたし》がずいぶんと気《き》をもみながら待《ま》っておりますと、およそ一《いっ》カ月《げつ》ほどして弟《おとうと》さんが見《み》つかったとブリッグストンさんが電報《でんぽう》をくれました。私《わたし》は大《おお》急《いそ》ぎで弟《おとうと》が住《す》んでいるという、スコットランドのエジンバラまで出《で》かけたのです。北《きた》のスコットランドですし、この寒《さむ》さですから、弟《おとうと》はどうしているだろうと心《こころ》が痛《いた》みました。キングスレイの住《す》むという家《いえ》はエジンバラのずっとはずれにあり、見渡《みわた》す限《かぎ》りの雪《ゆき》の原《はら》の中《なか》のポツンと建《た》った一軒家《いっけんや》でした。ブリッグストンさんに連《つ》れられて弟《おとうと》の家《いえ》に入《はい》る時《とき》、嬉《うれ》しいような、怖《こわ》いような心持《こころも》ちでした。

弟《おとうと》はすっかり老《ふ》けて痩《や》せていて、ほとんど面影《おもかげ》はありませんでした。

『姉《ねえ》さんなの？』

とキングスレイは言《い》いました。家《いえ》の中《なか》は何《なん》だか、すえたような、嫌《いや》な匂《にお》いがしました。けれども弟《おとうと》は例《れい》の私《わたし》とお揃《そろ》いのロケットを持《も》っておりましたし、父母《ふぼ》の写真《しゃしん》もずいぶん傷《いた》んでいるとはいえ、持《も》っておりましたので、弟《おとうと》と知《し》れました。

弟《おとうと》は幸《さいわ》いなことにまだ独身《どくしん》でした。それで私《わたし》はすぐに、私《わたし》の屋敷《やしき》へ来《く》るようにと言《い》いました。

家《いえ》は粗末《そまつ》な小《ちい》さい家《いえ》でしたが、弟《おとうと》は珍《めずら》しい東洋《とうよう》の骨董品《こっとうひん》をいくつも持《も》っておりまして、その中《なか》には甲冑《かっちゅう》もありました。弟《おとうと》の話《はなし》を聞《き》くと、どうやら彼《かれ》は長《なが》いこと中国《ちゅうごく》へ行《い》っていたらしく、これらの骨董品《こっとうひん》はすべて中国《ちゅうごく》で買《か》い込《こ》んできたもののようです。しかし中国時代《ちゅうごくじだい》のことを尋《たず》ねても、弟《おとうと》はあまり話《はな》したがりません。あまり姉《あね》に対《たい》して胸《むね》を張《は》れるような仕事《しごと》はしてなかったらしく思《おも》われます。

弟《おとうと》はこれらの気味《きみ》の悪《わる》いガラクタを、残《のこ》らず私《わたし》の屋敷《やしき》に運《はこ》び込《こ》みました。おかげで弟《おとうと》に与《あた》えた部屋《へや》は、ノッティングヒルの古道具屋《ふるどうぐや》みたいになってしまうありさまです。

ブリッグストンさんにはよくお礼《れい》を言《い》い、所定《しょてい》の額《がく》の謝礼《しゃれい》を差《さ》しあげて別《わか》れました。以《い》後会《ごあ》う機会《きかい》はありません。

あの、私《わたし》の説明《せつめい》は簡単《かんたん》すぎますでしょうか」

「文句《もんく》のつけようがありませんよ、リンキイさん」

ホームズは閉《と》じていた目《め》を開《あ》け、言《い》った。

「どうか先《さき》を続《つづ》けてください」

婦人《ふじん》は少《すこ》し考《かんが》え込《こ》むような間《ま》をおいてから、再《ふたた》び話《はな》しはじめた。

「それから四《し》、五日《ごにち》ばかりは、夢見《ゆめみ》ていたとおりの楽《たの》しい生活《せいかつ》が送《おく》れました。うちとけて話《はな》してみると、彼《かれ》はやはり私《わたし》の弟《おとうと》に間違《まちが》いありませんでした。この二十年間《にじゅうねんかん》の苦労《くろう》が、私《わたし》たちから共通《きょうつう》の部分《ぶぶん》を奪《うば》っていたのです。

父母《ふぼ》の家《いえ》の様子《ようす》などは、それは赤《あか》ん坊《ぼう》の頃《ころ》のことですので全然憶《ぜんぜんおぼ》えてはおりませんでしたが、あの嫌《いや》なマンチェスターの家《いえ》のことは、弟《おとうと》はよく憶《おぼ》えておりました。私《わたし》は弟《おとうと》を私《わたし》の前《まえ》に連《つ》れて来《き》てくださった神様《かみさま》に感謝《かんしゃ》いたしました。

けれども年《とし》が押《お》し迫《せま》ってくると、様子《ようす》はすっかり一変《いっぺん》してしまったのです。おかしなことばかり起《お》こるようになりました。それもきっと私《わたし》が悪《わる》いのですけれど。

と申《もう》しますのは、弟《おとうと》の運《はこ》び込《こ》んできた東洋《とうよう》の骨董品《こっとうひん》の中《なか》に、中国《ちゅうごく》のあの独特《どくとく》な装飾《そうしょく》が施《ほどこ》された長行李《ながごうり》のようなものがありまして、弟《おとうと》が特《とく》にそれを大事《だいじ》にしているようなので、前々《まえまえ》から何《なん》だろうと気《き》になっていたものですから、ある日彼《ひかれ》の部屋《へや》に入《はい》って、弟《おとうと》に無断《むだん》で開《あ》けてみたのです。

行李《こうり》は厳重《げんじゅう》にロープで縛《しば》ってあったのですが、中《なか》には東洋《とうよう》の絹《きぬ》のようなものがいっぱい詰《つ》まっており、その下《した》にやはり絹《きぬ》で包《つつ》んだ古《ふる》い仏像《ぶつぞう》のようなものがほんの少《すこ》し見《み》えました。その時《とき》、

『何《なに》してるんだ、姉《ねえ》さん！』

という声《こえ》がして、背後《はいご》に恐《おそ》ろしい顔《かお》をした弟《おとうと》が立《た》っておりました。私《わたし》とその蓋《ふた》の開《あ》いた長行李《ながごうり》を見《み》ると、恐《おそ》ろしい勢《いきお》いで蓋《ふた》を閉《し》め、

『何《なん》てことしてくれたんだ姉《ねえ》さん！　自分《じぶん》がどんな大変《たいへん》なことをしたか、解《わか》らないだろうね⁉』

と真《ま》っ青《さお》な顔《かお》で言《い》いました。

以来《いらい》弟《おとうと》はすっかりふさぎ込《こ》むようになり、私《わたし》がいくら謝《あやま》って訳《わけ》を話《はな》してくれと頼《たの》んでも、うんうんとなま返事《へんじ》をし、いずれねと言《い》うばかりで、いっこうに要領《ようりょう》を得《え》ません。

そのうち食事《しょくじ》にも手《て》をつけなくなり、部屋《へや》にとじこもって例《れい》の行李《こうり》の前《まえ》で何《なに》かぶつぶつとお祈《いの》りらしいことを一日中《いちにちじゅう》つぶやくようになりました。ただでさえ瘦《や》せていたのに、みるみる体《からだ》から肉《にく》が落《お》ちて、骨《ほね》と皮《かわ》のようになっていきました。そしてろくに水《みず》も飲《の》ま

ず、あまり眠《ねむ》っているとも思《おも》われず、呪文《じゅもん》ともうわ言《ごと》ともつかないことをぶつぶつ言《い》いながら、一日中《いちにちじゅう》強《つよ》い匂《にお》いの香《こう》をたくのです。

東洋《とうよう》の香《こう》を弟《おとうと》は前《まえ》からたいておりまして、それまではほんの少《すこ》しでしたので、私《わたし》も嫌《いや》ではありませんでしたが、あの時以来《ときいらい》、まるで部屋《へや》で焚《た》き火《び》をしているのかしらと思《おも》うほどに香《こう》をたくのです。誰《だれ》だって弟《おとうと》の部屋《へや》へ入《はい》ればむせ込《こ》んでしまうでしょう。そのくらい部屋《へや》を煙《けむり》でいっぱいにするのです。

そのくせキングスレイは絶対《ぜったい》に部屋《へや》を暖《あたた》めようとはしないのです。弟《おとうと》には特《とく》に立派《りっぱ》な暖炉《だんろ》のある部屋《へや》を与《あた》えたのですが、絶対《ぜったい》に火《ひ》を入《い》れようとしないのです。私《わたし》が火《ひ》をつけてもすぐに消《け》してしまいます。どんなに外《そと》が吹雪《ふぶ》いていて寒《さむ》くてもそうなのです。

ですから弟《おとうと》の部屋《へや》は、まるで表通《おもてどお》りと変《か》わりません。凍《こお》るほどに寒《さむ》いのです。私《わたし》など一番厚《いちばんあつ》いコートを着《き》ていなくては弟《おとうと》と長《なが》く一緒《いっしょ》にいられないくらいです。そんな中《なか》で弟《おとうと》は目《め》を血走《ちばし》らせ、がたがたと震《ふる》えているのです。

こんなことを続《つづ》けていると、何《なに》ごとか嫌《いや》なことが起《お》こるに違《ちが》いないと私《わたし》は感《かん》じておりました。そしてそれはとうとう起《お》こったのです。

年《とし》が明《あ》けて間《ま》もなくです。きっと一月《いちがつ》の二日《ふつか》か三日《みっか》か、そんな頃《ころ》だったと思《おも》います。私《わたし》はもう頭《あたま》が混乱《こんらん》して、はっきりした日《ひ》にちさえよく解《わか》らなくなりました。

私《わたし》が心配《しんぱい》で弟《おとうと》の部屋《へや》の前《まえ》まで来《く》ると、ドアが少《すこ》し開《あ》いておりまして、そのすき間《ま》からぼんやりとした様子《ようす》で立《た》っている弟《おとうと》の姿《すがた》が見《み》えました。

私《わたし》は部屋《へや》へ入《はい》って弟《おとうと》を警戒《けいかい》させるよりも、こうやって廊下《ろうか》から様子《ようす》をうかがっているほうがよいと思《おも》って、じっと見《み》ていたのです。すると弟《おとうと》はだらだらと何《なに》かに操《あやつ》られる夢遊病者《むゆうびょうしゃ》のような仕草《しぐさ》で、両手《りょうて》を顔《かお》の方《ほう》にあげていきました。手《て》には何《なん》だか短《みじか》い棒《ぼう》のようなものが握《にぎ》られていたのですが、しばらくしてそれが中国製《ちゅうごくせい》のナイフだと気《き》づきました。弟《おとうと》はナイフの柄《え》を両手《りょうて》で握《にぎ》り、きっ先《さき》を左《ひだり》の眉《まゆ》の上《うえ》あたりの額《ひたい》に当《あ》てがっているのです。

私《わたし》が大声《おおごえ》で悲鳴《ひめい》をあげると同時《どうじ》に、弟《おとうと》は自分《じぶん》の顔《かお》の左《ひだり》の額《ひたい》から左《ひだり》の眉《まゆ》にかけてを、さっと斜《なな》めに切《き》り裂《さ》いたのです。

私《わたし》は部屋《へや》にとび込《こ》んで弟《おとうと》にすがりつき、ナイフをとりあげました。傷口《きずぐち》はパックリと口《くち》を開《あ》け、血《ち》がどくどくと流《なが》れていました。私《わたし》は泣《な》き叫《さけ》んで執事夫婦《しつじふうふ》を呼《よ》び、救急箱《きゅうきゅうばこ》を持《も》ってこさせました。

でも周《まわ》りがそんなふうに大騒《おおさわ》ぎしていても、キングスレイは放心《ほうしん》したようにぼんやりしているのです。目《め》はじっと一点《いってん》を見《み》すえているように見《み》えたので、彼《かれ》の視線《しせん》を追《お》うと、そこにはなんと驚《おどろ》いたことに鏡《かがみ》がありました。弟《おとうと》はぼんやりと鏡《かがみ》を見《み》ながら、自分《じぶん》で自分《じぶん》の顔《かお》を傷《きず》つけたのです。

手当《てあ》てをしてやると、弟《おとうと》は痛《いた》みでわれに返《かえ》ったらしく、

『ぼくはどうしたんだ？　姉《ねえ》さん』

と言《い》いました。私《わたし》はゾッとしました。弟《おとうと》のその時《とき》の顔《かお》は、血《ち》の気《け》が引《ひ》いて蒼《あお》ざめ、まるで死人《しにん》か、それとも死神《しにがみ》に魅《み》いられた哀《あわ》れな罪人《ざいにん》のように見《み》えたからです。その時《とき》はじめて気《き》づいたのですが、弟《おとうと》の部屋《へや》の床《ゆか》にはどこから入《はい》り込《こ》んだものか、とかげが二《に》、三《さん》四《びき》、じっとしていました。

そんなことがあって弟《おとうと》は観念《かんねん》したらしく、私《わたし》がいろいろと問《と》い質《ただ》すと、今度《こんど》こそは決心《けっしん》した様子《ようす》で、ぽつぽつと驚《おどろ》かないではいられないような異様《いよう》な話《はなし》を始《はじ》めたのです。

それによると、中国《ちゅうごく》で弟《おとうと》は、アヘン売買《ばいばい》の仲間《なかま》に加《くわ》わっていたらしいのです。身寄《みよ》

りも頼《たよ》るもののない一人《ひとり》の青年《せいねん》が生《い》き延《の》びていくことの困難《こんなん》さを思《おも》うと、私《わたし》はキングスレイを責《せ》められませんでした。仲間《なかま》と行動《こうどう》を共《とも》にするうち、ある血腥《ちなまぐさ》い事件《じけん》に関《かか》わったらしいのです。その事件《じけん》の内容《ないよう》については、どう尋《たず》ねても話《はな》そうとしません。ただ大勢《おおぜい》の現地人《げんちじん》が、その事件《じけん》のために命《いのち》を落《お》としたということでした。そして弟《おとうと》の話《はなし》では、その事件《じけん》のために自分一人《じぶんひとり》が、大勢《おおぜい》の中国人《ちゅうごくじん》たちの恐《おそ》ろしい呪《のろ》いを一身《いっしん》に背負《せお》ってしまうはめになったというのです。

私《わたし》は自分《じぶん》の耳《みみ》を疑《うたが》いました。東洋《とうよう》にはまだそんな神秘的《しんぴてき》な事柄《ことがら》が今《いま》も残《のこ》っていると聞《き》いたことはあります。けれどもここは、二十世紀《にじっせいき》も明《あ》けた文明国《ぶんめいこく》の真《ま》っただ中《なか》です。そんな呪《のろ》いだの呪《のろ》い殺《ころ》すだのといった馬鹿馬鹿《ばかばか》しいことが、現実《げんじつ》に存在《そんざい》するとは到底思《とうていおも》えなかったからです。

けれども弟《おとうと》は真剣《しんけん》でした。真《ま》っ青《さお》な顔《かお》で、自分《じぶん》は呪《のろ》い殺《ころ》されると私《わたし》に訴《うった》えるのです。呪《のろ》いに対抗《たいこう》する方法《ほうほう》はなかったのかと私《わたし》が尋《たず》ねますと、あった、それがあの長行李《ながごうり》だという返事《へんじ》です。

中国時代《ちゅうごくじだい》、ことのなりゆきに悩《なや》んでいると、ある中国《ちゅうごく》の賢人《けんじん》が、親切《しんせつ》にも弟《おとうと》の相談《そうだん》に乗《の》ってくれ、その方《かた》が大《おお》きな楠《くす》でインドの仏《ほとけ》さまの像《ぞう》を彫《ほ》ってくれて、それを絹《きぬ》で被《おお》ってあの長行李《ながごうり》に入《い》れて持《も》たせてくれたのだそうです。その方《かた》はこの行李《こうり》の中《なか》に呪《のろ》いを封《ふう》じ込《こ》めたので、弟《おとうと》にかかる呪《のろ》いはすべてこの仏《ほとけ》さまの像《ぞう》が代《かわ》って受《う》けてくださると言《い》ったそうで、終身《しゅうしん》この行李《こうり》を身辺《しんぺん》に置《お》き、大事《だいじ》にするなら災《わざわ》いは起《お》きないと言《い》ったそうです。

しかし、絶対《ぜったい》に蓋《ふた》を開《あ》けてはいけないとも言《い》ったのだそうです。開《あ》ければ中《なか》に封《ふう》じ込《こ》めた呪《のろ》いや、あらゆる邪悪《じゃあく》なものが箱《はこ》から逃《に》げ出《だ》し、弟《おとうと》の身《み》によくないことが起《お》こると繰《く》り返《かえ》し諭《さと》されたらしいのですね。でもそれを知《し》らず、私《わたし》がうかつにも開《あ》けてしまったというわけです。

弟《おとうと》はすっかり怯《おび》えており、こうしている今《いま》も、大勢《おおぜい》の東洋人《とうようじん》が心《こころ》をひとつにして自分《じぶん》を呪《のろ》っているんだ、自分《じぶん》は東洋人《とうようじん》に呪《のろ》い殺《ころ》される、と口走《くちばし》っては放心状態《ほうしんじょうたい》になってしまうありさまです。

私《わたし》はその時《とき》、すぐこちらへうかがおうかと思《おも》いましたが、弟《おとうと》が誰《だれ》にもほかの人《ひと》に洩《も》らしてはいけないんだと懇願《こんがん》するものですから、とうとう今日《きょう》まで延《の》びてしまいました」

「火《ひ》を焚《た》かないのはどうしたわけです？」

ホームズが口《くち》をはさんだ。

「そう、うっかりしておりました。それも中国《ちゅうごく》の賢人《けんじん》から聞《き》いたらしいのですけれど、呪《のろ》いが効果《こうか》を持《も》ってまいりますと、呪《のろ》いを受《う》ける人《ひと》やその周《まわ》りは、まるでアフリカみたいに温度《おんど》があがり、火《ひ》にかけられた鍋《なべ》の中《なか》みたいになって、水分《すいぶん》がすっかり蒸発《じょうはつ》してしまうのだそうです。だから部屋《へや》を冷《ひ》やしておく必要《ひつよう》があるのだと弟《おとうと》は言《い》います。こんなふうに部屋《へや》が氷《こおり》みたいに冷《ひ》えているうちは安全《あんぜん》なのだとそう申《もう》します。

ですから先《さき》ほどご説明《せつめい》しました、弟《おとうと》がナイフで怪我《けが》をした事件《じけん》の後《あと》、私《わたし》が知《し》らずに弟《おとうと》の部屋《へや》の暖炉《だんろ》に薪《まき》をくべますと、とんできて水《みず》をかけ、すごい権幕《けんまく》で怒鳴《どな》るのです。それでようやく部屋《へや》を暖《あたた》めずにいる理由《りゆう》を知《し》ったようなわけなのですが」

ホームズは私《わたし》のほうにちらと顔《かお》を向《む》けた。

「妙《みょう》な話《はなし》とお思《おも》いでしょう。私自身《わたしじしん》、信《しん》じているわけではございません。かといって弟《おとうと》を目《め》の前《まえ》にしておりますと、信《しん》じないと言《い》いきる勇気《ゆうき》も到底《とうてい》ありません。それでこうしてご意見《いけん》をうかがいにまいったようなわけですけれど……」

「その自刃事件《じじんじけん》の後《あと》の弟《おとうと》さんのご様子《ようす》は、いかがなのです?」

「相変《あいか》わらずなのです。これがまるっきり相変《あいか》わらずなのですホームズさま。それもますますひどくなります。あの事件《じけん》から一カ月《いっげつ》と少《すこ》しの間《あいだ》、キングスレイはいったい何《なに》を胃《い》に入《い》れたかしらと、私《わたし》が考《かんが》え込《こ》んでしまうほどです。今《いま》ではまるでもう、骨《ほね》と皮《かわ》だけのようなありさまです。

ベインズ夫婦《ふうふ》と三人《さんにん》で——召使《めしつか》い夫婦《ふうふ》なのですけれど——、いろいろと口《くち》にしやすいものをと知恵《ちえ》を絞《しぼ》りましたが、はたしてどれほどの効果《こうか》があったものでしょうか。あれでは中国《ちゅうごく》の呪《のろ》いとやらが効《き》きめを現《あら》わす前《まえ》に、キングスレイは飢《う》え死《じ》にしてしまうでしょう」

「何《なに》も召《め》しあがらないのですね?」

「少《すこ》しは食《た》べますが、たいていのものはすぐに吐《は》いてしまうのです。そして一日《いちにち》じゅう血《ち》走《ばし》った目《め》でうわ言《ごと》を言《い》い続《つづ》け、意味《いみ》もなく叫《さけ》んだり、廊下《ろうか》で倒《たお》れたりするのです」

「ほかに変《か》わったことはありませんか?」

「ほかに変《か》わったことと申《もう》されましても、たくさんありますので……。

そう、こんなこともあります。パジャマを着換《きか》えるのをとても嫌《いや》がります。キングスレイは私《わたし》の家《いえ》に来《き》た時《とき》、一組寝具《ひとくみしんぐ》を持《も》っていたのですが、これが替《か》わるととても寝《ね》つけないと申《もう》しまして、ベッドこそ私《わたし》の用意《ようい》したものを使《つか》っておりますが、シーツは以前《いぜん》からの馴染《なじ》んだ粗末《そまつ》なものに替《か》えております。パジャマもそうなのです。弟《おとうと》は発作《ほっさ》を起《お》こすとパジャマのままで床《ゆか》を転《ころ》げ廻《まわ》ったりしますので、ひどくパジャマが汚《よご》れてしまいます。でもどうしても着換《きか》えようとはしないのです。以前《いぜん》は着換《きか》えて洗濯《せんたく》させてくれましたが、最近《さいきん》ではどうしても昔《むかし》のものを脱《ぬ》ごうとしません」

「ほう。しかしそれはナポレオンもそうだったといいますからね。ところでぼくのところへ相談《そうだん》に来《く》るということを、弟《おとうと》さんにはおっしゃいましたか?」

「いいえ、申《もう》しておりません。とても嫌《いや》がるものですから。外部《がいぶ》の他人《たにん》が介入《かいにゅう》してくると、いっそうよくない結果《けっか》を招《まね》くというのです。その言葉《ことば》に負《ま》けて、とうとう今日《きょう》まで延《の》びてしまったのです。

でもあなたは特別《とくべつ》の方《かた》でいらっしゃいましょう? ホームズさま。どうか可哀想《かわいそう》な弟《おとうと》をお救《すく》いくださいませ。私《わたし》にはもう、どうしてよいものか解《わか》りません。最後《さいご》の手段《しゅだん》に訴《うった》えるつもりでここへまいったのでございます」

ホームズは顔《かお》つきこそ深刻《しんこく》な様子《ようす》だったが、両手《りょうて》のひらを嬉《うれ》しそうにこすり合《あ》わせた。これは彼《かれ》の知性《ちせい》が申《もう》し分《ぶん》のない刺激《しげき》を受《う》けている証《あか》しである。

「大変興味深《たいへんきょうみぶか》いお話《はなし》ですリンキイさん。弟《おとうと》さんとあなたの体験《たいけん》なさっていることは、ぼくの知《し》る限《かぎ》りではまったく類《るい》のないものです。で、今日明日《きょうあす》にでもお宅《たく》へうかがえば、弟《おとうと》さんに会《あ》えますかしら」

「その点《てん》なのですがホームズさま、弟《おとうと》は今《いま》、人《ひと》に会《あ》えるような状態《じょうたい》ではございません」

「人《ひと》に会《あ》うのを嫌《いや》がっているのですね？」

「おっしゃるとおりです」

「ではワトスン君《くん》ではどうです。彼《かれ》は医者《いしゃ》ですが」

「失礼《しつれい》ですが、なおさら無理《むり》と思《おも》います。特《とく》にお医者様《いしゃさま》を嫌《きら》っているのです。自分《じぶん》は病気《びょうき》ではないし、ましてイギリスの医者《いしゃ》に理解《りかい》の及《およ》ぶ状態《じょうたい》ではないと言《い》うのです。弟《おとうと》は体力《たいりょく》は弱《よわ》っておりますが、気《き》に入《い》らないことがあると人《ひと》が変《か》わったような力《ちから》を出《だ》します。私《わたし》は弟《おとうと》にもうこれ以上怪我《いじょうけが》をされたくありません」

「ふむ、そいつは弱《よわ》ったな……、ではもう一日二日《いちにちふつか》このままで、ぼくらが踏《ふ》み込《こ》むに足《た》る何《なに》ごとかが起《お》こるのを待《ま》つしかないということになりますかな。ところでその東洋《とうよう》の呪《のろ》いというのは、放《ほう》っておくと、最後《さいご》にはどういう結末《けつまつ》にいたると弟《おとうと》さんはおっしゃるのです？　先《さき》ほどのお話《はなし》では、この点《てん》が少々漠然《しょうしょうばくぜん》としていたように思《おも》いますが。やはり生命《いのち》を落《お》とすことになるのでしょうね」

「私《わたし》も詳《くわ》しくは存《ぞん》じませんが、弟《おとうと》が申《もう》しますのには、呪《のろ》いをかける能力《のうりょく》のある中国人《ちゅうごくじん》が大勢《おおぜい》でいっせいに一人《ひとり》の人間《にんげん》を呪《のろ》うと、その人間《にんげん》は体《からだ》じゅうから水分《すいぶん》が全部抜《ぜんぶぬ》けてしまって、かさかさのミイラのようになり、死《し》んでしまうのだそうです」

「ほう！　それはそれは」

どうやらホームズは、まるで信《しん》じてはいない様子《ようす》だった。

何《なに》ごとか、ほんの少《すこ》しでも変《か》わった出来事《できごと》が持《も》ちあがれば電報《でんぽう》を打《う》つ、という約束《やくそく》で婦人《ふじん》が帰《かえ》っていくと、ホームズは私《わたし》に言《い》った。

「さあ、どう思《おも》うね？　ワトスン君《くん》」

「何《なん》とも不思議《ふしぎ》な話《はなし》だね。今聞《いまき》いた話《はなし》そのまま納得《なっとく》するなんてぼくにはとてもできないよ」

「ふむ、それならどういう解釈《かいしやく》をするね？」

「キングスレイはやはり病的《びようてき》な妄想《もうそう》による、強度《きようど》の神経衰弱《しんけいすいじやく》と考《かんが》えるべきだと思《おも》う」

私《わたし》がそう言《い》うと、ホームズはにやりとした。

「文明国《ぶんめいこく》イギリスの医者《いしや》らしい、堅実《けんじつ》な意見《いけん》だ。なるほど、キングスレイが君《きみ》に会《あ》いたがらないわけだな」

「だがほかにどんな解釈《かいしやく》があるっていうんだい？」

「解釈《かいしやく》は君《きみ》のもののほかにも何通《なんとお》りかあると思《おも》う。だがこと東洋《とうよう》の呪《のろ》いとやらに関《かん》する限《かぎ》りは、ぼくの意見《いけん》も君《きみ》のと大差《たいさ》ないくらいに散文的《さんぶんてき》だ。昨日《きのう》までぴんぴんしていた人間《にんげん》が、ある日突然《ひとつぜん》かさかさのミイラになって死《し》んでしまうなんて事件《じけん》があれば、ぼくはロンドンとはいわず、世界《せかい》の果《は》てまでだって今《いま》すぐとんで行《い》くね」

「信《しん》じてないんだね？」

私《わたし》は言《い》った。

「まるっきりね！　東洋《とうよう》かぶれのペテン師《し》が思《おも》いつきそうな与太話《よたばなし》さ」

「じゃあ、その弟《おとうと》っていうのが食《く》わせ者《もの》だってのかい？」

「さあ、そいつは今《いま》のところ解《わか》らないがね、食《く》わせ者《もの》だったらミイラになって死《し》んだりはしないだろうな」

しかしホームズは、世界《せかい》の果《は》てまで行《い》く必要《ひつよう》はなかった。


その翌日《よくじつ》、ホームズはいくぶんそわそわとし、落《お》ちつきがなかった。明《あき》らかにプライオリィ・ロードのメアリー・リンキイが気《き》にかかっていたのである。

そしてその翌日《よくじつ》の二月八日《にがつようか》、つまりメアリー・リンキイがわれわれのところへやってきた翌々日《よくよくじつ》の午前中《ごぜんちゅう》、ホームズ宛《あ》てに電報《でんぽう》が一通届《いっつうとど》いた。私《わたし》もホームズも、これはあの婦《ふ》人《じん》のよこしたものだろうと即座《そくざ》に考《かんが》えた。

「さて、どんな進展《しんてん》があったと思《おも》うねワトスン君《くん》。キングスレイがミイラになったのじゃないことだけは請《う》け合《あ》うね」

しかし電報《でんぽう》はメアリー・リンキイの打《う》ったものではなかった。発信主《はっしんぬし》はわれわれの旧《きゅう》友《ゆう》、レストレイド警部《けいぶ》からのものだった。この意外《いがい》な事実《じじつ》が、友《とも》からいつもの陽気《ようき》さを奪《うば》った。

『アナタゴノミノ事件発生《じけんはっせい》。タダチニプライオリィ・ロードノ、アナタモゴ存《ぞん》ジノメアリー・リンキイ宅《たく》ニコラレタシ。レストレイド』

電文《でんぶん》に目《め》を通《とお》すと、ホームズはさっと表情《ひょうじょう》を曇《くも》らせた。口《くち》もとをきびしく引《ひ》きしめ、立《た》ちあがると、

「さあ君《きみ》も行《い》くだろう、ワトスン」

と言《い》った。

相変《あいか》わらずの寒《さむ》さだったが、表《おもて》の天気《てんき》は上々《じょうじょう》だった。しかしマックルトン駅《えき》からリンキイ家《け》に向《む》かう辻馬車《つじばしゃ》の中《なか》で、ホームズはいつものような軽口《かるくち》の類《たぐ》いをいっさい口《くち》にせず、むっつりと黙《だま》り込《こ》んだままだった。憂慮《ゆうりょ》すべき事態《じたい》を頭《あたま》に思《おも》い描《えが》いていたのだろう。かくいう私《わたし》も、これからあの事件《じけん》の暗《くら》い結末《けつまつ》を語《かた》ろうとするにあたって、あの時味《ときあじ》わった驚愕《きょうがく》と恐怖《きょうふ》とをあらためて身《み》に感《かん》ずるのである。

リンキイ邸《てい》は、私《わたし》の想像《そうぞう》より十倍《じゅうばい》も立派《りっぱ》であった。いかめしい飾《かざ》りのついた鉄《てつ》の門《もん》を

抜《ぬ》けると、広々《ひろびろ》とした邸内《ていない》が広《ひろ》がり、細《ほそ》い道《みち》が大理石《だいりせき》の車寄《くるまよ》せのある玄関《げんかん》へと続《つづ》いている。

今《いま》は一面《いちめん》に雪《ゆき》が覆《おお》っているため解《わか》らないが、この広々《ひろびろ》とした雪《ゆき》の原《はら》の下《した》には手入《てい》れの行《ゆ》き届《とど》いた芝生《しばふ》が広《ひろ》がり、われわれの馬車《ばしゃ》が進《すす》んでいる道《みち》は、こういった立派《りっぱ》な屋敷《やしき》のものがたいていそうであるように、砂利《じゃり》敷《じ》きであるに相違《そうい》なかった。見渡《みわた》せば、敷地内《しきちない》にはちょっとした池《いけ》も見《み》え、その向《む》こうにはこんもりと小《ちい》さな林《はやし》までがある。

やがて行《ゆ》く手《て》に、痩《や》せてきびしそうな顔《かお》をしたレストレイドの小柄《こがら》な姿《すがた》が、雪《ゆき》の中《なか》にポツンと立《た》ってわれわれの馬車《ばしゃ》が近《ちか》づくのを待《ま》っているのが見《み》えてきた。玄関前《げんかんまえ》には警察《けいさつ》関係者《かんけいしゃ》のものらしい馬車《ばしゃ》が何台《なんだい》も停《と》まっていたから、われわれはそのずっと手前《てまえ》で降《お》りなくてはならなかった。

「やあホームズさん、ワトスンさんも。相変《あいか》わらずお元気《げんき》そうで何《なに》よりです。われわれがこうして会《あ》う時《とき》は、たいてい誰《だれ》かに不幸《ふこう》が降《ふ》りかかった時《とき》であるというのはやりきれませんな。もう少《すこ》し陽気《ようき》な理由《りゆう》でお会《あ》いしたいものだ」

レストレイドの口数《くちかず》は、普段《ふだん》より多《おお》かった。これには何《なに》か魂胆《こんたん》があるらしく私《わたし》には思《おも》われた。

「君《きみ》がわざわざこんな郊外《こうがい》まで出向《でむ》くとは珍《めずら》しいね、レストレイド君《くん》」

「おおせのとおりですよ、ホームズさん。まさにその点《てん》が、この事件《じけん》がいかに風変《ふうが》わりなものであるかを説明《せつめい》しておると言《い》いたいですな、私《わたし》としては」

そう言《い》ってレストレイドはちょっとずるそうな、そして何《なん》となく同情《どうじよう》するような目《め》でホームズを見《み》た。

「この屋敷《やしき》の事情《じじよう》はお聞《き》き及《およ》びだったようですな、ホームズさん。今執事《いましつじ》のベインズ夫婦《ふうふ》に聞《き》いたところです。あなたはメアリー・リンキイにお会《あ》いになっているとか。いつも少《すこ》しの手抜《てぬ》かりもなくことを処理《しより》なさるあなたとしては、今回《こんかい》のことはちょっとばかり完全《かんぜん》とは言《い》いがたかったですな」

「ホームズもへまをやったと言《い》いたがる者《もの》は、署内《しよない》になかなか多《おお》いでしょうな。リンキイ夫人《ふじん》はどこです？」

「その点《てん》なんですがね、ホームズさん。そう言《い》いたがるのははたして署内《しよない》の人間《にんげん》だけでしようかな。あそこですよ」

レストレイドが、顎《あご》を玄関《げんかん》のほうに向《む》けてしゃくった。そこに見憶《みおぼ》えのあるリンキイ夫《ふ》人《じん》が、両脇《りょうわき》を屈強《くつきょう》な男《おとこ》に支《ささ》えられ、よろよろと姿《すがた》を現《あら》わしたところだった。手前《てまえ》の馬車《ばしゃ》の中《なか》からももう一人男《ひとりおとこ》が現《あら》われ、三人《さんにん》がかりで夫人《ふじん》を馬車《ばしゃ》に押《お》し込《こ》もうとした。

「ちょっと待《ま》て！」

ホームズは叫《さけ》ぶと、急《いそ》ぎ足《あし》で歩《あゆ》み寄《よ》っていった。

「その人《ひと》をどこへ連《つ》れていこうというんだ、諸君《しょくん》」

メアリー・リンキイはしかしホームズの声《こえ》を聞《き》いても、少《すこ》しもわれわれのほうを見《み》ようとはしなかった。乱《みだ》れた髪《かみ》、うつろな目《め》、狂《くる》おしい感《かん》じに震《ふる》える唇《くちびる》、すべてが彼女《かのじょ》の絶《ぜっ》望的《ぼうてき》な精神《せいしん》の錯乱《さくらん》を物語《ものがた》っていた。

「見《み》て解《わか》りませんかねえ」

男《おとこ》の一人《ひとり》がうんざりしたように言《い》った。

「とてもこのまま、この家《いえ》にゃ置《お》いておけませんぜ」

ホームズは近寄《ちかよ》り、メアリー・リンキイの肩《かた》に手《て》をかけて名《な》を呼《よ》んだ。しかし彼女《かのじょ》はホームズのほうを見《み》ようとはせず、うつむいたり、空《そら》を見《み》あげたりを繰《く》り返《かえ》していた。が、突然《とつぜん》きっとしたようにホームズをにらんだので、私《わたし》は彼女《かのじょ》がホームズに何《なに》ごとか怨《うら》みの言葉《ことば》を浴《あ》びせるのではあるまいかと心配《しんぱい》した。しかし、そうではなかった。

「キングスレイ？　キングスレイなの？」

夫人《ふじん》は言《い》った。盲人《もうじん》のようにしばらくそうしていたが、やがてすぐに首《くび》を落《お》とし、

「キングスレイと違《ちが》うわ」

と悲《かな》し気《げ》に言《い》った。

「あっちへ行《い》って。今《いま》からキングスレイを捜《さが》しにいくんだから」

「さあ、もういいでしょう、旦那《だんな》。今《いま》から病院《びょういん》へ行《い》きますんでね、邪魔《じゃま》だ、ちょっとそこどいてください」

メアリー・リンキイは三人《さんにん》の男《おとこ》に抱《だ》きかかえられるようにして、馬車《ばしゃ》におさまった。御者《ぎょしゃ》が鞭《むち》を入《い》れると、馬《うま》は大《おお》きく白《しろ》い息《いき》をひとつ吐《は》いて、門外《もんがい》をめざしてリンキイ邸《てい》を去《さ》っていく。

「執事夫婦《しつじふうふ》の話《はなし》では、メアリー・リンキイはどうやら以前《いぜん》から、様子《ようす》がちょいとおかし

かったようですな。それが今度《こんど》のことで決定的《けっていてき》になっちまったってところです」

放心《ほうしん》したように馬車《ばしゃ》を見送《みおく》っているホームズの背後《はいご》に寄《よ》り、レストレイドが見《み》ようによっては嬉《うれ》しそうに言《い》った。

「何《なん》ということだ」

ホームズは肺腑《はいふ》から絞《しぼ》り出《だ》すような声《こえ》でつぶやいた。私《わたし》はホームズが、これほど苦《くる》しそうな顔《かお》をしたのをそれまで見《み》たことがない。

しかし彼《かれ》はいつまでも敗者《はいしゃ》の地位《ちい》にあまんじてはいなかった。彼《かれ》の目《め》のうちにあった弱々《よわよわ》しい絶望《ぜつぼう》の光《ひかり》が、次第《しだい》にこの屈辱《くつじょく》を与《あた》えてくれた者《もの》に対《たい》する激《はげ》しい復讐心《ふくしゅうしん》にとってかわり、やがては火《ひ》のような闘争心《とうそうしん》となって燃《も》えあがるのを私《わたし》は感《かん》じた。だが彼《かれ》はあくまで表面的《ひょうめんてき》には、冷静《れいせい》な紳士《しんし》としての態度《たいど》をくずさなかった。

「さあ、現場《げんば》を見《み》せてもらおう」

ホームズはきっぱりと言《い》った。その様子《ようす》には、烈々《れつれつ》たる闘志《とうし》を強《し》いて押《お》し殺《ころ》している響《ひび》きがあった。

「そして事件《じけん》の説明《せつめい》をしていただこうじゃありませんか」

　われわれ三人《さんにん》は肩《かた》を並《なら》べて館《やかた》に入《はい》っていった。入《はい》るとすぐに意外《いがい》に思《おも》ったことがひとつある。それは、これほどに広々《ひろびろ》とした敷地《しきち》を持《も》つ邸《やしき》であるから、館《やかた》の背後《はいご》にもさぞ、かなりの面積《めんせき》の裏庭《うらにわ》が広《ひろ》がっているのだろうと思《おも》ったのだが、そうではなく、ちょっとした垣根《かきね》がわりの植込《うえこ》みをはさんで、裏手《うらて》にはすぐに隣家《りんか》が接《せっ》していたのだった。隣家《りんか》の二《に》階《かい》の窓《まど》には、「空《フオー》・室《レント》」と書《か》いた小《ちい》さな札《ふだ》が下《さ》がっている。それが館内《かんない》の廊下《ろうか》から望《のぞ》めるのであった。

　リンキイ家《け》は二階《にかい》建《だ》てで、これほどに広大《こうだい》な敷地内《しきちない》に建《た》てられたものとしてはずいぶん小《ちい》さいほうだろうが、それでも執事夫婦《しつじふうふ》と一人《ひとり》の未亡人《みぼうじん》が住《す》む家《いえ》としては大《おお》きすぎるだろう。三人《さんにん》が四人《よにん》になってもその点《てん》は変《か》わらないと思《おも》われた。

　正面《しょうめん》のホールの隅《すみ》に、この大事《だいじ》にどう身《み》を置《お》いてよいか解《わか》らないというようにおどおどしている老夫婦《ろうふうふ》の姿《すがた》があった。

「あれが執事《しつじ》のベインズ夫婦《ふうふ》です」

　レストレイドが説明《せつめい》した。

「彼《かれ》らは」

「いや彼《かれ》らは後《あと》で結構《けっこう》。まず現場《げんば》の案内《あんない》と説明《せつめい》を頼《たの》みますよ。キングスレイは死《し》んだのですか？」

「おっしゃるとおりですがねホームズさん、ご自分《じぶん》の目《め》でご覧《らん》になったほうがよいですよ。言葉《ことば》で説明《せつめい》を聞《き》いただけじゃ、誰《だれ》だって嘘《うそ》だと思《おも》うでしょうからな。私《わたし》だってこの事件《じけん》の説明《せつめい》をこの地区《ちく》の警官《けいかん》から聞《き》いた時《とき》は、てっきりからかわれていると思《おも》いましたよ。私《わたし》もあなた同様《どうよう》、この仕事《しごと》を始《はじ》めてもう長《なが》いですがね、あんな妙《みょう》ちきりんな死《し》に方《かた》をした死体《したい》に遭《あ》ったのははじめてです」

問題《もんだい》の部屋《へや》は二階《にかい》のほぼ中央《ちゅうおう》にあたる。廊下《ろうか》に沿《そ》って四《よっ》つ並《なら》んだ部屋《へや》の、西《にし》から二《ふた》つ目《め》であった。

ドアは中《なか》に向《む》かって開《ひら》く形式《けいしき》のものだったが、その四《よん》フィートばかし手前《てまえ》に立《た》つと、ぷーんと焦《こ》げ臭《くさ》い匂《にお》いが感《かん》じられた。

部屋《へや》へ入《はい》ると、予想《よそう》どおりあらゆるものが焦《こ》げており、部屋《へや》じゅうのほとんどのものが茶褐色《ちゃかっしょく》か黒《くろ》に変色《へんしょく》して、水《みず》を含《ふく》んでいた。

「執事《しつじ》とリンキイ夫人《ふじん》が、燃《も》えているのを見《み》て水《みず》をかけたんです」

ホームズはしかしそういった周囲《しゅうい》のものには目《め》もくれず、一直線《いっちょくせん》にベッドに向《む》かって歩《ある》いていった。ベッドの上《うえ》にかがみ込《こ》んでいた警官《けいかん》が、あわてて身《み》をよけた。

そこには不思議《ふしぎ》な物体《ぶったい》が横《よこ》たわっていた。パジャマを着《き》たミイラだ。口《くち》をなかば開《あ》け、歯《は》を少《すこ》しむき出《だ》している。目《め》は閉《と》じており、左《ひだり》の額《ひたい》から眉《まゆ》にかけて斜《なな》めに大《おお》きな傷跡《きずあと》があった。

手足《てあし》はベッドの上《うえ》で真《ま》っすぐに伸《の》ばし、別《べつ》に苦悶《くもん》の表情《ひょうじょう》は見《み》せていないが、パジャマから覗《のぞ》いた胸《むな》もと、顔《かお》、そして手《て》と足《あし》の先《さき》は、骨《ほね》と皮《かわ》だけになって、茶褐色《ちゃかっしょく》に変色《へんしょく》していた。

しかし焦《こ》げているというのではない。シーツの上《うえ》にところどころくすぶった跡《あと》はあるものの、パジャマがほとんど燃《も》えていないのを見《み》てもそれは解《わか》る。明《あき》らかに、哀《あわ》れなキングスレイはミイラと変《か》わっているのである。

「からからに干《ひ》あがっていますよ。水分《すいぶん》がまるっきり抜《ぬ》けちまって、完全《かんぜん》なミイラです。何《なん》でこんな奇怪千万《きかいせんばん》なことになっちまったんでしょうなあ！

あんたにとって、実《じつ》に申《もう》し分《ぶん》のない出番《でばん》が巡《めぐ》ってきたもんですなホームズさん。そう思《おも》いませんか」

ホームズはミイラ化《か》したキングスレイの死体《したい》の上《うえ》にかがみ込《こ》み、例《れい》の拡大鏡《かくだいきょう》をとり出《だ》して子細《しさい》に観察《かんさつ》した。

「頬《ほお》の部分《ぶぶん》が少《すこ》しくずれてますな」

「それは姉《あね》のメアリーが触《ふ》れたためらしいです。その瞬間《しゅんかん》から彼女《かのじょ》は、おかしくなってしまったようですがね」

その時《とき》一人《ひとり》の警官《けいかん》が、二枚《にまい》のガラス板《いた》をビスで固定《こてい》したものを持《も》って入《はい》ってくると、控《ひか》えめな仕草《しぐさ》でレストレイドにさし出《だ》した。二人《ふたり》は隅《すみ》でしばらくひそひそやっていたが、やがてレストレイドが、

「面白《おもしろ》いものが手《て》に入《はい》りましたよ、ホームズさん」

と言《い》った。ホームズは観察《かんさつ》の手《て》を休《やす》めて振《ふ》り向《む》いた。

「キングスレイの喉《のど》から、こんな紙片《かみきれ》が出《で》てきたようです。紙《かみ》も乾燥《かんそう》してぱさぱさになってるんでね、慎重《しんちょう》に貼《は》り合《あ》わせて、こんなふうにガラスではさんでおるんです。

下《した》にランガム・ホテルという活字《かつじ》が見《み》えますからどうやらランガム・ホテルで出《だ》しておる便箋《びんせん》の切《き》れ端《はし》のようですな。こうやって見《み》るところ、少々《しょうしょう》字《じ》がかすれているが六十《ろくじゅう》一《いち》という数字《すうじ》らしい。私《わたし》にはそう見《み》えます。ホームズさんはいかがですかな?」

ホームズと並《なら》んで私《わたし》も覗《のぞ》き込《こ》んだ。それは破《やぶ》れかかった紙《かみ》をかろうじてつなぎ止《と》めたもので、図《ず》で示《しめ》せば次《つぎ》のようなものであった。

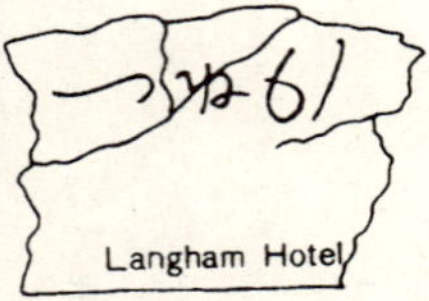

「確《たし》かに六十一《ろくじゅういち》と読《よ》めるな、君《きみ》はどう思《おも》う?」

「六十一《ろくじゅういち》だね。その手前《てまえ》のものはペンがかすれていて、何《なん》だか解《わか》らないが」

私《わたし》は答《こた》えた。

「確《たし》かに解《わか》らないな、中国《ちゅうごく》の文字《もじ》かもしれん。ワトスン君《くん》、すまないけど、この図形《ずけい》と数字《すうじ》を別《べつ》の紙《かみ》に写《うつ》し取《と》っておいてくれないか。破《やぶ》れた紙《かみ》のりんかくも一緒《いっしょ》にね」

私《わたし》は了解《りょうかい》し、薄《うす》い紙《かみ》をガラス板《いた》の上《うえ》に載《の》せ、窓《まど》ぎわに寄《よ》って、表《おもて》の光線《こうせん》に透《す》かした。すると、うまく字《じ》や紙《かみ》のりんかくが透《す》けて見《み》えたので、できる限《かぎ》り慎重《しんちょう》なやり方《かた》で写《うつ》し取《と》った。作業《さぎょう》を終《お》えて両者《りょうしゃ》を較《くら》べてみると、われながら見事《みごと》な出来《でき》で、双方《そうほう》はまったく寸分《すんぶん》の違《ちが》いもなかった。

「だが喉《のど》にこいつが詰《つ》まっておったとは、どういうもんでしょうな、ホームズさん」

私《わたし》が仕事《しごと》を終《お》えて彼《かれ》らのもとへ戻《もど》り、本物《ほんもの》をレストレイドに、写《うつ》しをホームズへ渡《わた》し終《お》えると、レストレイドが言《い》う。

「不可解《ふかかい》です。しかし実《じつ》に興味深《きょうみぶか》い」

「隠滅《いんめつ》してしまいたい証拠品《しょうこひん》だったという可能性《かのうせい》はいかがでしょう?」

若《わか》い警官《けいかん》が口《くち》をはさんだ。

「とっさに隠滅《いんめつ》するなら、呑《の》み込《こ》むのが一番《いちばん》です」

「被害者が証拠品《しょうこひん》を隠匿《いんとく》するのかね?」

レストレイドが反論《はんろん》している。

ホームズは議論《ぎろん》の輪《わ》を抜《ぬ》け、無残《むざん》に黒焦《くろこ》げになっている部屋《へや》じゅうのガラクタを足早《あしばや》に見《み》て廻《まわ》っていたが、焼《や》けた書《か》き物机《ものづくえ》の蓋《ふた》や、抽斗《ひきだし》をがたがたやりながら言《い》う。

「どこにもランガム・ホテルの便箋《びんせん》なんかないよ、レストレイド君《くん》。君《きみ》たちの高尚《こうしょう》な議《ぎ》論《ろん》に、このささいな事実《じじつ》も加《くわ》えてもらいたいものだね。キングスレイは、どうやらランガム・ホテルの便箋《びんせん》など所有《しょゆう》してはいない」

二人《ふたり》の警官《けいかん》は、友人《ゆうじん》のこの忠告《ちゅうこく》により黙《だま》り込《こ》んだ。

「しかし便箋《びんせん》は切《き》れ端《はし》だ。最初《さいしょ》からあんな切《き》れ端《はし》に何《なに》ごとか書《か》くとも思《おも》えない。書《か》いてからちぎり取《と》ったのだ。では残《のこ》りがあるはずだ。

それが彼《かれ》の胃袋《いぶくろ》に入《はい》ったのでないとするなら、この暖炉《だんろ》か、それともくずカゴだ……。

駄目《だめ》だ、ススばかりか」

くずカゴを覗《のぞ》き込《こ》みながら、ホームズは言《い》う。

「燃《も》えちまったんですかね？」

「今《いま》のところそう考《かんが》えるしかないらしい。何《なに》しろ部屋《へや》じゅうがでっかい暖炉《だんろ》の中《なか》みたいだ。

では失礼《しつれい》して、ぼく流《りゅう》のやり方《かた》で思《おも》う存分《ぞんぶん》やるとしよう。今日《きょう》ほどこのささやかな愛用品《あいようひん》を頼《たの》もしく思《おも》う日《ひ》はないね」

言《い》うが早《はや》いかホームズはしゃがみ込《こ》み、隅々《すみずみ》まで丹念《たんねん》にレンズで調《しら》べはじめた。焦《こ》げた床《ゆか》の上《うえ》だからさすがに腹《はら》ばいになることはしなかったが、彼《かれ》はいつもに倍《ばい》して精力的《せいりょくてき》だった。

時々満足《ときどきまんぞく》そうなうめき声《ごえ》をたてるとポケットからハンカチをとり出《だ》し、たたんだすき間《ま》に証拠品《しょうこひん》を採集《さいしゅう》した。

彼《かれ》は熱中《ねっちゅう》するとわれを忘《わす》れ、話《はな》しかけられて思考《しこう》を中断《ちゅうだん》されるのをひどく嫌《きら》うのが常《つね》なので、われわれは無言《むごん》で彼《かれ》の訓練《くんれん》された猟犬《りょうけん》のような仕事《しごと》ぶりを眺《なが》めていた。

やがてホームズは立《た》ちあがり、床《ゆか》の甲冑《かっちゅう》を指《ゆび》さして言《い》う。

「これは東洋《とうよう》の鎧兜一式《よろいかぶといっしき》ですな、ばらばらになって前《まえ》のめりに倒《たお》れたというところか。そしてこれも、ずいぶんと焦《こ》げている……。これは普段《ふだん》どういう格好《かっこう》で飾《かざ》ってあったんです？」

「そこに小《ちい》さいスツールがあるでしょう？　執事《しつじ》の話《はなし》では、その上《うえ》にすわった格好《かっこう》にして置《お》いてあったようです。そうしてその倒《たお》れている支《ささ》え棒《ぼう》で背中《せなか》から支《ささ》えておったんです」

「ふうん、するとこいつは、部屋《へや》の隅《すみ》にすわっておったわけですな？　兜《かぶと》もあり、面当《めんあ》てもあり、脛当《すねあ》てもある、手袋《てぶくろ》みたいなものまであるか。これなら露出《ろしゅつ》する部分《ぶぶん》はほとんどなくて、戦場《せんじょう》ですこぶる安全《あんぜん》なわけですな、われわれの甲冑《かっちゅう》と似《に》たようなものだ。はてな、このばらばらになった代物《しろもの》をちゃんとまとめても、もとどおりすわるようには見《み》えないが」

「焼《や》けちまったからでしょう」

「心棒《しんぼう》が要《い》るはずだ。今《いま》のは、その心棒《しんぼう》が燃《も》えちまったのだろうという意見《いけん》ですな？　レストレイド君《くん》。しかしこれは君《きみ》が背中《せなか》の支《ささ》え棒《ぼう》だと言《い》う。そんなものはどこにも見当《みあ》たらないよ。こいつは妙《みょう》だ。まあいい、先《さき》へ進《すす》むとしようか。

これが例《れい》の長行李《ながごうり》だな。こいつが特《とく》によく燃《も》えている。蓋《ふた》はほとんどなくなっている。レストレイド君《くん》、中《なか》を突《つ》っつき廻《まわ》したりはしてないでしょうな？」

「まるっきり。私《わたし》は信心深《しんじんぶか》いもんでね。こういう重要《じゅうよう》な調査《ちょうさ》はホームズさんのために残《のこ》しておきましたよ」

「ふむ、呪《のろ》われるならホームズをかね。ワトスン君《くん》、そのステッキをとってくれないか……、ありがとう」

ホームズは不遠慮《ぶえんりょ》にステッキで蓋《ふた》の残骸《ざんがい》を払《はら》いのけ、さらに絹《きぬ》の燃《も》えかすを脇《わき》にどけた。私《わたし》は内心《ないしん》ひやひやしながら見守《みまも》っていた。すると下《した》から、黒焦《くろこ》げになった木彫《きぼ》りの像《ぞう》のようなものが現《あら》われた。

「これが呪《のろ》いよけの木像《もくぞう》というわけだ。レストレイド君《くん》、この辺《へん》の事情《じじょう》は君《きみ》も聞《き》き知《し》っているでしょう」

「だいたいのところはベインズから聞《き》きました。むろん信《しん》じちゃいませんがね」

「そいつは頼《たの》もしい。ふむ、こいつは非常《ひじょう》に変《か》わった木像《もくぞう》だ、ぼくは東洋《とうよう》の美術品《びじゅつひん》はずいぶんと目《め》にしたつもりだったが、こんなふうに両足《りょうあし》を一本《いっぽん》ずつちゃんと造《つく》ってあるものははじめてだ。

ワトスン君《くん》、君《きみ》も知《し》っているとおり、ぼくはモリアーティ教授《きょうじゅ》との一件《いっけん》の後《あと》、三年《さんねん》ばかり中東《ちゅうとう》やチベットを放浪《ほうろう》していた。その時《とき》、見《み》られる限《かぎ》り、ありとあらゆる仏像《ぶつぞう》を見《み》た。しかしこんなふうに両足《りょうあし》を一本《いっぽん》ずつ、ちゃんと造《つく》ってあるものはごくまれだった。東洋《とうよう》のものはたいてい、下半身《かはんしん》は着衣《ちゃくい》が覆《おお》った一本《いっぽん》の筒《つつ》のように彫《ほ》られている。こんな木像《もくぞう》ははじめて見《み》た。

ふむ、手《て》も同様《どうよう》だね、一本《いっぽん》ずつ造《つく》ってある。呪《のろ》いよけの像《ぞう》というのは、こんなふうに造《つく》るものなのかな。

おや!? これはどうしたわけだ!? この像《ぞう》は方々《ほうぼう》が切断されてるじゃないか。肩《かた》と肘《ひじ》のところ、それから両足《りょうあし》のつけ根《ね》と膝《ひざ》のところだ。首《くび》は……、切断《せつだん》されてないな、四《よん》カ所《しょ》だけか。こいつは重要《じゅうよう》だ! すこぶる重要《じゅうよう》ですよレストレイド君《くん》」

「何故《なぜ》重要《じゅうよう》なのかさっぱり解《わか》りませんな。誰《だれ》かがノコギリで切《き》ったんですかしら」

「考《かんが》えることです、レストレイド君《くん》。この木彫《きぼ》りの像《ぞう》は、最初《さいしょ》からこんなふうに造《つく》られていたんだよ。これは実《じつ》に面白《おもしろ》い。何《なん》とも面白《おもしろ》い事件《じけん》だ。あとの中国製《ちゅうごくせい》のガラクタにはそれ……、別《べっ》に見《み》るものはないな。では次《つぎ》はドアと窓《まど》だ、おや!? これはどうしたわけです!?」

「ホームズさん、あなた流《りゅう》のやり方を邪魔《じゃま》しちゃいかんと思《おも》ったものですからね、説明《せつめい》が遅《おそ》くなっちまいましたが、ドアは今《いま》ベッドでくんせいになっているキングスレイが、ゆうべの夜中《よなか》に起《お》きだして、突然内側《とつぜんうちがわ》からこんなふうにクギづけにしちまったんですよ。リンキイ夫人《ふじん》もベインズ夫婦《ふうふ》も、時《とき》ならぬそのトンカチの音《おと》で目《め》が覚《さ》めたらしいんですがね。しかもドアだけじゃないんですなこれが。ご覧《らん》になると解《わか》りますが、ぐるりの窓《まど》も全部《ぜんぶ》クギが打《う》ってあります。びくとも動《うご》くもんじゃありません」

「こいつは驚《おどろ》いた。ということは……」

「モルグ街《がい》の再現《さいげん》ですよホームズさん、有名《ゆうめい》なパリのあの事件《じけん》のね。しかも今回《こんかい》われわれが直面《ちょくめん》しておるのは、その百倍《ひゃくばい》も徹底《てってい》したやつです」

「ク、ク、ク、クギづけの部屋か。なるほど、それでトンカチがあんなところに転《ころ》がっているわけか」

「そしてクギは暖炉《だんろ》の上《うえ》にあります」

「ふむ、ぼくはどうやら平素《へいそ》の冷静《れいせい》さを失《うしな》っているようだ。頭《あたま》を落《お》ちつける意味《いみ》でもレストレイド君《くん》、死体発見《したいはっけん》のいきさつを、そろそろ話《はな》してくれませんか」

「トンカチをキングスレイがふるう音《おと》で三人《さんにん》が起《お》きだしてきたのはさっき話《はな》したとおりで

す。これが夜中《よなか》の二時少《にじすこ》し前《まえ》という話《はなし》です。

リンキイ夫人《ふじん》がこの廊下側《ろうかがわ》の小窓越《こまどご》しにキングスレイと話《はな》すと、彼《かれ》は馬鹿《ばか》げたことをやっている割《わり》には案外冷静《あんがいれいせい》だったと、こう言《い》うんですな。

『こうすれば悪魔《あくま》はやってこないんだ姉《ねえ》さん』

と彼《かれ》は言《い》ったそうです。それでリンキイ夫人《ふじん》は……」

「ちょっと待《ま》って。リンキイ夫人《ふじん》はこの部屋《へや》の合鍵《あいかぎ》を持《も》っていたんでしょうな」

「そのようです」

「続《つづ》けてくれたまえ」

「それでいったんは三人《さんにん》とも、部屋《へや》へ退《さが》ったらしいです。しかし朝《あさ》やってくるとこの辺《へん》の廊下《ろうか》までものすごく暑《あつ》くて、部屋《へや》が燃《も》えていたというわけです。

しかし燃《も》えている箇所《かしょ》はごく少《すく》なく、まだ火事《かじ》というほどじゃなかった。そこで三人《さんにん》で何《なん》とかドアを破《やぶ》り、ベッドのところへ駈《か》け寄《よ》ったらキングスレイはこのとおりくんせいになっていたってわけです。

それからリンキイ夫人《ふじん》が卒倒《そっとう》したのでベインズ夫婦《ふうふ》で助《たす》け起《お》こして下《した》へ連《つ》れていき、べインズが一人《ひとり》で戻《もど》ってきて火《ひ》を消《け》したようです」

「よく一人《ひとり》で消《け》せたものだな」

「いや、消防夫《しょうぼうふ》が一人《ひとり》だったからこんなに燃《も》えちまったってのが正確《せいかく》なところでしょう。要《よう》するにたいした火事《かじ》ではなかったってことです」

「ゆうべ誰《だれ》かがこの屋敷《やしき》に入《はい》り込《こ》んでたってことはないのかね？」

「それは絶対《ぜったい》にないとベインズは言《い》っております。戸締《とじま》りは厳重《げんじゅう》にしたし、自分《じぶん》たち夫婦《ふうふ》も、それからおそらくリンキイ夫人《ふじん》も、昨夜《さくや》は全然眠《ぜんぜんねむ》っていないというんですな。したがって誰《だれ》かが屋敷《やしき》に侵入《しんにゅう》してくればまず解《わか》るし、朝《あさ》になって家《いえ》じゅうを見廻《みまわ》ってみたが、賊《ぞく》が窓《まど》をこじ開《あ》けたりして侵入《しんにゅう》した形跡《けいせき》はないというんですな。それはわれわれも調《しら》べました」

「で？」

「同《おな》じ結論《けつろん》に達《たっ》せざるを得《え》ませんでしたな。あなた流《りゅう》の綿密《めんみつ》なやり方《かた》で調《しら》べましたんでね。たいていの窓《まど》にはたっぷり埃《ほこり》が積《つ》もっておりますから」

「キングスレイがもし内部《ないぶ》から手助《てだす》けしたらどうだろう？」

「そんなことが考《かんが》えられますかな」

「万《まん》が一《いち》ということもある」

「その可能性《かのうせい》もないと彼《かれ》らは言《い》います。第一《だいいち》、現場《げんば》はドアも窓《まど》もこのとおりがっちりクギづけされて壁《かべ》みたいになっております。まずキングスレイ自身《じしん》が外《そと》へ出《で》られんでしょう。三人《さんにん》が夜中《よなか》にここへ来《き》た時《とき》、ドアは確《たし》かにクギづけされていたと断言《だんげん》しております。また彼《かれ》がクギを抜《ぬ》いたとしたら、もの音《おと》ひとつしない夜中《よなか》だから、絶対《ぜったい》に解《わか》ったとこう言《い》うんです。

つまり二時《にじ》からこっち、この部屋《へや》からキングスレイは出《で》なかったはずだし、入《はい》った者《もの》もいるはずはないんです」

「では午前二時《ごぜんにじ》の時点《じてん》で、この部屋《へや》にもうすでに誰《だれ》かが入《はい》り込《こ》んでいた可能性《かのうせい》というのはどうです」

「そんなことがあるとは私《わたし》にはとても思《おも》えませんが、午後九時半頃《ごごくじはんごろ》には姉《あね》のメアリーがこの部屋《へや》におやすみを言《い》いに入《はい》っているそうです。何《なに》か異常《いじょう》があれば騒《さわ》ぎが起《お》こっているでしょう。ゆうべは訪問客《ほうもんきゃく》もなかったようだし、一階《いっかい》の窓《まど》などに関《かん》しては、さっき説《せつ》明《めい》したとおりですしね」

「ふむ、それで火《ひ》が消《き》えたらすぐ警察《けいさつ》へ連絡《れんらく》したというわけだね？」

「そうです。しかしこの地区《ちく》の警察官《けいさつかん》としてはいささか難題《なんだい》で、手《て》にあまりそうなので私《わたし》のほうへ連絡《れんらく》をよこした。そして私《わたし》としては、高名《こうめい》な犯罪研究家《はんざいけんきゅうか》にも公平《こうへい》に活躍《かつやく》の場《ば》を与《あた》えたほうがよかろうと判断《はんだん》したわけです」

「光栄《こうえい》です、レストレイド君《くん》」

「そうしてあなたはここへやってこられ、今《いま》や綿密《めんみつ》な調査《ちょうさ》によって、すべての材料《ざいりょう》を手《て》に入《い》れられたはずです。

これまであなたはわれわれの思《おも》いもよらぬ解答《かいとう》を、いつもわれわれが書類作成《しょるいさくせい》などの煩《はん》雑《ざつ》な仕事《しごと》にわずらわされている間《あいだ》に引《ひ》き出《だ》してこられた。われわれ専門家《せんもんか》が目《め》を見張《みは》ったようなケースも、少《すこ》しはあったと認《みと》めなくてはなりません。さあ、今回《こんかい》も遠慮《えんりょ》なくわれわれを驚《おどろ》かせていただきましょうか」

ホームズは室内《しつない》のぐるりを歩《ある》き廻《まわ》って、すべての窓《まど》が実際《じっさい》にクギづけされており、動《うご》かないことを確《たし》かめていた。

「ゆうべこのあたりは雪《ゆき》が降《ふ》っておりましたか？　レストレイド君《くん》」

ホームズはよくこういうやり方《かた》をする。一見何《いっけんなん》の脈絡《みゃくらく》もない質問《しつもん》や意見《いけん》を、不遠慮《ぶえんりょ》に発《はっ》するのである。

「いや存《ぞん》じませんな」

レストレイドは言《い》う。

「正直《しょうじき》にいってレストレイド君《くん》、ぼくが今掴《いまつか》んでいる内容《ないよう》は、おそらく君《きみ》のものと大差《たいさ》ないと思《おも》いますよ。いくつか発展性《はってんせい》を含《ふく》む発見《はっけん》もするにはしたが、半日《はんにち》ばかりのベイカー街《がい》での実験《じっけん》なしには、君《きみ》に言《い》えるようなことではないです。さて、ここではもう見《み》るべきものは見《み》た。あとは下《した》へ行《い》って、ベインズ夫婦《ふうふ》から聞《き》くとしよう」

しかしベインズ夫婦《ふうふ》の証言《しょうげん》は、さして実《みの》り多《おお》いものとはいえなかった。大《おお》まかにいって、われわれがベイカー街《がい》でメアリー・リンキイから聞《き》いた異常《いじょう》な話《はなし》が、ごく正確《せいかく》なものであったことを確《たし》かめるに留《とど》まった。

「猫《ねこ》が見当《みあ》たらないね」

唐突《とうとつ》にホームズが言《い》う。

「リンキイ夫人《ふじん》の話《はなし》では、この屋敷《やしき》にはたくさんの猫《ねこ》がいたという話《はなし》でしたが」

「キングスレイさんが追《お》っ払《ぱら》ってしまわれたんですよ」

ジョウゼフ・ベインズは言《い》った。

「あの方《かた》は、猫《ねこ》がことのほかお嫌《きら》いのようでして」

「なるほど、キングスレイの奇行《きこう》にはまだわれわれの知《し》らないものがかなりあるようだね。ところでベインズ、ゆうべから今朝《けさ》にかけて、このあたりには雪《ゆき》が降《ふ》ったかい？」

「ゆうべは降《ふ》っておりませんでしたが、今朝《けさ》、私《わたし》どもがベッドのキングスレイさんの死《し》体《たい》を発見《はっけん》した時刻《じこく》には降《ふ》っておりました。外《そと》は雪《ゆき》なのに、キングスレイさんのお部屋《へや》の廊《ろう》下《か》はまるでインドみたいに暑《あつ》かったので、驚《おどろ》いたのでございます」

ホームズはうなずき、われわれ三人《さんにん》は腕組《うでぐ》みをして考《かんが》え込《こ》んだ。

「警察官《けいさつかん》としてはこんなことは言《い》いたくありませんがね」

レストレイドが二人《ふたり》の会話《かいわ》ぶりにいらいらしたように言《い》いはじめた。

「こうなれば、その中国人《ちゅうごくじん》の呪《のろ》いとやらを信《しん》じたくなりますな。だってほかにどういう理由《りゆう》が考《かんが》えられるというんです、この妙《みよう》ちきりんな事件《じけん》に。ええ? ベインズ、君《きみ》はどう思《おも》う?」

「私《わたし》はもう、生前《せいぜん》キングスレイさまがおっしゃっていたことを、少《すこ》しも疑《うたが》ってはおりません」

「ワトスンさん、あんたは医者《いしゃ》だ、どう思《おも》います? 弱《よわ》っていたとはいえ、ゆうべまで生《い》きてぴんぴんしておった人間《にんげん》を、たったひと晩《ばん》であんなふうなミイラにしてしまうなんて殺人方法《さつじんほうほう》が、医学的《いがくてき》にありますかな? どうです?」

私《わたし》はできれば何《なに》も言《い》いたくなかったのだが、やむを得《え》ず、私《わたし》が知《し》る限《かぎ》りではないように思《おも》うと答《こた》えた。

するとレストレイドは、勝《か》ち誇《ほこ》ったような声《こえ》になる。

「文明都市《ぶんめいとし》ロンドンの、現役《げんえき》の医者《いしゃ》が知《し》る限《かぎ》りにおいてないということは、これはもう、そんな方法《ほうほう》はこの世《よ》には存在《そんざい》せんということです。ということは通常《つうじよう》の犯罪《はんざい》ではなさそうだ。はたしてこの先《さき》われわれの出番《でばん》があるもんですかな」

「ベインズ、あの東洋《とうよう》の甲冑《かつちゆう》だが」

ホームズが言《い》う。

「普通《ふつう》ああいうものには、しまっておく時《とき》のためのケースがあるものだろう？　部屋《へや》にはそんなもの見当《みあ》たらなかったが」

「あれは最初《さいしょ》からなかったのでございます。この家《いえ》に持《も》ってこられた時《とき》から、あのようにむき出しのままでした。ケースは手《て》に入《はい》らなかったんだと、キングスレイさんはおっしゃっておられました」

「ふむ」

「ケースですって？　甲冑《かっちゅう》のケースなんぞ、いったい何《なん》だっていうんです！」

レストレイドがわめきはじめた。しかしホームズは、いっこうに頓着《とんちゃく》する様子《ようす》もなく言《い》う。

「それからもうひとつ訊《き》いておこうベインズ、キングスレイが夜中《よなか》にトンカチをふるいはじめたので、君《きみ》たちは奥《おく》さんと一緒《いっしょ》にあの部屋《へや》に駆《か》けつけたんだったね？」

「さようでございます」

「そして少々《しょうしょう》の押《お》し問答《もんどう》のあげ句《く》、君《きみ》たちは部屋《へや》へ戻《もど》った。それからもクギを打《う》つ音《おと》は聞《き》こえたかい？」

「いいえ、それからはいっさいのもの音《おと》はしませんでした」

「ではその押《お》し問答《もんどう》の時《とき》だが、君《きみ》はキングスレイや、部屋《へや》の内部《ないぶ》の様子《ようす》を廊下《ろうか》から見《み》たかい？」

「見《み》ました。あの部屋《へや》の廊下側《ろうかがわ》の小窓《こまど》にはカーテンもありますが、あの時《とき》はカーテンが開《ひら》いておりましたので」

「部屋《へや》じゅうのいっさいが見《み》えたんだね？」

「さようでございます」

「キングスレイ以外《いがい》の人間《にんげん》がいたなんてことは、なかったろうね」

「とんでもございません！」

「ベッドの下《した》は見《み》たかい？」

「廊下《ろうか》からはベッドの下《した》も見《み》えます」

「キングスレイの部屋《へや》の真下《ました》は誰《だれ》の部屋《へや》だね？」

「メアリー奥《おく》さまの寝室《しんしつ》でございます」

「よく解《わか》ったベインズ、どうもありがとう。変《か》わった事件《じけん》だからまたやってくるかもしれない。明日《あした》一日《いちにち》はあの部屋《へや》を片《かた》づけないでおいてくれないか。

さてレストレイド君《くん》、今日《きょう》のところはこれでひきあげることにするよ。ところで君《きみ》のさっきの思《おも》いきった意見《いけん》に関《かん》してだが、ぼくも賛成《さんせい》するかどうかは今夜《こんや》ひと晩《ばん》、ベイカー街《がい》でゆっくり考《かんが》えてみてからにするよ」

3.

ベイカー街《がい》のシャーロック・ホームズなる人物《じんぶつ》は、予想《よそう》したとおりいささか頭《あたま》のおかしい男《おとこ》であったが、しかし不思議《ふしぎ》なもので、あれから三日《みっか》が経《た》つのに、フロッデン・ロードの下宿《げしゅく》には亡霊《ぼうれい》がばったり出《で》なくなった。

自分《じぶん》はいたく感心《かんしん》した。してみるとあのベイカー街《がい》の風変《ふうが》わりな人物《じんぶつ》は、頭《あたま》は尋常《じんじょう》でなくとも日本《にほん》でいうなら厄除《やくよ》けの川崎大師様《かわさきだいしさま》とか、災難雑事《さいなんざつじ》のための駆《か》け込《こ》み寺《でら》に匹敵《ひってき》する、有難《ありがた》い、徳《とく》の高《たか》い人物《じんぶつ》なのかもしれぬ。

これで書《か》き物《もの》や学問《がくもん》にもはかがゆくと思《おも》うとなんとも有難《ありがた》い。もう二《に》、三日様子《さんにちようす》をみて、やっぱり出《で》ないようなら、次《つぎ》のクレイグ先生《せんせい》の個人教授《こじんきょうじゅ》の日《ひ》を待《ま》たずに、ベイカー街《がい》へお礼参《れいまい》りに出《で》かけてもよかろう、などと考《かんが》えていた。

二月九日土曜日《にがつここのかどようび》の朝《あさ》、自分《じぶん》は起床《きしよう》の合図《あいず》に下宿屋《げしゆくや》で鳴《な》らしている銅鑼《どら》を無視《むし》して少《すこ》し遅《おそ》い目《め》に床《とこ》を離《はな》れると、のそのそ身仕度《みじたく》をして散歩《さんぽ》に出《で》た。

いつものコースを巡《めぐ》り、フロッデン・ロードに戻《もど》ってくると、遠《とお》くから無気味《ぶきみ》なものがやってくる。天気《てんき》は確《たし》かになかなか上々《じようじよう》の日《ひ》ではあったものの、道《みち》に敷石《しきいし》の色《いろ》も見《み》えぬほど雪《ゆき》が積《つ》もっているというのに、向《む》こうから日傘《ひがさ》をさしたレデーが歩《ある》いてくる。

このレデーであるが、はたしてレデーと呼《よ》んでよいか否《いな》かは熟慮《じゆくりよ》を要《よう》する。桃色《ももいろ》の長《なが》いスカアトを雪道《ゆきみち》にひきずっている姿《すがた》は確《たし》かに女《おんな》のようにも見《み》えるが、その身《み》の丈《たけ》は六尺《ろくしやく》(約百八十一《やくひやくはちじゆういち》・八《はち》センチ)をゆうに超《こ》え、したがってシルクハットで擦《す》れ違《ちが》う身《み》なりのよい紳士《しんし》たちも、まず彼女《かのじよ》の肩《かた》までもない。

それが例《れい》の角兵衛獅子《かくべえじし》のような帽子《ぼうし》を頭《あたま》に載《の》せ、高々《たかだか》と日傘《ひがさ》を頭上《ずじよう》にさしているものだから、はるか彼方《かなた》からその異様《いよう》な姿《すがた》は人目《ひとめ》をひく。擦《す》れ違《ちが》う人《ひと》は皆目《みなめ》を伏《ふ》せ、道《みち》をあけるようにしてさっと擦《す》れ違《ちが》う。擦《す》れ違《ちが》ってから立《た》ち停《ど》まり、後《うし》ろ姿《すがた》をしげしげと見《み》ている。まるで灯台《とうだい》である。灯台《とうだい》のような女《おんな》が、人波《ひとなみ》の上《うえ》にによっきりと頭《あたま》を出《だ》し、しずしずとこっちへ向《む》かってくる。

だいぶん距離《きょり》が詰《つ》まったので見《み》ると、何《なん》とホームズさんだ。自分《じぶん》は気安《きやす》い気持《きも》ちになって、先日《せんじつ》の礼《れい》を言《い》おうと寄《よ》っていった。

「ホームズさんこんにちは」

と喉《のど》まで出《で》かかって、ふと思《おも》い留《とど》まった。見《み》るとホームズさんは澄《す》ましてそっぽを向《む》いている。先日《せんじつ》の悪《わる》い記憶《きおく》がよみがえった。ここでホームズさんと声をかけたら、また発作《ほっさ》を起《お》こされるかもしれない。

それで皆通行人《みなつうこうにん》は知《し》らん顔《かお》をしていたのか、とようやく合点《がてん》がいった。ホームズさんは、いわば倫敦《ロンドン》の名物《めいぶつ》のような人物《じんぶつ》であるから、今《いま》や知《し》らぬ者《もの》などないのである。皆遠慮《みなえんりょ》して変装《へんそう》にだまされているふりをしているのだ。

そこで自分《じぶん》もそっぽを向《む》いたまま、口笛《くちぶえ》を吹《ふ》きながら擦《す》れ違《ちが》ったら、わはは笑《わら》う声《こえ》が後《うし》ろでした。振《ふ》り返《かえ》るとホームズさんが角兵衛獅子《かくべえじし》の帽子《ぼうし》を脱《ぬ》いでこっちを見《み》ている。女物《おんなもの》の袋《ふくろ》からハンカチをとり出《だ》し、すばやく白粉《おしろい》を拭《ぬぐ》うと、コロモをつけて油《あぶら》の中《なか》に入《い》れるばかりになった天《てん》ぷらみたいな顔《かお》をして立《た》っていた。

自分《じぶん》はややぎこちないなとは思《おも》いつつ、

「これはホームズさん、ちっとも解《わか》りませんでしたよ」

と言《い》いながら寄《よ》っていった。するとホームズ先生《せんせい》ますます上機嫌《じょうきげん》になり、

「実《じつ》は何《なに》を隠《かく》そうぼくなのです。困《こま》りますな、ぼくの顔《かお》をお忘《わす》れになっちゃ」

などと言《い》う。こっちは別《べつ》にちっとも忘《わす》れちゃいなかったのである。

「あなたは今《いま》、命《いのち》びろいをしたんですぞ」

そう言《い》うので、これは実際《じっさい》そうだと自分《じぶん》でも思《おも》っていたもので、ぎくりとした。

「あなたは今《いま》、あなたこそかのモリアーティ教授《きょうじゅ》の変装《へんそう》ではないかという、ぼくのゆゆしき嫌疑《けんぎ》から晴《は》れて解放《かいほう》されたのです。彼《かれ》ほどに目先《めさき》のきく悪党《あくとう》なら、好敵手《こうてきしゅ》のこんな初《しょ》歩的《ほてき》な変装《へんそう》にやすやすとだまされるはずもないですからな」

何《なん》のことだかちっとも解《わか》らぬが、とにかく自分《じぶん》はあの時声《ときこえ》をかけないでよかったと、つくづく思《おも》ったものである。

「ところでホームズさん」

自分《じぶん》は上空《じょうくう》を見《み》あげながら話題《わだい》を転《てん》じた。

「何《なん》でしょうシゲルソンさん」

歩《ある》きだしながらホームズさんがそう言《い》うから、自分《じぶん》はまた後《うし》ろを振《ふ》り返《かえ》った。誰《だれ》もいない。ホームズさんは自分《じぶん》の名《な》をすっかり忘《わす》れているのである。

「先日《せんじつ》ご相談《そうだん》にあがった亡霊《ぼうれい》の件《けん》なのですが」

と自分《じぶん》はスカアトをはいたホームズさんから、意識的《いしきてき》に離《はな》れて歩《ある》くようにしながら続《つづ》けた。

「亡霊《ぼうれい》？　何《なん》の亡霊《ぼうれい》ですか？」

「いやだなホームズさん、私《わたし》の部屋《へや》に亡霊《ぼうれい》が出《で》て困《こま》るって、先日《せんじつ》ご相談《そうだん》にうかがったばかりじゃありませんか」

自分《じぶん》は言《い》った。ホームズさんはどうやら、それもすっかり忘《わす》れているのである。

「おおそうだった！　もちろん亡霊《ぼうれい》の件《けん》ですとも。あれは三日《みっか》ばかり前《まえ》だった。いや四日《よっか》前《まえ》だったかな……？　いやそれとも五日《いつか》前《まえ》だったかもしれんな」

ホームズさんが真剣《しんけん》に考《かんが》え込《こ》むふうなので、自分《じぶん》は怖《おそ》る怖《おそ》る言《い》った。

「そんなことは、たいした問題《もんだい》ではないと思《おも》うんですが……」

「おおもちろんそうですともシュプレンドールさん！　そんなことはささいな問題《もんだい》です。

早《はや》くあなたの家《いえ》に落《お》ちついて、ゆっくり亡霊《ぼうれい》についてのご相談《そうだん》に乗《の》りましょう」

「いや、ですからあれはもうよいのですホームズさん。あなたのところへ相談《そうだん》にうかがって、以降《いこう》ばったりと出《で》なくなったのです、おかげさまで」

これは事実《じじつ》であった。するとホームズさんは、したり顔《がお》でうなずく。

「そうでしょうとも。それでこそ、私《わたし》のほうの話《はなし》にも身《み》が入《はい》るというものだ。実《じつ》は今日《きょう》はあなたに、ちょっとしたご相談《そうだん》があってうかがったのです」

「私《わたし》に!?」

自分《じぶん》は思《おも》わず警戒《けいかい》して叫《さけ》んだ。ではホームズさんは、このものすごいいでたちをして、自分《じぶん》の下宿《げしゆく》に向《む》かっていたのか。

「実《じつ》はぜひあなたのお力《ちから》を借《か》りたい事件《じけん》が起《お》こったのです。いかがです?」

「そ、それはむろん、私《わたし》などがお手伝《てつだ》いできるなら喜《よろこ》んで」

と自分《じぶん》はおっかなびっくりで言《い》った。

「あなたのお知恵《ちえ》を拝借《はいしやく》したい事柄《ことがら》というのはこれです。まずはこれをご覧《らん》ください」

ホームズさんはそう言《い》って、肘《ひじ》から提《さ》げていた女物《おんなもの》の袋《ふくろ》に手《て》を突《つ》っ込《こ》み、もそもそと中《なか》を探《さぐ》っていたが、一枚《いちまい》の紙片《かみきれ》をとり出《だ》した。それには次《つぎ》のような文句《もんく》が書《か》かれていた。

お空《そら》は青《あお》い
夕日《ゆうひ》は赤《あか》い
お砂糖《さとう》は甘《あま》い

自分《じぶん》がそれを声《こえ》を出《だ》して読《よ》みあげると、ホームズさんは素早《すばや》くこれをひったくった。

「間違《まちが》えた。これはフィンチ卿《きょう》失踪《しっそう》事件《じけん》にからむ重大《じゅうだい》暗号《あんごう》だった」

そう言《い》って、別《べつ》の紙片《かみきれ》を寄越《よこ》す。それには絵《え》にして示《しめ》せば、次《つぎ》のような図形《ずけい》が描《えが》かれていた。

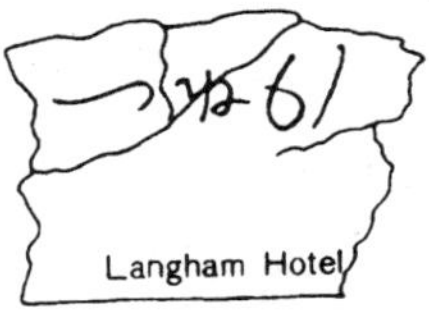

「何《なん》ですか？　これは」

自分《じぶん》は問《と》うた。ホームズさんはそれで、この紙《かみ》の由来《ゆらい》を自分《じぶん》に語《かた》って聞《き》かせた。この顚《てん》末《まつ》は、要約《ようやく》して語《かた》れば次《つぎ》のようなものである。この事件《じけん》はのちに「プライオリィ・ロードのミイラ事件《じけん》」として、英国《えいこく》ではあまねく世《よ》に知《し》られるようになった。

事件《じけん》の起《お》こった場所《ばしょ》は、プライオリィ・ロードというから、これは倫敦《ロンドン》の北《きた》の、偶然《ぐうぜん》にも昨年《さくねん》まで自分《じぶん》が居《い》たあたりである。街道《かいどう》からちょっと入《はい》ったあたりにリンキィ邸《てい》という名《な》の、大《おお》きな邸宅《ていたく》があるらしい。

この館《やかた》の主《あるじ》は未亡人《みぼうじん》で、召使《めしつか》い夫婦《ふうふ》との三人暮《さんにんぐ》らしであったが、最近《さいきん》この未亡人《みぼうじん》の行《ゆく》方不明《えふめい》だった実弟《じってい》が見《み》つかり、共《とも》に暮《く》らすようになっていた。このキングスレイという弟《おとうと》は、中国《ちゅうごく》に滞在《たいざい》した際《さい》にある事件《じけん》に巻《ま》き込《こ》まれ、中国人《ちゅうごくじん》の呪《のろ》いとやらを一身《いっしん》にしょい込《こ》む結果《けっか》となっていた。それまでにも数々《かずかず》の奇行《きこう》が目立《めだ》っていたらしいが、昨日《きのう》の朝《あさ》、たったひと晩《ばん》でミイラのようにかさかさになって死《し》んでしまったというのである。にわかには信《しん》じ難《がた》い奇怪《きかい》な話《はなし》であった。

「そしてミイラとなった哀《あわ》れな男《おとこ》の喉《のど》から、かさかさに乾《かわ》いた紙《かみ》が出《で》てきた。この紙《かみ》はそれの写《うつ》しです。中国《ちゅうごく》がからんだ事件《じけん》ですのでねチャンさん、東洋人《とうようじん》のあなたなら、そこにある記号《きごう》にも何《なに》か思《おも》い当《あ》たることがあるかもしれぬと思《おも》い、こうしてうかがったのです」

たったそれだけの用事《ようじ》なら、わざわざ女装《じょそう》までする必要《ひつよう》はないであろうにと自分《じぶん》は思《おも》った。

「ああなたの下宿《げしゅく》に着《つ》きました。あなたのお答《こた》えは、あなたの部屋《へや》で、東洋《とうよう》のお茶《ちゃ》などいただきながら、ゆっくり聞《き》かせていただくといたしましょう。ぼくはあれに目《め》がないんです」

紙《かみ》の文字《もじ》は、自分《じぶん》にはどう見《み》ても平仮名《ひらがな》のようにしか見《み》えぬ。そこで、これは「つね六《ろく》十一《じゅういち》」と読《よ》むものかもしれぬ、と部屋《へや》に落《お》ちつくと自分《じぶん》は説明《せつめい》した。

「つね」とはどういう意味《いみ》かとホームズさんが訊《き》くので、オールウェズという意味《いみ》だと自分は教《おし》えた。しかしもしこれが日本文字《にほんもじ》なら、こんなふうに西洋《せいよう》の数字《すうじ》と併用《へいよう》することは日本人《にほんじん》ならまずやらぬとも言《い》った。

自分《じぶん》らがそんなふうに話《はな》していると、窓下《まどした》の通《とお》りに馬車《ばしゃ》の音《おと》が近《ちか》づき、やがて蹄《ひづめ》の音《おと》

が石畳《いしだたみ》の上《うえ》に乱《みだ》れて、家《いえ》の前《まえ》に停《と》まった気配《けはい》である。すると、

「ちょっとした魔法《まほう》をご披露《ひろう》しましょうかチンタオさん」

とホームズ氏《し》は言《い》われた。まったく呼《よ》ばれるたびに名前《なまえ》が変《か》わるのには閉口《へいこう》する。ただの出《で》まかせとしか思《おも》えぬが、ホームズ氏《し》には何《なに》か考《かんが》えがあるのかもしれぬ。自分《じぶん》はさからってはまずいので、

「どうかお願《ねが》いしますよ」

とだけ答《こた》えた。

「倫敦《ロンドン》の馬車《ばしや》には三種類《さんしゆるい》の響《ひび》きがあるのです。二輪馬車《トラップ》は流麗《りゆうれい》なワルツ」

そう言《い》ってホームズ氏《し》は立《た》ちあがり、自分《じぶん》の目《め》の前《まえ》で華麗《かれい》なステップを踏《ふ》んでみせた。

「そして四輪馬車《よんりんばしや》は独乙歌曲《ドイツかきよく》の重々《おもおも》しい四分《よんぶん》の四拍子《よんびようし》」

そう言《い》ってホームズ氏《し》は、のっしのっしと歩《ある》く。

「そして二輪辻馬車《ハンサム》はむろん情熱的《じようねつてき》な南《みなみ》の血《ち》を思《おも》わせるフラメンコだ」

言《い》うなり先生《せんせい》は、どんどんどんと足《あし》を踏《ふ》み鳴《な》らした。

「今《いま》のはワルツだったから」

そう言《い》うなり氏《し》は、もう爪先立《つまさきだ》ってワルツのステップに戻《もど》っている。

「二輪馬車《トラップ》です。二輪馬車《トラップ》ほど中流家庭《ちゅうりゅうかてい》の婦人《ふじん》にふさわしいものはない。したがってこの家《いえ》の女主人《おんなしゅじん》が外出《がいしゅつ》から帰《かえ》ってきたものと考《かんが》えてさしつかえない」

自分《じぶん》が窓《まど》から下《した》を覗《のぞ》くと、しかし意《い》に反《はん》して四輪《よんりん》の辻馬車《つじばしゃ》が停《と》まっている。そして階段《かいだん》をあがってきて自分《じぶん》の部屋《へや》をノックした者《もの》は、他《ほか》ならぬワトソン医師《いし》であった。

「ホームズ、やはりここにいたのかい？」

ワトソン氏《し》は言《い》ったから、自分《じぶん》はほっとひと安心《あんしん》した。

4.

私《わたし》がホームズの言《い》いつけでナツミの部屋《へや》を訪《たず》ねると、彼《かれ》は書《か》きものをしているところだったらしく、部屋着《へやぎ》の上《うえ》にロウブをひっかけて戸口《とぐち》に現《あら》われた。彼《かれ》は私《わたし》との再会《さいかい》を大《おお》いに喜《よろこ》び、

「よくここが解《わか》りましたね」

と言《い》う。私《わたし》は、

「ぼくの友人《ゆうじん》はそういったことの専門家《せんもんか》でしてね」

と答《こた》えた。

ナツミは私《わたし》を部屋《へや》に招《しょう》じ入《い》れ、ホームズをさんざんほめそやしたあげく、あれから少《すこ》しも幽霊《ゆうれい》が出《で》なくなったのだと語《かた》った。

ホームズの言《い》ったとおりになったので、私《わたし》は友《とも》にいくらか畏怖《いふ》の念《ねん》を感《かん》じながら日本《にほん》人《じん》の話《はなし》を聞《き》いた。ナツミは二《に》、三日《さんにち》のうちに、ベイカー街《がい》へお礼《れい》に行《い》こうと考《かんが》えていたところだと言《い》う。それで私《わたし》は手《て》を打《う》ち、

「そいつは何《なん》て好都合《こうつごう》だろう！」

と叫《さけ》んだ。そして窓《まど》の下《した》の辻馬車《つじばしゃ》の屋根《やね》を指《ゆび》さし、こう言《い》ったものである。

「今《いま》すぐあそこへ降《お》りていけば、あなたはベイカー街《がい》まで行《い》かずにすみますよ。あそこにホームズ君《くん》がいるんです」

ナツミが先《さき》にたち、続《つづ》いて私《わたし》が辻馬車《つじばしゃ》の前《まえ》まで降《お》りていくと、ホームズが馬車《ばしゃ》の中《なか》からナツミを迎《むか》えた。

「これはナツミさん、三日《みっか》ぶりですね。ワトスン君《くん》があなたを無理《むり》やり連《つ》れ出《だ》したのでなければよいのですが」

われわれ三人《さんにん》が馬車《ばしゃ》の人《ひと》となると、御者《ぎょしゃ》はゆっくりと馬《うま》に鞭《むち》を入《い》れた。

「ナツミさんは、君《きみ》に話《はなし》があるそうだよ」

私《わたし》が言《い》うと、ホームズは眉《まゆ》の間《あいだ》にわずかにしわを寄《よ》せ、

「まさかお部屋《へや》がますます幽霊《ゆうれい》でにぎやかになったというのじゃないでしょうね」

その逆《ぎゃく》ですとナツミは言《い》った。おっしゃったとおり、あれからぱったり出《で》なくなったので、会《あ》ってお礼《れい》を言《い》いたいと思《おも》ったのですと説明《せつめい》した。ホームズはやや満足気《まんぞくげ》に微笑《びしょう》し、

「お礼《れい》の必要《ひつよう》などはありません。これであなたもしばらくはこの国《くに》を嫌《きら》いにならずにすむのではありませんか？」

と言《い》ったから、日本人《にほんじん》はうなずいた。

「ありがとう。それならぼくはイギリス人《じん》としての義務《ぎむ》を果《は》たしたにすぎません」

友人《ゆうじん》のこの言葉《ことば》に、私《わたし》は彼《かれ》の抑制的《よくせいてき》な気質《きしつ》の底《そこ》を脈々《みゃくみゃく》と流《なが》れる、真《しん》の騎士道精神《きしどうせいしん》を見《み》たと思《おも》った。しかしそう言《い》ってからホームズはくすくす笑《わら》い、

「しかしナツミさん、もしあなたがどうしてもそれでは気《き》がすまぬと言《い》われるようなら、よい方法《ほうほう》がありますよ」

と言《い》った。何《なん》ですとナツミは言《い》う。

「今度《こんど》はあなたのほうでわれわれの悩《なや》みの相談《そうだん》に乗《の》ってくだされればよいのです。これで貸《か》し借《か》りはなしという寸法《すんぽう》です。いかがですか？」

ホームズは抜《ぬ》け目《め》のない言《い》い方《かた》をする。

「そう言《い》っていただけるとは光栄《こうえい》のいたりですが、しかし私《わたし》のような一介《いっかい》の留学生《りゅうがくせい》に、高名《こうめい》な探偵《たんてい》をお助《たす》けできるようなことが何《なに》かありますかしら」

ナツミは控《ひか》え目《め》な言《い》い方《かた》をする。

「ありますとも。あなたはわが国《くに》の新聞《しんぶん》をお読《よ》みになりますか」

ホームズは尋《たず》ねた。ナツミは、留学生《りゅうがくせい》の時間《じかん》は短《みじか》すぎ、英国《えいこく》より学《まな》ぶ事柄《ことがら》は多《おお》すぎるので、とても新聞《しんぶん》までを勉強《べんきょう》の対象《たいしょう》にはできないでいますと答《こた》えた。

「おやおや、そいつはいささか偏見《へんけん》というものですよナツミさん」

ホームズは言《い》う。

「新聞《しんぶん》にこそ、わがイギリスのすべてがあるのです。われわれが現在獲得《げんざいかくとく》しているささやかな進歩向上《しんぽこうじょう》を、もし有効《ゆうこう》に学《まな》べる教科書《きょうかしょ》というものがあるとすれば、それこそがタイムズであり、ディリー・テレグラフであり、リーズ・マーキュリーやウェスタン・モーニング・ニューズなのです。

ま、そんなことはともかく、では今朝《けさ》のロンドンっ子《こ》を騒《さわ》がせているプライオリィ・ロードのミイラ事件《じけん》は、ご存《ぞん》じないのでしょうな」

いっこうに、と日本人《にほんじん》が答《こた》えると、ホームズは私《わたし》に向《む》かってちょっといたずらっぽい笑《わら》い方《かた》をした。

「ちょっちょっ、こいつはうまくないよワトスン君《くん》、いくらか時間《じかん》がかかりそうだ」

それからナツミのほうに向《む》き直《なお》ってこう続《つづ》ける。

「ではナツミさん、今《いま》からぼくが新聞《しんぶん》のかわりをやらなくてはならない。よく聞《き》いていただけると有難《ありがた》いです。その後《あと》で、東洋《とうよう》の方《かた》のお知恵《ちえ》を是非《ぜひ》とも拝借《はいしやく》したい部分《ぶぶん》があるのです。

あなたもご承知《しようち》のとおり、ぼくは犯罪《はんざい》の研究《けんきゆう》に生涯《しようがい》を捧《ささ》げる覚悟《かくご》の者《もの》ですが、今《いま》からお話《はな》しするリンキイ家《け》のミイラ事件《じけん》は、このいくらか経験《けいけん》を誇《ほこ》りとする専門家《せんもんか》をも驚《おどろ》かせ、ほとんど途方《とほう》に暮《く》れさせたほどの事件《じけん》なのです。というのも事件《じけん》の中心《ちゆうしん》と思《おも》える部分《ぶぶん》に、東洋《とうよう》の神秘《しんぴ》という、例《れい》のわれわれが憧《あこが》れてやまない要素《ようそ》がからんでいるからなのですが。この事件《じけん》に出遭《であ》う直前《ちょくぜん》、われわれに東洋《とうよう》の友人《ゆうじん》ができていたことは幸《さいわ》いでした」

ホームズの何気《なにげ》ないこの言葉《ことば》にも、彼《かれ》の現在《げんざい》の心情《しんじょう》が吐露《とろ》されていた。私《わたし》はホームズが自《みずか》らを「途方《とほう》に暮《く》れた」などと表現《ひょうげん》したのをはじめて聞《き》いた。私《わたし》はそれから友人《ゆうじん》が、例《れい》の奇怪《きかい》な事件《じけん》を手短《てみじか》に、要領《ようりょう》よく語《かた》るのを横《よこ》で感心《かんしん》して聞《き》いていた。

「いかがです？」

語《かた》り終《お》わると、ホームズは言《い》った。

「あなたは遠《とお》い神秘《しんぴ》の国《くに》からの客人《きゃくじん》です。こういった現象《げんしょう》に対《たい》し、ぼくやワトスン君《くん》のように、驚《おどろ》いて口《くち》を開《あ》けるだけでなく、何《なに》か違《ちが》った見解《けんかい》をお持《も》ちかもしれない、そう考《かんが》えてこうしてうかがったのです」

しかし日本人《にほんじん》の驚《おどろ》きもまた、われわれと変《か》わるところはなかった。彼《かれ》はしばらく放心《ほうしん》しているふうであったが、

「いったいそんなことが、実際《じっさい》にこの文明都市《ぶんめいとし》で起《お》こったのですか？」

と尋《たず》ねた。

「おっしゃるとおりです」

ホームズは答《こた》えた。

「しかし、ひと口《くち》に人間《にんげん》の体《からだ》をミイラにすると申《もう》しましても、それは南《みなみ》のエジプトとか、それなりの自然条件《しぜんじょうけん》が整《ととの》った場所《ばしょ》でなくては無理《むり》ではないでしょうか。つまり空気《くうき》中《ちゅう》に湿気《しっけ》が極度《きょくど》に少《すく》なく、気温《きおん》も高《たか》い、そういう場所《ばしょ》でなくてはたとえ造《つく》ろうとしても、造《つく》れぬものでしょう。普通《ふつう》の条件《じょうけん》の場所《ばしょ》では、死体《したい》はたちまちにして腐乱《ふらん》が始《はじ》まってしまうものではないですか？　ましてひと晩《ばん》では無理《むり》でしょう」

日本人《にほんじん》の答《こた》えは理《り》にかなったもので、私《わたし》の考《かんが》えと大差《たいさ》はない。聞《き》いてホームズは言《い》う。

「ぼくは今《いま》までずいぶんと多《おお》くの死体《したい》を見《み》てきましたのでね、死体《したい》に関《かん》する知識《ちしき》は一般《いっぱん》の人《ひと》よりはあるつもりです。ぼくが若《わか》い頃《ころ》入《い》りびたっていたロンドンの大学《だいがく》の医学部《いがくぶ》でも、解剖用《かいぼうよう》の死体《したい》を腐乱《ふらん》から守《まも》るためにさまざまな方法《ほうほう》を用《もち》いていました。

しかし今度《こんど》の事件《じけん》の死体《したい》には、そういう今《いま》まで知《し》られたどんなやり方《かた》も、用《もち》いた形跡《けいせき》はないのです。そこで東洋《とうよう》です。東洋《とうよう》にならわれわれヨーロッパ人《じん》のまだ知《し》らぬ、何《なに》か特《とく》殊《しゅ》な方法《ほうほう》もあるかもしれないというわけですナツミさん」

ホームズがこう言《い》ったので、ナツミはようやく事態《じたい》を理解《りかい》したようであった。

「日本《にほん》には伝統的《でんとうてき》にうるし塗《ぬ》りの処方《しょほう》や、なめし革《がわ》を造《つく》る技術《ぎじゅつ》が伝《つた》わっていませんでしたかしら」

ホームズは重《かさ》ねて問《と》う。ナツミは、うるし塗《ぬ》りというものはあるが、なめし革《がわ》に関《かん》しては知《し》らないと答《こた》えた。

「ではうるしを人体《じんたい》に塗《ぬ》るとどうなります？」

ホームズは尋《たず》ねる。

「炎症《えんしょう》を起《お》こすと聞《き》いたことはありますが、それは一部《いちぶ》の人《ひと》にのみ起《お》こることで、まして死《し》んだりミイラになったりはしません」

「では呪《のろ》いに関《かん》してはいかがでしょう？　東洋《とうよう》には呪《のろ》いという力《ちから》は、実際的《じっさいてき》なものとして存在《そんざい》するのでしょうか」

「殺《ころ》したい相手《あいて》を人形《にんぎょう》に造《つく》り、祈《いの》りながらナイフを打《う》ち込《こ》むと、相手《あいて》はついには病気《びょうき》になったり死《し》んだりするという言《い》い伝《つた》えが日本《にほん》にはあります。私《わたし》は信《しん》じてはおりませんが」

ナツミは答《こた》える。そして、

「それにしてもミイラにはなりませんよ」

とつけ加《くわ》えた。

「では中国《ちゅうごく》ではどうです?」

「中国《ちゅうごく》のことなど、私《わたし》はイギリス以上《いじょう》に知《し》りません」

「ふむ、では東洋《とうよう》の呪《のろ》いによって、一人《ひとり》の男《おとこ》がひと晩《ばん》でミイラになったと聞《き》いたら、日《に》本人《ほんじん》のあなたもわれわれ同様《どうよう》に驚《おどろ》かれるのですな?」

ホームズがこう言《い》うと、

「もちろんですとも」

ナツミは答《こた》えた。それを聞《き》くとホームズは、いくらか落胆《らくたん》した様子《ようす》で、

「あなたのそんな言葉《ことば》を聞《き》いたら、スコットランド・ヤードのぼくの友人《ゆうじん》などは、さぞかし力《ちから》を落《お》とすことでしょうな」

と言《い》った。

「実務的《じつむてき》な人物《じんぶつ》なら、キングスレイは呪《のろ》い以外《いがい》の力《ちから》によってミイラになったと考《かんが》えるほうが、どうやら賢明《けんめい》のようですね」

「煙《けむり》はどうなんだろうな」

と私《わたし》が横《よこ》から言葉《ことば》をはさんだ。するとホームズは皮肉《ひにく》っぽい表情《ひょうじょう》で私《わたし》の方《ほう》を向《む》き、それが医者《いしゃ》としての君《きみ》の意見《いけん》かいと言《い》った。

ホームズは収穫《しゅうかく》なしとみて、外套《がいとう》から例《れい》の、キングスレイの喉《のど》から出《で》た紙《かみ》の写《うつ》しを出《だ》し、たたんでできたしわを延《の》ばした。

「ではこれを見《み》てくださいナツミさん、ここに見《み》える図形《ずけい》や記号《きごう》は、あなたのご存《ぞん》じのものではありませんか?」

「これは六十一《ろくじゅういち》という数字《すうじ》でしょう」

日本人《にほんじん》は言《い》う。

「そうに違《ちが》いありません。ではその手前《てまえ》の記号《きごう》はいかがです?」

ナツミはしばらく考《かんが》えていたが、「常《つね》に」という意味《いみ》の日本語《にほんご》の文字《もじ》に似《に》ていると言《い》った。しかしこれは日本文《にほんぶん》としては意味《いみ》をなしていないとも言《い》った。

「ロンドンで死《し》んだ、英国人《えいこくじん》の喉《のど》に詰《つ》まっていたものでしょう?」

とナツミは言《い》う。

「日本語《にほんご》が書《か》かれている道理《どうり》はないではありませんか。これは日本文字《にほんもじ》ではない、よく似《に》ていますが、それは何《なに》かの偶然《ぐうぜん》とか、そういった種類《しゅるい》のことと思《おも》います。しかしもう少《すこ》し一人《ひとり》になって考《かんが》えれば、何《なに》か新《あたら》しい解釈《かいしゃく》に思《おも》いいたれるかもしれません」

「それではこの紙《かみ》はお持《も》ちになってください」

ホームズは言《い》う。

「われわれはスコットランド・ヤードへ出《で》かけて、いつでも本物《ほんもの》を見《み》られますからね」

「お役《やく》にたてなかったようです」

ナツミはすまなさそうに言《い》う。

「しかしそれほど不思議《ふしぎ》な事件《じけん》には、何《なん》とも興味《きょうみ》が湧《わ》きますな。不可解《ふかかい》で奇怪《きかい》な事件《じけん》のようです」

「実《じつ》に類《たぐ》いまれな、印象深《いんしょうぶか》い事件《じけん》です」

ホームズも言《い》う。

「こう申《もう》しては何《なん》ですが、この紙《かみ》に関《かん》してあまりお役《やく》にたてなかったようですので、現場《げんば》など見《み》せていただけましたなら、あるいは何《なに》かもっと別《べつ》の役《やく》にたち方《かた》があるかもしれません」

するとホームズは即座《そくざ》にこう言《い》ったものである。

「さあ着《つ》きましたよナツミさん、あれがリンキイ邸《てい》です。そうおっしゃると思《おも》って、こうしてお連《つ》れしたのです」

5.

自分《じぶん》らが馬車《ばしや》に乗《の》り込《こ》むと、スカアトを穿《は》いたホームズさんは、快活《かいかつ》に叫《さけ》び声《ごえ》をあげる。

「さあ御者君《ぎよしやくん》、プライオリィ・ロードのリンキイ邸《てい》まで三十分《さんじつぷん》で行《い》けたら、一《いち》シリング割《わり》増金《ましきん》を払《はら》うよ！」

おかげで馬車《ばしや》は車輪《しやりん》をきしませ、猛然《もうぜん》と走《はし》りだす。音《おと》がすごいから、ワトソン先生《せんせい》と話《はなし》をするのにも自分《じぶん》は、大声《おおごえ》をあげなくてはならなかった。

自分《じぶん》はそれで、これは余程《よほど》急《きゆう》を要《よう》する仕事《しごと》なのであろうと思《おも》ったのだが、全然《ぜんぜん》そうではなかった。後《あと》でワトソンさんに訊《き》いたら、ホームズ先生《せんせい》はああ言《い》って辻馬車《つじばしや》を急《いそ》がせるのが趣味《しゆみ》なのだそうである。

「リンキイ邸《てい》のミイラ事件《じけん》のことは、もうお聞《き》き及《およ》びでしょうな」

ワトソンさんが大声《おおごえ》をあげて自分《じぶん》に尋《たず》ねてくる。

「ぼくが申《もう》し分《ぶん》のないほど完全《かんぜん》に、説明《せつめい》しておいたよ」

ホームズさんの声《こえ》は、大声《おおごえ》になると一種《いっしゅ》の金切《かなき》り声《ごえ》になって、なんだか悲鳴《ひめい》のようである。そうしている間《あいだ》にも馬車《ばしゃ》は大変《たいへん》な勢《いきお》いですっとんで行《い》く。後《うし》ろに霧《きり》の渦《うず》ができる。

自分《じぶん》は窓《まど》わくの処《ところ》に、懸命《けんめい》にしがみついた。

「東洋《とうよう》には呪《のろ》いという力《ちから》は、実際的《じっさいてき》なものとして存在《そんざい》するのですか、夏目《なつめ》さん」

ワトソン氏《し》が問《と》うてくる。

「さよう、東洋《とうよう》と言《い》われても、私《わたし》は日本《にほん》のことしか知《し》りませんが……」

自分《じぶん》も大声《おおごえ》で言《い》った。

「ぼくの友人《ゆうじん》は、東洋《とうよう》に関《かん》する知識《ちしき》の点《てん》では幼稚園《ようちえん》並《な》みでしてね」

ホームズ氏《し》がわめく。

「中国《ちゅうごく》と日本《にほん》の区別《くべつ》などむろんつきはしません。日本《にほん》は中国《ちゅうごく》の一部《いちぶ》で、北京《ペキン》の郊外《こうがい》にでもあるものだって思《おも》ってるのさ。そうだろう？　ワトスン」

自分《じぶん》はまさかと思《おも》ったが、ワトソン先生《せんせい》は心《こころ》もち赤《あか》い顔《かお》になっていた。ホームズ先生《せんせい》は調子《ちょうし》に乗《の》り、こうつけ加《くわ》える。

「だがわが英吉利人《イギリスじん》の知識《ちしき》は皆《みな》たいていそんなものでね、ぼくくらいの東洋通《とうようつう》にならなければ、日本《にほん》が香港《ホンコン》の一部《いちぶ》だなんて知《し》りはしないのです！」

祖国《そこく》を世界《せかい》に知《し》らしめねばならぬと、自分《じぶん》はこの時痛感《ときつうかん》した。

自分《じぶん》は「五寸釘《ごすんくぎ》」のやり方《かた》を二人《ふたり》に説明《せつめい》した。日本《にほん》では昔《むかし》から「五寸釘《ごすんくぎ》」と呼《よ》ばれる呪《のろ》いのかけ方《かた》がよく知《し》られており、一般《いっぱん》に行《おこ》なわれていたと聞《き》いている。これは呪《のろ》いたい相手《あいて》を小《ちい》さな藁人形《わらにんぎょう》に造《つく》り、これを持《も》って毎晩丑《まいばんうし》の刻《こく》、即《すなわ》ちおよそ午前二時頃霊場《ごぜんにじごろれいじょう》にやってくる。そして全霊《ぜんれい》による呪《のろ》いを込《こ》めながら、その藁人形《わらにんぎょう》に五寸釘《ごすんくぎ》を打《う》ち込《こ》む、こういうことを人知《ひとし》れず七日目《なのかめ》の満願《まんがん》の日《ひ》まで続《つづ》けるというやり方《かた》である。

このほかにも相手《あいて》を人型《ひとがた》の紙《かみ》に造《つく》り、火《ひ》の中《なか》にくべるという方法《ほうほう》もある。

自分《じぶん》がこう言《い》ったら、ホームズさんが博学《はくがく》なところを示《しめ》した。彼《かれ》の言《い》うことによれば、アフリカのある民族《みんぞく》は、湯《ゆ》の煮《に》たった鍋《なべ》の中《なか》に呪《のろ》いたい相手《あいて》の名《な》を三度叫《さんどさけ》び、素早《すばや》く蓋《ふた》をして三日三晩煮続《みっかみばんにつづ》けると、その相手《あいて》は苦《くる》しむという言《い》い伝《つた》えを実行《じっこう》しているそうである。

するとその相手《あいて》はどうなるのです、とワトソンさんが問《と》うから、病気《びょうき》になったり死《し》んだりすると言《い》われていると答《こた》えた。ただし、ミイラにはなりませんよと言《い》った。

ワトソンさんもホームズ先生《せんせい》も、自分《じぶん》の説明《せつめい》にひどくがっかりした様子《ようす》である。おおかた自分《じぶん》が、日本《にほん》には相手《あいて》をミイラにして殺《ころ》してしまう呪《のろ》いのやり方《かた》があるとでも言《い》うと思《おも》ったのであろう。

いったいに西洋《せいよう》は、東洋《とうよう》を魔法使《まほうつか》いの国《くに》のように考《かんが》えるところがある。これは迷惑千万《めいわくせんばん》である。そこで自分《じぶん》は言《い》った。

「私《わたし》はカンバーウェルに与太者《よたもの》がわんさと居《い》るみたいに、東洋《とうよう》には神秘《しんぴ》がひしめいているというあなた方英吉利人《がたイギリスじん》の考《かんが》え方《かた》には、常々不平《つねづねふへい》を感《かん》じておるのです。わが東京《とうきょう》にしても、今《いま》のところここより少々田舎《しょうしょういなか》びてはいるが、倫敦《ロンドン》と特段変《とくだんか》わるところのない街《まち》であります。ここと同様《どうよう》、月《つき》にいくつか殺人事件《さつじんじけん》は起《お》こりますが、そのどれも刀《かたな》や銃《じゆう》によってであって、呪《のろ》いによってではありません」

自分《じぶん》がそう言《い》うと、ワトソン氏《し》は納得《なつとく》したように頷《うなず》いた。陽《ひ》が傾《かたむ》くにつれ、ますます霧《きり》が出《で》てきた。馬車《ばしや》は霧《きり》の中《なか》を疾走《しつそう》する。後《うし》ろで白《しろ》い渦《うず》が巻《ま》く。

自分《じぶん》は、さっきからずっと手《て》にしていた例《れい》の「つね六十一《ろくじゆういち》」の紙《かみ》を開《ひら》いてみた。ワト

ソン氏《し》が、さっそく読《よ》めますかと訊《き》いてくる。それで自分《じぶん》は、

「つね六十一《ろくじゆういち》と読《よ》めそうです」

と答《こた》えた。どういう意味《いみ》かと問《と》うから、強《し》いていうなら「常《つね》に」、あるいは「いつまでも」六十一《ろくじゆういち》という意味《いみ》でしょうと言《い》ったが、しかしそれでは日本文《にほんぶん》としての体裁《ていさい》を成《な》さぬ。日本文《にほんぶん》ならこの「つね」と「六十一《ろくじゆういち》」との間《あいだ》に、「に」という文字《もじ》が入《はい》るはずである。こんな書《か》き方《かた》は、日本人《にほんじん》なら決《けっ》してやらぬ。

それに、かの被害者《ひがいしゃ》が中国人《ちゆうごくじん》の呪《のろ》いを受《う》けていたのなら、その喉《のど》から出《で》たこの紙《かみ》には中国語《ちゆうごくご》が書《か》かれていてよいはずである。自分《じぶん》がこういう疑念《ぎねん》を口《くち》にすると、

「これは中国文字《ちゆうごくもじ》とは違《ちが》うものですか？」

とワトソン氏《し》は訊《き》いてくる。

「中国文字《ちゆうごくもじ》はもっと全然違《ぜんぜんちが》うものです」

自分《じぶん》は答《こた》える。

「それに、これがもし日本文字《にほんもじ》としても、後《あと》の数字《すうじ》が違《ちが》います。日本文字《にほんもじ》の数字《すうじ》には、もっと全然違《ぜんぜんちが》う書《か》き方《かた》があるのです。これはあなた方《がた》の文字《もじ》の数字《すうじ》で、日本語《にほんご》ではこんなふ

うに混同《こんどう》して書《か》くことはしません」

そうは言《い》ったが、しかし自分《じぶん》のようにこの地《ち》に来《き》ている日本人《にほんじん》なら、あるいはこんな書《か》き方《かた》をするかもしれぬとも考《かんが》えた。

ワトソン氏《し》は、この紙《かみ》は切《き》れ端《はし》なのです、したがってこれは、もっと長《なが》い文章《ぶんしょう》の一部《いちぶ》かもしれませんと言《い》った。そう言《い》われて自分《じぶん》は、即座《そくざ》に「義経《よしつね》」という言葉《ことば》が脳裏《のうり》に浮《う》かんだが、説明《せつめい》が面倒《めんどう》であると思《おも》い、口《くち》には出《だ》さずにしまった。

「中国《ちゅうごく》と日本《にほん》とでは、文字《もじ》も違《ちが》うのですか？」

ワトソン先生《せんせい》が問《と》う。自分《じぶん》がそのとおりだ、文字《もじ》だけでなく、何《なに》から何《なに》まで違《ちが》うと答《こた》えると、

「しかし中国《ちゅうごく》と日本《にほん》とは、ここと巴里《パリ》のようなものではないのですか？」

と重《かさ》ねて問《と》う。

言《い》われてみればなるほどそうだと思《おも》う。実《じつ》にもっともな問《と》いである。しかし何《なん》とも不思議《ふしぎ》なことにそれが違《ちが》う。中国《ちゅうごく》と日本《にほん》は、ここほどに仲《なか》のよい、気安《きやす》い往《ゆ》き来《き》はないのである。その理由《りゆう》は問《と》わないで欲《ほ》しいと願《ねが》った。問《と》われても自分《じぶん》にも説明《せつめい》はできぬ。

行《ゆ》く手《て》の霧《きり》の中《なか》に、いかにも貴族《きぞく》の館《やかた》であるといったふうな、金属細工《きんぞくざいく》の装飾《そうしょく》も派手《はで》派手《はで》しい鉄《てつ》の門《もん》が近《ちか》づいてきた。

「さあスカートの旦那《だんな》、着《つ》きましたぜ！　きっちり三十分《さんじっぷん》だ」

御者《ぎょしゃ》が嬉《うれ》しそうにわめいた。こうしてやってきてみると、リンキィ邸《てい》は以前《いぜん》の自分《じぶん》の下宿《げしゅく》のすぐ近所《きんじょ》である。歩《ある》けば十分《じっぷん》もかからぬと思《おも》われる。

「おいおい御者君《ぎょしゃくん》、リンキイ家《け》というからには玄関《げんかん》の車寄《くるまよ》せまでだ、これからが長《なが》いんだぜ」

ホームズ氏《し》が言《い》ったが、事実《じじつ》そのとおりであった。門《もん》をくぐると邸内《ていない》は広大《こうだい》な敷地《しきち》である。上野《うえの》のお山全部《やまぜんぶ》ほどもありそうだ。

辻馬車《つじばしゃ》がようやく車寄《くるまよ》せに着《つ》くと、ホームズ氏《し》は愉快《ゆかい》そうな声《こえ》をあげた。

「五秒《ごびょう》オーバーだ！　割増金《わりましきん》は払《はら》わないぜ」

このペテン師野郎《しやろう》！　と捨《す》てゼリフを残《のこ》して辻馬車《つじばしゃ》が去《さ》っていくと、出迎《でむか》えた白髪《はくはつ》の執事《しつじ》に対《たい》し、二人《ふたり》は自分《じぶん》を東洋《とうよう》からの身分《みぶん》の高《たか》い客人《きゃくじん》だと紹介《しょうかい》した。それで執事《しつじ》は、自分《じぶん》にうやうやしく頭《あたま》を下《さ》げる。

リンキィ家《け》は非常《ひじよう》に立派《りつぱ》な建物《たてもの》である。こんなふうに何気《なにげ》なく建《た》ってはいるが、このままこれを日比谷《ひびや》あたりに持《も》ってくれば、そのままで貴人《きじん》たちの社交場《しやこうじよう》として通用《つうよう》しそうである。ホームズさんはホールを横《よこ》ぎり、先《さき》に立《た》って二階《にかい》への階段《かいだん》を昇《のぼ》っていく。自分《じぶん》も後《あと》に続《つづ》いた。

キングスレイなる男《おとこ》の死体《したい》が見《み》つかった部屋《へや》は、壁《かべ》から床《ゆか》、窓掛《まどか》けにいたるまでが黒《くろ》焦《こ》げである。自分《じぶん》は生《う》まれてはじめてこういう犯罪《はんざい》の現場《げんば》に足《あし》を踏《ふ》み入《い》れたが、さすがに犯罪《はんざい》の現場《げんば》というものは、人《ひと》の心《こころ》を不安《ふあん》にするものだ。寝台《ねだい》の上《うえ》にはミイラ化《か》した死体《したい》はなかった。これは警察《けいさつ》が持《も》っていったらしい。

部屋《へや》に入《はい》るやいなや、ホームズさんはスカアトの隠《かく》しから大《おお》きなレンズをとり出《だ》し、黒《くろ》焦《こ》げになった床《ゆか》の上《うえ》に勇敢《ゆうかん》にも腹《はら》ばいになると、ずるずると部屋《へや》じゅうを這《は》い廻《まわ》りはじめた。つと立《た》ちあがったかなと見《み》ると、またすぐぺたんと腹《はら》ばいになる。それでフリルがいっぱい付《つ》いた高価《こうか》そうな婦人服《ふじんふく》は、たちまち真《ま》っ黒《くろ》くなった。ワトソン医師《いし》は放心《ほうしん》したように立《た》ったまま、親友《しんゆう》のこの様子《ようす》を悲《かな》し気《げ》に見《み》ていたが、何《なに》やら焼《や》け焦《こ》げた棺桶《かんおけ》のような箱《はこ》の前《まえ》に寄《よ》っていって、自分《じぶん》を手招《てまね》きした。

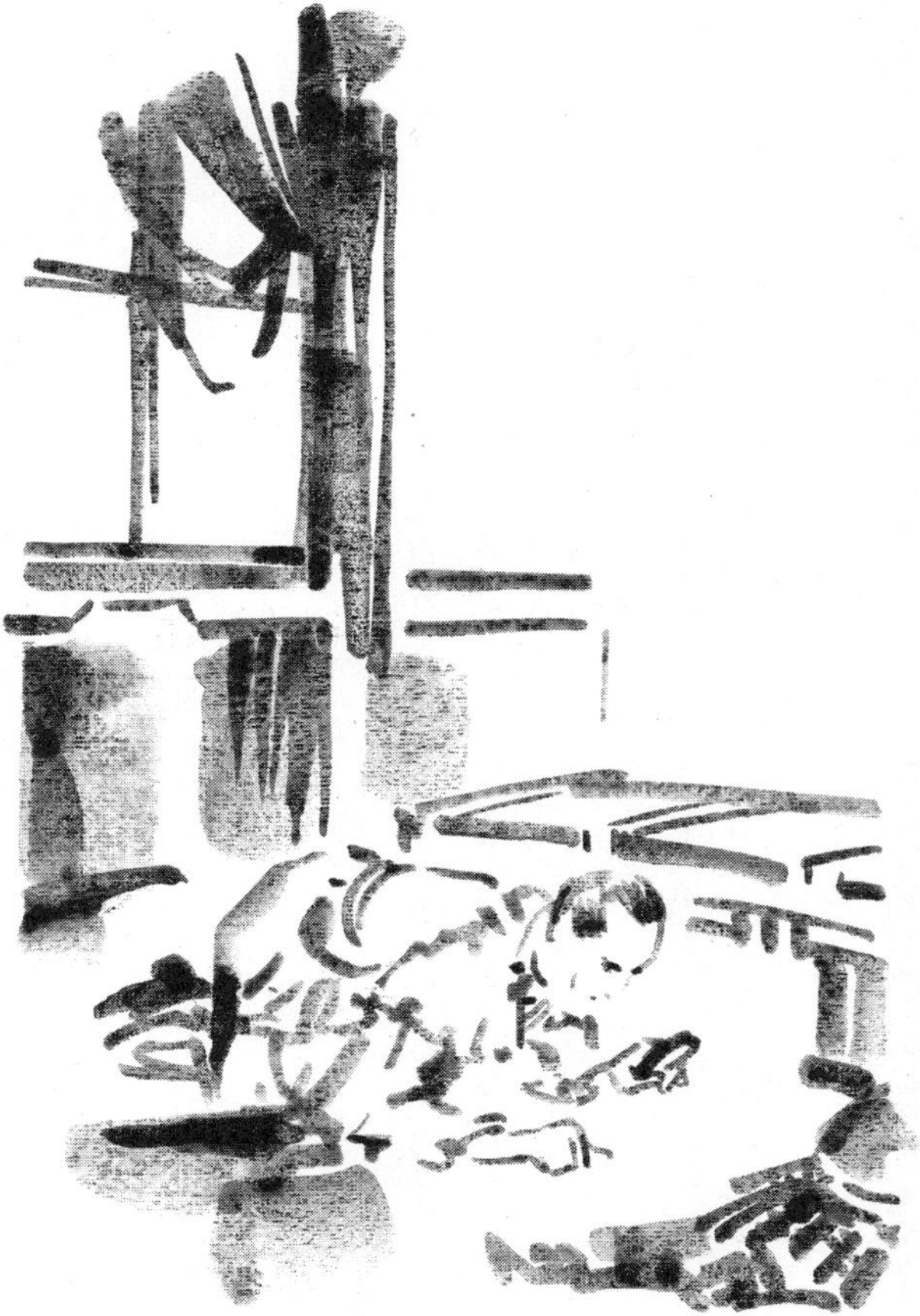

「さあ夏目《なつめ》さん、これを見て下《くだ》さい。これはキングスレイが呪《のろ》いを封《ふう》じ込《こ》めたと称《しょう》しておった箱《はこ》です。この中《なか》にこのとおり彼《かれ》にかわって呪《のろ》いを受《う》けとめる木彫《きぼ》りの像《ぞう》が入《はい》っておったのです。

ところがこの像《ぞう》は、ご覧《らん》のとおり、体《からだ》の方々《ほうぼう》が切断《せつだん》されております。どうやら造《つく》られた時《とき》からこうなっていたらしい。こんなやり方《かた》で造《つく》られた木像《もくぞう》を、お国《くに》でもご覧《らん》になったことがありますか？」

そう訊《き》かれるから、とんでもないと自分《じぶん》は言《い》ったものである。たくあんや巻《ま》き寿《す》しでもあるまいに、木像《もくぞう》の体《からだ》をあちこち切断《せつだん》するなんざ、ばち当《あ》たりというものだ。自分《じぶん》はワトソンさんに向《む》かって、日本人《にほんじん》なら命《いのち》を取《と》られてもこんなことはせぬと言《い》った。すると横《よこ》にホームズさんも来《き》て、合点合点《がてんがてん》をする。

それから自分《じぶん》がその木像《もくぞう》を妙《みょう》だと思《おも》ったのは、これの下半身《かはんしん》が仁王像《におうぞう》のごとく、ちゃんと左右《さゆう》の足《あし》が造《つく》られていたことである。焦《こ》げていてよくは解《わか》らぬが、何《なに》やら洋袴《ズボン》のようなものを穿《は》いているらしくも見《み》え、すこぶる妙《みょう》な按排《あんばい》である。してみると、これは仁王像《におうぞう》の類《たぐ》いであろうか。しかし燃《も》え残《のこ》った顔《かお》の様子《ようす》は、どちらかといえば観音様のような風情である。こんなおかしな像を自分ははじめて見た。自分《じぶん》がそう言《い》ったら、なるほどと言《い》いながら二人《ふたり》は顔《かお》を見合《みあ》わせている。

もうひとつ、その部屋《へや》で自分《じぶん》の目《め》をひいたものがある。自分《じぶん》は目《め》を丸《まる》くして思《おも》わず、

「こいつは驚《おどろ》いた。どうしてこんなものがここにあるのだろう。こいつを何《なん》だかご存《ぞん》じですか?」

と大声《おおごえ》をあげたくらいである。それは日本《にほん》の甲冑《かっちゅう》であった。なかば以上《いじょう》焦《こ》げて床《ゆか》に転《ころ》がっていたが、それはまぎれもなく日本《にほん》の具足《ぐそく》、日本武士《にほんぶし》の鎧兜《よろいかぶと》である。

「誰《だれ》がどんな説明《せつめい》をしたか知《し》りませんがねホームズさん、これはまぎれもなく日本製《にほんせい》の甲冑《かっちゅう》ですぜ、中国《ちゅうごく》のものじゃない」

自分《じぶん》は勇《いさ》んで主張《しゅちょう》した。

去年《きょねん》、この都《みやこ》にやってきて間《ま》もない頃《ころ》、自分《じぶん》は倫敦塔《ロンドンとう》を見物《けんぶつ》したことがあるのだが、この時倫敦塔《ときロンドンとう》の中《なか》にも日本《にほん》の具足《ぐそく》があって驚《おどろ》いた。それでこの英吉利《イギリス》にもずいぶんとわが具足《ぐそく》は来《き》ているのだなと思《おも》い、いくぶん奇異《きい》な感《かん》じにうたれて、しばらく眺《なが》めたものだった。

ホームズ先生はススだらけの床《ゆか》を散々《さんざん》這《は》い廻《まわ》ったものだから、ワシ鼻《ばな》の先《さき》まで黒《くろ》くなっている。しかし、聞《き》いて一瞬《いっしゅん》目《め》を光《ひか》らせたようであった。それからしばらく腕組《うでぐ》みをして考《かんが》え込《こ》んだ。ずいぶん経《た》ってから、それは確《たし》かですかね？　中国《ちゅうごく》のものということはないのですかと訊《き》いた。

日本人《にほんじん》には間違《まちが》えようもないことである。自分《じぶん》の家《いえ》にもこういう鎧兜《よろいかぶと》がひと揃《そろ》いあった。自分《じぶん》はそれを見《み》て育《そだ》ったのである。自分《じぶん》がそう言《い》うとホームズ先生《せんせい》は、キングスレイはこれを中国《ちゅうごく》で手《て》に入《い》れたと言《い》ったらしい、こういう具足《ぐそく》は中国《ちゅうごく》でも手《て》に入《はい》るのですかと自分《じぶん》に訊《き》いた。

自分《じぶん》は見当《けんとう》がつかなかったので、さあ手《て》に入《はい》るかもしれませんなと曖昧《あいまい》に返事《へんじ》をしておいた。それから、こうなってくると例《れい》の「つね六十一《ろくじゅういち》」も、あれもやはり平仮名《ひらがな》なのかもしれぬと考《かんが》えた。

6.

馬車《ばしゃ》がリンキイ邸《てい》の車寄《くるまよ》せに走《はし》り込《こ》んで停《と》まると、まずホームズ、それから私《わたし》、続《つづ》いてナツミの順《じゅん》で降《お》りた。するとその時《とき》、思《おも》いもかけぬことが起《お》こったのである。

玄関《げんかん》には執事《しつじ》のベインズが、例《れい》によって慇懃《いんぎん》な物腰《ものごし》でわれわれを出迎《でむか》えていたのだが、突然貧血《とつぜんひんけつ》を起《お》こしたようにへなへなと雪《ゆき》の上《うえ》に膝《ひざ》をついたのである。そこでホームズと私《わたし》が、素早《すばや》く両脇《りょうわき》から抱《かか》えて、彼《かれ》を玄関先《げんかんさき》まで運《はこ》んでやらなくてはならなかった。

ベインズはじきに正気《しょうき》づいたが、脇《わき》でこの様子《ようす》を見守《みまも》っていたナツミを指《ゆび》さし、

「黄色《きいろ》い悪魔《あくま》め、この家《いえ》から出《で》ていけ！」

とののしりはじめた。この時《とき》になってようやく私《わたし》は、ベインズの卒倒《そっとう》の原因《げんいん》がナツミにあったのかと気《き》がついた。彼《かれ》は、この家《いえ》に突然《とつぜん》降《ふ》って湧《わ》いた不幸《ふこう》が、すべて東洋人《とうようじん》のせ

いと信《しん》じているのである。そしてことの張本人《ちょうほんにん》が自《みずか》らの首尾《しゅび》を見届《みとど》けようとして、ついに姿《すがた》を現《あら》わしたのかと勘違《かんちが》いしているのだ。

ホームズが素早《すばや》くベインズを連《つ》れ去《さ》り、ホールの隅《すみ》で事情《じじょう》を説明《せつめい》しているふうだったが、やがて戻《もど》ってきてナツミに言《い》う。

「失礼《しつれい》しましたナツミさん、ベインズはあんな事件《じけん》の後《あと》だから、少々神経質《しょうしょうしんけいしつ》になっているのです。なに、無知《むち》ゆえの失態《しったい》さワトスン、ナツミさん、気分《きぶん》を害《がい》されたのではないでしょうね」

日本人《にほんじん》は、どうかご心配《しんぱい》なくと答《こた》えた。

ベインズはいくらか落《お》ちついたようにみえたが、それでもわれわれが二階《にかい》の廊下《ろうか》に消《き》える直前《ちょくぜん》、

「黄色《きいろ》い顔《かお》の悪魔《あくま》め、今《いま》に思《おも》い知《し》らせてやる！」

と階下《かいか》でわめいていた。

二階《にかい》の問題《もんだい》の部屋《へや》は、ホームズの言《い》いつけどおり、そのままで残《のこ》されていた。ホームズ

は、例《れい》の呪《のろ》いよけの像《ぞう》が入っている行李《こうり》のそばに行《い》き、ナツミを呼《よ》んで言《い》う。

「さあナツミさん、これを見《み》てください。この木像《もくぞう》はこのとおり、体《からだ》のあちこちが切断《せつだん》されている。こんなやり方《かた》で造《つく》られた木像《もくぞう》を、お国《くに》でもご覧《らん》になったことがありますか？」

ナツミは大《おお》きく首《くび》を横《よこ》に振《ふ》った。そして日本《にほん》のものとは違《ちが》っていると明言《めいげん》した。私《わたし》には意外《いがい》な言葉《ことば》であったが、ホームズにはそうでなかったとみえて、満足気《まんぞくげ》に首《くび》をうなずかせながら、両手《りようて》を擦《こす》り合《あ》わせていた。

ナツミはそのかわり、例《れい》の東洋《とうよう》の甲冑《かっちゅう》を日本《にほん》のものであると保証《ほしょう》した。わが友《とも》も、これはいささか意外《いがい》であったとみえ、腕組《うでぐ》みをして考《かんが》え込《こ》んだ。しばらくそうしていたが、やがて顔《かお》をあげ、他《ほか》にも日本製《にほんせい》のものはあるかと尋《たず》ねた。ナツミは部屋《へや》じゅうを慎重《しんちょう》に見《み》てまわったあげ句《く》、見当《みあ》たらないと答《こた》えた。

「ありませんねホームズさん、この部屋《へや》にある日本製《にほんせい》のものは、あの具足《ぐそく》だけです」

するとホームズは言《い》う。

「いや、もうひとつありそうですよナツミさん、あの文字《もじ》ですよ、キングスレイの喉《のど》から出《で》たね」

それから私《わたし》のほうに向《む》き直《なお》り、言《い》う。

「ワトスン君《くん》、この時点《じてん》で何《なに》か言《い》えることがあるとすれば、この奇怪《きかい》な事件《じけん》には、中国《ちゅうごく》と日本《にほん》がごった煮《に》のスープみたいになっているという興味深《きょうみぶか》い点《てん》だ。

もしもこの不思議《ふしぎ》な事件《じけん》が、なかなかに手強《てごわ》い能力《のうりょく》を持《も》つにせよわれわれと同《おな》じ人類《じんるい》によって画策《かくさく》されたものであるなら、そいつもわれわれと同様《どうよう》、中国《ちゅうごく》と日本《にほん》の区別《くべつ》なんてつかないやつなのかもしれない。うん、この想像《そうぞう》にはなかなか蓋然性《がいぜんせい》があるぜ」

それから再《ふたた》び日本人《にほんじん》のほうに向《む》き直《なお》って言《い》った。

「さあナツミさん、あなたもぼくもこの陰気《いんき》な火葬場《かそうば》から得《え》られるだけのものは得《え》たようです。不愉快《ふゆかい》にさせたうえに、これ以上《いじょう》あなたのお勉強《べんきょう》の邪魔《じゃま》をするわけにはいきません。今《いま》すぐ下宿《げしゅく》までお送《おく》りしますよ」

「六十一《ろくじゅういち》が意味《いみ》するものとして、どんなものが考《かんが》えられるだろうねワトスン」

ベイカー街《がい》に戻《もど》ってくると、ロッキング・チェアを揺《ゆ》らせながら、ホームズは言《い》う。

「さあ……、日数《にっすう》だろうか」

そう私《わたし》は言《い》った。

「そうかもしれない。六十一日間《ろくじゅういちにちかん》、それともあと六十一日《ろくじゅういちにち》というわけだ。日《ひ》にちということはあり得《え》ない、二月六十一日《にがつろくじゅういちにち》なんて日《ひ》にちはない。同《おな》じく月《つき》もそうだ。六十一月《ろくじゅういちがつ》なんて月《つき》はない。

では年号《ねんごう》か。だが一九六一年《せんきゅうひゃくろくじゅういちねん》なんて、遥《はる》かに未来のことだし、西暦六一年《せいれきろくじゅういちねん》なんていうのじゃね、大昔《おおむかし》にすぎるというものだ。

あの紙《かみ》には、六十一《ろくじゅういち》の後《うし》ろに少々《しょうしょう》余白《よはく》があった。これはこの六十一《ろくじゅういち》がもっと長《なが》い数字《すうじ》、例《たと》えば六一六一《ろくせんひゃくろくじゅういち》とか、六一〇〇《ろくせんひゃく》などの前半分《まえはんぶん》などではないということを物語《ものがた》る。

ほかにどんなことが考《かんが》えられるだろう。距離《きょり》か。六十一《ろくじゅういち》マイル、六十一《ろくじゅういち》フィート、それとも金額《きんがく》か、六十一《ろくじゅういち》ポンド、だがこんなのは人一人《ひとひとり》を殺《ころ》すほどの金額《きんがく》じゃないな。それとも重《おも》さの単位《たんい》か、六十一《ろくじゅういち》ポンド、しかしこいつは人間一人《にんげんひとり》の重《おも》さにも届《とど》かない。君《きみ》だってその倍《ばい》はあるだろう?」

「でも数字《すうじ》の前《まえ》の記号《きごう》を、あの日本人《にほんじん》は、日本文字《にほんもじ》なら『常に』だと言っていた。『常《つね》に六十一《ろくじゅういち》ポンド』、こいつは案外《あんがい》ありそうなことにも思《おも》えるよ」

私《わたし》が言《い》い、しかしすぐに首《くび》をひねった。

「だが何故《なぜ》喉《のど》からそんなことを書《か》いた紙《かみ》が出《で》なくてはならないのだろう」

「その点《てん》なんだよワトスン君《くん》、実《じつ》に不可解《ふかかい》だ。気《き》に入《い》らない点《てん》はさらにいくつもあるよ。まず、このことは前《まえ》にも言《い》ったがキングスレイの部屋《へや》にはランガム・ホテルの便箋《びんせん》なんかなかった。しかもキングスレイの部屋《へや》に限《かぎ》らない、昨夜《さくや》ぼくはわざわざ出《で》かけていって、ベインズと二人《ふたり》で屋敷《やしき》じゅうを捜《さが》したんだ。リンキイ邸《てい》のどこにもランガム・ホテルの便《びん》箋《せん》なんかなかった。いやそれどころか、キングスレイの部屋《へや》には君《きみ》も見《み》たとおり、筆記用《ひっきよう》具《ぐ》なんて何《なに》ひとつなかったんだ。ペンもインキ壺《つぼ》も、鉛筆《えんぴつ》の一本《いっぽん》さえない。

そうなるとキングスレイは、あの紙《かみ》にだいぶ前《まえ》に六十一《ろくじゅういち》と書《か》いて、ずうっと持《も》っていたという話《はなし》になってくる。そうして死《し》ぬ前《まえ》にそれを口《くち》に入《い》れたのだが、それもあの一部《いちぶ》分《ぶん》だけをちぎり取《と》って呑《の》んだらしい。残《のこ》りはくずカゴに捨《す》てたのだがそっちは燃《も》えてしまった――、とこういう推理《すいり》ではたしていいのだろうか。もしそれでいいのなら、何故《なぜ》あの部分《ぶぶん》だけをちぎり取《と》ったのか？　また何故口《なぜくち》に入《い》れたのか？

もしこれが隠《かく》し金庫《きんこ》のキー・ナンバーか何《なに》かで、あの時《とき》われわれの親友《しんゆう》の部下《ぶか》が言《い》っていたように、とっさに隠《かく》そうとしたのであれば、よほど急《きゅう》を要《よう》する事態《じたい》が発生《はっせい》したと考《かんが》えなくてはならない。目《め》の前《まえ》に突然《とつぜん》、あの紙《かみ》を狙《ねら》っている昔《むかし》の悪党仲間《あくとうなかま》が現《あら》われたとかね、その程度《ていど》の出来事《できごと》がなくっちゃなるまい。

隠滅《いんめつ》したいのなら、ゆっくり燃《も》やしたほうがいいに決《き》まってるんだ。現《げん》にあの紙《かみ》の残《のこ》りは燃《も》えたらしく、完全《かんぜん》に消《き》えてしまっている。隠滅《いんめつ》しようとしたほうが、かえって残《のこ》ってしまったわけさ。

だが、ではそんな急《きゅう》を要《よう》する事態《じたい》がはたして現実《げんじつ》に発生《はっせい》したろうかと考《かんが》えると、これはいたって疑《うたが》わしい。何故《なぜ》ならあのクギづけされたドアと窓《まど》だ。あれは執事夫婦《しつじふうふ》とあの気《き》の毒《どく》な婦人《ふじん》とがドアを破《やぶ》るまで、まったくこじあけられた形跡《けいせき》がない。

しかも突然《とつぜん》の鎚音《つちおと》に驚《おどろ》いた三人《さんにん》が、午前二時《ごぜんにじ》に一度《いちど》部屋《へや》の前《まえ》に駈《か》けつけてから翌朝《よくあさ》の死体発見《したいはっけん》まで、クギは一本《いっぽん》も抜《ぬ》かれてはいないという。のみならず、それ以後一本《いごいっぽん》も打《う》たれてもいない。つまりぼくらが見《み》たと同《おな》じ状況《じょうきょう》が、午前二時《ごぜんにじ》にすでに完成《かんせい》されていたわけだ。そしてベインズは、その時《とき》キングスレイの部屋《へや》には、ほかに誰一人《だれひとり》として、絶対《ぜったい》にひそんではいなかったと断言《だんげん》している。

ぼくは廊下《ろうか》に立《た》って、小窓越《こまどご》しに部屋《へや》を何度《なんど》も見渡《みわた》してみた。もし事実《じじつ》カーテンが開《あ》いていて、ベインズが正直《しょうじき》な男《おとこ》なら、彼《かれ》の証言《しょうげん》は充分尊重《じゅうぶんそんちょう》に値《あたい》するだろうな。廊下《ろうか》からは、ベッドの下《した》もよく見《み》えるんだ。

つまりキングスレイの鼻先《はなさき》に、突然《とつぜん》そんな男《おとこ》が現《あら》われるなんて事態《じたい》はあり得《え》ないはずだ。そんな人間《にんげん》がもしいたにしても、キングスレイの部屋《へや》には入《はい》れないだろう。したがって彼《かれ》があの紙《かみ》の切《き》れ端《はし》を、大《おお》あわてで隠蔽《いんぺい》のために呑《の》み込《こ》むなんていう事態《じたい》は考《かんが》えられないという結論《けつろん》が導《みちび》かれる。

もうひとつ、こういうケースも一応考《いちおうかんが》えておかなくっちゃならない。キングスレイは筆記用具《ひっきようぐ》をいっさい持《も》っていないのだから、誰《だれ》かあの部屋《へや》に侵入《しんにゅう》した者《もの》が、もしそんなやつがいたとすればだが、その人間《にんげん》があの紙《かみ》を持《も》っていて、キングスレイの口中《こうちゅう》に押《お》し込《こ》んだという可能性《かのうせい》だ。これもまるで無視《むし》するわけにはいかない。だがどうやって内側《うちがわ》から厳重《げんじゅう》にクギづけされた部屋《へや》に、ガラス一枚割《いちまいわ》らずに侵入《しんにゅう》できたのか」

「つまりそれはあり得《え》ないということさ」

「そのとおりさワトスン、白状《はくじょう》するがね、これは大《おお》いに困《こま》ったよ。たとえ誰《だれ》かがそんな部屋《へや》に入《はい》れたにしても人間一人《にんげんひとり》をひと晩《ばん》でミイラにする方法《ほうほう》なんてあろうはずもない。だがキングスレイは何故《なぜ》、部屋《へや》を内側《うちがわ》からクギづけにしたのだろう？　姉《あね》が部屋《へや》の合鍵《あいかぎ》を持《も》っていたそうだから、家人《かじん》の誰一人《だれひとり》部屋《へや》に入《はい》って欲《ほ》しくなかったということなんだろうか？　ではいったい彼《かれ》は、一人《ひとり》で何《なに》をするつもりだったのか。

ふむ、もし君《きみ》が今後《こんご》、この奇怪《きかい》な事件《じけん》の顚末《てんまつ》も記録《きろく》に遺《のこ》そうと思《おも》うなら、この哀《あわ》れな専《せん》門家《もんか》が困《こま》っているところをせいぜいよく観察《かんさつ》しておくことだね」

事件後《じけんご》の二《に》、三日《さんにち》、例《れい》によって私《わたし》などには手《て》に入《い》れることのできないいくつかの材料《ざいりょう》が、ホームズの内部《ないぶ》では少《すこ》しずつ解決《かいけつ》に向《む》かって組《く》み立《た》てられつつあったのだろうが、はた目《め》にはこの頃《ころ》の彼《かれ》は、暗中模索《あんちゅうもさく》の状態以外《じょうたいいがい》には見《み》えなかった。

そしてその間《あいだ》じゅう、私《わたし》にははっきりとそう言《い》いきれるのだが、彼《かれ》の頭《あたま》からあのメアリー・リンキイが片時《かたとき》も離《はな》れなかったことは確《たし》かである。彼女《かのじょ》はこの部屋《へや》にやってきた時《とき》、最後《さいご》の手段《しゅだん》に訴《うった》えるつもりでここに来《き》ましたと言《い》った。しかしホームズは、不幸《ふこう》にして彼女《かのじょ》を救《すく》えなかった。その事実《じじつ》が、彼《かれ》の自尊心《じそんしん》を深《ふか》く傷《きず》つけていたのである。

散歩《さんぽ》に出《で》てくる、とある日《ひ》ホームズは言《い》った。ではぼくも行《い》こうと私《わたし》が言《い》うと、彼《かれ》は答《こた》える。

「ワトスン、ぼくにはどうやらひどく人《ひと》と違《ちが》っているところがあるらしくてね、たまにどうしても一人《ひとり》でいたいのさ」

それで私《わたし》はやむなくその後《ご》の何時間《なんじかん》かを、読《よ》みかけだった専門雑誌《せんもんざっし》を読《よ》むことに費《つい》やしたが、しばらくするとホームズは、パラフィンやアルコールや、それにボロ布《ぬの》らしいものをどこからかどっさり買《か》い込《こ》んで表《おもて》から戻《もど》ってきた。

何《なに》を始《はじ》めるつもりかと見守《みまも》っている私《わたし》の前《まえ》で彼《かれ》は実験机《じっけんづくえ》に向《む》かうと、片端《かたはし》からそれらの布《ぬの》を燃《も》やしはじめた。たちまちわれわれのささやかながら快適《かいてき》だった住《す》み家《か》は、いたたまれないほどの悪臭《あくしゅう》でいっぱいになり、薫製工場《くんせいこうじょう》のようなありさまとなった。重要《じゅうよう》な実験《じっけん》なのであろうから苦情《くじょう》を言《い》うわけにもいかず、私《わたし》は一人脱出《ひとりだっしゅつ》した。

ところが翌日《よくじつ》になってもホームズは、その馬鹿《ばか》げた実験《じっけん》をやめようとはしなかった。今《いま》や被害《ひがい》は階下《かいか》にも及《およ》んだとみえて、下《した》のハドスン夫人《ふじん》や、ついには筋向《すじむ》かいの住人《じゅうにん》まで

が何《なに》ごとかと顔《かお》を覗《のぞ》かせていくしまつであった。

たまにはこういう試練《しれん》もやむを得《え》まい、とイギリスじゅうで最《もつと》も忍耐強《にんたいづよ》い人間《にんげん》を自認《じにん》している私《わたし》は考《かんが》えた。しかしそのような人間《にんげん》の堪忍《かんにん》にも、限度《げんど》がある。このような蛮行《ばんこう》を神《かみ》が許《ゆる》されるのは、せいぜい二日間《ふつかかん》というところではあるまいか。

ホームズときては短時間《たんじかん》で切《き》りあげようとする気持《きも》ちなどはさらさらないとみえ、少《すこ》し燃《も》やしてはロッキング・チェアでパイプをやり、また思《おも》いついては別《べつ》のものを燃《も》やすという調子《ちようし》なので、部屋《へや》じゅうにまんべんなくパラフィンの嫌《いや》な匂《にお》いが染《し》み込《こ》んでしまった。時間《じかん》をつぶすため私《わたし》は、今《いま》やロンドンじゅうのクラブと公園《こうえん》を歩《ある》きつくしたような気《き》がした。拷問《ごうもん》が四日目《よつかめ》に入《はい》ると、私《わたし》は意《い》を決《けつ》して彼《かれ》の実験机《じつけんづくえ》に寄《よ》っていった。そして私《わたし》が、抗議《こうぎ》の口《くち》をまさに開《ひら》こうとした瞬間《しゆんかん》、燃《も》え残《のこ》りを子細《しさい》に拡大鏡《かくだいきよう》で観察《かんさつ》していたホームズが、上機嫌《じようきげん》の顔《かお》をあげて、

「きわめて満足《まんぞく》すべき結果《けつか》が得《え》られたよワトスン」

と言《い》った。

「何《なに》か解《わか》ったんだね？」

と私《わたし》がたちまちつりこまれて言《い》うと、

「そのとおりだ。ほんの半歩前進《はんぽぜんしん》といったところさ。賭《か》けてもいいね、あのキングスレイの部屋《へや》の火事《かじ》は、アルコールを使《つか》った放火《ほうか》だよ。断言《だんげん》してもいい。これで中国人《ちゅうごくじん》の呪《のろ》いとやらも、いささか怪《あや》しくなったわけだ」

「そいつはすごいね、ホームズ君《くん》」

私《わたし》が言《い》うと、

「だが喜《よろこ》んでばかりもいられない。この一歩《いっぽ》は迷宮《めいきゅう》への一歩《いっぽ》さ。クギづけされた部屋《へや》でどうして放火《ほうか》がなされなくてはならないのか？　とすればやったのはほかならぬキングスレイということになる。何故《なぜ》自分《じぶん》で自分《じぶん》の部屋《へや》に放火《ほうか》なんかしたんだろう？　一問《いちもん》の解答《かいとう》が、さらなる十《じゅう》の難問《なんもん》を運《はこ》んできた。真理《しんり》への道《みち》は常《つね》に近《ちか》からずさ。おや、誰《だれ》か来《き》たようだ……。

やあ、これはスコットランド・ヤードのお出《で》ましだ」

ドアの陰《かげ》から、レストレイドの白《しろ》イタチのような精悍《せいかん》な姿《すがた》が現《あら》われた。

「これはホームズさん、う、このたいした匂《にお》いは何《なん》です？」

「例《れい》のプライオリィ・ロードのミイラ事件《じけん》に関《かん》して、若干《じゃっかん》の実験《じっけん》を行《おこ》なっていたところです」

「ほう、それはそれは。私《わたし》はまたベーコン屋《や》でも始《はじ》めるつもりかと思《おも》いましたよ。ところでそのミイラですがね、あまりいつまでも署《しょ》の死体安置所《したいあんちしょ》を占領《せんりょう》させておくわけにもいきません。そろそろ埋葬《まいそう》したいと思《おも》うんですがね、ひと言《こと》お断《こと》わりしておいたほうがよかろうと思《おも》って」

「それはご丁寧《ていねい》にレストレイド君《くん》、で、死体《したい》に関《かん》して何《なに》か面白《おもしろ》い発見《はっけん》はありましたか？」

「別段《べつだん》これといってないです」

「あのミイラも、例《れい》の呪《のろ》いよけの木像《もくぞう》みたいに、方々《ほうぼう》が切断《せつだん》された跡《あと》があったなんてことはないでしょうな」

「そんなことはありませんでした。そう言《い》ってよければ綺麗《きれい》なものでね、あなたや私同《わたしどう》様《よう》、五体満足《ごたいまんぞく》で何《なに》ひとつ欠《か》けたものはなかったです。ただ……」

「ただ？」

「検死《けんし》に立《た》ち会《あ》った医者《いしゃ》が、少々興味深《しょうしょうきょうみぶか》いことを言《い》っておりましたな」

「それは？」

「別段《べつだん》とりたてて問題《もんだい》にするほどのことではないですがねホームズさん、哀《あわ》れなキングスレイは、餓死ではなかったかと、こう言《い》うんですな」

「餓死《がし》」

そう言《い》うと、ホームズはしばらく無言《むごん》で考《かんが》え込《こ》んだ。

「それはキングスレイ青年《せいねん》は、姉《あね》やベインズがどんなにすすめてもパン切《きれ》ひとつ口《くち》にしようとしなかったそうですからな、飢《う》え死《じ》にもするでしょう」

レストレイドは重《かさ》ねて言《い》った。しかしホームズは、深《ふか》い思索《しさく》に沈《しず》んだまま無言《むごん》であった。

「で、ホームズさん、次《つぎ》はあなたの番《ばん》だ。このごたいそうな匂《にお》いの理由《りゆう》について、お話《はな》し願《ねが》いたいものですな」

ホームズと長《なが》いつき合《あ》いを持《も》つ友人《ゆうじん》の一人《ひとり》としては、この警察官《けいさつかん》の性急《せいきゅう》な態度《たいど》はいささか思慮《しりょ》が足《た》りなかった。友人《ゆうじん》は鼻先《はなさき》でうるさそうに手《て》を振《ふ》り、

「今《いま》はそんなささいなことにかまっているひまはない」

と言《い》ったのである。

レストレイドは、さすがにむっとした様子《ようす》だった。彼《かれ》には私《わたし》の半分《はんぶん》ほどの忍耐力《にんたいりょく》もない。加《くわ》えてまずいことに、彼《かれ》の犯罪捜査官《はんざいそうさかん》としてのプライドには、ホームズに負《ま》けないほどのものがあった。

「ほう！　そうですか、ホームズさん」

レストレイドは言った。

「私《わたし》は今日《きょう》まで自分《じぶん》を、あなたの友人《ゆうじん》だと思《おも》っておりましたよ。どうやらここ十年《じゅうねん》ばかり思《おも》い違《ちが》いをしていたようだ。私《わたし》とあなたの心《こころ》はここと月《つき》ほどもかけ離《はな》れているらしい。よく解《わか》りましたよ。できることならわれわれも、署《しょ》のロビーあたりでボロ布《ぬの》を燃《も》やして遊《あそ》びたいものですな！　ま、ヤードを停年退職《ていねんたいしょく》したら考《かんが》えるとしましょう。ではお二人《ふたり》ともごきげんよう。この次《つぎ》にミイラが死体置場《したいおきば》に入《はい》ってくることがあったら、黙《だま》って埋《う》めることにいたしましょう。私《わたし》ばかりが正直者《しょうじきもの》というんじゃ不公平《ふこうへい》ですからな！

ああそうそう、この事件《じけん》が解決《かいけつ》する時《とき》にはまたお会《あ》いしたいと思《おも》ってるんですがね、しかしいつのことになりますかな。お互《たが》いがまだ顔《かお》を憶《おぼ》えているうちだといいですな！」

思《おも》いつく限《かぎ》りの皮肉《ひにく》とともにレストレイドがドアを閉《し》めても、ホームズは無言《むごん》だった。

私《わたし》はレストレイドのようにドアを出《で》て帰《かえ》って行《い》く場所《ばしょ》もなかったので、やむを得《え》ず自分《じぶん》の椅子《いす》に戻《もど》り、医学界報《いがくかいほう》の続《つづ》きを読《よ》みはじめた。ホームズがやっと口《くち》を開《ひら》いたのは、そう薄《うす》くもない専門雑誌《せんもんざつし》が、残《のこ》りあと数《すう》ページとなった頃《ころ》だった。

「何《なん》ということだ」

ホームズは苦々《にがにが》し気《げ》に言《い》った。

「馬鹿《ばか》げたペテンだよ。われわれはいいようにだまされたのだ。われわれという赤児《あかご》は、ミルクといつわって白いひまし油を飲《の》まされたのだ！ではこうしてはいられないよワトスン君《くん》、不明《ふめい》なことはまだいくつもある。ひとつひとつ足場《あしば》を固《かた》めていかなくてはならない。このまれに見《み》る悪賢《わるがしこ》いやつを、天井《てんじょう》の隅《すみ》に追《お》いつめるためにね」

そしてホームズは、せかせかとした様子《ようす》で椅子《いす》から腰《こし》を浮《う》かせた。

「警視庁《けいしちょう》のわれわれの旧友《きゅうゆう》のことは気《き》にならないのかい？」

私《わたし》は言《い》った。

「警視庁《けいしちょう》の？　おやレストレイドは帰《かえ》ったんだね」

「君《きみ》に追《お》い返《かえ》されてね」

私《わたし》は言《い》った。ホームズはさすがに表情《ひょうじょう》を曇《くも》らせた。

「ぼくが何《なに》か彼《かれ》を怒《おこ》らせるようなことを言《い》ったなんて言《い》いだすんじゃないだろうね、ワトスン君《くん》」

「あんなことを言《い》われれば、イギリスじゅうの誰《だれ》だって家《いえ》に帰《かえ》りたくなるだろうな。たった一人《ひとり》の男《おとこ》を除《のぞ》いてね」

「それは誰《だれ》だい？」

「ぼくさ」

「ははあ！　標準的《ひょうじゅんてき》な人物《じんぶつ》なら、と君《きみ》は言《い》いたいんだろうワトスン。それなら《レストレイド氏《し》、ホームズ氏《し》の協力《きょうりょく》により、プライオリィ・ロードのミイラ事件《じけん》を解決《かいけつ》》ってタイムズの見出《みだ》し活字《かつじ》を見《み》れば、もうニコニコさ」

ホームズは外套《がいとう》を肩《かた》にはおりながら続《つづ》ける。

「それが標準的《ひょうじゅんてき》な人物《じんぶつ》の姿《すがた》というものだよ」

そう言《い》いおいて彼《かれ》は、さっさと表《おもて》に出《で》かけていった。

それからしばらくの間《あいだ》、私《わたし》の友《とも》は実《じつ》に活動的《かつどうてき》だった。彼《かれ》の愛用《あいよう》のロッキング・チェアは、二《に》、三日《さんにち》の間《あいだ》、少《すこ》しも暖《あたた》められることはなかった。

ホームズの洩《も》らす言葉《ことば》の端々《はしばし》から、彼《かれ》の小旅行《しょうりょこう》の目的地《もくてきち》がエジンバラであったり、マンチェスターであったりしたことが知《し》れた。おそらくキングスレイの足取《あしど》りを追《お》ったり、彼《かれ》とメアリー姉弟《きょうだい》が子供時代《こどもじだい》をすごした街《まち》を訪《たず》ね歩《ある》いたりしていたものに相違《そうい》ない。しかし彼《かれ》の顔色《かおいろ》には、成功《せいこう》が近《ちか》づいている時《とき》に決《き》まって見《み》せるあのうきうきした様子《ようす》が少《すこ》しもなかった。

「どうもうまくないよ、ワトスン」

ホームズが一度《いちど》そんなふうに言《い》ったことがある。

「何《なん》とも困《こま》った。こんなに困《こま》らされたのは久《ひさ》し振《ぶ》りだ。実《じつ》にずる賢《がしこ》いやつだ、ぼくらにはほんのちょっぴりだって証拠《しょうこ》がないんだからね。

この事件《じけん》はぼくらのささやかな歴史《れきし》の内《うち》にあって、まったく類《るい》を見《み》ないほどに奇怪《きかい》なものだけれど、この犯人《はんにん》の知能《ちのう》も、今《いま》までわれわれが相手《あいて》にした連中《れんちゅう》の中《なか》ではなかなか上《じょう》等《とう》の部類《ぶるい》に入《はい》るだろうな。それだけに早《はや》く首根《くびね》っ子《こ》を押《お》さえてやりたいものだ。

本当《ほんとう》はひとつだけ方法《ほうほう》があるんだ。ひどく頼《たよ》りなくて成功《せいこう》の望《のぞ》みの薄《うす》い方法《ほうほう》だがね、それでも事件《じけん》のカラクリだけは明《あき》らかにできるだろう。

でもその頃《ころ》には、この悪賢《わるがしこ》い紳士《しんし》は世界《せかい》の果《は》てまで逃《に》げてるだろうな。だってその方法《ほう》ってのはねワトスン、この先何《さきなん》カ月《げつ》もじっと待《ま》たなきゃならないくらい時間《じかん》のかかるやり方《かた》なのさ。そんな悠長《ゆうちょう》なことはやっていられない。こいつを捕《つか》まえなきゃならないんだ。事件《じけん》の謎《なぞ》だけ解《と》いたって何《なん》にもならない。ロンドンで少《すこ》しは知《し》られたぼくの名前《なまえ》にかけてもね」

ところがその翌日帰《よくじつかえ》ってきたホームズは、すっかり疲《つか》れきった様子《ようす》で、ほんの少《すこ》しでさえ口《くち》をきくのがおっくうそうだった。彼《かれ》がもがくようにして外套《がいとう》を脱《ぬ》ぐ時《とき》、小《ちい》さい紙片《かみきれ》が床《ゆか》に落《お》ち、これがコーンウォル半島《はんとう》の先端《せんたん》、ランズ・エンドにある精神病院《せいしんびょういん》の院長《いんちょう》の名刺《めいし》であったから、彼《かれ》があのメアリー・リンキイに会《あ》ってきたことは明《あき》らかだった。院長《いんちょう》は名《な》をリチャード・ニーブヒルといい、医学雑誌《いがくざっし》などで時《とき》おり目《め》にする名前《なまえ》だった。

「見《み》たのかい？　ワトスン」

ホームズは力《ちから》なく言《い》った。

「だってその名刺《めいし》の主《ぬし》が住《す》んでいる場所《ばしょ》は忘《わす》れ難《がた》いからね。コーンウォルといえば、ほんの四年《よねん》ばかり前《まえ》、二人《ふたり》で療養《りょうよう》に行《い》った土地《とち》じゃないか。もっともあの時《とき》もレオン・スタンデール博士《はかせ》の奇妙《きみょう》な事件《じけん》に巻《ま》き込《こ》まれて、療養《りょうよう》どころじゃなかったけれどね」

私《わたし》は言《い》った。

「目《め》ざとくなったね。近頃《ちかごろ》の君《きみ》の上達《じょうたつ》ぶりは時々《ときどき》憎《にく》らしくなるほどだ。そのとおりさ、あの不幸《ふこう》な婦人《ふじん》に会《あ》ってきたんだよ。

彼女《かのじょ》の内側《うちがわ》には、あらゆる劇的《げきてき》な要素《ようそ》が渦《うず》まいている。彼女《かのじょ》を目《め》の前《まえ》にすれば、どれほど劇的《げきてき》な作《つく》り話《ばなし》もたちまち色褪《いろあ》せてしまうだろう。

ぼくらが直面《ちょくめん》しているこの事件《じけん》も、進行《しんこう》があんなに風変《ふうが》わりであるだけに、記録者《きろくしゃ》としての君《きみ》は興味《きょうみ》をそそられるだろうね。だがワトスン、頼《たの》みがあるんだ。この事件《じけん》は、ぼくの類《たぐ》いまれな大失敗《だいしっぱい》の記録《きろく》にしかならないと思《おも》う」

それだけ言《い》って、彼《かれ》は久《ひさ》し振《ぶ》りに愛用《あいよう》の椅子《いす》に身《み》を沈《しず》め、ずいぶんと長《なが》いこと黙《だま》ってパイプの煙《けむり》を吐《は》き続《つづ》けた。どんなふうにしてこの先《さき》の話《はなし》を続《つづ》けるかと迷《まよ》っているようだったが、ホームズがあまりに長《なが》く黙《だま》っているので、知《し》らず私《わたし》は、コーンウォル半島《はんとう》の突端《とったん》にあるマウンツ湾《わん》あたりの景観《けいかん》を脳裏《のうり》に浮《う》かべていた。一風変《いっぷうか》わった場所《ばしょ》で、地の果て《ランズ・エンド》の名《な》にふさわしく、陰気《いんき》な岩肌《いわはだ》の崖《がけ》や、昔《むかし》から帆船《はんせん》乗《の》りに死《し》の罠《わな》と恐《おそ》れられた暗礁《あんしょう》が、寒々《さむざむ》とした荒波《あらなみ》に洗《あら》われていた。

私《わたし》たちが借《か》りた家《いえ》は、切《き》りたった高《たか》い崖《がけ》のてっぺんの、それもずいぶんと海《うみ》にせり出《だ》したあたりにぽつんと、忘《わす》れられたように建《た》つ白塗《しろぬ》り壁《かべ》の一軒家《いっけんや》で、窓《まど》からはこうしたマウンツ湾《わん》の、荒涼《こうりょう》とした全景《ぜんけい》が見渡《みわた》せたものだった。

私《わたし》たちは、数知《かずし》れぬ海《うみ》の荒《あら》くれたちが非業《ひごう》の最期《さいご》をとげた白波《しらなみ》の砕《くだ》ける墓場《はかば》の上《うえ》で何《なん》週間《しゅうかん》かをすごしたが、じっと一人《ひとり》この船乗《ふなの》りたちの難所《なんしょ》を見降《みお》ろしているホームズを見《み》ていると、この土地《とち》が彼《かれ》のほろ苦《にが》い気質《きしつ》によく合《あ》っていることが察《さっ》せられた。海《うみ》に飽《あ》きると彼《かれ》は、何世紀《なんせいき》も昔《むかし》に滅《ほろ》んだ民族《みんぞく》の遺跡《いせき》や、有史以前《ゆうしいぜん》の死闘《しとう》を物語《ものがた》る土塁《どるい》を求《もと》めてランズ・エンドの荒野《こうや》を歩《ある》き廻《まわ》り、一人《ひとり》きりで何時間《なんじかん》も冥想《めいそう》にふけってすごしていた。

あの土地《とち》に、今狂《いまくる》えるメアリー・リンキイがいるのであろう。私《わたし》はごつごつした岩肌《いわはだ》の岬《みさき》に、乱《みだ》れる髪《かみ》を潮風《しおかぜ》になぶらせて立《た》つメアリーを想像《そうぞう》した。

「それは成功《せいこう》した話《はなし》ばかりを世間《せけん》に発表《はっぴょう》するなんてね、あんまり感心《かんしん》できたやり口《くち》じゃない」

と突然《とつぜん》ホームズが続《つづ》けたので、私《わたし》は冥想《めいそう》を破《やぶ》られ、われに返《かえ》った。

「ぼくはここで、君《きみ》と一緒《いっしょ》にずいぶんとたくさんの仕事《しごと》をしてきた。そのいくつかはささやかながらこの世界《せかい》を清潔《せいけつ》にすることの役《やく》にはたったと思《おも》う。そして誓《ちか》って言《い》うが、そのどの瞬間《しゅんかん》においてもぼくは、名誉心《めいよしん》とか金銭欲《きんせんよく》とか、そんな低級《ていきゅう》なものに心《こころ》を動《うご》かされたことはない」

「よく解《わか》っているよ」

私《わたし》は言《い》った。

「だから、今《いま》までのぼくのささやかな功績《こうせき》に免《めん》じて、ぼくのこの最低《さいてい》の失敗《しっぱい》の傷《きず》がぼくの内《うち》で癒《い》えるまで、この事件《じけん》の記録《きろく》は発表《はっぴょう》を待《ま》ってくれと君《きみ》に頼《たの》むことはわがままにすぎるだろうか」

ようやく私《わたし》は、彼《かれ》が言《い》わんとしていたことを理解《りかい》した。だが、失敗《しっぱい》だって⁉ と私《わたし》はあやうく叫《さけ》ぶところだった。彼《かれ》のこの言葉《ことば》に私《わたし》は大《おお》いに不満《ふまん》だったが、あえて口《くち》に出《だ》すことはひかえた。

「わがままなものか」

と私《わたし》は言《い》った。

「君《きみ》がそう望《のぞ》むのに、どうしてぼくが反対《はんたい》できるんだいホームズ君《くん》。いいとも。ぼくはこの事件《じけん》の記録《きろく》は決《けっ》して世間《せけん》には公表《こうひょう》しないことにする。約束《やくそく》するよ」

するとホームズは、

「友人《ゆうじん》は何《なに》にもかえ難《がた》い財産《ざいさん》だね」

としみじみした口調《くちょう》で言《い》った。

私《わたし》のこの記録《きろく》は、ホームズや私《わたし》の生《い》きているうちには、決《けっ》して公表《こうひょう》されることはないであろう。

二月十二日《にがつじゅうににち》の火曜日《かようび》、ホームズはまた例《れい》によってどこかへ出《で》かけており、私《わたし》は昼食《ちゅうしょく》をとるために一人《ひとり》でベイカー街《がい》へ出《で》た。プライオリィ・ロードの事件《じけん》からは、すでに一《いっ》週間近《しゅうかんちか》くが経《た》ってしまっていた。

凍《い》てついているため、ともすれば滑《すべ》りそうな足《あし》もとに気《き》をつけながら歩《ある》いていると、背《はい》後《ご》で私《わたし》を呼《よ》ぶ声《こえ》がする。その声《こえ》には妙《みょう》に外国訛《がいこくなま》りが感《かん》じられたので、不審《ふしん》に思《おも》いながら振《ふ》り返《かえ》ると、声《こえ》の主《ぬし》はあのナツミという日本人《にほんじん》だった。ナツミは背《せ》が低《ひく》く、ちょっと特《とく》徴的《ちょうてき》な歩《ある》き方《かた》をする。せかせかと私《わたし》に追《お》いついてくると、

「ごきげんようドクター。あなたのお友達《ともだち》もお元気《げんき》ですか？」

と訊《き》いた。

私《わたし》は答《こた》えた。

「私《わたし》のほうは上々《じょうじょう》ですがね、ホームズのほうはどうでしょうか」

ナツミは勉強《べんきょう》の帰《かえ》りなのだと言《い》い、この先《さき》のクレイグ博士《はかせ》のところへ、毎週火曜日《まいしゅうかようび》に通《かよ》ってきているのだと語《かた》った。私《わたし》は彼《かれ》を、ホームズともよく行《い》くマルチニの店《みせ》へ昼食《ちゅうしょく》に誘《さそ》った。

窓《まど》ぎわのテーブルに席《せき》を占《し》めると、彼《かれ》はポケットからいつぞやの六十一《ろくじゅういち》と書《か》かれた紙《かみ》をとり出《だ》し、戻《もど》して寄越《よこ》した。

「大事《だいじ》な証拠品《しょうこひん》を長々《ながなが》とお預《あず》かりしてしまいました」

ナツミは丁重《ていちょう》に言《い》う。

「あれからずいぶんと考《かんが》えたのですが、残念《ざんねん》ながらあまりお役《やく》にはたてません」

「気《き》になさらないでください。留学生《りゅうがくせい》のお邪魔《じゃま》をするのはホームズ君《くん》も好《この》まぬところでしょう。ところであなたは、シェイクスピアのお勉強《スタディ》をなさっているんでしたね、ナツミさん」

するとナツミは、ちょっとはにかんだように笑《わら》い、首《くび》をわずかに左右《さゆう》に振《ふ》った。

「ささやかなものです。あなたの国《くに》のあの巨人《きょじん》の遺《のこ》した仕事《しごと》は、まるで私《わたし》の渡《わた》ってきた海《うみ》のようです。私《わたし》の今《いま》やっていることなど、その岸辺《きしべ》で一枚《いちまい》ずつ貝《かい》がらを拾《ひろ》っているようなものです」

「それはご謙遜《けんそん》ですね」

私《わたし》は言《い》った。

「あなたは大変《たいへん》な勉強家《べんきょうか》と聞《き》いていますよ」

「若《わか》いうちは、誰《だれ》だって勉強《べんきょう》をしなければなりません」

「それは歳《とし》をとっても同《おな》じでしょうね。ホームズ君《くん》などを見《み》ていると、特《とく》にそう思《おも》います。彼《かれ》が今《いま》やっている勉強《べんきよう》は、六十一《ろくじゆういち》の研究《スタディ》ですよ」

それからのわれわれは、運《はこ》ばれてきた料理《りようり》を平《たい》らげることに専念《せんねん》し、それが終《お》わると彼《かれ》のベイカー街《がい》の師《し》、クレイグ氏《し》の話《はなし》などをした。彼《かれ》は今日自作《きようじさく》の文章《ぶんしよう》の添削《てんさく》を求《もと》めたところ、月謝《げつしや》と余分《よぶん》に謝礼《しやれい》を要求《ようきゆう》されて驚《おどろ》いた、などという話《はなし》を私《わたし》に語《かた》った。

それからわれわれの会話《かいわ》は事件《じけん》の話《はなし》になり、ミイラ談義《だんぎ》に移《うつ》っていった。常識的《じようしきてき》にはこのイギリスで死体《したい》をミイラにすることなどはできない。これは医学者《いがくしや》としての私《わたし》の見境《みさかい》でもある。ところがあの犯人《はんにん》は、それをひと晩《ばん》でやってのけているのだ。ナツミは一人《ひとり》の人間《にんげん》の死体《したい》を、ひと晩《ばん》でミイラにできそうな方法《ほうほう》をあれこれと挙《あ》げた。

「吸血鬼《ヴァンパイア》ならいかがですかしら」

ナツミは言《い》う。

「なにですって？」

「吸血鬼《きゆうけつき》ですよ。人間《にんげん》の血《ち》を吸《す》う性癖《せいへき》のある、例《れい》の名《な》を知《し》られた怪物《かいぶつ》です。確《たし》かあなたのお書《か》きになったものにも、そういうものがありました」

「あれを読《よ》まれたのですか?」

「あれだけではありません。あれからあなたと高名《こうめい》なご友人《ゆうじん》との痛快《つうかい》な冒険《ぼうけん》の記録《きろく》は、手《て》当《あ》たり次第《しだい》に読《よ》みましたよ」

「しかし私《わたし》もホームズも、そういうものの存在《そんざい》は信《しん》じておりません」

私《わたし》は言《い》った。

「それは私《わたし》も同様《どうよう》ですとも。つまり私《わたし》の申《もう》しあげているのは、人間《にんげん》の血《ち》を吸《す》う性癖《せいへき》のある何《なん》らかの動物《どうぶつ》ですね。あるいはもっと下等《かとう》な生物《せいぶつ》、こういったものを何者《なにもの》かが不幸《ふこう》なキングスレイの寝室《しんしつ》に持《も》ち込《こ》んで、彼《かれ》の死体《したい》から一滴残《いってきのこ》らず血《ち》を吸《す》い取《と》ったというのはいかがでしょう」

私《わたし》はなるほどと思《おも》った。そういえば彼《かれ》の部屋《へや》にはとかげが二《に》、三匹《さんびき》いたとメアリーは言《い》っていた。しかし私《わたし》の知《し》る限《かぎ》り、どんなとかげも血《ち》などは吸《す》わないし、こういった意《い》見《けん》に対《たい》して、医者《いしゃ》としては容易《ようい》にうなずきかねた。

「それとも何《なに》か医学的《いがくてき》な器具《きぐ》によって死体《したい》から血《ち》を抜《ぬ》き取《と》り、そうしておいてそばで火《ひ》を焚《た》くなどして高温《こうおん》で乾燥《かんそう》させると、あんなふうにひと晩《ばん》でミイラになったりしませんかしら」

「それはまず絶対《ぜったい》に無理《むり》ですね。人体《じんたい》における水分《すいぶん》は、血液《けつえき》だけではありません。死体《したい》からすべての血液《けつえき》を抜《ぬ》き取《と》っても、それですぐミイラ状《じょう》になったりはしませんよ」

「ああそうですか」

「それにたとえそんな方法《ほうほう》があったにせよ、その犯人《はんにん》はどこからもあの部屋《へや》には入《はい》ってこられないのです」

「そう、私《わたし》はこういう作業《さぎょう》を中途《ちゅうと》で邪魔《じゃま》されまいとして、ドアをクギづけしたのかとも考《かんが》えたのですが……」

「しかしクギづけしたのはほかならぬキングスレイ自身《じしん》ですよ」

「そうですね」

「部屋《へや》は厳重《げんじゅう》に内側《うちがわ》からクギづけされ、しかも午前二時《ごぜんにじ》にキングスレイの部屋《へや》の前《まえ》の廊下《ろうか》までやってきたベインズは、ベッドの下《した》までちゃんと見《み》たと言《い》っていますからね。その時点《じてん》であの部屋《へや》には、キングスレイが一人《ひとり》しかいなかったことが確認《かくにん》されています。

それにもし入《はい》ったのなら、出《で》なければならないわけですからね。あの部屋《へや》だけでなく、館《やかた》のすべての窓《まど》にはうっすらと埃《ほこり》が積《つ》もったままになっていて、何人《なんぴと》も出入《ではい》りした形跡《けいせき》はなかったそうです。

さらに、キングスレイのあの部屋《へや》の真下《ました》はメアリー夫人《ふじん》の寝室《しんしつ》ですからね、壁《かべ》をよじ登《のぼ》ってキングスレイの部屋《へや》の窓《まど》から侵入《しんにゅう》するなどというやり方《かた》は、むずかしいのです」

「なるほど。どうにも解《と》き難《がた》い難問《なんもん》ですな。

また第一《だいいち》そんなふうに犯人《はんにん》が存在《そんざい》するにしても、いったい何《なん》のためにこんな事件《じけん》を画策《かくさく》したのかがさっぱり解《わか》らないことになりますねワトソンさん。キングスレイをもし何者《なにもの》かが意図的《いとてき》に殺《ころ》したとしたなら、そうすることによって誰《だれ》が利益《りえき》を得《え》るというのでしょう？誰《だれ》もいないのです」

「そうですね」

私《わたし》は答《こた》えた。ナツミはなかなか頭《あたま》がよく、もしここにホームズがいたなら、彼《かれ》はぼくらのお仲間《なかま》だよワトスン、と言《い》うに違《ちが》いなかった。

「ですからやはりキングスレイは、生前自分《せいぜんじぶん》で言《い》っていたように、何者《なにもの》かに復讐《ふくしゅう》されたということだろうと思《おも》うのです。これ以外《いがい》には考《かんが》えられません」

私《わたし》は言《い》った。

「ホームズさんもそうお考《かんが》えなのですか？」

ナツミは問《と》う。

「仕事《しごと》の途中《とちゅう》では彼《かれ》は、何《なに》ひとつ考《かんが》えを洩《も》らさないのが常《つね》なのです。しかしあなたの今日《きょう》のお話《はなし》は大変興味深《たいへんきょうみぶか》くうかがいました。私《わたし》の口《くち》から聞《き》いても、ホームズもきっと同《おな》じように感《かん》じることでしょう」

食事《しょくじ》を終《お》わって、ナツミは言《い》った。

「もしそうなら、これ以上《いじょう》の喜《よろこ》びはありません。私《わたし》は英国《えいこく》の歴史《れきし》の、最良《さいりょう》の部分《ぶぶん》に参《さん》加《か》できたわけですから。

ではさようならワトソンさん。おかげでこの国《くに》にやってきてから一番《いちばん》おいしい昼食《ちゅうしょく》にありつけましたよ。今後《こんご》も東洋人《とうようじん》としての私《わたし》の知識《ちしき》が必要《ひつよう》となった時《とき》は、いつでも遠慮《えんりょ》なくそうおっしゃってください。喜《よろこ》んでお手伝《てつだ》いいたします」

ナツミはそう言《い》って私《わたし》の手《て》を握《にぎ》った。

7.

フロッデン・ロードの自分《じぶん》の下宿《げしゅく》は、いわば橋向《はしむ》こうの場末《ばすえ》であるから、下町《したまち》などへ出《で》ようと思《おも》うと実《じつ》に厄介《やっかい》だ。ここはしたがって、始終蟄居《しじゅうちっきょ》しておるのに向《む》いている。中《ちゅう》心地区《しんちく》へ出《で》るのはせいぜい週一《しゅういち》、二度《にど》がよい。自分《じぶん》はそれで、チャリング・クロスへ古《こ》書《しょ》の渉猟《しょうりょう》に出《で》かけたり、大英博物館《だいえいはくぶつかん》を訪《おとの》うたりは、毎週火曜日《まいしゅうかようび》に、ベイカー街《がい》へ出《で》るついでに行《おこ》なうと決《き》めていた。

二月十二日《にがつじゅうににち》の火曜日《かようび》、自分《じぶん》はクレイグ先生《せんせい》の家《いえ》へ出《で》かけるため、例《れい》のワトソン先生《せんせい》より預《あず》かった「つね六十一《ろくじゅういち》」の紙片《かみきれ》を眺《なが》めながら下宿《げしゅく》を出《で》た。自分《じぶん》は近頃《ちかごろ》書《か》き物《もの》や読《よ》み物《もの》のひまを見《み》つけては、この紙《かみ》と睨《にら》めっこをしているのだが、一向《いっこう》によい思《おも》いつきが浮《う》かばなかった。場末《ばすえ》より中心地区《ちゅうしんちく》へはずいぶんと距離《きょり》があるので、考《かんが》えごとをする閑《ひま》は充《じゅう》分《ぶん》にある。

まずケニントンという処《ところ》まで歩《ある》かねばならぬ。これは地下電気《ちかでんき》（地下鉄《ちかてつ》）の駅《えき》である。自分《じぶん》の下宿《げしゅく》から一番近《いちばんちか》い駅《えき》はこれである。これまで、約十五分《やくじゅうごふん》ばかりかけて歩《ある》かねばならぬ。

このケニントン停車場《ていしゃば》へ着《つ》くと、十銭払《じっせんはら》ってリフト（エレベーター）に乗《の》る。この文明《ぶんめい》の都《みやこ》のリフトというものがまた面白《おもしろ》い。はじめて乗《の》った時《とき》には胆《きも》をつぶした。まるで歌《か》舞伎《ぶき》の奈落《ならく》の迫《せ》りあがりである。

これに乗《の》り込《こ》む。たいてい連《つ》れが三《さん》、四人《よにん》ある。駅夫《えきふ》が入口《いりぐち》を閉《し》めてリフトの縄《なわ》をうんと引《ひ》くと、リフトがグーッと下《さ》がる。こうして地面《じめん》の下《した》へ抜《ぬ》け出《だ》すという趣向《しゅこう》である。迫《せ》りあがる時《とき》は、まさに背広《せびろ》の仁木弾正《にっきだんじょう》（歌舞伎《かぶき》の役名《やくめい》）だ。

穴《あな》の中《なか》は電気灯《でんきとう》で明《あか》るい。自分《じぶん》はここのプラットフォームで例《れい》の「つね六十一《ろくじゅういち》」の紙《かみ》をうっかり落《お》としてしまった。するとそばの男《おとこ》がすぐに拾《ひろ》って手渡《てわた》してくれる。英吉利《イギリス》人《じん》は概《がい》して親切《しんせつ》である。自分《じぶん》は Thank you と言《い》ってこれを受《う》け取《と》った。

汽車《きしゃ》はだいたい五分《ごふん》ごとに出《で》る。なかなか善《よ》い按排《あんばい》で、穴《あな》の中《なか》で長《なが》いこと待《ま》つのはあまり愉快《ゆかい》ではない。

ここから地下電気《ちかでんき》でテームズ川《がわ》の川底《かわぞこ》を跨《また》いでいく。倫敦市民《ロンドンしみん》の乗《の》り合《あ》わせた者《もの》は、皆《みな》たいてい新聞《しんぶん》か雑誌《ざっし》を出《だ》して読《よ》んでいる。これが一種《いっしゅ》の習慣《しゅうかん》なのである。

馴《な》れとはおそろしいものとみえ、自分《じぶん》は穴《あな》ぐらの中《なか》ではどうしても本《ほん》などは読《よ》めない。少々《しょうしょう》こみ入《い》ったことを考《かんが》えるのでさえ御免《ごめん》である。第一空気《だいいちくうき》が臭《くさ》い。汽車《きしゃ》が揺《ゆ》れる。ただでも吐《は》きそうだ。これは自分《じぶん》の胃《い》が弱《よわ》いせいもあるが、まことに不愉快極《ふゆかいきわ》まる。

こうして停車場《ていしゃば》を四《よっ》つばかり越《こ》すと、バンク（イギリス銀行前《ぎんこうまえ》）だ。このあたりがシティ地区《ちく》である。ここからまた別《べつ》の地下電気《ちかでんき》に乗《の》り換《か》えて、ずっと西《にし》のベイカー街《がい》の方《ほう》まで行《い》くのであるが、地上《ちじょう》へ出《で》るには及《およ》ばない。ひとつの穴《あな》から別《べつ》の穴《あな》へ移《うつ》るのである。地《ち》下《か》の乗《の》り換《か》え駅《えき》だ。まるでもぐらの散歩《さんぽ》である。

穴《あな》の中《なか》を一町《いっちょう》（約百九《やくひゃくきゅう》メートル）ばかり行《い》くと、いわゆるtwo pence Tube（ツー・ペンス・チューブ。チューブはロンドンの地下鉄《ちかてつ》の俗称《ぞくしょう》。現在《げんざい》の地下鉄中央線《セントラルライン》）に出くわす。これはバンクに始まって、倫敦《ロンドン》を西《にし》へずっと横断《おうだん》する新《あたら》しくできた地下電気《ちかでんき》だ。どこで乗《の》っても、どこで降《お》りても二文《にもん》（二《に》ペンス）、即《すなわ》ち日本《にほん》の十銭《じっせん》だからこういう名《な》が

KE

ついている。

使《つか》い馴《な》れてくればなんとも重宝《ちょうほう》な文明《ぶんめい》の利器《りき》だ。穴《あな》ぐらの中《なか》にすわっていれば知《し》らぬ間《ま》に着《つ》いている。ゴーッというけたたましい音《おと》をひたすら我慢《がまん》しておればそれでよい。

車掌《しゃしょう》が戸《と》を開《あ》け閉《し》めするたびに、

「Next station, Post-office」

などと言《い》う。停《と》まるたびに次《つぎ》の停車場《ていしゃば》の名《な》を報告《ほうこく》するのがこの鉄道《てつどう》の特色《とくしょく》なのである。

稽古《けいこ》を終《お》えてベイカー街《がい》を歩《ある》いていると、目《め》の先《さき》を見憶《みおぼ》えのある者《もの》が歩《ある》いている。見《み》るとワトソン先生《せんせい》である。自分《じぶん》が追《お》いついて声《こえ》をかけると、先生《せんせい》は自分《じぶん》を昼食《ちゅうしょく》に誘《さそ》った。ベイカー街《がい》の料理屋《りょうりや》に落《お》ちつくと、自分《じぶん》は預《あず》かっていた例《れい》の「つね六十一《ろくじゅういち》」の紙片《かみきれ》を隠《かく》しからとり出《だ》して先生《せんせい》に戻《もど》し、何《なに》ぶんお役《やく》にたてそうもありませんと詫《わ》びた。それから自分《じぶん》らはとりとめのない四方山《よもやま》の話《はなし》をした。

自分《じぶん》が先日女装《せんじつじょそう》したホームズさんに道《みち》で声《こえ》をかけられたことを話題《わだい》にすると、ワトソン医師《いし》の表情《ひょうじょう》がさっと曇《くも》り、先生《せんせい》は思《おも》いつめたような表情《ひょうじょう》で、実《じつ》は近頃《ちかごろ》ホームズ君《くん》の容態《ようだい》が思《おも》わしくないのですよと言《い》う。一時《いちじ》世間《せけん》に内緒《ないしょ》で入院《にゅういん》させたことがあるのだが、もうすっかり治《なお》ったと思《おも》って安心《あんしん》していたら、またこのところ病《やまい》がぶり返《かえ》しているのだという。

自分《じぶん》が、ホームズさんは自分《じぶん》のことをモリアーティという人《ひと》と間違《まちが》えていたようだがと尋《たず》ねると、先生《せんせい》は泣《な》き出《だ》しそうな顔《かお》になって、実《じつ》はそんな人物《じんぶつ》などこの世《よ》に存在《そんざい》しないのだという。自分《じぶん》がどういうことかと問《と》うと、先生《せんせい》はずいぶん迷《まよ》っているふうだったが、やがて決心《けっしん》すると、次《つぎ》のような驚《おどろ》くべき告白《こくはく》を自分《じぶん》にした。

「あなたは外国《がいこく》の方《かた》だからお話《はな》ししますがね、ホームズ君《くん》は一八八〇年頃《せんはっぴゃくはちじゅうねんごろ》から脳《のう》の調子《ちょうし》がおかしくなって、仕事《しごと》でヘマばかりやるようになったのです。見当違《けんとうちが》いの男《おとこ》を犯人《はんにん》だと言《い》ったりね、一度《いちど》はレストレイドを逮捕《たいほ》させかけたこともあるんですよ。スコットランド・ヤードの資料課《しりょうか》へ行《い》ってみると解《わか》りますがね、この頃迷宮入《ころめいきゅうい》りの事件《じけん》がやたらに多《おお》くなっておるのです。

そしてホームズ君《くん》がいよいよいけないということになって、私《わたし》は親友《しんゆう》を精神病院《せいしんびょういん》へ入院《にゅういん》させたほうがよかろうと判断《はんだん》したのです。これが一八九一年《せんはっぴゃくきゅうじゅういちねん》のことでしてね、入院《にゅういん》は三年間《さんねんかん》でした。

しかし私《わたし》は入院《にゅういん》させた時点《じてん》で、とてもホームズが退院《たいいん》できるようになるとは思《おも》えなかったものですからね、世間的《せけんてき》にはホームズは大陸《たいりく》のスイスで死《し》んだということにしたのです。

だがあれだけ名《な》をあげた男《おとこ》ですのでね、その辺《へん》のチンピラと刺《さ》し違《ちが》えたことにはできない、それで大急《おおいそ》ぎでモリアーティという世紀《せいき》の大悪党《だいあくとう》をでっちあげたのです。突然作《とつぜんつく》ったもんですからね、それまでの話《はなし》と辻褄《つじつま》を合《あ》わせるのに苦労《くろう》したもんです。ところがホームズ君自身《くんじしん》が、ぼくの作《つく》り話《ばなし》と、現実《げんじつ》との区別《くべつ》がどうもつかなくなっているらしい。困《こま》ったことに、彼《かれ》が昔《むかし》モリアーティという家庭教師《かていきょうし》についていたことが最近解《さいきんわか》るにおよんでね、いささか収拾《しゅうしゅう》のつかないことになってしまった。変《か》わった人《ひと》を見《み》かけると誰彼《だれかれ》の区別《くべつ》なく、君《きみ》はモリアーティだろうと問《と》うんです。

そこへもってきて、その『最後《さいご》の事件《じけん》』がおかしいと大勢《おおぜい》の読者《どくしゃ》に指摘《してき》されましてね、いわく、スイス人《じん》は遭難者《そうなんしゃ》の捜索《そうさく》になれっこになっているのに、どうしてホームズとモリアーティの死体《したい》を捜《さが》さなかったのかとか、崖《がけ》の途中《とちゅう》に身《み》を隠《かく》していたホームズに、モラン大佐《たいさ》が石《いし》を落《お》としたことになってるんですがね、モランは英国《えいこく》でも一《いち》、二《に》の銃《じゅう》の名手《めいしゅ》なのに何故《なぜ》銃《じゅう》でホームズを撃《う》たなかったのかとかね、さらにチベット地区《ちく》やラサをホームズは放浪《ほうろう》したことにしたんですが、一八九〇年代《せんはっぴゃくきゅうじゅうねんだい》、ラサは、ヨーロッパ人《じん》は厳《げん》重《じゅう》な立《た》ち入《い》り禁止地帯《きんしちたい》だったそうでしてね、一々《いちいち》もっともな指摘《してき》で、あやうく事実《じじつ》が露《ろ》見《けん》しかかっておるんです。そこへもってきてホームズ君《くん》はまたおかしくなるし……、これを見《み》てください」

ワトソン先生《せんせい》は、額《ひたい》の前髪《まえがみ》を持《も》ちあげて自分《じぶん》に見《み》せた。そこには大《おお》きなコブがあった。

「ゆうべ寝《ね》ているぼくのことを、ホームズが突然《とつぜん》フライパンでぶったんですよ。もうほとほと疲《つか》れましたよ」

そう言《い》ってワトソンさんは、ナプキンの上《うえ》に顔《かお》をつっ伏《ぷ》した。するとコブをまた打《う》ったらしく、いててと言《い》った。自分《じぶん》は何《なん》と言《い》ってなぐさめてよいか解《わか》らなかった。が、ふと思《おも》いついてわが師《し》クレイグ先生《せんせい》の話《はなし》をすることにした。クレイグ先生《せんせい》も相当《そうとう》な奇人《きじん》だから、自分《じぶん》もしょっちゅう損害《そんがい》をこうむっている。こういう話《はなし》をすれば、少《すこ》しはワトソン先生《せんせい》の慰《なぐさ》めになるかもしれぬと考《かんが》えたのである。

クレイグ博士《はかせ》の名《な》を出《だ》すと、どうして知《し》り合《あ》ったのかとワトソン先生《せんせい》が尋《たず》ねるから、倫敦大学《ロンドンだいがく》のウィリアム・カー教授《きょうじゅ》の紹介《しょうかい》ですと自分《じぶん》が答《こた》えると、よい具合《ぐあい》にどんな人《ひと》ですと訊《き》いてきた。そこで自分《じぶん》は、風変《ふうが》わりなクレイグ先生《せんせい》のことを、一度他人《いちどたにん》に存分《ぞんぶん》に語《かた》ってみたいと思《おも》っているおりでもあったので、ずいぶん詳《くわ》しく先生《せんせい》について話《はな》した。内容《ないよう》を示《しめ》せば、大《おお》かた次《つぎ》のようなものである。

クレイグ先生《せんせい》という人《ひと》は一風変《いっぷうか》わったアイルランド人《じん》で、ホームズさんも変《か》わった人《ひと》であることを思《おも》えば、ベイカー街《がい》という処《ところ》は、余程変《よほどか》わった人種《じんしゅ》が集《あつ》まって棲《す》む街《まち》とみえる。

クレイグ先生《せんせい》は、軽口《かるくち》の類《たぐ》いを一切口《いっさいくち》にしない。おそらくご自分《じぶん》のことは余程《よほど》の堅物《かたぶつ》と信《しん》じておられるであろう。いな、自分自身《じぶんじしん》に関《かん》してなど、そのような見解《けんかい》もどのような見《けん》解《かい》も一切持《いっさいも》ってはおられぬかもしれぬ。先生《せんせい》の興味《きょうみ》の対象《たいしょう》は、シェクスピア、ただこれのみである。それからこの研究《けんきゅう》のための大英博物館《だいえいはくぶつかん》のみである。

先生《せんせい》は一切外出《いっさいがいしゅつ》というものをしない。出《で》かけるのは大英博物館《だいえいはくぶつかん》へ行《い》く時《とき》だけである。家事《かじ》の類《たぐ》いはすべて、ジェーンといういつもびっくりしているような顔《かお》の家政婦《かせいふ》の婆《ばあ》さんがやる。朝起《あさお》きてシェクスピアを読《よ》み、調《しら》べ物《もの》をし、シェクスピアに関《かん》する原稿《げんこう》を認《したた》め、たまに資料《しりよう》の不足《ふそく》を感《かん》じれば大英博物館《だいえいはくぶつかん》へ調《しら》べ物《もの》に行《い》く。帰《かえ》ってまたシェクスピアを読《よ》み、そして寝台《ねだい》に入《はい》る。これだけである。至極《しごく》あっさりしたものだ。これを死《し》ぬまで続《つづ》けるつもりとみえる。だから棲《す》み家《か》も着《き》る物《もの》もどうでもよい、関心《かんしん》がない、そうして軽口《かるくち》などにも気《き》が廻《まわ》らないのであろう。先生《せんせい》はさる大学《だいがく》の教授《きようじゆ》という名誉《めいよ》ある椅子《いす》を擲《なげう》って、大英博物館《だいえいはくぶつかん》へ行《い》く時間《じかん》を拵《こしらえ》たのだそうだ。

だから金《かね》には困《こま》っておられる。しかし学者《がくしや》だから本《ほん》を買《か》う金《かね》は要《い》る。すると犠牲《ぎせい》になるのは自分《じぶん》である。自分《じぶん》は先生《せんせい》の研究熱心《けんきゆうねつしん》の態度《たいど》には敬服《けいふく》せぬ時《とき》がないが、金《かね》の問題《もんだい》ではたいてい閉口《へいこう》させられる。

先生《せんせい》はどうしても要《い》る本《ほん》ができると、突如《とつじよ》として思《おも》いついて、君少《きみすこ》し金《かね》が要《い》るから今日《きよう》月謝《げつしや》を払《はら》っていってくれたまえ、などと言《い》われる。自分《じぶん》が洋袴《ズボン》の隠《かく》しから金貨《きんか》を出《だ》してむき出《だ》しでへえと渡《わた》すと、やあすまんと言《い》いながら手《て》のひらで眺《なが》められ、すぐ洋袴《ズボン》の隠《かく》しに入《い》れてしまわれる。困《こま》ることには決《けつ》して釣《つ》りをくださらぬ。余分《よぶん》があったはずと思《おも》い、来月《らいげつ》へ繰《く》り越《こ》そうと目論《もくろ》んでいても、次《つぎ》の週《しゆう》またちょっと書物《しよもつ》を買《か》いたいからと言《い》って催《さい》促《そく》がくる。先生《せんせい》は何《なん》でもよく忘《わす》れてしまわれるが、金《かね》のことは特《とく》によく忘《わす》れてしまう。

忘《わす》れてしまうといえば、先生《せんせい》は自分《じぶん》の個人教授《こじんきょうじゅ》を引《ひ》き受《う》けてくださっているということさえ忘《わす》れそうになることがしばしばある。

いつだったかシェクスピアのほかに、古書店《こしょてん》で買《か》ったスウィンバーン（イギリスの詩人《しじん》）のロザモンド（その一八九九年《せんはっぴゃくきゅうじゅうきゅうねん》の作《さく》）という本《ほん》を持《も》っていったら、先生《せんせい》はちょっと見《み》せたまえと言《い》われる。そうしてぱらぱらと見《み》ておられたが、突然朗読《とつぜんろうどく》を始《はじ》められた。

この、詩《し》を朗読《ろうどく》する時《とき》の先生《せんせい》も見《み》ものである。実《じつ》に陶酔《とうすい》しきった様子《ようす》で、肩《かた》のあたりが陽炎《かげろう》のように振動《しんどう》する。この表現《ひょうげん》は完全《かんぜん》に事実《じじつ》である。しかし二《に》、三行朗読《さんぎょうろうどく》したかと思《おも》うと、たちまち乱暴《らんぼう》に書物《しょもつ》を膝《ひざ》の上《うえ》に伏《ふ》せられた。何《なに》ごとかしらんと思《おも》って自分《じぶん》が見《み》ていると、感《かん》に堪《た》えぬというように鼻眼鏡《はなめがね》をさっとはずし、それを振《ふ》り廻《まわ》しながら言《い》う。

「ああ駄目駄目《だめだめ》！　スウィンバーンもこんなものを書《か》くほどに老《お》い込《こ》んだかなあ……」

そう言《い》って大《おお》きな溜息《ためいき》をつくと、しばらく死《し》んだように動《うご》かず、自分《じぶん》がいくら注意《ちゅうい》をひこうとしても、ちっとも授業《じゅぎょう》が始《はじ》まらなかった。

そうかと思《おも》うと、先生《せんせい》は感激屋《かんげきや》だから突如《とつじょ》としていたく活動的《かつどうてき》になり、他人《たにん》の存在《そんざい》を忘《わす》れてしまわれる時《とき》もある。自分《じぶん》がある時《とき》いい加減《かげん》に述《の》べたワトソン（同名異人《どうめいいじん》）という詩《し》人《じん》の作《さく》に関《かん》する感想《かんそう》がいたくお気《き》に召《め》して、例《れい》のとおり膝《ひざ》を激《はげ》しく打《う》って立《た》ちあがり、せかせかと部屋《へや》を行《い》ったり来《き》たりしたかと思《おも》うと、今度《こんど》は窓《まど》を開《あ》けて首《くび》をぐいと乗《の》り出《だ》し、はるか下界《げかい》の忙《いそが》しそうに通《とお》る人々《ひとびと》を見降《みお》ろしながら、君《きみ》あんなに人間《にんげん》が通《とお》るが、あのうちで詩《し》が解《わか》る者《もの》は百人《ひやくにん》に一人《ひとり》もいない。可哀想《かわいそう》なものだ。いったい英吉利人《イギリスじん》は詩《し》を解《かい》することのできぬ国民《こくみん》でね、そこへいくとアイルランド人《じん》は偉《えら》いものだ、はるかに高尚《こうしよう》だ、だから詩《し》を解《かい》することのできる君《きみ》だのぼくだのは、幸福《こうふく》と言《い》わなければならない、といったようなことを延々《えんえん》小一時間《こいちじかん》も聞《き》かされた。この時《とき》も授業《じゆぎよう》は一向《いつこう》に始《はじ》まる気配《けはい》がなかった。

先生《せんせい》が日夜《にちや》やっておられる仕事《しごと》というのは沙翁字典《さおうじてん》（シェイクスピア辞典《じてん》）の編纂《へんさん》である。客間《きやくま》とも書斎《しよさい》ともつかぬ玄関《げんかん》からすぐの部屋《へや》の、鉤《かぎ》の手《て》に曲《ま》がった奥《おく》のコーナーに、先生《せんせい》の大切《たいせつ》な宝物《たからもの》がある。縦一尺五寸《たていつしやくごすん》、幅一尺《はばいつしやく》ほどの青表紙《あおびようし》の手帳《てちよう》が、そこに約十《やくじつ》冊《さつ》ばかり並《なら》んでいる。先生《せんせい》は思《おも》いついたことがあれば紙片《かみきれ》に文句《もんく》を書《か》きつけておき、後《あと》でまとめてこの青表紙《あおびょうし》の中《なか》へ書《か》き込《こ》んでは、吝坊《けちんぼう》が甕《かめ》の中《なか》に銭《ぜに》を蓄《た》めるように、ぽつりぽつりと殖《ふ》やしていくのを一生《いっしょう》の楽《たの》しみにしている。この青表紙《あおびょうし》が、沙翁字典《さおうじてん》の原稿《げんこう》であるということを、ここへ来《き》だしてしばらくして知《し》った。

先生《せんせい》、シュミッドの沙翁字彙《さおうじい》（ドイツ英語学者《えいごがくしゃ》シュミッドのシェイクスピア辞典《じてん》）がすでにあるのに、まだそんなものを作《つく》るんですか、と自分《じぶん》は一度《いちど》訊《き》いたことがある。すると先生《せんせい》はさも軽蔑《けいべつ》を禁《きん》じ得《え》ざる様子《ようす》で、これを見《み》たまえと言《い》いながら、自己所有《じこしょゆう》のシュミッドの字典《じてん》を出《だ》して見《み》せてくれた。見《み》るとさすがのシュミッドが、前後二巻一頁《ぜんごにかんいちページ》として完膚《かんぷ》なきまでに書《か》き込《こ》みで真《ま》っ黒《くろ》になっている。自分《じぶん》はへえと言《い》ったなり驚《おどろ》いてシュミッドを眺《なが》めていた。先生《せんせい》はすこぶる得意《とくい》であった。君《きみ》、もしシュミッドと同程度《どうていど》のものを拵《こしら》えるくらいなら、ぼくは何《なに》もこんなに骨《ほね》を折《お》りはしないさと言《い》って、また二本《にほん》の指《ゆび》を揃《そろ》えて真《ま》っ黒《くろ》なシュミッドをぴしゃぴしゃ叩《たた》きはじめた。

「ぜんたい、いつ頃《ごろ》からこんな仕事《しごと》をお始《はじ》めになったんです」

自分《じぶん》が問《と》うと、先生《せんせい》は立《た》って向《む》こうの書棚《しょだな》へ行《い》って何《なに》かしきりに探《さが》しだした。しかしこういう時《とき》はたいてい見《み》つからない。先生《せんせい》はいつものシェクスピア研究《けんきゅう》に直接関係《ちょくせつかんけい》のある書物《しょもつ》でなければ、決《けっ》して見《み》つけだすことができないのである。よっていつもぼやでも見《み》つけた時《とき》のような焦《じ》れったそうな大声《おおごえ》を出《だ》す。

「ジェーン、ジェーン、おれのダウデン（イギリスのシェイクスピア学者《がくしゃ》）をどこへ隠《かく》した！」

婆《ばあ》さんは例《れい》によってびっくりした顔《かお》で姿《すがた》を現《あら》わす。しかしむろん全然《ぜんぜん》びっくりしているわけではない。彼女《かのじょ》はさっさと目的《もくてき》の本《ほん》の前《まえ》に行《ゆ》き、ヒヤ、サーと言《い》って先生《せんせい》の手《て》にポンと載《の》せてまた行《い》ってしまう。先生《せんせい》は焦《じ》れったそうにこの本《ほん》のページを繰《く》り、やがて見《み》つけて、「うん、ここだ、ここだ」と言《い》う。

「ダウデンがここにちゃんとぼくの名《な》を挙《あ》げてくれている。特別《とくべつ》にシェイクスピアを研《けん》究《きゅう》するクレイグ氏《し》と書《か》いてくれている。この本《ほん》が一八七〇《せんはっぴゃくななじゅう》……年《ねん》の出版《しゅっぱん》で、ぼくの研究《けんきゅう》はそれよりずっと前《まえ》からなんだから……」

自分《じぶん》はまったく先生《せんせい》の辛抱《しんぼう》に恐《おそ》れ入《い》った。では三十年《さんじゅうねん》か、ひょっとすると四十年《よんじゅうねん》もやっていることになる。

ついでに、じゃいつできあがるんです、と自分《じぶん》は先生《せんせい》に尋《たず》ねてみた。先生《せんせい》はダウデンをもとのところに戻《もど》しながら、「いつだか解《わか》るものか、死《し》ぬまで遣《や》るだけのことさ」と言《い》った。

自分《じぶん》がこういう話《はなし》を語《かた》っている間《あいだ》、ワトソン先生《せんせい》はじっと愉快《ゆかい》そうに聞《き》き入《い》っていた。ベイカー街《がい》が変人《へんじん》の集《あつ》まる街《まち》だと言《い》うと、大《おお》きく合点《がてん》をして、なるほど、ぼくの友人《ゆうじん》もぼくもあまり平均的《へいきんてき》の部類《ぶるい》には入《はい》るまい、などと言《い》う。ワトソン先生《せんせい》の気持《きも》ちが少《すこ》しひきたってきたようなので、自分《じぶん》は例《れい》の六十一《ろくじゅういち》に関《かん》して、少《すこ》し考《かんが》えていたことを話《はな》すことにした。最初《さいしょ》に話《はな》さなかったのは、あまりに素人考《しろうとかんが》えと思《おも》えたので、何《なに》か別《べつ》の話《はなし》の付録《ふろく》のような恰好《かっこう》にしないと切《き》りだせぬと感《かん》じていたのである。

自分《じぶん》は思《おも》いきって、あの六十一《ろくじゅういち》は金額《きんがく》ではないだろうかと切《き》りだした。というのも自《じ》分《ぶん》がこの異国《いこく》の都《みやこ》で一月生活《ひとつきせいかつ》する必要最低額《ひつようさいていがく》がちょうど六十一円程度《ろくじゅういちえんていど》であるという偶然《ぐうぜん》が、自分《じぶん》の注意《ちゅうい》をひいていたためであった。英吉利《イギリス》にては、気《き》がひけるほどに生活《せいかつ》に金《かね》がかかる。六十円《ろくじゅうえん》という金額《きんがく》は、日本《にほん》にては決《けつ》して少《すく》なすぎる額《がく》ではない。それどころか東京《とうきょう》でその半分《はんぶん》の月給《げっきゅう》で一月《ひとつき》をすごしている者《もの》はざらに居《い》るであろう。後《のち》に知《し》ったことであるが、正岡子規《まさおかしき》などは墓碑銘《ぼひめい》に「月給四十圓《げっきゅうよんじゅうえん》ナリ」とわざわざ遺言《ゆいごん》して刻《きざ》ませたほどである。これは正岡《まさおか》が以前《いぜん》より月五十円《つきごじゅうえん》の収入《しゅうにゅう》をとるようになりたいと常々《つねづね》考《かんが》えていたせいである。自分《じぶん》にも何度《なんど》かそう洩《も》らした。死《し》ぬ前頃《まえごろ》は正岡《まさおか》は正規《せいき》の収入《しゅうにゅう》が月四十円《つきよんじゅうえん》、「ホトトギス」（雑誌《ざっし》）からの稿料《こうりょう》が十円《じゅうえん》、計五十円《けいごじゅうえん》の収入《しゅうにゅう》があった。子規《しき》はこれが余程嬉《よほどうれ》しかったのである。

　こういう事情《じじょう》であるから、自分《じぶん》が留学《りゅうがく》の費用《ひよう》として本国《ほんごく》より月百五十円《つきひゃくごじゅうえん》もの送金《そうきん》を受《う》けていると知《し》ったら皆何《みななん》と言《い》うであろう。そこで自分《じぶん》はためしに一度《いちど》、うんと切《き》り詰《つ》めた生活《せいかつ》をやってみたのである。国費《こくひ》を使《つか》ってだらだらと楽《らく》な暮《く》らしをしていたのでは申《もう》し訳《わけ》がない。生活《せいかつ》は最低限《さいていげん》のものにして、残《のこ》りは書物《しょもつ》や、さまざまの学問《がくもん》のための諸費用《しょひよう》に振《ふ》り当《あ》てるべきではないかとの決心《けっしん》からである。この結果《けっか》が月々六十一円《つきづきろくじゅういちえん》であった。

　少《すこ》し内訳《うちわけ》まで話《はな》せば、フロッデン・ロードの今《いま》の宿料《やどりょう》は週十五円《しゅうじゅうごえん》である。月額《げつがく》にすると六十円《ろくじゅうえん》となる。これには食事代《しょくじだい》も一応《いちおう》は含《ふく》まれているので、ひと月《つき》これだけあれば最低《さいてい》この倫敦《ロンドン》で生《い》き延《の》びられるのである。しかしむろん馬車《ばしゃ》や地下電気《チューブ》に全然《ぜんぜん》乗《の》らないというわけにもゆくまいから、これにあと一円《いちえん》くらいはどうしても上乗《うわの》せしなくてはならぬ。倫敦《ロンドン》の部屋代《へやだい》は高《たか》い。前《まえ》の例《れい》の陰気《いんき》なプライオリィ・ロードの下宿《げしゅく》は週二十四円《しゅうにじゅうよえん》した。最初《さいしょ》のガウワー・ストリートの宿料《やどりょう》などは週四十円以上《しゅうよんじゅうえんいじょう》した。こういうわけで、月六十一円《つきろくじゅういちえん》というのは外国人《がいこくじん》としてはまず必要最低額《ひつようさいていがく》であろうと思《おも》う。もしこの都《みやこ》で、自分《じぶん》と似《に》たような境遇《きょうぐう》にある日本人《にほんじん》なら、『常《つね》に六十一円《ろくじゅういちえん》』にて生活《せいかつ》せよ、と自《みずか》らを叱《しっ》咤《た》することは大《おお》いに考《かんが》えられる。

自分《じぶん》がこういうふうに言《い》うと、ワトソン先生《せんせい》は興味《きょうみ》を持《も》ったと見《み》えて、

「六十一円《ろくじゅういちえん》というのはわれわれの貨幣単位《かへいたんい》に換算《かんさん》するといくらです」

と訊《き》いた。自分《じぶん》が五磅《ごポンド》と少《すこ》しですと答《こた》えると目《め》を丸《まる》くした。ひと月五磅《つきごポンド》と少《すこ》しでは、自分《じぶん》ならとても生活《せいかつ》のやりくりはできないと言《い》った。では百五十円《ひゃくごじゅうえん》というのはいくらですと問《と》うから、これは十二磅《じゅうにポンド》と十志《じっシリング》だと言《い》うと、うんこれなら何《なん》とかなると言《い》った。

ワトソン先生《せんせい》はホームズさんと知《し》り合《あ》った頃《ころ》——もうかれこれ二十年前《にじゅうねんまえ》になるそうであるが——インド戦線《せんせん》に従軍《じゅうぐん》して負傷《ふしょう》し、帰国《きこく》して養生《ようじょう》に努《つと》めている時期《じき》であったようで、この時《とき》の英国政府《えいこくせいふ》よりの生活保護支給金《せいかつほごしきゅうきん》が月額《げつがく》にすれば十七磅《じゅうしちポンド》と五志《ごシリング》ばかりだ

ったそうである。体《からだ》に弾丸《だんがん》を受《う》けた代償《だいしょう》と考《かんが》えるならぼくのほうが五磅《ごポンド》ばかり多《おお》くてもかまわんでしょうなと言《い》って笑《わら》った。それから、参考《さんこう》になるお話《はなし》を有難《ありがと》うと言《い》い、この話《はなし》はホームズ君《くん》が喜《よろこ》ぶに違《ちが》いないと言《い》った。

この後自分《あとじぶん》らの話題《わだい》はひとしきりミイラ談義《だんぎ》となり、次《つぎ》に再《ふたた》びわがベイカー街《がい》の師《し》、クレイグ先生《せんせい》のことに移《うつ》った。

クレイグ先生《せんせい》という人《ひと》はそんなに金《かね》に困《こま》っているのかと問《と》うから、そのとおりだと思《おも》う、実《じっ》は今日《きょう》も自分《じぶん》は少々閉口《しょうしょうへいこう》させられたのだと言《い》った。実《じっ》は今日《きょう》、自分《じぶん》が自作《じさく》の英作文《えいさくぶん》の添削《てんさく》を求《もと》めたら、先生《せんせい》に月謝《げっしゃ》と別《べつ》に謝礼《しゃれい》を求《もと》められるといったことがあったのである。自《じ》分《ぶん》は当然月謝《とうぜんげっしゃ》の範囲内《はんいない》で賄《まかな》えるものと思《おも》っていた。先生《せんせい》はどうも他人《たにん》の金《かね》は自分《じぶん》の金《かね》と思《おも》っておられるようなところがある。

自分《じぶん》がまあこういったことをワトソン先生《せんせい》に話《はな》すと、それは同《おな》じベイカー街《がい》の住人《じゅうにん》として責任《せきにん》を感《かん》じる、ホームズはあんなふうに頭《あたま》がおかしいが、金《かね》には一切無頓着《いっさいむとんちゃく》なのが救《すく》いといえば救《すく》いだ、などと言《い》いながら料理屋《りょうりや》の勘定《かんじょう》を払《はら》ってくれた。そして、

「この次《つぎ》の稽古《けいこ》の時《とき》ももしそういうことがあったら、自分《じぶん》のところへいらっしゃい、自分《じぶん》

が昼食《ちゅうしょく》を奢《おご》るから。それで夏目《なつめ》さんはわが英吉利《イギリス》に対《たい》し貸《か》し借《か》りなしでしょう」

そう言《い》って笑《わら》った。

8.

「いったいぼくはどうしちまったんだろうねワトスン」

ホームズは言《い》う。彼《かれ》はやがて外出《がいしゅつ》もしなくなり、四方八方《しほうはっぽう》に張《は》り巡《めぐ》らせた彼《かれ》の自慢《じまん》の捜査網《そうさもう》も、日《ひ》に日《ひ》に頼《たよ》りないものに変《か》わっていくらしかった。

「事件《じけん》の目星《めぼし》はほとんどついているっていうのにね、この悪党《あくとう》に対《たい》して手《て》も足《あし》も出《で》ないのさ」

「じゃあレストレイドに頼《たの》んで犯人《はんにん》を捜《さが》させたらいいじゃないか」

「ところがこいつはスコットランド・ヤードあたりの通《とお》りいっぺんな捜査《そうさ》に、易々《やすやす》と引《ひ》っかかるような間抜《まぬ》けじゃないのさ。賭《か》けてもいいね、レストレイドはあっさり無駄足《むだあし》を踏《ふ》まされるだろう。

それにね、万《まん》にひとつこいつをうまく逮捕《たいほ》できたにしても、証拠《しょうこ》はまるでないんだ。ぼくらの類《たぐ》いまれな想像力《そうぞうりょく》をあざけられるのがおちだ。何日《なんにち》かの勾留《こうりゅう》のあげく、じゃあごきげんようと言《い》われて悔《くや》しい思《おも》いをするのが目《め》に見《み》えている。

ワトスン、どうやらぼくもこの華《はな》やかな犯罪捜査《はんざいそうさ》の檜舞台《ひのきぶたい》から引退《いんたい》する時《とき》が近《ちか》づいたらしい。どこか静《しず》かな田舎《いなか》にでも引《ひ》っ込《こ》んで、昔話《むかしばなし》を聞《き》いてくれるお仲間《なかま》でも探《さが》すとするかな。さいわいぼくは珍《めずら》しい思《おも》い出話《でばなし》ならたっぷり持《も》っている。どんな気《き》むずかし屋《や》でも退屈《たいくつ》させないことうけあいだ」

ホームズほどの自信家《じしんか》の口《くち》から私《わたし》がこんな言葉《ことば》を聞《き》いたのは、この時《とき》がはじめてであった。

「そいつはどうかな、ちょっとむずかしいと思《おも》うね」

私《わたし》は少《すこ》しきつい調子《ちょうし》で反駁《はんばく》した。

「ロンドン市民《しみん》が君《きみ》に求《もと》めているものはまだまだ実際的《じっさいてき》な活動《かつどう》さ。思《おも》い出話《でばなし》なんかじゃないよ」

しかしホームズは私《わたし》のその言葉《ことば》には何《なに》も意見《いけん》をさしはさまず、遠《とお》くを見《み》るような目《め》つきをしていた。その目《め》は、だがコーンウォルにいるあの婦人《ふじん》もそう言《い》ってくれるかなと語《かた》っていた。

「プライオリィ・ロードのあのリンキイ邸《てい》はこれからどうなるんだい？　主《あるじ》がいないだろう？」

私《わたし》は言《い》った。

「去年死《きよねんし》んだ亭主《ていしゅ》のジェファーソン・リンキイには弟《おとうと》がいるらしい。これも行方不明《ゆくえふめい》だそうだがね。今彼《いまかれ》にこの幸運《こううん》な権利《けんり》を引《ひ》き継《つ》がせるべく、行方《ゆくえ》を捜《さが》しているところだ。それまではあの忠実《ちゅうじつ》なベインズ夫婦《ふうふ》がしっかりと館《やかた》を守《まも》っていくだろう。あれだけの遺産《いさん》だからね、弟《おとうと》は遠《とお》からず見《み》つかるさ。遅《おそ》かれ早《はや》かれベインズは新《あたら》しい主人《しゅじん》を迎《むか》えることになるだろう。

ワトスン君《くん》、誰《だれ》か階段《かいだん》を昇《のぼ》ってくるね、誰《だれ》だろう。ふむ、あまり歓迎《かんげい》したくはない気分《きぶん》だ。スコットランド・ヤードが復讐戦《ふくしゅうせん》にやってきたのじゃなきゃ有難《ありがた》いが。それに今《いま》は新《あたら》しい事件《じけん》を抱《かか》え込《こ》みたくはない……。

やあ、これは理想的《りそうてき》な客人《きゃくじん》だ！　さあどうぞ奥《おく》へ。火《ひ》のそばへすわってワトスン君《くん》の入《い》れてくれるブランデーを味《あじ》わえば、あなたも永久《えいきゅう》に日本《にほん》へ帰《かえ》りたくなくなりますよ」

訪問客《ほうもんきゃく》はあの日本人留学生《にほんじんりゅうがくせい》だった。

「こんにちはホームズさん、ワトソンさんも。先週《せんしゅう》は昼食《ちゅうしょく》をごちそうさまでした」

彼《かれ》は例《れい》によって、丁寧《ていねい》に言《い》った。

「これはナツミさん、そうか、今日《きょう》も火曜日《かようび》でしたね。またクレイグ博士《はかせ》に余分《よぶん》な謝礼《しゃれい》を請求《せいきゅう》されたのですか?」

私《わたし》は言《い》った。ナツミは少《すこ》し笑《わら》い、

「いえ、私《わたし》も少《すこ》しは利巧《りこう》になり、処世術《しょせいじゅつ》を身《み》につけましたもので」

と答《こた》えた。

「君《きみ》たちはずいぶんと親《した》しくなったようですね。さあこのソファにかけて、ぼくにも解《わか》る話《はなし》をしてください。君《きみ》もあの事件《じけん》にはずいぶんと興味《きょうみ》を持《も》たれたようですね、ワトスン君《くん》から聞《き》きましたよ」

「あなたの真似事《まねごと》をやってみようと思《おも》ったのですホームズさん。むろん他愛《たわい》のないひまつぶしです。あなたのようにはいきません。私《わたし》にとってはあの事件《じけん》は未《いま》だに雲《くも》を摑《つか》むような謎《なぞ》です。

　しかしワトソンさんにうかがったのですが、あなたはあの事件《じけん》をすっかり解《と》いておられるとか。でもそのお話《はなし》をうかがって今日《きょう》でもう一週間《いっしゅうかん》です。それなのに未《いま》だに新聞《しんぶん》には事件解決《じけんかいけつ》の記事《きじ》が載《の》りません。いったいこれはどうなさったのだろうと思《おも》い、もしや私《わたし》にできることがあるかもと考《かんが》えて、こうしてお邪魔《じゃま》とは知《し》りつつうかがったのです」

「ご厚意《こうい》に感謝《かんしゃ》しますナツミさん。しかしこの事件《じけん》はどうやらぼくの見《み》るところ、東洋《とうよう》の神秘《しんぴ》なんて嘘《うそ》っぱちのようです。単《たん》なる見《み》せかけですよ。これはわれわれと同《おな》じ民族《みんぞく》の悪知恵《わるぢえ》です」

「東洋人《とうようじん》としてはそれをうかがってほっとします。が、ではあの六十一《ろくじゅういち》と書《か》かれた紙《かみ》の文字《もじ》も日本文字《にほんもじ》ではないのですね？」

「解決《かいけつ》したらすべてお話《はな》しします。まだ不明《ふめい》な事柄《ことがら》も多《おお》いのです。あれもそのひとつです。事件《じけん》そのものに対《たい》する不明《ふめい》な要素《ようそ》は、ぼくの内《うち》でひとつひとつ薄《うす》れていきました。しかし解決《かいけつ》への困難《こんなん》さは相変《あいか》わらずなのです」

「そのあたりで苦《くる》しんでおられるのでしょうか？」

ホームズは少《すこ》し間《ま》を置《お》いて答《こた》えた。

「まあ、そうです」

われわれ三人は、それからしばらくさしさわりのない雑談《ざつだん》をした。東洋《とうよう》の神秘《しんぴ》は見《み》せかけにすぎないというホームズの言葉《ことば》を聞《き》き、ナツミは本心《ほんしん》ではどうやら少《すこ》しばかりがっかりしているらしく私《わたし》には思われた。

話題《わだい》が日本《にほん》のことに及《およ》んだ時《とき》、ホームズは以前《いぜん》ある日本人《にほんじん》にバリツという日本《にほん》の伝統的《でんとうてき》な格闘術《かくとうじゅつ》を学《まな》んだことがあるのだと話《はな》し、若《わか》い頃《ころ》から日本《にほん》には一度《いちど》行《い》ってみたいと思《おも》っているのだと語った。

「バリツ？」

ナツミはけげんそうな声《こえ》を出《だ》した。

「ああ！　それは武術のことではありませんか？」

「ブジュツ？　ああそう言《い》うのですか。今《いま》まですっかり間違《まちが》って憶《おぼ》えていましたよ。日本《にほん》語《ご》というやつは大変《たいへん》むずかしいですね」

ホームズは言《い》った。

「しかし高名《こうめい》な英国人《えいこくじん》のあなたが、わが国《くに》の格闘技《かくとうぎ》を体得《たいとく》していらっしゃるとは思《おも》いもよりませんでした。驚《おどろ》きましたよ」

「そのおかげで今《いま》もこうして生《い》きているのです。もしバリツ……、失礼《しつれい》……、ブジュツの心得《こころえ》がなければ、私《わたし》は一九八一年《せんきゅうひゃくはちじゅういちねん》にモリアーティと共《とも》にスイスで永眠《えいみん》していたところです」

「ほう、日本《にほん》の伝統的《でんとうてき》な知恵《ちえ》も、大英帝国《だいえいていこく》のお役《やく》にたったというものですな。今度《こんど》の事件《じけん》でも、もう一度《いちど》そうだとよかったのですが」

ナツミはそう言《い》って、懐《ふところ》から時計《とけい》をとり出《だ》して眺《なが》めた。

「さて、それではそろそろおいとましなくてはならないようです。国家予算《こっかよさん》で留学《りゅうがく》している者《もの》にはあまり自由《じゆう》な時間《じかん》はないのです。

そうそう！　ところであのメアリィ・リンキィという婦人《ふじん》は現在《げんざい》どうしているのですか？」

腰《こし》を浮《う》かせかけたナツミがもう一度《いちど》すわり直《なお》し、そんなふうに言《い》いだしたので、私《わたし》は少々《しょうしょう》あわてた。

これはホームズにとってはあまり愉快《ゆかい》でない質問《しつもん》のはずだった。先週《せんしゅう》食事《しょくじ》を共《とも》にした時《とき》、ナツミに口《くち》どめしておかなかったことを私《わたし》は後悔《こうかい》した。私《わたし》は横《よこ》から急《いそ》いで口《くち》を出《だ》し、さり気《げ》なく、そして手早《てばや》く、彼女《かのじょ》がミイラになった弟《おとうと》を見《み》た瞬間《しゅんかん》から精神《せいしん》に異常《いじょう》をきたし、現在《げんざい》コーンウォルの精神病院《せいしんびょういん》に療養中《りょうようちゅう》であることを説明《せつめい》した。

ナツミは心《こころ》から同情《どうじょう》した様子《ようす》だった。それはお気《き》の毒《どく》につぶやくように言《い》い、自分《じぶん》は日本《にほん》でよく似《に》た例《れい》を知《し》っていると言《い》った。

「しかしその日本《にほん》の婦人《ふじん》の場合《ばあい》は程度《ていど》も重《おも》く、素人目《しろうとめ》にも回復《かいふく》には時間《じかん》がかかりそうでしたが、お話《はなし》の例《れい》は、ショックによる一時的《いちじてき》なものという見込《みこ》みは大《おお》いにあるのじゃないでしょうか。何《なに》かうまい治療手段《ちりょうしゅだん》はないのですか？」

ナツミは私《わたし》のほうに向《む》かって問《と》う。

「何《なに》かよい知恵《ちえ》がありますか？」

私《わたし》は言《い》った。

ナツミはしばらくソファにすわったまま考《かんが》え込《こ》んだ。やがてつと立《た》ちあがると窓《まど》ぎわへ行《い》き、少《すこ》し照《て》れたように笑《わら》いながら言《い》いはじめた。

「素人考《しろうとかんが》えですから笑《わら》わないでくださいよ」

私《わたし》がうなずくと、

「例《たと》えばこんなやり方《かた》はどうでしょう。その婦人《ふじん》に、弟《おとうと》さんがまだ生《い》きていると思《おも》わせるのです。彼女自身《かのじょじしん》にうまくそう信《しん》じ込《こ》ませることができたなら、彼女《かのじょ》の受《う》けた衝撃《しょうげき》は、その時点《じてん》で一応一時的《いちおういちじてき》なものとなるはずです。そうではないですか？　そうなればその後《ご》の治療上《ちりょうじょう》で悪《わる》い結果《けっか》が生《しょう》じるはずもないじゃないですか」

私《わたし》は彼《かれ》のこの他愛《たわい》ない思《おも》いつきに思《おも》わず微笑《ほほえ》みながら言《い》った。

「でもどうやってですナツミさん、キングスレイはもう死《し》んでしまいましたよ」

「ですから、例《たと》えば彼《かれ》にそっくりな男《おとこ》を見《み》つけるのです。私《わたし》は日本人《にほんじん》だからそう思《おも》うのかもしれませんが、イギリスの方々《かたがた》はたいてい髯《ひげ》を生《は》やしておられます。まあ私《わたし》も生《は》やしていますが。こういう方《かた》で顔《かお》のりんかくの似《に》た方《かた》などは、私《わたし》にはとてもよく似《に》て感《かん》じられます。ロンドンじゅうにはきっと彼《かれ》にそっくりな方《かた》もいると私《わたし》は思《おも》いますね。

そうしてあの執事夫婦《しつじふうふ》に最終鑑定《さいしゅうかんてい》をさせればいい、彼《かれ》らは一時《いっとき》キングスレイ氏《し》と同《おな》じ館《やかた》で生活《せいかつ》したのですから、彼《かれ》の姿形《すがたかたち》はよく憶《おぼ》えているはずです」

「しかしどうやってこの膨大《ぼうだい》なロンドン市民《しみん》の中《なか》から捜《さが》します？」

「新聞広告《しんぶんこうこく》を出《だ》せばいい!!」

そう叫《さけ》んだのは何《なん》とホームズだった。

彼《かれ》の目《め》は今《いま》やらんらんと輝《かがや》き、興奮《こうふん》のため、とてもじっとしてはいられない様子《ようす》だった。われを忘《わす》れてロッキング・チェアから立《た》ちあがると、せかせかと部屋《へや》じゅうを歩《ある》き廻《まわ》った。そして二度《にど》、三度《さんど》と拳《こぶし》を握《にぎ》りしめた。

やがて立《た》ち停《ど》まると、驚《おどろ》いて隅《すみ》に退却《たいきゃく》しているナツミのところへ足早《あしばや》に歩《あゆ》み寄《よ》り、彼《かれ》の右手《みぎて》を両手《りょうて》で強《つよ》く握《にぎ》りしめてこう言《い》うのだった。

「何《なん》て素晴《すば》らしい思《おも》いつきだ！　どうしてそれにもっと早《はや》く気《き》づかなかったのだろう。美《うつく》しい！　実《じつ》に見事《みごと》だ。ありがとう！　ナツミさん、ありがとう！

ワトスン君《くん》、ぼくにもようやく苦痛《くつう》から解放《かいほう》される時《とき》が近《ちか》づいた。この事件《じけん》の推移《すいい》も、もし君《きみ》の作家《さっか》としての霊感《れいかん》が命《めい》ずるところがあって、例《れい》の手《て》に汗握《あせにぎ》る大衆《たいしゅう》読《よ》み物《もの》に仕立《した》てようと思《おも》うなら、真《しん》に力《ちから》を発揮《はっき》したのはぼくよりも、この遠来《えんらい》の客人《きゃくじん》であったという

事実《じじつ》をはっきりと書《か》いておかなきゃならないよ。ぼくの役《やく》どころは、このたびは何《なん》とも控《ひか》え目《め》だった。

さあ、そうなると一分《いっぷん》を争《あらそ》うことになった。広告《こうこく》の文面《ぶんめん》はこれから作《つく》って大急《おおいそ》ぎでぼくが手配《てはい》するとして、ナツミさん、あなたはさっき自分《じぶん》にできることがあればいくらでも協力《きょうりょく》するとおっしゃっていたように思《おも》いましたが、聞《き》き違《ちが》いでしたかしら」

「聞《き》き違《ちが》いなものですか。この事件《じけん》にもし私《わたし》の出番《でばん》があるなら、何《なん》でも大喜《おおよろこ》びでやりましょう」

「それを聞《き》いて安心《あんしん》しました。明日《あす》キングスレイにそっくりな男《おとこ》をロンドンじゅうから募集《ぼしゅう》することになりますが、ぼくの名前《なまえ》でこの部屋《へや》に集《あつ》めるのは実《じつ》にうまくないのです。ぼくの名《な》も、ベイカー街《がい》の二二一《にひゃくにじゅういち》－Bも、少々世《しょうしょうよ》に知《し》られすぎました。キングスレイによく似《に》た男《おとこ》は、後《うし》ろ暗《ぐら》い過去《かこ》を持《も》つ連中《れんちゅう》の内《うち》にこそいるかもしれません」

「はあ？」

「あなたの部屋《へや》を使《つか》わせていただきたいのです。フロッデン・ロードなら、場所《ばしょ》として文《もん》句《く》のつけようがありません。あなたの名《な》はジョン・ヘンリーとでもしておきましょう。

さあいかがです？　あなたは明日《あす》一日《いちにち》はドタバタ騒《さわ》ぎに巻《ま》き込《こ》まれ、ちっともお勉強《べんきょう》ができないかもしれません」

「そんなことはかまいませんとも。あなたに協力《きょうりょく》するなら、日本政府《にほんせいふ》になんの小言《こごと》があるでしょう。私《わたし》のほうはちっともかまいません、ただ下宿《げしゅく》のおかみが何《なん》と言《い》いますか……」

「ここに五《ご》ポンドばかりあります。これを渡《わた》して、ベイカー街《がい》のホームズが明日《あす》一日《いちにち》部屋《へや》をぼくとスコットランド・ヤードに貸《か》していただけないかと言《い》っていると伝《つた》えてみてくれませんか。たぶんOKでしょうが、駄目《だめ》かOKかのご返事《へんじ》を今《いま》から一時間以内《いちじかんいない》に電報《でんぽう》でくれませんか。それを受《う》け取《と》ってからぼくは、新聞広告《しんぶんこうこく》の手配《てはい》をします。いかがです？」

「解《わか》りました。さっそく帰《かえ》っておっしゃるとおりにします」

「ではさようならナツミさん。すぐに広告文《こうこくぶん》の制作《せいさく》にかからなくちゃなりませんので」

9.

二月十九日《にがつじゆうくにち》の火曜日《かようび》、自分《じぶん》はクレイグ先生宅《せんせいたく》での個人教授《こじんきようじゆ》の帰《かえ》りがけ、またワトソン先生《せんせい》とホームズさんの部屋《へや》に立《た》ち寄《よ》った。ホームズさんに会《あ》うのは少々《しようしよう》気味《きみ》が悪《わる》かったが、先週《せんしゆう》ワトソンさんに昼食《ちゆうしよく》をご馳走《ちそう》になり、そのお礼《れい》も言《い》いたかったのと、例《れい》のプライオリィ・ロードのミイラ事件《じけん》があんまり長《なが》びいているので、何《なに》か自分《じぶん》に役《やく》にたてることもあるかもしれぬと考《かんが》えたからである。

一階《いつかい》の戸口《とぐち》の処《ところ》に立《た》ったら、呼《よ》びリンらしい紐《ひも》が下《さ》がっている。これは以前《いぜん》はなかった。この呼《よ》びリンの紐《ひも》は無気味《ぶきみ》である。自分《じぶん》はワトソンさんの家《いえ》に英国滞在中《えいこくたいざいちゆう》何度《なんど》か行《い》ったが、そのたびにこの紐《ひも》は現《あら》われたり消《き》えたりした。

こういった点《てん》に関《かん》し、もうひとつ不思議《ふしぎ》なのは電話機《でんわき》である。この日《ひ》、ホームズさんの机《つくえ》の上《うえ》には当時倫敦《とうじロンドン》でもまだ珍《めずら》しい卓上電話機《たくじようでんわき》があった。この電話《でんわ》も前来《まえき》た時《とき》はなかった。そして何度《なんど》か来《く》るたび、これも現《あら》われたり消《き》えたりする。おそらく頭《あたま》が尋常《じんじよう》でないホームズさんが、方々《ほうぼう》にいたずら電話《でんわ》をするせいではあるまいか。ワトソンさんが、そのたび隠《かく》すのであろう。

二人《ふたり》は在宅《ざいたく》であった。ワトソンさんは額《ひたい》に絆創膏《ばんそうこう》を貼《は》り、ホームズ先生《せんせい》はひまそうに、揺り椅子《ロッキング・チエア》に背中《せなか》を見《み》せて、後《うし》ろ向《む》きにすわって揺《ゆ》られていた。

自分《じぶん》らがしばらく四方山《よもやま》の話《はなし》をして、そろそろ暇《いとま》を告《つ》げる機《しお》と思《おも》い、腰《こし》を浮《う》かせながら自分《じぶん》が、メアリィ・リンキィなる女主人《おんなしゆじん》のその後《ご》の消息《しようそく》を尋《たず》ねた時《とき》である。むろんこれは何気《なにげ》のない気《き》まぐれで、なんら他意《たい》はなかったが、自分《じぶん》がそう言《い》った途端《とたん》、妙《みよう》な按排《あんばい》になった。ホームズ氏《し》ががくりとテーブルに突《つ》っ伏《ぷ》し、ワトソンさんが泡《あわ》を食《く》って自分《じぶん》のほうにとんできて、袖口《そでぐち》を引《ひ》っ張《ぱ》って自分《じぶん》を部屋《へや》の隅《すみ》っこに連《つ》れていった。

ワトソンさんの説明《せつめい》によると、あの事件《じけん》で彼女《かのじよ》は発狂《はつきよう》したという。現在《げんざい》はコーンウォルにある精神病院《せいしんびよういん》にて療養中《りようようちゆう》とのことであった。コーンウォルというのは英吉利《イギリス》最西《さいせい》部《ぶ》にある半島《はんとう》で、倫敦《ロンドン》の知識人《ちしきじん》などが好《この》んで保養《ほよう》に訪《おとず》れる場所《ばしょ》である。そしてホームズさんは、このことをひどく気《き》に病《や》んでいるのだとワトソンさんは言《い》う。

その精神病院《せいしんびょういん》というのは、かつてホームズさんも入《はい》っていたことのある病院《びょういん》で、このことによってホームズさんは、自《みずか》らが病院《びょういん》に逆戻《ぎゃくもど》りしたような気分《きぶん》にとらわれているらしい。最近《さいきん》ホームズさんの様子《ようす》が一段《いちだん》とおかしくなったのは、どうやらメアリィ・リンキィの発狂《はっきょう》に、その大《おお》きな原因《げんいん》があるらしいということである。

自分《じぶん》はワトソン先生《せんせい》の肩越《かたご》しに伸《の》びあがってホームズさんを見《み》た。ホームズさんは突《つ》っ伏《ぶ》したまま少《すこ》しも動《うご》かなかったが、やがて自分《じぶん》の頭《あたま》を右《みぎ》の拳《こぶし》でぽかぽかと叩《たた》くと、

「おおメアリー、ぼくのせいだ!」

とひと声大《こえおお》きく叫《さけ》んだ。

自分《じぶん》はその刹那《せつな》、この頭《あたま》のおかしい探偵《たんてい》を心《こころ》から好《す》きになった。自分《じぶん》もかつて日本《にほん》で、これとそっくりな経験《けいけん》をしたからである。自分《じぶん》はあの時《とき》、やはり机《つくえ》に突《つ》っ伏《ぷ》し、狂《くる》える婦人《ふじん》を脳裏《のうり》に描《えが》いて、「ああ自分《じぶん》のせいだ!」と叫《さけ》んだものであった。

もうずいぶんと昔《むかし》のことになるが、自分《じぶん》はこれとよく似《に》た例《れい》を身近《みぢか》に知《し》っているので

ある。詳《くわ》しくは述《の》べぬが、父《ちち》が自分《じぶん》の家《いえ》に、何《なん》でも遠縁《とおえん》にあたるとかの婦人《ふじん》を預《あず》かっていたことがあった。父《ちち》が一時家《いっときいえ》に預《あず》かったことの理由《りゆう》は、そういう事柄《ことがら》とは別《べつ》に、父《ちち》がその婦人《ふじん》をある家《いえ》に嫁《とつ》がせる仲人《なこうど》をしたためである。

しかしその結婚《けっこん》はうまくいかなかった。不幸《ふこう》にしてその娘《むすめ》さんはある纏綿《てんめん》した事情《じじょう》のために、一年《いちねん》経《た》つか経《た》たぬうち、離縁《りえん》されてしまった。普通《ふつう》ならこの女性《じょせい》は当然実家《とうぜんじっか》へ戻《もど》るべきところなのだが、ここにもまた複雑《ふくざつ》な事情《じじょう》が重《かさ》なり、実家《じっか》の敷居《しきい》が跨《また》げず、ために仲人《なこうど》を引《ひ》き受《う》けた責任上《せきにんじょう》、父《ちち》がこの娘《むすめ》さんを一時《いちじ》預《あず》かったのである。

したがってこの婦人《ふじん》と自分《じぶん》とは、はからずもひとつ屋根《やね》の下《した》で寝起《ねお》きする恰好《かっこう》になったわけだが、この女性《じょせい》は自分《じぶん》の身《み》に連続《れんぞく》して起《お》こったこういう不幸《ふこう》への心労《しんろう》から、精神《せいしん》に明《あき》らかな変調《へんちょう》をきたしていた。

宅《たく》へ来《き》てからなのか、あるいは来《く》る前《まえ》からなのか、それは今《いま》もって自分《じぶん》には何《なん》とも判定《はんてい》がつかぬが、とにかく自分《じぶん》を含《ふく》め、家《いえ》の者《もの》が変調《へんちょう》に気《き》づいたのは、来《き》てしばらく経《た》ってからであった。

というのも、見《み》た目《め》には少《すこ》しも常人《じょうじん》と区別《くべつ》がつくものではない、ただ黙《だま》ってふさぎ込《こ》んでいるばかりだ。ただ可笑《おか》しな話《はなし》をするようであるが、その娘《むすめ》さんは、自分《じぶん》が外出《がいしゅつ》しようとすると決《き》まって玄関《げんかん》まで送《おく》って出《で》てくるのであった。いくら隠《かく》れて出《で》ようと思《おも》っても、きっと送《おく》って出《で》る。そうして必《かなら》ず、早《はや》く帰《かえ》ってきて頂《ちょう》だいね、と自分《じぶん》に向《む》かって言《い》うのである。

実《じつ》に珍妙《ちんみょう》な体験《たいけん》であった。自分《じぶん》とこの婦人《ふじん》とは何《なん》の縁《えん》もゆかりもない他人《たにん》である。歳《とし》も確《たし》か自分《じぶん》のほうがいくぶん若《わか》かった。それなのに、まるで夫《おっと》に対《たい》するように自分《じぶん》に接《せっ》する。

自分《じぶん》がこの時玄関《ときげんかん》で、ええ早《はや》く帰《かえ》りますからね、おとなしく待《ま》っていらっしゃいと返事《へんじ》を返《かえ》してやれば、合点合点《がてんがてん》をする。しかしもしこっちが黙《だま》っていれば、早《はや》く帰《かえ》ってきて頂《ちょう》だいね、ね、と何度《なんど》でも繰《く》り返《かえ》す。

自分《じぶん》は宅《たく》の者《もの》に対《たい》して、きまりが悪《わる》くてたまらなかった。父母《ふぼ》は苦《にが》い顔《かお》をする、台所《だいどころ》の者《もの》は内緒《ないしょ》でくすくす笑《わら》う。家人《かじん》たちがこの娘《むすめ》さんの精神《せいしん》の異常《いじょう》を認《みと》めだしてからはまだよかったが、それまでは彼《か》の女性《じょせい》の露骨《ろこつ》なのにはずいぶんと弱《よわ》らせられたものだ。

一度自分《いちどじぶん》は、送《おく》ってきたこの女《おんな》を、玄関上《げんかんじょう》で激《はげ》しく叱《しか》りつけてやろうかと目論《もくろ》んだことがある。そうすればこりてもうやらなくなるかもしれぬと考《かんが》えた。

しかしいざそうなって玄関《げんかん》でくるりと振《ふ》り向《む》いた時《とき》、とてもできるものではなかった。怒《おこ》るどころか邪慳《じやけん》な言葉《ことば》なども、可哀想《かわいそう》でとても口《くち》から出《で》なくなってしまった。

振《ふ》り向《む》くとその娘《むすめ》さんは、玄関《げんかん》に膝《ひざ》を突《つ》いたなり、あたかも自分《じぶん》の譬《たと》えようもない孤《こ》独《どく》を訴《うつた》えるように、黒《くろ》い眸《ひとみ》をこちらに向《む》けていた。自分《じぶん》はその時《とき》、こうして生《い》きていたってたった一人《ひとり》で淋《さび》しくて堪《たま》らないから、どうぞ助《たす》けてくださいと、袖《そで》に縋《すが》られるような心地《ここち》がした。

自分《じぶん》はこの娘《むすめ》さんが不憫《ふびん》で堪《たま》らなくなった。以来外出《いらいがいしゆつ》しても、どうしても遅《おそ》くは帰《かえ》れなかった。そうして帰宅《きたく》すると家人《かじん》の目《め》をはばかり、その人《ひと》の傍《そば》へ行《い》くと、立《た》ったままでただいまと必《かなら》ずひと言《こと》、言《い》うことにしていた。

この娘《むすめ》さんの片《かた》づいた先《さき》の旦那《だんな》というのが、放蕩《ほうとう》家《か》なのか交際《こうさい》家《か》なのか知《し》らないが、なんでも新婚早々家《しんこんそうそういえ》を空《あ》けたり、夜遅《よるおそ》く帰《かえ》ったりしてこの娘《むすめ》さんの心《こころ》を苛《いじ》め抜《ぬ》いたらしい。けれどもさまざまな事情《じじよう》から、娘《むすめ》さんはひと言《こと》も夫《おつと》に対《たい》して自分《じぶん》の苦《くる》しみを口《くち》に出《だ》せず、じっと我慢《がまん》していたらしい。その時《とき》のことが頭《あたま》に祟《たた》っているから、離縁《りえん》になって自分《じぶん》の家《いえ》に来《き》た時、旦那《だんな》に言《い》いたくて堪《たま》らなかったことを、病気《びょうき》のせいで自分《じぶん》に言《い》ったもののようだ。自分《じぶん》と旦那《だんな》とが、娘《むすめ》さんの内《うち》で重《かさ》なって区別《くべつ》がつかなくなったものとみえる。

その婦人《ふじん》は、その後入院《ごにゅういん》し、病院《びょういん》で死《し》んだ。死因《しいん》は脳《のう》のこととは別《べつ》の病気《びょうき》であった。若《わか》い頃《ころ》のこの体験《たいけん》は、長《なが》く自分《じぶん》の内《うち》に傷《きず》として遺《のこ》った。その理由《りゆう》を自分《じぶん》は、その後《ご》もたびたび考《かんが》えることがあった。自分《じぶん》がこのことにこれほどの負《お》い目《め》を感《かん》ずるのは、当時《とうじ》の自分《じぶん》があまりに若《わか》く、無力《むりょく》だったからであろうと気《き》づいた。

自分《じぶん》は、あの婦人《ふじん》の自分《じぶん》への立《た》ち振《ふ》るまいが病気《びょうき》の故《ゆえ》であるとは、いつか信《しん》じなくなっていたかもしれぬ。しかしあれがもし事実《じじつ》そうであったにせよ、そうでなかったにしても、彼女《かのじょ》が死《し》んで時間《じかん》が経《た》つうち、自分《じぶん》にはそんなことなどどちらでもよくなってきた。ただ自分自身《じぶんじしん》のことが重要《じゅうよう》な問題《もんだい》となった。

あの時《とき》の彼女《かのじょ》を救《すく》える者《もの》は、自分《じぶん》だけであった。それは自分《じぶん》が長《ちょう》じ、世間《せけん》をいくらか知《し》るようになるに及《およ》んでも、どうにも間違《まちが》いのないところに思《おも》われた。しかし自分《じぶん》は若《わか》く、非力《ひりき》であったがゆえに、彼女《かのじょ》を見殺《みごろ》しにしたのである。

自分《じぶん》はワトソン先生《せんせい》からメアリィ・リンキィの話《はなし》を聞《き》いた時《とき》、すぐにこの経験《けいけん》を思《おも》い出《だ》した。そうして日本《にほん》のこの婦人《ふじん》への懺悔《ざんげ》に似《に》た気分《きぶん》も働《はたら》き、何《なん》とかこの英国婦人《えいこくふじん》を救《すく》う手《て》だてはないものかと考《かんが》えた。いつのまにか、これは天《てん》が自分《じぶん》に汚名返上《おめいへんじょう》の機《き》として与《あた》えた、唯一《ゆいいつ》にして最後《さいご》のものではないかという気《き》さえしてきた。そうしてすぐに思《おも》いついたことがある。それは先《さき》の自分《じぶん》の例《れい》を、この英国婦人《えいこくふじん》の場合《ばあい》にも応用《おうよう》できぬものかという考《かんが》えであった。

自分《じぶん》の宅《たく》に引《ひ》き取《と》られてきた娘《むすめ》さんの場合《ばあい》、明《あき》らかに常軌《じょうき》は逸《いっ》しているものの、表面的《ひょうめんてき》には日常《にちじょう》に適応《てきおう》した様子《ようす》で生活《せいかつ》を送《おく》っており、はた目《め》には常人《じょうじん》と区別《くべつ》するほどのものはなかった。

その理由《りゆう》を何《なに》かと考《かんが》えれば、それは明《あき》らかに自分という存在《そんざい》があったためである。即《すなわ》ち、永遠《えいえん》に失《うしな》った夫《おっと》という対象物《たいしょうぶつ》に対《たい》する代償品としての自分《じぶん》が、たまたまあの娘《むすめ》さんの目《め》の前《まえ》にいたからではないのか——。

自分《じぶん》のような存在《そんざい》がなければ、あるいはあの婦人《ふじん》の生活態度《せいかつたいど》には、周《まわ》りがもてあますような狂的《きょうてき》な異常《いじょう》が現《あら》われていたかもしれぬ。

ならば、このメアリィ・リンキィなる英国婦人《えいこくふじん》にも、失《うしな》ったキングスレイという弟《おとうと》の代償品《だいしょうひん》を見《み》つけ、与《あた》えてやるというのは存外上手《ぞんがいじょうず》な方法《ほうほう》ではあるまいか。

自分《じぶん》の例《れい》の場合《ばあい》、洩《も》れ聞《き》いた話《はなし》から判断《はんだん》して、離縁《りえん》された夫《おっと》と自分《じぶん》とが年齢《ねんれい》といい姿形《すがたかたち》といい、似《に》ていたとはとても思《おも》われぬ。それでもあの婦人《ふじん》の場合《ばあい》、ああいうことが起《お》こったのである。ならばあらかじめこちらで、よく似《に》た人物《じんぶつ》を選《えら》びだして与《あた》えるなら、さらにうまくいく理屈《りくつ》にならないか——、自分《じぶん》はこんなことを考《かんが》えたのである。

むろんこれは贋物《にせもの》であるから、根本的《こんぽんてき》に婦人《ふじん》を立《た》ち直《なお》らせる手《て》だてにはならない。婦人《ふじん》の長《なが》い一生《いっしょう》からみて、一時飴玉《いっときあめだま》を与《あた》えるようなこういうやり方《かた》が、はたしてよいことなのか、それとも是非《ぜひ》とも避《さ》けるべき事柄《ことがら》なのであるかは専門家《せんもんか》でもない自分《じぶん》にはどうにも計《はか》りかねるが、もし現在《げんざい》リンキィなる婦人《ふじん》が、彼女《かのじょ》を救《すく》わんとする者《もの》から見《み》て絶望的《ぜつぼうてき》な様子《ようす》なら、一度《いちど》くらいなら試《ため》してみてもよい方法《ほうほう》ではあるまいか、自分《じぶん》はこんなふうに思《おも》いつき、口《くち》に出《だ》してみた。

案《あん》の定医学《じょういがく》の心得《こころえ》のあるワトソン先生《せんせい》は、

「しかしよく似《に》た人物《じんぶつ》を探《さが》しだすのが大変《たいへん》ですな」

と言ったきり取《と》り合《あ》わない様子《ようす》だったが、横《よこ》あいからホームズさんが、

「新聞《しんぶん》に広告《こうこく》を出《だ》せばいいじゃないか！」

と叫《さけ》んだ。

ワトソン先生《せんせい》と自分《じぶん》が驚《おどろ》いてホームズさんのほうを見《み》ると、先生《せんせい》はもう机《つくえ》から起《お》きあがってくすくす笑《わら》っている。そして次第《しだい》にその笑《わら》いが大《おお》きくなって、可笑《おか》しくてたまらないというように腹《はら》を抱《かか》えた。そして椅子《いす》でぐんと伸《の》びあがりながら思《おも》い切《き》り床《ゆか》を蹴《け》ったのだが、その椅子《いす》は揺り椅子《ロッキング・チェア》でなかったものだから、あっという間《ま》に後《うし》ろざまにひっくり返《かえ》ってしまった。

足《あし》を天井《てんじょう》に向《む》けたまま、ホームズさんが声《こえ》も発《はっ》せず少《すこ》しも動《うご》く様子《ようす》がないので、後《うし》ろ頭《あたま》でも打《う》ったかと自分《じぶん》らがあわてて駆《か》け寄《よ》ると、今度《こんど》は先生《せんせい》プンプン怒《おこ》っている。そして、

「ワトスン、まさか君《きみ》はこの栄光《えいこう》あるぼくの部屋《へや》に、顔《かお》に傷《きず》のある浮浪者《ふろうしゃ》どもをわんさと集《あつ》める気《き》じゃないだろうな」

と天井《てんじょう》を向《む》いて言《い》った。

ワトソン先生《せんせい》が、それでは募集《ぼしゅう》などよしにしようと言《い》ったら、それにはホームズさんがどういうわけか足《あし》もとから反対《はんたい》してくる。ドクターは困《こま》ってしまって、そこで自分《じぶん》が、

「いかがでしょう？　自分《じぶん》の下宿《げしゅく》を使ってみたら。ただおかみが賛成《さんせい》してくれるかどうかは保証《ほしょう》の限《かぎ》りではありませんが」

と言《い》ってみた。

するとホームズ先生《せんせい》は宙《ちゅう》で足《あし》をばたつかせながら鋭《するど》く自分《じぶん》を指《ゆび》さし、

「それだワトスン君《くん》、そうしたまえ！」

と命《めい》じた。

ワトソン先生《せんせい》はやむを得《え》ないという顔《かお》で上着《うわぎ》の隠《かく》しから五磅《ごポンド》をとり出《だ》し、自分《じぶん》に示《しめ》して、これでお宅《たく》を審査会場《しんさかいじょう》にあてる承諾《しょうだく》がもらえるかどうかを下宿《げしゅく》の主人《しゅじん》に尋《たず》ねてみてくれと言《い》う。よくても断《こと》わられても大急《おおいそ》ぎで電報《でんぽう》をくれと言《い》う。自分《じぶん》は引《ひ》き受《う》けた。

自分《じぶん》はおかみ姉妹《しまい》の反対《はんたい》などあろうはずもあるまいと考《かんが》えた。というのは下宿屋《げしゅくや》は今《いま》泊《と》まり客《きやく》が少《すく》なく（自分《じぶん》を入《い》れて二人《ふたり》しかいない）、経営《けいえい》に苦しんでいるからである。五《ご》

磅《ポンド》といえば少《すく》なからぬ金《かね》で、おかみたちにとっては有難《ありがた》い臨時収入《りんじしゅうにゅう》のはずだ。

おかみの答《こた》えは案《あん》の定《じょう》、喜《よろこ》んで協力《きょうりょく》するというものであった。のみならず、自分《じぶん》がホームズさんの名前《なまえ》を出《だ》すととびあがって驚《おどろ》き、自分《じぶん》はこの高名《こうめい》な人物《じんぶつ》の友人《ゆうじん》ということになって大変尊敬《たいへんそんけい》された。

倫敦《ロンドン》っ児《こ》のホームズさんに対《たい》する好感《こうかん》というものは、自分《じぶん》のような外国人《がいこくじん》には到底想像《とうていそうぞう》もつかぬようなところがある。自分《じぶん》は大急《おおいそ》ぎでベイカー街《がい》へ可能《かのう》なりの電報《でんぽう》を打《う》った。

折《お》り返《かえ》しワトソンさんの返電《へんでん》がきた。募集《ぼしゅう》は明日午後《あすごご》一時《いちじ》より四時《よじ》までとするが、自《じ》分《ぶん》たちは一時間《いちじかん》ばかり前《まえ》にそっちへ行《い》く予定《よてい》、とある。妙《みょう》な按排《あんばい》になったものだと思《おも》いながら、とにかく自分《じぶん》は翌日《よくじつ》を待《ま》つことにした。

10.

翌朝《よくあさ》の新聞《しんぶん》を手《て》にして私《わたし》は驚《おどろ》いた。ディリー・テレグラフにもスタンダードにもホームズが出《だ》したと思《おも》われる広告《こうこく》は載《の》っていた。しかしその内容《ないよう》は次《つぎ》のような一種異様《いっしゅいよう》なものである。

《左眉《ひだりまゆ》の傷互助委員会《きずごじょいいんかい》》
アメリカにおける起業成功《きぎょうせいこう》により富豪《ふごう》となったヒュー・オブライエン氏《し》は、左眉《ひだりまゆ》の大《おお》きな傷跡《きずあと》のため、若《わか》い頃《ころ》より人一倍《ひといちばい》の辛酸《しんさん》を嘗《な》めてきた。しかし今日《こんにち》の成功《せいこう》もまたこの傷《きず》の故《ゆえ》なりとして、同《おな》じ境遇《きょうぐう》にある若《わか》い人《ひと》に成功《せいこう》の機会《きかい》を与《あた》えるため、私財《しざい》の一部《いちぶ》を投《とう》じこの会《かい》を発足《ほっそく》せしめたものである。
このたびロバート・ブラウニング氏《し》なる人物《じんぶつ》をロンドンに派遣《はけん》し、大西洋《たいせいよう》を隔《へだ》てるわが同胞《どうほう》にも救済《きゅうさい》の手《て》を差《さ》しのべてきた。氏《し》の眼鏡《めがね》にかなう傷《きず》の持《も》ち主《ぬし》には、冒険的《ぼうけんてき》ながら簡単《かんたん》な仕事《しごと》が与《あた》えられ、報酬《ほうしゅう》は膨大《ぼうだい》となろう。われと思《おも》わん左眉《ひだりまゆ》の傷《きず》の持《も》ち主《ぬし》は、本日《ほんじつ》午後《ごご》一時《いちじ》より四時《よじ》までに、下記《かき》の住所《じゅうしょ》にこられたし。ただし男性《だんせい》に限《かぎ》る。住所《じゅうしょ》は——》

こうしてナツミの住所《じゅうしょ》が付《ふ》されていた。

私《わたし》はこんなデタラメな広告《こうこく》を出《だ》した理由《りゆう》を尋《たず》ねたかったのだが、ホームズは朝《あさ》からどこかへ出《で》かけており、ナツミの家《いえ》で会《あ》おうと書《か》かれた手紙《てがみ》だけが朝食《ちょうしょく》のテーブルで私《わたし》を待《ま》っていた。

私《わたし》がフロッデン・ロードの下宿屋《げしゅくや》に行《い》くと、ホームズはもう来《き》ていて、おかみたちと話《はな》しこんでいる。私《わたし》の姿《すがた》を見《み》ると、先《さき》にナツミの部屋《へや》にあがって、ベッドを廊下《ろうか》へ出《だ》しておいてくれと命《めい》じた。

ナツミはいくぶんそわそわした様子《ようす》で私《わたし》を迎《むか》えた。ホームズから部屋《へや》をできるだけ広《ひろ》くしておくように頼《たの》まれたのだが手伝《てつだ》ってくれるかと言《い》うと、喜《よろこ》んでと答《こた》えた。

私《わたし》とナツミとでベッドを移動《いどう》し終《お》わると、ホームズとレストレイドが椅子《いす》を一脚《いっきゃく》ずつ持《も》って階段《かいだん》を昇《のぼ》ってきた。後《うし》ろに下宿《げしゅく》のおかみさんの姉妹《しまい》と女中《じょちゅう》が続《つづ》いている。彼女《かのじょ》た

ち も手《て》に一脚《いっきゃく》ずつの椅子《いす》を持《も》っていた。

「やあ広《ひろ》くなりましたね、これなら申《もう》し分《ぶん》ない」

ホームズが言《い》った。私《わたし》はレストレイドの姿《すがた》を認《みと》めて少《すこ》し驚《おどろ》いた。

「どういう趣向《しゅこう》か知《し》りませんがね、旧友《きゅうゆう》にお招《まね》きいただいては断《こと》わるわけにもいきますまい」

警部《けいぶ》は例《れい》によって皮肉《ひにく》な言《い》い方《かた》をした。その手《て》から椅子《いす》をもぎ取《と》ると、ホームズは自分《じぶん》が運《はこ》んできたものも含《ふく》めて五脚《ごきゃく》の椅子《いす》を部屋《へや》の隅《すみ》に四《よっ》つ並《なら》べて、入口《いりぐち》のドアに近《ちか》い部屋《へや》の中央《ちゅうおう》にひとつ置いた。

「ホームズ君《くん》、椅子《いす》がひとつ多《おお》いようだが」

私《わたし》が言《い》った。ナツミの部屋《へや》には、すでに机《つくえ》に付属《ふぞく》した椅子《いす》が一脚《いっきゃく》ある。ナツミがそれにすわるとすれば、残《のこ》るは三人《さんにん》である。応募者《おうぼしゃ》がひとつにかけるとしても、もうひとつあまる計算《けいさん》になる。

「ゲストがもう一人《ひとり》来《く》る予定《よてい》なのさ」

私《わたし》の友人《ゆうじん》は言《い》い、それからくるりとナツミのほうを向《む》くと、

「ナツミさん、スコットランド・ヤードのレストレイド警部《けいぶ》をご紹介《しょうかい》しましょう」

と言《い》った。二人《ふたり》は握手《あくしゅ》を交《か》わした。

「お会《あ》いできて光栄《こうえい》です」

ナツミは言《い》った。

「イギリスへようこそ。この古《ふる》い都《みやこ》の印象《いんしょう》はいかがですかな」

レストレイドが言《い》っている。

「大層気《たいそうき》に入《い》りました。警官《けいかん》が親切《しんせつ》ですのでね」

ナツミは答《こた》えた。それからホームズのほうを向《む》き、

「この書《か》きもの机《づくえ》はどうしましょう、これも廊下《ろうか》へ出《だ》しますか？」

と訊《き》いた。

「まあまあ、もっと広《ひろ》い部屋《へや》がいくらでもありますのに」

とおかみが言《い》う。

「いやこの部屋《へや》がよいのです。それに机《つくえ》もそのままで結構《けっこう》です。ナツミさんはその机《つくえ》についてらしてください。そしてこのノートに、応募者《おうぼしゃ》の名前《なまえ》と住所《じゅうしょ》を書《か》き取《と》ってくださ

ると有難《ありがた》いのです。お願《ねが》いできますか？」

ナツミはもちろんですと答《こた》えた。

「では今日《きょう》の私《わたし》の役《やく》どころとしましては、それだけでよろしいのですね？　ノートから顔《かお》をあげず、言葉《ことば》はちっとも発《はっ》しなくてよいのですね」

「一応《いちおう》そういうことでよろしいです。しかし臨機応変《りんきおうへん》に対処《たいしょ》してください。

さて、と、準備《じゅんび》はこれですべて完了《かんりょう》したかな。レストレイド君《くん》、君《きみ》はもう少《すこ》し窓《まど》ぎわがよいでしょう。

さあ奥《おく》さま方《がた》のお手《て》をわずらわせる仕事《しごと》はもうありません。階下《かいか》のもっと居心地《いごこち》のよい場所《ばしょ》で、いつもどおりにすごしていらしてください。われわれがこれ以上《いじょう》ご迷惑《めいわく》をおかけすることは、たぶんもうないと思《おも》います」

ホームズのこのきびきびした態度《たいど》には、開幕《かいまく》を待《ま》つ舞台演出家《ぶたいえんしゅつか》の趣《おもむ》きがある。女性《じょせい》たちが階下《かいか》に引《ひ》き揚《あ》げ、ドアが閉《し》まるとホームズは言《い》った。

「さてワトスン君《くん》、打《う》ち合《あ》わせたとおり君《きみ》が応募者《おうぼしゃ》の接待係《せったいがかり》を頼《たの》むよ。ぼくのほうはたまに気《き》がついたら質問《しつもん》をさしはさむだけだからね。君《きみ》が今日《きょう》の主役《しゅやく》だ。このあたりについては、もう昨夜《ゆうべ》たっぷり打ち合《う あ》わせているからぬかりっこなしだ。では失礼《しつれい》して、冒険《ぼうけん》の前《まえ》の一服《いっぷく》をさせてもらうとしよう」

やがて時計《とけい》が一時《いちじ》を三十分《さんじっぷん》ばかりも廻《まわ》ってしまった。しかしホームズは窓《まど》ぎわで通《とお》りを見降《みお》ろして立《た》ったまま、少《すこ》しも行動《こうどう》を起《お》こす気配《けはい》がないので、われわれは少《すこ》しじれてきた。のびあがって窓下《まどした》を見降《みお》ろしていたレストレイドが言《い》いだした。

「たいした盛況《せいきょう》ぶりですなホームズさん、ちょっとした列《れつ》ができておる。ヤードの警官《けいかん》募集《ぼしゅう》の時《とき》もこうだといいんですがな。このぶんだとあと二《に》、三十分《さんじっぷん》のうちには、列《れつ》の最《さい》後尾《こうび》があの角《かど》まで届《とど》いちまいそうだ」

「報酬膨大《ほうしゅうぼうだい》という文字《もじ》に冒険心《ぼうけんしん》を刺激《しげき》された青年《せいねん》たちですよレストレイド君《くん》。ロンドンの一般市民《いっぱんしみん》は困窮《こんきゅう》している。われわれの仕事《しごと》もゴールは遠《とお》いようですな」

「ホームズさん、急がないとこのままでは署《しょ》から交通整理《こうつうせいり》の警官《けいかん》まで引《ひ》っぱってこなくちゃならなくなりますぞ。フロッデン・ロードじゅうが左《ひだり》の眉《まゆ》に傷《きず》のある男《おとこ》で埋《う》まっちまいそうだ」

「ではワトスン君《くん》、そろそろ喜劇《きげき》の幕《まく》をあげるとしよう。悪《わる》いけど階下《かいか》へ降《お》りて、最初《さいしょ》の人《ひと》から順《じゅん》に中《なか》へ入《はい》るように言《い》ってくれないか。それから一々声《いちいちこえ》はかけないので、前《まえ》の人《ひと》がすんで通《とお》りに現《あら》われたら次《つぎ》の人《ひと》が入《はい》るようにと、そう言《い》ってくれないか」

最初《さいしょ》に現《あら》われたのは割合体格《わりあいたいかく》のよい、がっしりしたタイプの男《おとこ》だった。左《ひだり》の眉《まゆ》の少《すこ》し上《うえ》に確《たし》かに大《おお》きな傷跡《きずあと》があり、それで額《ひたい》の皮膚《ひふ》が少《すこ》し引《ひ》きつっている。こわもてのしそうな一見《いっけん》して労務者《ろうむしゃ》タイプの男《おとこ》である。これは精神《せいしん》の病《や》んだ婦人《ふじん》を慰《なぐさ》めるというより、酒場《さかば》の用心棒向《ようじんぼうむ》きの顔《かお》であった。

「お名前《なまえ》と住所《じゅうしょ》をどうぞ。それから連絡先《れんらくさき》が別《べつ》にある場合《ばあい》は、それもおっしゃってください」

私《わたし》がそう言《い》うと、

「マイケル・ストーナー。住所《じゅうしょ》はハノーヴァ広場《ひろば》の角《かど》のブルック街四〇三《がいよんひやくさん》でさあ」

男《おとこ》は、海賊《かいぞく》のような唇《くちびる》をゆがめて言《い》った。

「お仕事《しごと》は何《なに》をしてらっしゃいます？」

「仕事《しごと》？　そんなものはいろいろですよ。ええとミスター？」

「これは失礼《しつれい》。ロバート・ブラウニングです。ロバートと呼《よ》んで下《くだ》さい」

「ではロバート、職業《しょくぎょう》なんてものはいろいろです。そうでしょう？　この人生《じんせい》は長《なが》い旅《たび》みたいなもんだ。とてもじゃないがやることをひとつに決《き》めちまうなんて芸当《げいとう》は、もったいなくてできやしません。

長《なが》いこと船《ふね》に乗《の》ってたし、炭鉱《たんこう》で働《はたら》いていたこともありました。辻馬車《つじばしゃ》の御者《ぎょしゃ》も長《なが》かったが、一番長《いちばんなが》かったのはやはり船乗《ふなの》りでしょうな。あちこちの港《みなと》を廻《まわ》って歩《ある》く。上陸《じょうりく》するたび酒《さけ》と女《おんな》と乱闘騒《らんとうさわ》ぎが待《ま》っている。めくるめく冒険《ぼうけん》の日々《ひび》ってやつでね、冒険《ぼうけん》、こいつこそが私《わたし》の生《い》きがいさね」

「どうして船《ふね》を降《お》りたんです？」

「どうしてって、そいつを説明《せつめい》しろってんですかい？　難儀《なんぎ》だな。つまりあっしは、そう、床《ゆか》がじっとしているところで仕事《しごと》をしてみたくなったんでさあ」

「ほう、と言《い》うと？」

「それだけですよロバート。つまり……、これは言《い》いたくなかったんだが、あっしは船酔《ふなよ》いの癖《くせ》がありましてね」

振《ふ》り返《かえ》るとレストレイドは笑《わら》いをこらえるためしきりに自分《じぶん》の腹《はら》をさすっており、ナッツミも横《よこ》を向《む》いて失笑《しっしょう》を洩《も》らしていた。

とんだ船乗《ふなの》りがあったもので、これは見《み》かけによらず、メアリー・リンキイのお相手《あいて》に向《む》いているのかもしれない、そう思《おも》って私《わたし》は男《おとこ》を見直《みなお》した。

「君《きみ》の過去《かこ》は充分《じゅうぶん》解《わか》りました。人生観《じんせいかん》もねマイク。だが今《いま》は何《なに》をしているのです？」

「そいつが答《こた》えられるようならここへは来《き》ませんぜ」

彼《かれ》は少々《しょうしょう》気分《きぶん》をそこねたらしかった。

「なるほど。ところでその左眉《ひだりまゆ》の上《うえ》の傷《きず》だが、どうしてついたんだい？」

「そんなことも答《こた》えなきゃならないんですかい？」

「どうかお願《ねが》いしますよマイク。理解《りかい》していただきたいんだがね、われわれにとって、その傷《きず》こそが最大《さいだい》の関心事《かんしんじ》なのです。その傷《きず》を見定《みさだ》めるために、こんな大袈裟《おおげさ》なことをやっている」

「じゃあ答《こた》えますがね、十代《じゅうだい》の頃《ころ》故郷《こきょう》で仲良《なかよ》くなった女《おんな》の子《こ》がいましてね、あっしはその娘《むすめ》にぞっこんになっちまった。髪《かみ》はブロンド、目《め》は緑《みどり》がかったブルーでね、ロンドンで売《う》ってる、どんな人形《にんぎょう》よりも可愛《かわい》かったものさね。その頃《ころ》のあの娘《むすめ》をあんたに見《み》せたいものだ。そうしたらあんたもあの木《き》に登《のぼ》る気《き》になったろうよ」

「何《なに》に登《のぼ》るって？」

「木《き》ですよ、ぶなの木《き》でさ。

いや順序《じゅんじょ》だてて話《はな》そう。その娘《むすめ》は可愛《かわい》い娘《むすめ》だがちょっと変《か》わっててね、ままごと遊《あそ》びやお人形《にんぎょう》さん遊《あそ》びなんぞにはこれっぽっちも興味《きょうみ》を示《しめ》さないのさ。どんな遊《あそ》びが好《す》きかっていうと、野《の》っ原《ぱら》や山《やま》の中《なか》を駆《か》け廻《まわ》って、帽子《ぼうし》を空《そら》に放《ほう》り投《な》げて遊《あそ》ぶのが大好《だいす》きってわけさ。そのために実《じつ》にまあいろんな帽子《ぼうし》を持《も》ってたねえ。飾《かざ》りがごてごてついた例《れい》の貴《き》婦人用《ふじんよう》のフランスふうのものから、麦《むぎ》わら帽子《ぼうし》までね。あの子《こ》の部屋《へや》は、まるっきり帽子《ぼうし》屋《や》のショーケースの中《なか》みたいだった。

女《おんな》は謎《なぞ》だね旦那《だんな》。だからあっしはその頃《ころ》から女《おんな》ってものを理解《りかい》したね。帽子《ぼうし》をただ集《あつ》めるってのなら解《わか》るがね、そいつを放《ほう》り投《な》げて遊《あそ》ぶのが趣味《しゅみ》たあね。だからたいていのは、つばの広《ひろ》いよく飛《と》びそうな帽子《ぼうし》さ。で、ある日《ひ》その子《こ》の一番大事《いちばんだいじ》にしてる、例《れい》の飾《かざ》りのごってりついたやつさ、そいつがぶなの木《き》のてっぺんあたりにひっかかっちまった。で、取《と》ってくれってあっしにべそをかいて頼《たの》むわけだ。

ほかのガキどもはだあれも尻《しり》ごみして、登《のぼ》ろうとするやつなんていない。何《なに》しろ釣《つ》りざおみたいな細《ほそ》い枝《えだ》の先《さき》っぽさ。だがあっしはやったね、いいとこ見《み》せたい一心《いっしん》さね。長《なが》い棒《ぼう》ではたき落《お》としてやろうと思《おも》ってね、何《なに》ちょろいもんだとたかをくったのがまずかった。乗《の》った枝《えだ》がぽっきり折《お》れてあっしは真《ま》っ逆《さか》さまさ。下《した》にあった小石《こいし》でここをすっぱり切《き》っちまった。

で、未《いま》だにこいつがここんところに遺《のこ》ってる。これでも小《ちい》さくなったほうでしてね、こいつを見《み》るたんびにあっしは、女《おんな》の口車《くちぐるま》にだけは軽々《かるがる》しく乗《の》っちゃいけねえって、自分《じぶん》にそう言《い》いきかせるんです」

「で、帽子《ぼうし》はどうなったんだい？」

黙《だま》っていたホームズが口《くち》をはさんだ。

「そのままでさあ。落《お》っこちたのは帽子《ぼうし》じゃなくてあっしだったからね。折《お》れたのは帽子《ぼうし》の乗《の》っかってた枝《えだ》じゃなかったし。ひょっとしたら今《いま》でもそのままじゃないかな。なにしろあっしのケガは、村《むら》じゅうの評判《ひょうばん》になったからね、あの後帽子《あとぼうし》をとってやろうなんて猛者《もさ》は、まず現《あら》われないと思《おも》います」

「それはずいぶんと辛《つら》い体験《たいけん》をしたものだね」

ホームズは言《い》った。

「辛《つら》いですって？　旦那《だんな》、あっしは死《し》にかけたんですぜ。そればっかりじゃない。その日《ひ》を境《さかい》にあっしは人生《じんせい》が変《か》わっちまった。どこへ行《い》ってもかたぎの仕事《しごと》は断《こと》わられるしね。あっしのことをみんなヤクザ者《もの》だって思《おも》うんだ。犬《いぬ》っころ一匹殺《いっぴきころ》したことのないこのあっしをですぜ。

それでもうあっしは、生涯女《しょうがいおんな》には惚《ほ》れねえと決心《けっしん》した。女《おんな》は遊《あそ》びだけ、ぞっこん惚《ほ》れちまったら何《なに》をされるか解《わか》ったもんじゃない。あの時《とき》の苦《くる》しみを思《おも》い出《だ》しゃあね、何《なん》だって我慢《がまん》ができる。それからは心《こころ》を入《い》れ替《か》えて、抱《だ》いて寝《ね》るのは酒《さか》ビンだけと決《き》めたんです」

「感心《かんしん》な心《こころ》がけだ」

とまたホームズがいくぶん同感《どうかん》したらしく言《い》い、私《わたし》に目《め》くばせして寄越《よこ》した。

「さて、じゃあどうもご苦労《くろう》さんマイク、君《きみ》と知《し》り合《あ》えて楽《たの》しかった。合格《ごうかく》か否《いな》かは明日《あす》通知《つうち》します。悪《わる》いが明日《あす》じゅうに電報《でんぽう》が届《とど》かなければ、うまくいかなかったものと思《おも》ってください」

私《わたし》は言《い》った。

次《つぎ》の応募者《おうぼしゃ》も、その次《つぎ》も、だいたい似《に》たり寄《よ》ったりだった。入《い》れ替《か》わり立《た》ち替《か》わりわれわれの目《め》の前《まえ》にいろんなかたちの傷《きず》が現《あら》われ、その理由説明《りゆうせつめい》はなかなかに私《わたし》を飽《あ》きさせなかったが、こんな調子《ちょうし》で続《つづ》けていてはとても時間内《じかんない》には終《お》わりそうもなかった。

「ワトスン君《くん》、そろそろお楽《たの》しみの時間《じかん》は終《お》わりにしよう。これからは望《のぞ》みがあるとぼくが目《め》くばせをする者以外《ものいがい》は、簡単《かんたん》に住所《じゅうしょ》と名前《なまえ》だけを訊《き》いて、すぐ帰《かえ》すことにしようじゃないか」

五人目《ごにんめ》の応募者《おうぼしゃ》がドアの向《む》こうに消《き》えるとホームズが言《い》った。われわれは同意《どうい》し、そのかいがあって、それから小一時間《こいちじかん》も経《た》つ頃《ころ》には、表通《おもてどお》りの人《ひと》の列《れつ》はきれいに消《き》えていた。

一段落《いちだんらく》の時間《じかん》が訪《おとず》れ、私《わたし》はヒュー・オブライエンという変人《へんじん》アメリカ富豪《ふごう》の代理人《だいりにん》になりすまし、ひとしきり奮闘《ふんとう》して少々《しょうしょう》疲《つか》れを感《かん》じていた。しかしそれまでの自分《じぶん》の努力《どりょく》も、周囲《しゅうい》の献身《けんしん》も、正直《しょうじき》にいえばあまり有意義《ゆういぎ》なものとは思《おも》えなかった。生前《せいぜん》のキングスレイに会《あ》ったことはなかったが、ミイラと変《か》わった彼《かれ》の死《し》に顔《がお》を見《み》ている私《わたし》には、今《いま》までの応募者《おうぼしゃ》のうちに、彼《かれ》の代《かわ》りがつとまりそうに思《おも》ってるものは、一人《ひとり》としていなかったからである。

応募者《おうぼしゃ》のすべてが、体格で落第《らくだい》であった。今夜《こんや》にでもミイラになれそうなくらいに痩《や》せた人物《じんぶつ》は、応募者《おうぼしゃ》のうちに一人《ひとり》もいなかった。私《わたし》はホームズの真意《しんい》を計《はか》りかねた。何故《なぜ》こんな怪《あや》し気《げ》な団体《だんたい》を名乗《なの》り、無用《むよう》な大騒《おおさわ》ぎをするのだろう。精神《せいしん》を病《や》んだメアリーを慰《なぐさ》めるため、死《し》んだキングスレイになりすませそうな替《か》え玉《だま》を捜《さが》すなら、左眉《ひだりまゆ》の傷《きず》ともに、非常に痩せている点も条件《じょうけん》に加《くわ》えるべきだった。そうすれば表《おもて》の列《れつ》は確実《かくじつ》に五分《ごぶん》の一《いち》になっていた。

しかし私《わたし》は、友《とも》にそう問《と》い質《ただ》すことができかねた。彼《かれ》の悠々《ゆうゆう》たる態度《たいど》、そして何《なに》よりめざましい功績《こうせき》を知《し》る私《わたし》は、彼《かれ》にさからうことについ遠慮《えんりよ》がちになってしまうのである。

ホームズは立《た》ちあがって、人《ひと》の消《き》えた通《とお》りをじっと窓《まど》から見降《みお》ろしていた。あまりに長《なが》いことそうしていたので、レストレイドも部屋《へや》の主《ぬし》のナツミも、ならって窓《まど》のところへ寄《よ》った。ホームズはやがて懐中時計《かいちゅうどけい》をとり出《だ》し、眺《なが》めながらこう言《い》う。

「もう二時間半《にじかんはん》になるねワトスン、今《いま》までのところ成果《せいか》はあまりかんばしいものとはいえない。しかし今《いま》ようやく第一幕《だいいちまく》の終了《しゅうりょう》というところさ。じきに二幕目《にまくめ》のカーテンが開《ひら》く。そして次《つぎ》の舞台《ぶたい》は、もう少《すこ》し見《み》ごたえのあるものになるだろう」

そして彼《かれ》の言葉《ことば》どおり二幕目《にまくめ》が、それも実《じつ》に唐突《とうとつ》なかたちで始《はじ》まった。三人《さんにん》に並《なら》んで私《わたし》も通《とお》りを見降《みお》ろしていると、向《む》かいの建物《たてもの》の角《かど》を曲《ま》がって、一人《ひとり》の非常《ひじょう》に痩《や》せた男《おとこ》が姿《すがた》を現《あら》わした。ゆっくりと、だが一直線《いっちょくせん》に往来《おうらい》を横《よこ》ぎり、眼下《がんか》の入口《いりぐち》にやってくる。

ハンチング帽《ぼう》をまぶかに被《かぶ》っているので人相《にんそう》はよく解《わか》らないが、髯《ひげ》をたくわえている様《よう》子《す》である。通《とお》りの中央《ちゅうおう》で立《た》ち停《ど》まり、周《まわ》りを確《たし》かめるようにきょろきょろとした。はたして本当《ほんとう》にここが新聞広告《しんぶんこうこく》にあった住所《じゅうしょ》かと確《たし》かめているのであろう。それからちらとこっちを見《み》あげた。

思《おも》わず感嘆《かんたん》の声《こえ》を洩《も》らすところであった。実《じつ》にそっくりなのである。私《わたし》がプライオリイ・ロードで見《み》たキングスレイのミイラと、うり二《ふた》つの男《おとこ》が下《した》にいる。これなら文句《もんく》のつけようもない、と私《わたし》は考《かんが》えた。

ロンドンじゅうにはよく似《に》た男《おとこ》もいるものだ。そしてそういう男《おとこ》がついに現《あら》われたのである。この大騒《おおさわ》ぎもいよいよ終《お》わりが近《ちか》づいたと私《わたし》は感《かん》じた。間《ま》もなく彼《かれ》がこの部屋《へや》に入《はい》ってくれば、われわれの今日《きょう》の仕事《しごと》も終《お》わりだ。ホームズもじっと男《おとこ》の様子《ようす》を観察《かんさつ》していたが、私《わたし》と同様《どうよう》に感《かん》じていることは明《あき》らかだった。緊張《きんちょう》しきった目《め》、力《ちから》のこもった両腕《りょううで》の筋肉《きんにく》が、それを物語《ものがた》っている。

しかし次《つぎ》の瞬間《しゅんかん》、私《わたし》の友《とも》がとった意外《いがい》な行動《こうどう》は、私《わたし》を非常《ひじょう》に驚《おどろ》かせた。窓《まど》ガラス越《ご》しに通《とお》りを見据《みす》えたまま、突然《とつぜん》、

「あの男《おとこ》だ！　レストレイド君《くん》!!」

と叫《さけ》んだのである。

われわれの警視庁《けいしちょう》の旧友《きゅうゆう》は、次《つぎ》の瞬間実《しゅんかんじつ》に素早《すばや》い動《うご》きを見《み》せた。知力《ちりょく》に関《かん》しては私《わたし》の友《とも》にいつもからかわれているが、こういう時見《ときみ》せる勇気《ゆうき》には、決《けっ》してためらいはない。彼《かれ》はさっと窓《まど》を押《お》しあげると、往来《おうらい》に向《む》かって高《たか》らかに呼《よ》び子笛《こぶえ》を吹《ふ》き鳴《な》らした。

すると一階《いっかい》のおかみの部屋《へや》や、向《む》かいの建物《たてもの》の陰《かげ》から、三《さん》、四人《よにん》の屈強《くっきょう》そうな男《おとこ》たちが飛《と》び出《だ》してきて、中央《ちゅうおう》のその痩《や》せた男《おとこ》に向《む》かってばらばらと駈《か》け寄《よ》った。彼《かれ》らはみな私服《しふく》を着《き》ているが、どうやら警官《けいかん》らしい。私《わたし》の知《し》らぬうちにホームズが、レストレイドに命《めい》じて待機《たいき》させておいたものらしかった。

痩《や》せた若《わか》い男《おとこ》は、往来《おうらい》の中央《ちゅうおう》で唖然《あぜん》としたように立《た》ちすくんでおり、警官《けいかん》たちは難《なん》なくこの男《おとこ》を取《と》り囲《かこ》んだが、この時《とき》ちょうどこの痩《や》せた男《おとこ》の前《まえ》を横《よこ》ぎろうとして、酔《よ》っ払《ぱら》いの老人《ろうじん》が左《ひだり》から酒《さか》ビンを抱《かか》えてよたよたと歩《ある》いてきており、血気《けっき》にはやって見境《みさかい》のつかなくなっている警官《けいかん》たちは、あっというまにこの通行人《つうこうにん》まで取《と》りおさえてしまった。老人《ろうじん》は何《なに》ごとかと思《おも》い、あわてて脇《わき》に身《み》をよけようとしたのだが、自分《じぶん》まで両脇《りょうわき》から屈強《くつきょう》な男《おとこ》にはがいじめにされたのでびっくりしていた。一瞬信《いっしゅんしん》じられないという表情《ひょうじょう》をしたかと思《おも》うと、大《おお》いに暴《あば》れた。

「おいおい、そんな爺《じい》さんは」

と隣《となり》でレストレイドが言《い》いかけると、ホームズが素早《すばや》く右手《みぎて》をあげてそれを遮《さえぎ》った。ホームズを見《み》ると、驚《おどろ》いたことにさも可笑《おか》しくてたまらないというように身《み》をかがめ、くっくっと忍《しの》び笑《わら》いを洩《も》らしている。予想以上《よそういじょう》にことがうまく運《はこ》んだと言《い》いたげであった。そして顔《かお》をあげると、

「いやいやレストレイド君《くん》、これも何《なに》かの縁《えん》だ。ついでに彼《かれ》にも証人《しょうにん》として、ここにご来訪《らいほう》を願《ねが》おうじゃないか」

と言《い》ったのである。

私《わたし》は、驚《おどろ》くよりもあきれてしまった。ホームズは、頭《あたま》はきれるかもしれないが、時《とき》として自分勝手《じぶんかって》な男《おとこ》である。たまたま通《とお》りかかったがためにこのような狼藉《ろうぜき》を受《う》けるはめになった老人《ろうじん》に、私《わたし》は心《こころ》から同情《どうじょう》した。

またあの若者《わかもの》を捕《とら》えさせた彼《かれ》のやり口《くち》も解《わか》らない。何故《なぜ》なら彼《かれ》は、放《ほう》っておいてもここへ来《き》たはずだからである。

やがて階段《かいだん》を、大勢《おおぜい》の足音《あしおと》が乱《みだ》れながら昇《のぼ》ってくるのが聞《き》こえた。ひときわ暴《あば》れているのがあの不運《ふうん》な老人《ろうじん》のものであったろう。ドアが開《ひら》き、われわれの目《め》の前《まえ》に六人《ろくにん》の男《おとこ》たちがなだれ込《こ》んできた。

「いったいこりゃ何《なん》の真似《まね》です⁉」

憤慨《ふんがい》して老人《ろうじん》がわめいた。彼《かれ》は恰幅《かっぷく》はよいが小柄《こがら》な人物《じんぶつ》で、スコットランド・ヤードの荒《あら》くれたちの中《なか》にあっては、さらにひときわ小《ちい》さく、弱々《よわよわ》しく見《み》えた。

「君《きみ》のそばにはうっかり通《とお》りかかることもできないね」

私《わたし》は老人《ろうじん》に同情《どうじょう》しながら、ホームズに向《む》かって言《い》った。ホームズは私《わたし》の抗議《こうぎ》にはい

っさい頓着《とんちゃく》せず、二人《ふたり》の捕虜《ほりよ》に向《む》かってゆっくりと近《ちか》づいていった。右手《みぎて》で何《なに》かもてあそんでいるなと見《み》ると、それは数枚《すうまい》のコインだった。

「この若者《わかもの》がキングスレイ殺《ごろ》しの犯人《はんにん》なんですな？　ホームズさん。しかし私《わたし》には、あんなにあわてて捕《つか》まえる必要《ひつよう》はなかったように見《み》えましたな」

レストレイドがわめいた。これには私《わたし》も大《おお》いに同感《どうかん》であった。するとホームズはちょっと旧友《きゆうゆう》を振《ふ》り返《かえ》り、茶目《ちゃめ》っ気《け》たっぷりな口調《くちよう》で言《い》う。

「おやそう見《み》えましたか、レストレイド君《くん》。それじゃあ君《きみ》、これはほんのおわびのしるしだ」

そう言《い》って彼《かれ》は持《も》っていたコインを痩《や》せた若《わか》い男《おとこ》の手《て》に握《にぎ》らせた。それから、

「ご苦労《くろう》」

と言《い》った。

痩《や》せた男《おとこ》は帽子《ぼうし》をちょっとあげ、ホームズと、それから次《つぎ》にわれわれにも黙礼《もくれい》して、さっさと部屋《へや》を出《で》ていくではないか。事態《じたい》が呑《の》み込《こ》めず、われわれはあっけにとられて立《た》ちつくした。

ドアが閉《し》まるとホームズはくるりとこちらを向《む》き、憤懣《ふんまん》やるかたないといった様子《ようす》の老《ろう》人《じん》の肩《かた》に手《て》を置《お》くと、

「さあみなさん、今《いま》やすっかり有名《ゆうめい》となったプライオリィ・ロードのミイラ事件《じけん》の真犯人《しんはんにん》、ジョニー・ブリッグストン氏《し》をご紹介《しょうかい》しましょう！」

と芝居《しばい》がかった調子《ちょうし》で言《い》った。


われわれには何《なに》が起《お》こったのかさっぱり解《わか》らず、あっけにとられて立《た》ちつくしていた。ホームズには昔《むかし》からこういう悪《わる》い癖《くせ》がある。劇的《げきてき》な場面《ばめん》に抗《こう》し難《がた》い魅力《みりょく》を感《かん》じて、最後《さいご》まであらゆる事実《じじつ》を押《お》し隠《かく》し、周《まわ》りの者《もの》をまるで無能《むのう》な観客《かんきゃく》のように扱《あつか》うのである。


しかし誰《だれ》よりもあっけにとられていたのは当《とう》の恰幅《かっぷく》のよい老人《ろうじん》であった。彼《かれ》はしばらく茫然《ぼうぜん》としていたが、やがて再《ふたた》び猛烈《もうれつ》に暴《あば》れはじめ、大声《おおごえ》でわめきたてた。

「あんた、気《き》は確《たし》かかい!?　ははあ、警察《けいさつ》の旦那方《だんながた》かい!?　あきれたやり口《くち》だ。事件《じけん》をちっとも解決《かいけつ》できないもんだから、往来《おうらい》から手当《てあ》たり次第《しだい》に通行人《つうこうにん》を引《ひ》っぱり込《こ》んで、犯人《はんにん》に仕立《した》てようってんだな！　そうは問屋《とんや》がおろさねえよ。一応犯罪捜査《いちおうはんざいそうさ》のつもりなら、も

う少《すこ》しまともなやり方《かた》をして見《み》せてもらいたいもんですな！」

「ホームズさん」

レストレイドが言《い》う。

「あんたのやり方《かた》にはいつも感心《かんしん》させられない時《とき》がないが、今度《こんど》のはまたどうしたわけです？　今度《こんど》ばかりは私《わたし》もこの爺《じい》さんの意見《いけん》にもっともだとうなずきたくなりますよ」

「ホームズだって？」

大暴《おおあば》れに暴《あば》れていた老人《ろうじん》が、レストレイドから友《とも》の名《な》を聞《き》くと低《ひく》くそうつぶやき、途端《とたん》におとなしくなった。そしてあきらめたように言《い》った。

「ようやく実物《じつぶつ》をおがめたってわけだ。なるほどあんたの思《おも》いつきそうなこざかしい手口《てぐち》だ。だが今日《きょう》ほど自分《じぶん》が間抜《まぬ》けに思《おも》ったことはない！　ああ、しかし感心《かんしん》しましたよ」

「さあレストレイド君《くん》、うなずくのはこの爺《じい》さんの腕《うで》に、スコットランド・ヤード自慢《じまん》のその手錠《てじょう》をかけてからにしてくれないか。

そうそうその調子《ちょうし》だ。いや、こっちに用意《ようい》したゲスト用《よう》の椅子《いす》にかけさせて、椅子《いす》の背《せ》を後《うし》ろ手《で》に抱《だ》くようなかたちがよいです。そう、それで申《もう》し分《ぶん》なしだ。次《つぎ》の幕《まく》への準《じゅん》備《び》もこれで完全《かんぜん》に整《ととの》った。何《なに》しろまだすべての幕《まく》がおりたわけじゃないんでねレストレイド君《くん》、残《のこ》る三幕《さんまく》には、彼《かれ》にも一役演《ひとやくえん》じてもらわなくちゃならないんです。ワトスン君《くん》、ちょっと手伝《てつだ》ってこの椅子《いす》を正《ただ》しくドアの方《ほう》へ向《む》けてくれないか……、ありがとう。

さて爺《じい》さん、こいつがぼくの思《おい》いつきそうなやり口《くち》だって？　とんでもない。こいつを思《おも》いついたのはあそこにいる日本人《にほんじん》さ、君《きみ》もよくご存《ぞん》じのね」

するとナツミも私《わたし》と同様《どうよう》だったとみえ、びっくり仰天《ぎようてん》した様子《ようす》でホームズのほうを見《み》た。

「ホームズさん、この人《ひと》が私《わたし》をよく知《し》ってるんですって？」

「おやおやナツミさん、あなたまでがそんなことをおっしゃっていただいては困《こま》りますね。ワトスン君《くん》やレストレイド君《くん》にはこの場面《ばめん》を理解《りかい》することができないにしても、あなただけはぼくのやり方《かた》に賛成《さんせい》して、正《ただ》しさを証明《しようめい》してくださると思《おも》っていたのに」

ホームズは言《い》う。

「あなただってよくご存《ぞん》じの男《おとこ》ですよ」

ナツミはいっこうに見当《けんとう》がつかないとみえて、無言《むごん》で首《くび》をひねった。

「この爺《じい》さんの顔《かお》は忘《わす》れていても、声《こえ》には聞《き》き憶《おぼ》えがあるはずですよ。まあよいでしょう。説明《せつめい》は終幕《しゅうまく》でまとめて行《おこ》なうのがよろしい」

「しかしまんまとはまったものだ。ぴったりとあつらえた足カセに、自分《じぶん》から足《あし》を突《つ》っ込《こ》みに来《き》てやるとはな！」

老人《ろうじん》が椅子《いす》の上《うえ》でまたわめいた。

「おまえは気転《きてん》がきくことにかけてはヨーロッパでも一《いち》、二《に》を争《あらそ》う男《おとこ》だ。自分《じぶん》でもひそかにそいつが自慢《じまん》だったんだろう？　え、ブリッグストン。今《いま》すぐにでも目先《めさき》のきくやり口《くち》でおまえが小銭《こぜに》を儲《もう》けた過去《かこ》の事件《じけん》を、半《はん》ダースばかり挙《あ》げることができる。だが今度《こんど》ばかりはやきがまわったな。それとも気転《きてん》のきくやり口《くち》で、もう一枚《いちまい》うわ手《て》に出遭《であ》ったってことなのかな」

そう言《い》いながらホームズは両手《りょうて》を擦《こす》り合《あ》わせ、会心《かいしん》の罠《わな》で捕《とら》えた獲物《えもの》の周《まわ》りを歩《ある》き廻《まわ》りながら、忍《しの》び笑《わら》いを洩《も》らすのだった。

「われわれはもういいですか？　ホームズさん」

退屈《たいくつ》していたらしい私服姿《しふくすがた》の警官《けいかん》たちが言《い》った。

「ああもういいです、ご苦労《くろう》さん。また持《も》ち場《ば》に戻《もど》っていってくれたまえ。たぶんもうあと少《すこ》しの辛抱《しんぼう》だと思《おも》う」

ホームズが答《こた》え、四人《よにん》の男《おとこ》たちはぞろぞろと部屋《へや》を出《で》ていった。

しかしわれわれの狐《きつね》につままれたような気分《きぶん》は相変《あいか》わらずである。われわれをかつぐためにホームズが、仲間《なかま》を頼《たの》んでひと芝居打《しばいう》ったのではあるまいかと思《おも》ったくらいであった。スコットランド・ヤードの専門家《せんもんか》もそう思《おも》ったとみえ、彼《かれ》はこんなふうに言《い》った。

「どういうことですホームズさん、さあ早《はや》いとこ説明《せつめい》してもらいましょう。この爺《じい》さんがもし本当《ほんとう》にプライオリィ・ロードの事件《じけん》の犯人《はんにん》で、あんたのお友達《ともだち》だというんじゃないならですがね！」

「誰《だれ》が友達《ともだち》なもんか！」

老人《ろうじん》がわめいた。

「こいつもお芝居《しばい》ならたいした名優《めいゆう》だ。じゃあこの爺《じい》さんが本当《ほんとう》に、あのまるっきり訳《わけ》の解《わか》らないへんてこりんな事件《じけん》の犯人《はんにん》だっていうんですかいホームズさん。この爺《じい》さんが？一人《ひとり》で？　いったいどうやったんです!?

第一何《だいいちなん》でこんなわれわれが手錠《てじょう》を持《も》って一堂《いちどう》に会《かい》しているような場所《ばしょ》へ、おあつらえ向《む》きにのこのこやってきたんです？　これじゃまるでスコットランド・ヤードのブタ箱《ばこ》の中《なか》へ訪《たず》ねてきてくれたようなもんじゃないですか」

するとホームズはにんまりして言《い》う。

「レストレイド君《くん》、それじゃいけませんでしたか？」

レストレイドは一瞬苦虫《いっしゅんにがむし》を嚙《か》みつぶしたような表情《ひょうじょう》をした。

「いや、ちょっと待《ま》った。もう少《すこ》しの辛抱《しんぼう》だって⁉　すべて終《お》わったんじゃないんですかホームズさん、こいつは犯人《はんにん》なんでしょう⁉　表《おもて》の連中《れんちゅう》も私《わたし》も、まだ署《しょ》に戻《もど》って、こいつを入《い》れるところへ入《い》れて、落《お》ちついちゃいかんのですか？」

「それで調書《ちょうしょ》が書《か》けるのならどうぞ」

ホームズが言《い》い、レストレイドは黙《だま》った。

「三幕目《さんまくめ》があるかもしれないって言《い》わなかったかしら、レストレイド君《くん》、見逃《みのが》す手《て》はないですよ」

「さっきのは誰《だれ》なんですホームズさん、今《いま》までの応募者《おうぼしゃ》の中《なか》では断然有望《だんぜんゆうぼう》だと思《おも》いましたが」

ナツミが控《ひか》え目《め》に口《くち》をはさんだ。

「ミイラと対面《たいめん》しているぼくもそう思《おも》ったね、ホームズ君《くん》」

私《わたし》も言《い》った。

「あれこそこのレストレイド君《くん》の推理《すいり》のとおり、ぼくの古《ふる》くからの友人《ゆうじん》ですよナツミさん。優《すぐ》れた舞台俳優《ぶたいはいゆう》でね、どんな変装《へんそう》でもお手《て》のものだ。こういう時《とき》は実《じつ》に重宝《ちょうほう》な男《おとこ》です。ぼくも常日頃《つねひごろ》彼《かれ》からは……、おや、誰《だれ》かまた角《かど》を曲《ま》がって来《く》る。どうやら次《つぎ》の応募者《おうぼしゃ》らしい。三幕《さんまく》の幕開《まくあ》きだと有難《ありがた》いんだがな」

次《つぎ》の応募者《おうぼしゃ》は、呼《よ》び子笛《こぶえ》や警官《けいかん》たちの洗礼《せんれい》を受《う》けることもなく、すんなりと階段《かいだん》を昇《のぼ》り、部屋《へや》へ入《はい》ってきた。

私《わたし》がじっとホームズの様子《ようす》を観察《かんさつ》していると、その瞬間《しゅんかん》彼《かれ》は、訪問者《ほうもんしゃ》と椅子《いす》に固定《こてい》されたジョニー・ブリッグストンとに、交互《こうご》に、素早《すばや》く目《め》を走《はし》らせたようであった。

それで私《わたし》もその様子《ようす》にならったが、私《わたし》の見《み》る限《かぎ》りでは二人《ふたり》の表情《ひょうじょう》には何《なん》の変化《へんか》も現《あら》われなかった。ホームズはそれを見《み》ると、かすかに安堵《あんど》したらしくも見《み》え、失望《しつぼう》したふうにも感《かん》じられた。

ホームズはどうやらブリッグストンを部屋《へや》の中央《ちゅうおう》に置《お》き、訪問者《ほうもんしゃ》に見《み》せることによって反応《はんのう》を試《ため》そうと目論《もくろ》んでいるようであった。訪問者《ほうもんしゃ》にもブリッグストンの顔《かお》にも何《なん》の変《へん》化《か》も現《あら》われないのを確《たし》かめると、案《あん》の定《じょう》この応募者《おうぼしゃ》は脈《みゃく》なしとみて、早《はや》く帰《かえ》すよう私《わたし》に目配《めくば》せを送《おく》ってきた。そこで私《わたし》も彼《かれ》の住所《じゅうしょ》と名前《なまえ》だけを訊《き》き、傷跡《きずあと》に関《かん》するおざなりな質問《しつもん》だけをして、早々《そうそう》に帰《かえ》した。

私《わたし》にも、ホームズが意図《いと》するところに次第《しだい》に察《さっ》しがついてきた。しかしナツミの部屋《へや》の入口《いりぐち》に現《あら》われた次《つぎ》の応募者《おうぼしゃ》も、その次《つぎ》の応募者《おうぼしゃ》も、何《なに》も変《か》わった出来事《できごと》は起《お》こさない。ホームズが次第《しだい》にいらいらしはじめるのが私《わたし》には解《わか》った。彼《かれ》はこういう時《とき》の癖《くせ》で、うつむいたまま、無言《むごん》でせかせかと部屋《へや》を歩《ある》き廻《まわ》った。

やがてもう一人《ひとり》の応募者《おうぼしゃ》が階段《かいだん》を昇《のぼ》ってくる靴音《くつおと》が聞《き》こえたが、彼《かれ》もそれまでの大勢《おおぜい》の訪問者《ほうもんしゃ》と、何《なん》ら変《か》わるところはなかった。

「いつまでこんなことをしてなきゃならないんですかい？　シャーロック・ホームズさん。

誰《だれ》がやってくると思《おも》ってるんです？　明日《あす》までこうして待《ま》ってたって何《なに》も起《お》きやしませんぜ。いい加減《かげん》ブタ箱《ばこ》へでも何《なん》でも入《い》れてもらって、ゆっくり落《お》ちつきたいもんですな」

椅子《いす》を後《うし》ろ手《で》に抱《だ》かされているジョニー・ブリッグストンが、うんざりしたような大声《おおごえ》を出《だ》した。見渡《みわた》すと、口《くち》にこそ出《だ》さないがレストレイドもナツミも、似《に》たような気分《きぶん》に支《し》配《はい》されつつあるらしかった。

応募者《おうぼしゃ》の足音《あしおと》は途絶《とだ》え、確《たし》かにもうこれ以上《いじょう》いくら待《ま》っても応募者《おうぼしゃ》はやってきそうもなかった。ホームズ自身《じしん》もそう思《おも》いはじめたのだろう、椅子《いす》から立《た》ちあがり、窓《まど》に寄《よ》って未練《みれん》ありげにもう一度《いちど》通《とお》りを見《み》おろしてから言《い》った。

「どうやらぼくの思《おも》い違《ちが》いだったらしい。神《かみ》はどうやら第三幕《だいさんまく》は用意《ようい》されてないようだ。しかし残念《ざんねん》だ。あらゆる方向《ほうこう》から考《かんが》えて、次《つぎ》の幕《まく》があがる可能性《かのうせい》は充分《じゅうぶん》あったのです。今《いま》われわれは、当初《とうしょ》の公平《こうへい》に見《み》てそれが起《お》こる確率《かくりつ》は、起《お》こらない確率《かくりつ》よりも高《たか》かった。今《いま》われわれは、当初《とうしょ》の目的《もくてき》の、残念《ざんねん》ながら半分《はんぶん》しか達成《たっせい》せずに引《ひ》き退《さが》らなくてはならない」

「期待《きたい》しすぎだよ。欲張《よくば》りすぎってもんだぜ旦那《だんな》。人生《じんせい》そう思《おも》いどおりにいくもんじゃない」

老人《ろうじん》が教訓《きょうくん》めいたセリフをわめいた。

「おやそうかい？　じゃあおまえは何《なに》を心配《しんぱい》してのこのこやってきたんだい？」

ホームズが、われわれには理解《りかい》のしづらいことを言《い》った。

「しかしこのとおり主犯《しゅはん》は手《て》に入《い》れた。これでもよしとしなくてはならない。さて、もうじき四時半《よじはん》になる、これ以上外国《いじょうがいこく》からの客人《きゃくじん》に迷惑《めいわく》はかけられない。廊下《ろうか》のベッドを運《はこ》び入《い》れてこの喜劇《きげき》の幕《まく》を……」

とその時《とき》、また階段《かいだん》をゆっくりと昇《のぼ》ってくる靴音《くつおと》が聞《き》こえた。

「誰《だれ》か階段《かいだん》を昇《のぼ》ってくる。幕《まく》を降《お》ろす前《まえ》に、最後《さいご》の一人《ひとり》に賭《か》けてみるのも無駄《むだ》じゃないね　ワトスン」

ドアがおずおずと開《ひら》き、非常《ひじょう》に痩《や》せた腕《うで》がこちら側《がわ》に覗《のぞ》いた。そして、

「まだ募集《ぼしゅう》は終《お》わっていませんか？」

と尋《たず》ねる声《こえ》がした。

しかし声《こえ》の主《ぬし》がドアの陰《かげ》から顔《かお》を出《だ》したとみるや、その頬《ほお》のこけた顔《かお》がまるで地獄《じごく》を垣《かい》間見《まみ》たかのような恐怖《きょうふ》の表情《ひょうじょう》に凍《こお》りつき、次《つぎ》の瞬間《しゅんかん》恐《おそ》ろしい勢《いきお》いでドアが閉《し》められ

た。そして一目散《いちもくさん》に階段《かいだん》を駈《か》けおりる音《おと》がそれに続《つづ》いた。

「さあレストレイド君《くん》、もう一度《いちど》呼《よ》び子《こ》だ!!」

ホームズが叫《さけ》び、レストレイドはもう一度《いちど》例《れい》の呼《よ》び子笛《こぶえ》を高《たか》らかに吹《ふ》き鳴《な》らすことになった。

「この大馬鹿野郎《おおばかやろう》!!」

と椅子《いす》に固定《こてい》された老人《ろうじん》がいまいましそうに叫《さけ》んだ。

「そいつは紳士《しんし》らしくもないセリフだな、ブリッグストン」

勝《か》ち誇《ほこ》ったようにホームズが言《い》う。

「おまえが報酬《ほうしゅう》をおしまなければ、こんなことにはならなかったのさ」

11.

ホームズさんが大金《たいきん》の報酬《ほうしゅう》を出《だ》すと新聞広告《しんぶんこうこく》に書《か》いたものだから、翌日自分《よくじつじぶん》の下宿《げしゅく》の窓《まど》の下《した》は、左《ひだり》の眉《まゆ》のところに傷《きず》がある英吉利人《イギリスじん》でいっぱいになってしまった。自分《じぶん》は面《めん》接審査《せつしんさ》の名簿係《めいぼがかり》をおおせつかった。

ところがいざ審査《しんさ》を始《はじ》めてみても、なかなかこれという人物《じんぶつ》がいない。ホームズさんはいらいらして例《れい》のごとく意味《いみ》のないことをわめくし、ワトソンさんは渋《しぶ》い顔《かお》になった。二時間《にじかん》ばかりかけてひと通《とお》りの審査《しんさ》が終《お》わり、窓外《そうがい》の人《ひと》の列《れつ》が消《き》えてしまってもまだ適《てき》当《とう》な者《もの》が見《み》つからない。自分《じぶん》らは所在《しょざい》なくなって、立《た》ちあがって窓《まど》のところへ行《い》った。

「おりませんな」

そう自分《じぶん》が言《い》ったら、

「おらんね」

とホームズさんも返《かえ》してくる。

そもそも応募者《おうぼしゃ》の体格《たいかく》が、皆《みな》よすぎるのである。さっきまでアルバート・ドックあたりで荷役《にやく》をやっていたような屈強《くっきょう》な男《おとこ》ばかりが集《あつ》まった。あれでは向《む》こう十年断食《じゅうねんだんじき》したところで、ミイラになりそうな者《もの》はいない。

「ホームズさん、痩《や》せた者《もの》を募《つの》るべきでしたな」

自分《じぶん》は言《い》った。そう言《い》ったらホームズさんが、

「しまった、そう書《か》くのを忘《わす》れた！」

と額《ひたい》をぺたんと打《う》ちながら言《い》った。

自分《じぶん》は今朝新聞《けさしんぶん》に載《の》っていた広告《こうこく》の文面《ぶんめん》を思《おも》い出《だ》してみた。あれには左眉《ひだりまゆ》に傷《きず》のある男《おとこ》、大金《たいきん》を出《だ》すから集《あつ》まれと、そう書《か》いてあるばかりだった。自分《じぶん》ならこう書《か》くであろう。

「左眉《ひだりまゆ》に傷《きず》があり、大変痩《たいへんや》せている男《おとこ》を求《もと》む」

ミイラになって死《し》んだくらいの人物《じんぶつ》だから、痩《や》せていればいるほどよい。

「痩《や》せていればいるほど可《か》」

ついでに髯《ひげ》もいるな、キングスレイという人物《じんぶつ》は髯《ひげ》も生《は》やしていたはずだ。

「髯《ひげ》を生《は》やした紳士《しんし》ならなお良《よ》し」

そこまで考《かんが》えた時《とき》、自分《じぶん》の頭《あたま》に電撃《でんげき》のごとく飛来《ひらい》した考《かんが》えがあった。そうか！ と自分《じぶん》は思《おも》わず膝《ひざ》を打《う》った。この一瞬《いっしゅん》に、自分《じぶん》にはすべてが見《み》えた。

そういう広告《こうこく》の文面《ぶんめん》を、自分《じぶん》は以前確《いぜんたし》かに読《よ》んでいる。あの陰気《いんき》なプライオリィ・ロードの下宿《げしゅく》でだった。家主《やぬし》の亭主《ていしゅ》が自分《じぶん》に見《み》せてくれた三行広告《さんぎょうこうこく》に、確《たし》かにそういうものがあった。

自分《じぶん》は一心《いっしん》に考《かんが》えを巡《めぐ》らせた。あれは、やはり今日《きょう》と同《おな》じように、メアリィ・リンキィに会《あ》わせるための人物《じんぶつ》を募集《ぼしゅう》していたのではなかったか？

すると、あのミイラ事件《じけん》は、種《たね》がある手品《てじな》だったのではないか。ミイラに似《に》た人間《にんげん》を、やはり今日《きょう》の自分《じぶん》らのように、新聞広告《しんぶんこうこく》で募集《ぼしゅう》したのではあるまいか。

自分《じぶん》がそう考《かんが》えた時《とき》である。窓《まど》の下《した》の通《とお》りに、建物《たてもの》の角《かど》から、見《み》るからに痩《や》せた人物《じんぶつ》が現《あら》われた。今《いま》まで面接《めんせつ》したどの紳士《しんし》よりも、ひときわ痩《や》せている。あまりに痩《や》せているので通行人《つうこうにん》が振《ふ》り返《かえ》るほどだ。

ずいぶんおどおどした態度《たいど》でこっちへ向《む》かってくる。ちょっと顔《かお》をあげた拍子《ひょうし》に、その男《おとこ》の左眉《ひだりまゆ》のあたりに大《おお》きな傷《きず》があるのが遠目《とおめ》にも見《み》えた。つと立《た》ち停《ど》まった。入《はい》ろうかどうしようかと迷《まよ》っている。その様子《ようす》は、明《あき》らかに臑《すね》に傷《きず》を持《も》つ者《もの》の仕草《しぐさ》で、自分《じぶん》は直感《ちょっかん》した。知《し》らず、「解《わか》った！」と叫《さけ》んでいた。

「ワトソンさんあの男《おとこ》だ！　捕《つか》まえてくれませんか」

窓《まど》を開《あ》けながら自分《じぶん》は叫《さけ》んだ。

偶然《ぐうぜん》である。この男《おとこ》は例《れい》の事件《じけん》でメアリィ・リンキィを罠《わな》にかけるため、自分《じぶん》で左眉《ひだりまゆ》の上《うえ》にナイフで傷《きず》をつけたのだ。ために今日《きょう》のこの募集《ぼしゅう》に応募《おうぼ》する資格《しかく》が生《しょう》じたのである。大金欲《たいきんほ》しさにこの男《おとこ》は、以前《いぜん》と同《おな》じく二匹目《にひきめ》のどじょうを狙《ねら》って応募《おうぼ》してきたのであろう。

一瞬《いっしゅん》のうちにこれらの見当《けんとう》をつけた自分《じぶん》は、ワトソンさん、ホームズさん、あの男《おとこ》が怪《あや》しい捕《つか》まえてくださいと叫《さけ》んだのであった。

ホームズさんは、自分《じぶん》が開《あ》けた窓《まど》に身《み》を乗《の》り出《だ》し、懐《ふところ》から呼《よ》び子笛《こぶえ》を出《だ》して思《おも》いきり吹《ふ》いた。往来《おうらい》の中途《ちゅうと》で立《た》ち停《ど》まっていた痩《や》せた男《おとこ》は、この様子《ようす》を見《み》るや回《まわ》れ右《みぎ》をして一《いち》目散《もくさん》に逃《に》げだした。

「あっ、ま、待《ま》て！」

ホームズさんは叫《さけ》んだ。しかしそう言《い》ったからといって待《ま》つ者《もの》はない。男《おとこ》はみるみる遠《とお》ざかっていく。ホームズさんは焦《あせ》り、ほとんど半身以上《はんみいじょう》身《み》を手《て》すりの上《うえ》に乗《の》り出《だ》すと、

「おい君《きみ》、その男《おとこ》を捕《つか》まえてくれ」

と通行人《つうこうにん》に向《む》かって叫《さけ》んだ。

「その男《おとこ》は泥棒《どろぼう》なんだ捕《つか》まえてくれ！」

自分《じぶん》も出《で》まかせを言《い》った。しかし通行人《つうこうにん》はぽかんとするばかりだ。そこで自分《じぶん》はえいままよと、

「つかまえた者《もの》には十磅《じつポンド》だ。有名《ゆうめい》なシャーロック・ホームズさんが払《はら》ってくださるぞ！」

と叫《さけ》んだ。

すると現金《げんきん》なもので、通行人《つうこうにん》は途端《とたん》に目《め》の色《いろ》を変《か》え、下《した》を歩《ある》いていた全員《ぜんいん》が猪《いのしし》のような速力《そくりょく》で男《おとこ》を追《お》って駈《か》けだしていった。

ところが、自分《じぶん》の横《よこ》にいたホームズさんの目《め》の色《いろ》も変《か》わっていた。びっくりしたように自分《じぶん》を見《み》ると、

「私《わたし》は出《だ》さんぞ！」

と真剣《しんけん》な面持《おもも》ちで言《い》った。

「あんたが言《い》いだしたんだからな、私《わたし》は知《し》らん」

そして首《くび》を激《はげ》しく左右《さゆう》に振《ふ》りながら、ぶるるるると言《い》った、その瞬間《しゅんかん》だった。もう時《じ》代《だい》がかった建物《たてもの》だから、ホームズさんの寄《よ》りかかった手《て》すりがぽっきりと折《お》れ、ホームズさんは空中《くうちゅう》で激《はげ》しく手《て》をかいたが、真《ま》っ逆《さか》さまに落《お》ちていって、下《した》の防火用水桶《ぼうかようすいおけ》で水《みず》しぶきをあげたのであった。

下《した》に用水桶《ようすいおけ》があって本当《ほんとう》によかった。もしなければ三階《さんがい》だから、命《いのち》がなかったかもしれない。

「大変《たいへん》だ！」

自分《じぶん》らは叫《さけ》んで階段《かいだん》へ向《む》かい、大急《おおいそ》ぎで駈《か》け降《お》りた。

「ワトソンさん、ホームズさんを頼《たの》みます。私《わたし》は男《おとこ》を追《お》う！」

手早《てばや》くそう指示《しじ》すると、自分《じぶん》は全速力《ぜんそくりょく》で駈《か》けだした。かの地《ち》の者《もの》は、概《がい》して足《あし》は速《はや》くない。皆《みな》シルクハットをかぶり、おっとり紳士然《しんしぜん》とかまえているから、駈《か》けっこをして自分《じ》にかなう道理《どうり》がない。一町《いっちょう》も走《はし》ったら、逃《に》げていく痩《や》せた男《おとこ》と、十磅《じっポンド》に目《め》がくらんでそれを追《お》っかけている紳士《しんし》の集団《しゅうだん》に難《なん》なく追《お》いついた。

追《お》っ手《て》をあっけなく追《お》い抜《ぬ》くと、自分《じぶん》は痩《や》せた男《おとこ》に追《お》いすがり、むんずと襟首《えりくび》を摑《つか》んだ。そして、

「逃《に》げても無駄《むだ》だ。神妙《しんみょう》にせよ！」

と叫《さけ》んで捕《とら》えた。それから来《き》た道《みち》をまた戻《もど》って、防火用水桶《ぼうかようすいおけ》の中《なか》に転落《てんらく》しているホームズさんのところまで連《つ》れ戻《もど》った。十磅《じっポンド》取《と》りそこねた紳士《しんし》たちは、てんでに舌打《したう》ちをして、悔《くや》しがっていた。

ホームズさんは無事《ぶじ》だった。まるで五右衛門風呂《ごえもんぶろ》に入《はい》っているように桶《おけ》から顔《かお》だけを出《だ》し、

「ここはどこだ？　ぼくはどうしていたんだ？　ワトスン君《くん》」

とつぶやいていた。そして、

「パイプをやりたいがびしょ濡《ぬ》れだ。君《きみ》のを貸《か》してくれ」

とワトソン先生《せんせい》に頼《たの》んでいた。

12.

「ああうまいものだね、パイプがこんなにうまいものだったとは！　このところすっかり忘《わす》れていたよ」

部屋《へや》を急《いそ》いでもとどおりに戻《もど》し、ホームズの言葉《ことば》を借《か》りるなら、終幕《しゅうまく》の舞台《ぶたい》をフロッデン・ロードからベイカー街《がい》のわれわれのささやかな根城《ねじろ》に移《うつ》し終《お》わると、ホームズが言《い》った。

ナツミの部屋《へや》より多少《たしょう》は広《ひろ》いというものの、ロンドンじゅうの耳目《じもく》を集《あつ》めた怪事件《かいじけん》の終焉《しゅうえん》の舞台《ぶたい》としては、やはり充分《じゅうぶん》とはいい難《がた》い私《わたし》たちの手狭《てぜま》な部屋《へや》は、神妙《しんみょう》な顔《かお》つきとしたたかな顔《かお》つきの二人《ふたり》の犯人《はんにん》、それにいくぶんいらいらした様子《ようす》のレストレイド、それから好奇心《こうきしん》に充《み》ちた表情《ひょうじょう》のナツミという顔《かお》ぶれで埋《う》まった。

「ホームズさん」

ナツミが言《い》いはじめた。

「みなさんはあなたとおつき合《あ》いが長《なが》いから、こんな経験《けいけん》を何度《なんど》もしていらっしゃるのでしょうが、はじめての私《わたし》は、正直《しょうじき》にいえば狐《きつね》につままれたような心持《こころも》ちなのです。まるでマジック・ショーでも見《み》たあとのようですな。この二人《ふたり》が、あの訳《わけ》の解《わか》らない謎《なぞ》のすべてなのですか？」

「おっしゃるとおりです、ナツミさん」

「いや驚《おどろ》きました。私《わたし》は犯人《はんにん》というのはどたばたした捕《と》り物合戦《ものがっせん》の末《すえ》に捕《つか》まえるものと思《おも》っておりましたので。私《わたし》はあなたのご高名《こうめい》とともに、いくらかの噂《うわさ》も聞《き》き知《し》ってはおりましたが、それもずいぶんと控《ひか》え目《め》なものであったという気《き》がします。あなたのところには、黙《だま》っていても犯人《はんにん》が吸《す》い寄《よ》せられるもののようですね」

「そのための準備《じゅんび》をしたからです。当然《とうぜん》の帰結《きけつ》ですよ。ただずいぶんと急《いそ》がされはしましたがね。何《なん》といってもこの二人《ふたり》がロンドンはおろか、英国《えいこく》を離《はな》れてしまうんじゃないかと気《き》がかりだったものでね。しかしぼくには、二人《ふたり》がまだロンドンにいるはずという、少《すく》なからぬ確信《かくしん》はありました。それはジェファーソン・リンキイの弟《おとうと》なる人物《じんぶつ》がまだプライオリィ・ロードに現《あら》われないからなんですが。ブリッグストン、約束《やくそく》の報酬《ほうしゅう》はまだ半分《はんぶん》がとこ、前金《まえきん》を手《て》に入《い》れたってとところなんだろう？」

「解《わか》ってりゃ訊《き》くこたないでしょうが！」

「ふむ、まずそうに決《き》まってると思《おも》った。何故《なぜ》ならやつにも金《かね》がないからさ。あればおまえの考《かんが》えたこんな計画《けいかく》に乗《の》りはしない。ジェファーソンの弟《おとうと》も、屋敷《やしき》の主《あるじ》におさまって首尾《しゅび》よく遺産《いさん》を引《ひ》き継《つ》いでからでないとね、悪党《あくとう》にくれてやる小遣《こづか》いもできないというわけだ。

しかしやつとしてもそう早々《はやばや》と姿《すがた》を見《み》せるわけにはいかない。あまりにわざとらしいからだ。したがってジョニー・ブリッグストンもそれまではこの界隈《かいわい》でうろうろ待《ま》ってなくちゃならない。

だからこの点《てん》ではたいして急《いそ》ぐ必要《ひつよう》もなかったが、何《なん》といってもぼくにはもうひとつ大《おお》きな理由《りゆう》があったのさワトスン君《くん》」

「何《なん》だいそれは」

私《わたし》が訊《き》いた。

「それはわが親愛《しんあい》なるレストレイド氏《し》が、事件解決《じけんかいけつ》までわれわれと絶交《ぜっこう》すると宣言《せんげん》したからさ」

「ぜんたいホームズさん」

軽口《かるくち》を楽《たの》しんでいるホームズの様子《ようす》に、ついにレストレイドのいらいらが爆発《ばくはつ》した。

「私《わたし》はいつまでこうして待《ま》ってなきゃならんのです？ 終幕《しゅうまく》とやらの幕開《まくあ》きはいつなんですかね！」

「これは失礼《しつれい》レストレイド君《くん》、だが君《きみ》ほどの能力《のうりょく》を持《も》つ専門家《せんもんか》に、くどくどした説明《せつめい》などは蛇足《だそく》と思《おも》ったものでね。こちらの若者《わかもの》、君《きみ》、名前《なまえ》は何《なん》と言《い》ったっけね？」

「ジム・ブラウナーです」

「そう、このブラウナー君《くん》の容貌《ようぼう》を見《み》てすぐに気《き》づくことがあるだろう？」

しかし警察官《けいさつかん》は無言《むごん》だった。しばらくして、

「われわれは職業柄《しょくぎょうがら》大勢《おおぜい》の人間《にんげん》に会《あ》いますもんでね」

と言《い》った。

「おやおやこいつは驚《おどろ》きだ。君《きみ》の知《し》り合《あ》いには、こんなに痩《や》せた若者《わかもの》が大勢《おおぜい》いるってわけですな？　今彼《いまかれ》はご覧《らん》のとおりヒゲを落《お》としているが、のばすとワトスン君《くん》などのとは違《ちが》い、とても赤《あか》いヒゲになるのですよ。その色《いろ》はちょうど、そうだな……、うん、あのキ、、、、、、、ングスレイのミイラのようなね」

するとレストレイドは、低《ひく》く、悔《くや》しげな唸《うな》り声《ごえ》を洩《も》らした。正直《しょうじき》にいえば私《わたし》も、この若者《わかもの》がキングスレイの替《か》え玉《だま》であったのかとはっきり思《おも》いいたったのは、その時《とき》であった。ホームズの真意《しんい》には途中《とちゅう》で薄々勘《うすうすかん》づいてはいたものの、その時《とき》まで私《わたし》は、ホームズはメ、、、、、、、、、、、、、アリー・リンキイをなぐさめるための人物を募集《ぼしゅう》しているものとばかり思《おも》っていたからだ。

「すると君《きみ》は……」

と私《わたし》は思《おも》わず口《くち》をはさんだ。

「療養中《りょうようちゅう》のメアリー・リンキイ夫人《ふじん》をなぐさめるための人物《じんぶつ》を捜《さが》していたのではなく、キングスレイになりすまし、夫人《ふじん》をだました犯人を、捜《さが》していたんだね!?」

するとホームズは言《い》う。

「ふむワトスン君《くん》、そうでもないさ。だってメアリー・リンキイをなぐさめるために、これ以上《いじょう》ふさわしい人物《じんぶつ》がほかにいるかい？　当人なんだからね。メアリー・リンキイが知《し》っている弟《おとうと》は、このとおり、事実生《じじつい》きていたんだ」

「そんなややこしい話《はなし》は願《ねが》い下《さ》げにしてもらいたいものですな！」

スコットランド・ヤードが、またいまいましそうに息巻《いきま》いた。

「すると何《なん》ですかホームズさん、例《れい》のリンキイ邸《てい》でのクギづけの部屋《へや》で、このジム・ブラウナーが、あらかじめ用意《ようい》していたミイラとすり替わったと、こういうわけですかな？」

「むろんそういうことですレストレイド君《くん》」

「ミイラはあの密室《みっしつ》の火事騒《かじさわ》ぎより、遥《はる》かに前《まえ》から存在《そんざい》していたってわけだ。ふん、カビのはえそうな手品《てじな》にわれわれは、揃《そろ》いも揃《そろ》ってひっかかったって寸法《すんぽう》だ。するとやっぱりこの爺《じい》さんがあのクギづけされた部屋《へや》に外《そと》からミイラを運《はこ》び込《こ》んだということですな？　しかしいったいどうやってです？」

「そいつは無理《むり》ですレストレイド君《くん》、あの部屋《へや》は君《きみ》も調《しら》べたとおり、棺桶《かんおけ》の内側《うちがわ》みたいにびっしりクギづけされていて、外《そと》から人《ひと》が入《はい》り込《こ》める余地《よち》はなかったのです。しかも忠《ちゅう》実《じつ》なベインズが、クギづけ完了《かんりょう》の時点《じてん》で中《なか》にはジム・ブラウナーが一人《ひとり》しかいなかったことを証言《しょうげん》している」

「そうなんだ、だから解《わか》らん」

「もちろんあの時点《じてん》でミイラは室内《しつない》にすでにあったのだ。あの時《とき》だけじゃない、遥《はる》か昔《むかし》から部屋《へや》にあった、そうだねジム」

痩《や》せた青年《せいねん》がうなずいた。

「どこにです!?」

レストレイドがわめく。

「それに、すり替《か》わったというならそれでもいいが、その後《あと》はどうしたのです？　どこからジムは逃《に》げ出《だ》したんです？　ずいぶんと痩《や》せているようだが、そんなすき間《ま》がどこかにありましたかな？

まあいい。あんたから見《み》れば私《わたし》など無能《むのう》なでくの坊《ぼう》でしょうからな、例《れい》によって、あっさり見落《みお》としたんでしょう。最初《さいしょ》から聞《き》こうじゃないですか。ミイラはどこにあったんです？　どこに隠《かく》していて、いつ、どうやって持《も》ち込《こ》んだのです？」

「それは例《れい》の呪《のろ》いよけの長行李の中《なか》に決《き》まっているでしょうレストレイド君《くん》。したがって、彼《かれ》が屋敷《やしき》にやってきた最初から持《も》ち込《こ》まれていたのです」

「からかってるんですかホームズさん、あの中《なか》には呪《のろ》いよけの木彫《きぼ》りの像《ぞう》があったじゃないですか！　二《ふた》つは入《はい》りませんぞ！」

　私《わたし》の友人《ゆうじん》の明白《めいはく》な欠点《けってん》のひとつは、明《あき》らかに自分《じぶん》より頭《あたま》の回転《かいてん》の鈍《にぶ》い人間《にんげん》に対《たい》しては、露骨《ろこつ》にいらだった様子《ようす》を見《み》せてしまうことだ。

「ちょっちょっ！　では鎧は何が支えるのです⁉

あのインチキな木像《もくぞう》は、長行李《ながごうり》の中《なか》にミイラが納《おさ》まっている間《あいだ》は、例《れい》の日本製《にほんせい》の鎧《よろい》兜《かぶと》の中《なか》にあったのです。だからあの木像《もくぞう》は、体《からだ》の方々《ほうぼう》が切断《せつだん》してあった。例《れい》の甲冑《かっちゅう》はすわっているからです。

　したがって木像《もくぞう》の両足《りょうあし》も、ちゃんと一本《いっぽん》ずつに造《つく》られていた。そうでなくては、甲冑《かっちゅう》を着《き》て椅子《いす》にすわれませんからね」

「そうか！」

私《わたし》は思《おも》わず声《こえ》をあげた。

「なるほどそういうことだったのか。じゃあいつかメアリー・リンキイが盗《ぬす》み見《み》た、長行李《ながごうり》の中身《なかみ》というのは……」

「あの時点《じてん》ではまだミイラだね」

「そう。それでキングスレイは、いやこのジム・ブラウナーは、あわてたんだね⁉」

「そのとおりだよワトスン君《くん》。だが頭《あたま》のよい彼《かれ》は、そいつもうまく演技《えんぎ》のきっかけに利用《りよう》した。あの小事件《しょうじけん》が自分《じぶん》の奇行《きこう》のさも引《ひ》き金《がね》であるかのように演出《えんしゅつ》したのさ」

「待《ま》ってくださいホームズさん。ミイラをどこに隠《かく》していたかは解《わか》ったが、じゃあ自分《じぶん》の代《かわ》りにミイラをベッドに置《お》いて、それから当《とう》の本人《ほんにん》はどうしたのです？　執事夫婦《しつじふうふ》や姉《あね》が部屋《へや》に飛《と》び込《こ》んできたんですよ。燃《も》えているベッドの下《した》にはまさか隠《かく》れられんでしょう？」

「鎧の中が、、、、空屋になっていますよレストレイド君《くん》。ベインズ夫婦《ふうふ》とメアリー・リンキイが燃《も》えているクギづけの部屋《へや》にドアを破《やぶ》ってとび込《こ》んできてキングスレイのミイラを見《み》つけた時《とき》、鎧《よろい》はどうやらいつもどおりにちゃんとすわっていたらしい。となると当然中《とうぜんなか》にはジムが入《はい》っていなくちゃならない。だってあの日《に》本製《ほんせい》の鎧《よろい》には、中心に通す心棒がどこにもなかったのです。何《なに》かが中《なか》に入《はい》ってなきゃ、くずれてしまいますよ。

つまりこれは日本製《にほんせい》の甲冑《かっちゅう》、中国製《ちゅうごくせい》の長行李《ながごうり》、それからベッドの上《うえ》、とこの三《みっ》つの容《い》れ物《もの》の中身《なかみ》を、ひとつずつずらして入《い》れ替《か》えたトリックということになります。すなわち甲冑《かっちゅう》の中身《なかみ》を中国製《ちゅうごくせい》の長行李《ながごうり》の中《なか》へ、長行李《ながごうり》の中身《なかみ》をベッドの上《うえ》へ、ベッドの上《うえ》のの、つまり本人《ほんにん》が甲冑《かっちゅう》の中《なか》へ、とそれぞれ移動《いどう》したのです。

それが終《お》わったらジムは甲冑《かっちゅう》を着《き》たままで動《うご》き廻《まわ》り、部屋《へや》じゅうにアルコールを振《ふ》り撒《ま》いて火《ひ》をつけた、そうしておいて、いつも甲冑《かっちゅう》がそうしているように部屋《へや》の隅《すみ》に行《い》って、スツールの上《うえ》にじっとすわっていたわけです。

この放火《ほうか》は朝《あさ》、みなが起《お》きだしてくる頃合《ころあ》いの時刻《じこく》をみはからってやったために、たちまち火事《かじ》は発見《はっけん》され、三人《さんにん》はドアを破《やぶ》って入《はい》ってきて、意図《いと》したとおりの大騒《おおさわ》ぎになった。部屋《へや》に放火《ほうか》したのも、この大騒《おおさわ》ぎの状態《じょうたい》を作《つく》りだしたかったからでしょう。ミイラ騒《さわ》ぎだけでは少々弱《しょうしょうよわ》い。大騒《おおさわ》ぎにならなければ脱出《だっしゅつ》はむずかしくなるのでね。

さて甲冑《かっちゅう》を着《き》てすわったまま三人《さんにん》の様子《ようす》を観察《かんさつ》していると、ベインズ夫婦《ふうふ》は予定《よてい》どおり具合《ぐあい》の悪《わる》くなった女主人《おんなしゅじん》を抱《だ》きかかえて階下《かいか》の寝室《しんしつ》へと連《つ》れていった。ベインズはもうかなり歳《とし》をとっているので、一人《ひとり》では女主人《おんなしゅじん》を運《はこ》べないだろうことは、容易《ようい》に想像《そうぞう》がつきます。

そこで彼《かれ》は三人《さんにん》の姿《すがた》が廊下《ろうか》へ消《き》えるとおもむろに立《た》ちあがって甲冑《かっちゅう》を脱《ぬ》ぎ捨《す》て、その上《うえ》にもアルコールを振《ふ》りかけておいて、破《やぶ》られたドアから堂々《どうどう》と部屋《へや》を脱出《だっしゅつ》し、人目《ひとめ》をかわしながら玄関《げんかん》から出《で》たのです。そうして軒伝《のきづた》いにメアリーの寝室《しんしつ》とは反対《はんたい》の方角《ほうがく》へ廻《まわ》り、裏《うら》の生垣《いけがき》の間《あいだ》から逃亡《とうぼう》したのです。軒下《のきした》を伝《つた》ったのは足跡《あしあと》に気《き》をつけたためだろうが、ベインズの話《はなし》ではこの時雪《ときゆき》も降《ふ》っていたそうなのでね。

何《なん》といってもこの広《ひろ》い屋敷《やしき》に、人間《にんげん》はたったの三人《さんにん》なのですから、人目《ひとめ》をはばかって脱《ぬ》け出《だ》すくらいは簡単《かんたん》でしょうな。しかもあの屋敷《やしき》は、表側《おもてがわ》は広《ひろ》い庭《にわ》で目立《めだ》ちやすいが、裏《うら》は植込《うえこ》みをはさんですぐ隣家《りんか》です、裏《うら》へ廻《まわ》れば脱出《だっしゅつ》は容易《ようい》なのです」

「なるほどそういうカラクリか。まんまと一杯《いっぱい》くわせてくれたものだ！

しかし、しかしまだあるぞホームズさん、とんでもない難問《なんもん》がまだ残《のこ》っておる！　われわれがこんなにうまうまとだまされたのも、あのミイラのせいだ。そうでしょう？　イギリスじゃあんな死体《したい》など作《つく》れんはず、そう考《かんが》えたからだまされたのです。いったいどうやってこいつらはあんな死体《したい》を作《つく》りだしたのです？　本物《ほんもの》のキングスレイを殺《ころ》したのも、やっぱりこいつらですかな？」

「いやそうではないのです。その点《てん》は君《きみ》が教《おし》えてくれたのですよレストレイド君《くん》。哀《あわ》れなキングスレイは餓死なのです。君《きみ》はそう言《い》ったでしょう？　おそらく彼《かれ》は自然死《しぜんし》と思《おも》われます。そうしてね、彼《かれ》の死体《したい》をあんな見事《みごと》なミイラにした犯人《はんにん》は、今年《ことし》のこの異常な寒さなんですよ」

われわれは一瞬《いっしゅん》意味《いみ》が呑《の》み込《こ》めず、沈黙《ちんもく》した。

「解《わか》るように言《い》ってくださいよホームズさん、寒《さむ》さがどうしたんですと？」

「自然現象《しぜんげんしょう》だと言《い》ってるんですレストレイド君《くん》。わが国《くに》ではまれだが、大陸《たいりく》ではままあることです。例《たと》えば最近《さいきん》ではロシアのイワノフ公爵《こうしゃく》の変死事件《へんしじけん》など好例《こうれい》です。死亡《しぼう》した人体《じんたい》が寒《さむ》さのために腐敗《ふはい》せず、まれにはミイラ化《か》することがあるのです。特《とく》にこの場合《ばあい》は餓死《がし》だから、一般的《いっぱんてき》な死体《したい》よりはずっとミイラになりやすい。内臓《ないぞう》に何《なに》もありませんからね。

しかもこの場合《ばあい》、さらに好条件《こうじょうけん》が重《かさ》なっている。もっともいくつも好条件《こうじょうけん》が重《かさ》ならなくてはミイラなどできないが。キングスレイが住《す》んでいた家《いえ》は荒野《こうや》の中《なか》の一軒家《いっけんや》だという。訪《たず》ねてくる者《もの》もない。さらにはあばら家《や》だから室内《しつない》の温度《おんど》も外《そと》と大差《たいさ》ない。このブリッグストン爺《じい》さんが訪《たず》ねていくまで、キングスレイがたった一人《ひとり》で餓死《がし》してミイラになっているなんて、誰《だれ》も気《き》づく者《もの》はなかった」

「すると、キングスレイは自然《しぜん》にミイラになったと、この爺《じい》さんはそいつを見《み》つけて利用《りよう》しただけだと、こういうわけですか？」

「そうです」

「信《しん》じられん、人間《にんげん》が自然《しぜん》にミイラになるとは」

「君《きみ》もエジンバラへ行《い》ってみればよかったのですレストレイド君《くん》。雪原《せつげん》に一軒《いっけん》ぽつんと建《た》ったあの家《いえ》を見《み》れば、君《きみ》もこの話《はなし》に納得《なっとく》がいったことだろう。とにかく、順《じゅん》を追《お》って話《はな》すとしましょう」

「最初《さいしょ》っからそうしてくれればいいんだ！」

「では今《いま》からぼくが話《はな》すことがもし事実《じじつ》と違《ちが》っていたら、ジム君《くん》、それにブリッグストン爺《じい》さん、君《きみ》たちのほうで遠慮《えんりょ》なく文句《もんく》をつけてくれたまえ。いいね？　メアリー・リンキイはご主人《しゅじん》が亡《な》くなり、家屋敷《いえやしき》を引《ひ》き継《つ》いで、まあなかなか幸運《こううん》な未《み》亡人《ぼうじん》となった。そこで昔生《むかしい》き別《わか》れになって消息《しょうそく》の知《し》れない、不幸《ふこう》な弟《おとうと》キングスレイを探《さが》し出《だ》して一緒《いっしょ》にプライオリィ・ロードで暮《く》らしたいと考《かんが》えた。それで新聞広告《しんぶんこうこく》を出《だ》したわけです。ご承知《しょうち》のようにわが国《くに》の新聞《しんぶん》の三行広告《さんぎょうこうこく》ほど、こういう時重宝《ときちょうほう》なものはないですからな。ところがその広告《こうこく》は、ここにいるジョニー・ブリッグストンのめざとい目《め》にとまった。これがあの夫人《ふじん》の不幸《ふこう》の始《はじ》まりです。ブリッグストンの商売《しょうばい》は何《なん》でも屋《や》といったところで、金《かね》の匂《にお》いのするものには何《なん》にでも、ダボハゼのように食《く》らいつく。だがまあ本職《ほんしょく》は尋《たず》ね人探《ひとさが》しであるという本人《ほんにん》の弁《べん》を信用《しんよう》してもよろしい。リンキイ邸《てい》を訪《たず》ねたのも、最初《さいしょ》は案外真面目《あんがいまじめ》にキングスレイを探《さが》してやるつもりだったのかもしれない。財産《ざいさん》のありそうな未亡人《みぼうじん》から、通例《つうれい》の三倍《さんばい》ばかりの報酬金《ほうしゅうきん》をふんだくっただけで満足《まんぞく》するつもりだったのかもしれない」

「信《しん》じちゃもらえんだろうが、あっしは頼《たの》まれてもそんなことはしませんぜ。この商売《しょうばい》

もあんた方《がた》とおんなじ、信用第一《しんようだいいち》なんでね」

何《なん》でも屋《や》は抗議《こうぎ》した。

「信用第一《しんようだいいち》か。だが尋《たず》ね人《びと》がミイラになっているのを目《め》の前《まえ》にしたら、あっさり看板《かんばん》を書《か》きかえたらしいな。

八方手《はっぽうて》をつくしてやっとキングスレイを探《さが》し出《だ》してみたら、彼《かれ》は生活苦《せいかつく》から餓死《がし》していて、しかも死体《したい》はミイラ化《か》していた。爺《じい》さんはがっかりした。ようやく探《さが》し出《だ》した尋《たず》ね人《びと》が死体《したい》というんじゃあ、報酬《ほうしゅう》の金額《きんがく》にもひびいてくる。そこでおまえはなんとかうまい切《き》り抜《ぬ》け方《かた》はないものかと考《かんが》えた。

すぐに思《おも》いついたのは、こういう場合《ばあい》たいていのこざかしい連中《れんちゅう》が思《おも》いつく類《たぐ》いのものだ。つまり、大昔《おおむかし》、子供《こども》の頃《ころ》に生《い》き別《わか》れになったのなら顔《かお》だって今《いま》は全然違《ぜんぜんちが》っていても不思議《ふしぎ》はない、実《じつ》の姉《あね》でも解《わか》らぬケースは充分《じゅうぶん》あり得《う》る。したがって別人《べつじん》を替《か》え玉《だま》にしたてようというあれだ。

キングスレイの家《いえ》の中《なか》には当然《とうぜん》ながら生前《せいぜん》のキングスレイが遺《のこ》した身《み》の周《まわ》りのものがたくさんある。これらはすべて、ニセ者《もの》が本物《ほんもの》の弟《おとうと》であるという証拠《しょうこ》の品々《しなじな》になってくれるはずだ。

だが小利巧《こりこう》なおまえは待《ま》てよ、と考《かんが》えた。こいつはおまえにとって最高《さいこう》のやり方《かた》じゃない。何故《なぜ》なら報酬《ほうしゆう》の所定額《しよていがく》が少《すこ》しばかり増《ふ》えるってだけで、いい思《おも》いをするのはその替《か》え玉《だま》ばかりだからだ。

そしておまえは妙案《みようあん》を思《おも》いついた。もうひとひねりすれば、その替《か》え玉《だま》に甘《あま》い汁《しる》を持《も》っていかれるのを防《ふせ》ぎ、しかも自分《じぶん》の取《と》り分《ぶん》も、尋《たず》ね人《びと》の報酬《ほうしゆう》の少《すく》なくとも百倍《ひやくばい》になる上手《じようず》なやり方《かた》があるってことに気《き》がついたのさ」

「あんたはまるで横《よこ》で見《み》ていたみたいだな」

「そいつはこうだ。偶然《ぐうぜん》にも手《て》に入《はい》った珍《めずら》しいキングスレイのミイラ、それからうまく見《み》つけられればだけれどもミイラにそっくりな生《い》きた替《か》え玉《だま》、この二《ふた》つの持《チエスマン》ち駒《ん》をうまく動《うご》かして、メアリー・リンキイを廃人《はいじん》にしてプライオリィ・ロードの屋敷《やしき》から追《お》い出《だ》してしまうという詰《チエツクメイト》めだ。世《よ》にも珍《めずら》しいこの十九世紀《じゆうきゆうせいき》のミイラを、全然活用《ぜんぜんかつよう》しないって手《て》はないからな。

リンキイ夫人《ふじん》が屋敷《やしき》を出《で》ていけば誰《だれ》が得《とく》をするか、それは言《い》うまでもない、死《し》んだ亭主《ていしゆ》の身内《みうち》だ。彼《かれ》に兄弟《きようだい》でもおり、この人間《にんげん》がもし現在貧乏《げんざいびんぼう》でもしていれば申《もう》し分《ぶん》ない、一《いち》も二《に》もなくこの計画《けいかく》に乗《の》ってくるだろう。彼《かれ》にとっては棚《たな》からぼたもちで、家財産《いえざいさん》が転《ころ》がり込《こ》んでくるのだからだ。あらかじめこの身内《みうち》を抱《だ》き込《こ》んでおくなら、リンキイ家《け》の全財《ぜんざい》産《さん》をそっくり山分《やまわ》けって話《はなし》にだってできない相談《そうだん》じゃない。

死《し》んだジェファーソン・リンキイは一代《いちだい》で名《な》を成《な》した人物《じんぶつ》で、こういう人間《にんげん》にはたいがい身《み》を持《も》ち崩《くず》してぱっとしない兄弟《きようだい》がいるものだ。はたしてジェファーソンには、やはり行方《ゆくえ》の知《し》れない弟《おとうと》がいた。こういう人物《じんぶつ》を探《さが》し出《だ》すことにかけてはおまえはプロだろう、造作《ぞうさ》もないことだった。

加《くわ》えてうまいことは、このメアリー・リンキイという女性《じよせい》は、前々《まえまえ》から神経《しんけい》が異常《いじよう》に敏感《びんかん》だったということだ。効果的《こうかてき》な演出《えんしゆつ》でミイラになった弟《おとうと》を鼻先《はなさき》に突《つ》きつけるなら、彼女《かのじよ》が精神《せいしん》に異常《いじよう》をきたすことは最初《さいしよ》から目《め》に見《み》えていたといっていい。

たぶんおまえは、メアリーをいきなりエジンバラに引《ひ》っ張《ぱ》っていって、キングスレイのミイラを見《み》せることも考《かんが》えたに違《ちが》いない。しかしそれじゃ彼女《かのじよ》がうまく狂《くる》ってくれるかどうか確信《かくしん》が持《も》てなかった。それであの凝《こ》った計画《けいかく》をひねり出《だ》したというわけだ。

しかし、こいつは思《おも》いきった計画《けいかく》だけに困難《こんなん》も多々《たた》ある。例《たと》えば……、そうパジャマだ。キングスレイが着《き》て死《し》んでいるパジャマは、もう脱《ぬ》がすことができない。いや脱《ぬ》がすことならできないこともないだろうが、別《べつ》の新《あたら》しい服《ふく》を着《き》せることができない。したがって、ジムがミイラと入《い》れ替《か》わる時《とき》には、ジムは死体《したい》が着《き》ているのとまったく同《おな》じ柄《がら》のパジャマを、同《おな》じ程度《ていど》の汚《よご》れ方《かた》で着《き》ていなくっちゃならない。これがキングスレイが姉《あね》の言《い》うことを聞《き》かず、持《も》ってきているパジャマを決《けっ》して脱《ぬ》ごうとしないで、しかも床《ゆか》を転《ころ》げ廻《まわ》ったりして汚《よご》した理由《りゆう》というわけだ。

しかしいずれにしても、このリンキイ家《け》の財産横領《ざいさんおうりよう》計画《けいかく》は、おまえの頭《あたま》の中《なか》に、あらかじめキングスレイの替《か》え玉案《だまあん》というものが浮《う》かんでいたためにすら思《おも》いつけた計画《けいかく》だろう？　違《ちが》うかい？」

「ああ、あんたは噂《うわさ》どおりの人《ひと》らしい。こういう場合《ばあい》、ぱっとしない弟《おとうと》はたいてい成《せい》功者《こうしや》の兄《あに》を妬《ねた》ましく思《おも》ってるもんでね。まして女房《にようぼう》になったどっかの女《おんな》が、自分《じぶん》は何《なに》ひとつ働《はたら》きもしないでその全財産《ぜんざいさん》を相続《そうぞく》したなんて噂《うわさ》を聞《き》いてる場合《ばあい》はなおさらでさあ」

「で探《さが》し当《あ》てた当《とう》の弟《おとうと》は、おまえの想像《そうぞう》どおりだったかい？」

「想像以上でさあね。訪ねていったら、あっしは集まってる借金取りの列に並ばなきゃならなかった。あっしがこの計画《けいかく》を話《はな》してやると、案《あん》の定《じょう》一《いち》も二《に》もなく食《く》いついてきた。南米《なんべい》ですってんてんになったんだとトレヴァは言《い》ってた」

「トレヴァというのか。しかしそれでよく彼《かれ》は、おまえに前金《まえきん》が払《はら》えたものだな」

「兄貴《あにき》にもらって、後生大事《ごしょうだいじ》に持《も》ってたサファイアの指輪《ゆびわ》を売《う》ったんでさあ」

「おやおや、そいつは気《き》の毒《どく》に。これでそのトレヴァ・リンキイは、正真正銘《しょうしんしょうめい》の無一文《むいちもん》になったってわけだ。それだけじゃない、おまえと会《あ》ったおかげで、借金取《しゃっきんと》りだけじゃなく、警官《けいかん》にも追《お》われるはめに陥《おちい》った」

「ホームズさん、脱線《だっせん》しないでくれませんか」

いかめしい調子《ちょうし》で、レストレイドが先《さき》をうながした。

「おまえはとりあえずキングスレイのミイラを、ロンドンのはずれにあるらしい自分《じぶん》の隠《かく》れ家《が》に運《はこ》び込《こ》んで隠《かく》した。そうしておいて新聞《しんぶん》に広告《こうこく》を出《だ》したんだ。文面《ぶんめん》はこんなところだろう。

《身長五《しんちょうご》フィート九《きゅう》インチ、ヒゲの赤《あか》い、非常《ひじょう》に痩《や》せた三十歳《さんじっさい》くらいの男性《だんせい》を求《もと》む》

言《い》うまでもないことだが、五《ご》フィート九《きゅう》インチというのはキングスレイのミイラを測《はか》って得《え》た身長《しんちょう》で、三十歳《さんじっさい》くらいという年齢《ねんれい》は、メアリーから聞《き》いて知《し》っていた。それにわれわれの見《み》たミイラは、当然《とうぜん》ながら骨《ほね》と皮《かわ》に痩《や》せて、ヒゲは赤《あか》かった。

ロンドンにはまだまだ明日《あす》の食《た》べものにも困《こま》っている若者《わかもの》は多《おお》い。案外《あんがい》たくさん集《あつ》まったろう？　ちょっとした列《れつ》ができたんじゃないかね？」

「よくお解《わか》りだ」

「なに、ぼくも今日《きょう》似《に》たような経験《けいけん》をしたからね。一番有望《いちばんゆうぼう》な応募者《おうぼしゃ》が、このジム・ブラウナー君《くん》であったところまで一緒《いっしょ》だ。何《なん》といっても彼《かれ》は、あのミイラに顔《かお》かたちがそっくりだからね。そこでおまえは調《しら》べあげたキングスレイのおいたちや、中国《ちゅうごく》を放浪《ほうろう》したというでたらめな過去《かこ》をジムに憶《おぼ》え込《こ》ませた」

「そいつは間違《まちが》い第一号《だいいちごう》だ、キングスレイは実際《じっさい》に中国《ちゅうごく》へ行《い》ってましたぜ」

「おやそうかい。で、練習《れんしゅう》をたっぷり積《つ》んでからジムを、エジンバラのキングスレイが死《し》ぬ間《ま》ぎわ住《す》んでいた一軒家《いっけんや》に待機《たいき》させ、メアリー・リンキイを連《つ》れていって会《あ》わせた。ようやく見《み》つかったと偽《いつわ》ってね。

その後《あと》は説明《せつめい》するまでもないだろう。このジム・ブラウナー君《くん》の、演技者《えんぎしゃ》としての天分《てんぶん》に関《かん》するおまえの目《め》には狂《くる》いがなく、彼《かれ》は完璧《かんぺき》に仕事《しごと》をやってのけた。リンキイ家《け》の女《おんな》主人《しゅじん》はすっかりだまされておろおろし、それでなくとも細《ぼそ》い彼女《かのじょ》の神経《しんけい》は、すっかりまいってしまった。そして今この世の果て《いまランズ・エンド》にいる」

「部屋《へや》じゅうに香《こう》をたきしめて煙《けむり》だらけにしたり、暖炉《だんろ》に薪《まき》をくべさせなかったりも、すべて演技《えんぎ》の効果《こうか》を盛《も》りあげるためだね?」

私《わたし》が尋《たず》ねた。

「香《こう》はそんなところだろうが、火《ひ》を焚《た》かなかったのには理由《りゆう》がある。部屋《へや》を暖《あたた》めるとキングスレイの死体《したい》が腐敗《ふはい》をはじめ、傷《いた》んでしまうかもしれないと心配《しんぱい》したからだ」

「なるほど。パジャマ同様《どうよう》、奇行《きこう》にもそれぞれ理由《りゆう》があったんだね。猫《ねこ》を追《お》い払《はら》ったのはどうしてだろう?」

「やはり邪魔《じゃま》だったからだろう? ジム。犬《いぬ》ならキングスレイの死体《したい》のありかを嗅《か》ぎつけられるおそれがある。猫《ねこ》の嗅覚《きゅうかく》はそれほどじゃないだろうが、やはり楽観《らっかん》する気《き》にはなれまい。動物《どうぶつ》の感覚《かんかく》というやつは実《じつ》に鋭《するど》いからね。ひとつ屋根《やね》の下《した》に死体《したい》があっても気《き》づかない鈍感《どんかん》な動物《どうぶつ》というと、案外人間《あんがいにんげん》くらいなものかもしれないぜ」

「少《すこ》し話《はなし》が戻《もど》るが、ジムはどうして部屋《へや》をクギづけにしたのだろう？」

「おそらく仕事《しごと》の性質《せいしつ》が大変《たいへん》デリケートなものだったからさ。長行李《ながごうり》の中《なか》から、絹《きぬ》の包装《ほうそう》を解《と》いてミイラをとり出《だ》し、そっとベッドに寝《ね》かせるというような仕事《しごと》は、非常《ひじょう》に時間《じかん》を要《よう》する慎重《しんちょう》な作業《さぎょう》だったと思《おも》われる。ミイラはくずれやすい。それはメアリーが指先《ゆびさき》を触《ふ》れただけで頬《ほお》の部分《ぶぶん》に穴《あな》があいたという事実《じじつ》をみても解《わか》る。タネを仕込《しこ》んでいる間《あいだ》は、どんな手品師《てじなし》だって邪魔《じゃま》をされたくないものさ。何《なに》しろ姉《あね》のメアリーは合鍵《あいかぎ》を持《も》っている。クギづけしてしまわなくては安心《あんしん》できなかったのだろう。

もうひとつの理由《りゆう》は、言《い》うまでもないが入れ替わったのじゃないと、われわれにはっきり信《しん》じ込《こ》ませたいからだ。ミイラがベッドに残《のこ》されているってだけじゃ、ぼくらがどんなにぼんくらでも、いずれミイラと入《い》れ替《か》わった可能性《かのうせい》に思《おも》いいたる。このイギリスで、ましてひと晩《ばん》でミイラになるなんて芸当《げいとう》はどんな死体《したい》にだって無理《むり》だ。ミイラが外部《がいぶ》から運《はこ》び込《こ》まれ、ジムと入《い》れ替《か》えられた可能性《かのうせい》はないのだと、われわれに証明《しょうめい》するためだ」

「ジムが自分《じぶん》の顔《かお》をナイフで傷《きず》つけたのは？」

「そんなことは決《き》まってるじゃないか。ミイラの左眉の上に、すでにそういう傷があったからさ。入《い》れ替《か》わる前《まえ》にどうしてもああいう怪我《けが》をしておかなくちゃならなかったんだ。

それも治癒《ちゆ》する時間《じかん》を見越《みこ》して、一《いっ》カ月前《げつまえ》には傷《きず》をつける必要《ひつよう》があった。だから段取《だんど》りとしてはリンキイ邸《てい》に入《はい》り込《こ》むと早々《そうそう》にやらなくちゃならない。だってあんまり先《さき》になってメアリーにミイラを見《み》せるわけにはいかない。何故《なぜ》ならさっきも言《い》ったが、春《はる》になって暖《あたた》かになると、死体《したい》が傷《いた》むかもしれないという不安《ふあん》があったからだ。

しかし到着早々《とうちゃくそうそう》顔《かお》を傷《きず》つけるというのでは、何《なん》といっても少々《しょうしょう》不自然《ふしぜん》な感《かん》じになる。だからメアリーが長行李《ながごうり》の中身《なかみ》をほんのちょっぴり覗《のぞ》いてくれたってのは渡《わた》りに船《ふね》だったんじゃないかな？　これできっかけができたんだからね」

「おっしゃるとおりです、ホームズさん」

ジム・ブラウナーが答《こた》えた。

「なるほどな！　これでようやくはっきりした。つまるところこの奇妙奇天烈《きみょうきてれつ》な事件《じけん》は、リンキイ家《け》の財産横領《ざいさんおうりょう》を目論《もくろ》んだ事件《じけん》だったというわけだ。なるほどホームズさん、あんたじゃないが、陽《ひ》の下《もと》の事件《じけん》に新《あたら》しいものはなしです。こうはっきりしてくれると実《じつ》にやりやすい。とんでもない衣裳《いしよう》をまとってはいても、中身《なかみ》は案外古《あんがいふる》くさいものですな。しかしジム、自分《じぶん》の顔《かお》までそんなふうに傷《きず》つけなくちゃならんとは、たいした奉仕仕事《ほうししごと》じゃないか。いったいいくらもらったんだい？」

レストレイドが、ジムの左眉《ひだりまゆ》の上《うえ》の生々《なまなま》しい傷跡《きずあと》を見《み》ながら言《い》う。

「二百《にひやく》ポンドの予定《よてい》です。でもまだ半分《はんぶん》しかもらってないですが」

「こっちも前金半分《まえきんはんぶん》かい」

「もらえただけましってもんですぜ。あっしはすってんてんってだけじゃない。木像《もくぞう》を造《つく》ったり、マンチェスターまで財布《さいふ》をはたいて出向《でむ》いて、キングスレイ姉弟《きようだい》の子供時分《こどもじぶん》の様子《ようす》を調《しら》べたりしましたんでね、足《あし》が出《で》ちまった。赤字《あかじ》もいいとこでさ」

ブリッグストンがぼやき、レストレイドは自業自得《じごうじとく》さと決《き》めつけた。

「だからぼくの旧式《きゆうしき》な罠《わな》に引《ひ》っかかったというわけだ。ぼくはこの見《み》え透《す》いた釣《つ》り針《ばり》に、ブリッグストンはともかく、ジム・ブラウナーがかかる確率《かくりつ》はせいぜい五分五分《ごぶごぶ》とみていた。百《ひやく》ポンドも懐《ふところ》に入《はい》っているのならね」

「ジムのやつは借金《しやつきん》があったんでさあ。そいつの返済《へんさい》に苦《くる》しんでいたんでね、あっしのしんどい計画《けいかく》にも一枚《いちまい》嚙《か》む気《き》になったんだ」

「なるほど、そんなところだろうと思《おも》った。それで今日《きょう》の大漁《たいりょう》となったわけだ。それじゃ気《き》の毒《どく》だがますますおまえはいてもたってもいられなかったろうジョニー。おまえだって左眉《ひだりまゆ》の上《うえ》に傷《きず》があれば、列《れつ》に並《なら》びたいくらいなものだったろうからな。

こんな一見《いっけん》うまい話《はなし》が転《ころ》がってれば、ジムは二匹目《にひきめ》のどじょうを狙《ねら》って応募《おうぼ》してくる危険性《きけんせい》は大《おお》いにあると、おまえは不安《ふあん》を抱《いだ》いたろう。しかもおまえにとってこの話《はなし》は、この上《うえ》もなく眉唾《まゆつば》ものだ。うさんくさいことこのうえもない。何《なに》しろおまえのやり口《くち》をそっくり真似《まね》てるんだからな。どうも何《なに》かありそうだ。しかも場所《ばしょ》はというとおまえもよく知《し》っている家《いえ》だ。ひょっとしてあの東洋人《とうようじん》がことのカラクリに気《き》づいて、おまえをゆすって復讐《ふくしゅう》するために、動《うご》かぬ証拠《しょうこ》のジムを誘《さそ》い出《だ》そうとしているのかもしれない、そうおまえは勘《かん》ぐったろう。

おまえはおそらく、警察《けいさつ》が相手《あいて》とは考《かんが》えなかったろう。これは同業《どうぎょう》の者《もの》のやり口《くち》だ。しかしいずれにしてもジムが、もし金《かね》につられてのこのこ姿《すがた》を現《あら》わすようだったら、何《なん》としても留《と》めるほうが無難《ぶなん》だ。おまえの考《かんが》えたことはこんなところだ。違《ちが》うか？」

ブリッグストンは無言《むごん》だった。

「そもそもおまえは、警察《けいさつ》にはばれてない自信《じしん》があった。だから警官《けいかん》が張《は》り込《こ》んでいる可《か》能性《のうせい》はないとみた。それで酒《さか》ビンを持《も》ってのこのこやってきたわけだ。募集広告《ぼしゅうこうこく》の文面《ぶんめん》が、おまえがやったように非常《ひじょう》な痩《や》せ型《がた》の男《おとこ》に限《かぎ》るとでも断《こと》わってあれば、ジムも警戒《けいかい》してまず乗《の》ってはこないとおまえは見当《けんとう》をつけたろう。でもこの文面《ぶんめん》じゃ不安《ふあん》で、とてもじゃないが家《いえ》でじっとしているわけにはいかなかったろうな。したがってジョニー・ブリッグストンは、ご苦労《くろう》にもこの寒《さむ》い中《なか》、高齢《こうれい》をおしてこの周辺《しゅうへん》をうろうろしていた。ジムがきやしないかと、酔《よ》っ払《ぱら》いの真似《まね》をしながらびくびくものだったわけさ。

正直《しょうじき》にいえばぼくはジム君《くん》が早々《はやばや》とやってきて列《れつ》についてくれ、ブリッグストン君《くん》がそこへおっとり刀《がたな》で駈《か》けつけてくれるなんてことがあれば、一網打尽《いちもうだじん》で楽《らく》だろう、などと考《かんが》えていた。しかしさっきのおまえの忠告《ちゅうこく》どおり、世《よ》の中《なか》そう思《おも》いどおりにはいかない。一時半《いちじはん》まで待《ま》ってみて、ぼくはこの計画《けいかく》はあきらめた。

それになんといってもジムは迷《まよ》うだろう。やってくるにしても、締《し》め切《き》り直前《ちょくぜん》の四時《よじ》近《ちか》くになる可能性《かのうせい》が高《たか》い。それまでに退屈《たいくつ》したブリッグストンに帰《かえ》ってしまわれては困《こま》るからね、とりあえずおまえだけを逮捕《たいほ》してしまう手《て》を、ぼくは打《う》っておいた。それがさっきおまえも対面《たいめん》したあの青年《せいねん》だよ。彼《かれ》をジムに変装《へんそう》させ、一時半《いちじはん》になったらフロッデン・ロードに来《く》るようにと言《い》っておいた。

名優《めいゆう》のジム君《くん》にはまだ会《あ》ったことはなかったが、替《か》え玉《だま》を似《に》せるのはいたって簡単《かんたん》だったよ。だってあのミイラ化《か》した死体《したい》にそっくりだったに決《き》まってるんだものね、こっちもあの死体《したい》に似《に》せてやれば間違《まちが》いっこなしだ。

それに冒険的《ぼうけんてき》な仕事《しごと》と言《い》っておいたものだから、幸《さいわ》いにも窓《まど》の下《した》は、屈強《くっきょう》な男《おとこ》のカタログ雑誌《ざっし》みたいになった。これならジムの替《か》え玉《だま》の登場《とうじょう》も、痩《や》せてるってだけでずいぶんと目立《めだ》つことだろう。老眼《ろうがん》のブリッグストン爺《じい》さんにも、二階《にかい》から見物《けんぶつ》しているわれわれにもね。腹《はら》を立《た》てちゃいないだろうねジョニー。おまえだってニセ者《もの》をたてたんだ。こっちも同《おな》じことをやったまでだ。

蓋《ふた》を開《あ》けてみると、ぼくの予想《よそう》の倍《ばい》もうまくいったからよかったものの、正直《しょうじき》にいえばぼくだってこの罠《わな》で安心《あんしん》してたってわけじゃない。ひょっとしていの一番《いちばん》でジムがやってきて、歳《とし》のせいで遅刻《ちこく》したブリッグストンがそいつを見逃《みのが》すかもしれない。われわれにはどれがジム・ブラウナーか、自信《じしん》を持《も》って断言《だんげん》することはできないんだからね、どうしてもおまえにはひと肌脱《はだぬ》いでもらわなくちゃならなかった。どうか爺《じい》さん遅刻《ちこく》しないでくれと祈《いの》ったよ。

それからこいつを一番心配《いちばんしんぱい》したんだがねジョニー、君《きみ》たち二人《ふたり》が近所《きんじょ》に住《す》んでいて、密《みっ》に連絡《れんらく》をとり合《あ》っている可能性《かのうせい》だ。そうなら当然《とうぜん》こんな見《み》え透《す》いた手《て》は通用《つうよう》しない。ぼくは昨日《きのう》、この東洋《とうよう》の客人《きゃくじん》から計画《けいかく》のヒントをもらった時《とき》、この点《てん》を一心《いっしん》に考《かんが》えた。そしてレストレイド君《くん》、ブリッグストンは絶対《ぜったい》にそうしていないという結論《けつろん》に達《たっ》したのです。残《のこ》りの金《かね》を手渡《てわた》す日時《にちじ》と場所《ばしょ》だけを決《き》め、それまでは互《たが》いに干渉《かんしょう》せず、別々《べつべつ》に潜伏《せんぷく》しているはずと。というよりこの二人《ふたり》はすでに交際《こうさい》を絶《た》っているとね。

何故《なぜ》なら、まず第一《だいいち》にそうしないと詳《くわ》しい事情《じじょう》をジムに知《し》られてしまい、もっとずっと多額《たがく》の金《かね》をジムに要求《ようきゅう》されるおそれがブリッグストンにあったからだ。そのほかにも理由《りゆう》はあるが、それはもうよいでしょう。

この計画《けいかく》に関《かん》して、ぼくはブリッグストンが広告《こうこく》を載《の》せたディリー・テレグラフをはじめ、主要《しゅよう》な新聞《しんぶん》にはみんな広告《こうこく》を載《の》せたので、ブリッグストンを釣《つ》り出《だ》す自信《じしん》は少《すく》なからずあった。ぼくはおまえの性格《せいかく》を知《し》り抜《ぬ》いているんでね、おまえがロンドン近郊《きんこう》にいる限《かぎ》り、来《こ》ずにはいられないと踏《ふ》んでいた。しかしジムは姿《すがた》を見《み》せない可能性《かのうせい》も充分《じゅうぶん》あると覚悟《かくご》していた。そうなるとクレオパトラの登場《とうじょう》しないローマ戦記《せんき》のように、今夜《こんや》のパーティはいささか淋《さび》しいものになったろう。

さあ、ほかに何《なに》も質問《しつもん》がなければ、そろそろおひらきにする潮時《しおどき》です。二人《ふたり》には鉄格子《てつごうし》つきの寝室《しんしつ》で、ゆっくりとくつろいでもらうとしよう」

「待《ま》ってください、ホームズさん」

ナツミがあわてたように口《くち》をはさんできた。

「さきほど、このジョニー・ブリッグストン氏《し》に見憶《みおぼ》えがあるだろうと言《い》われたように思《おも》うのですが……」

「おっとそうそう、忘《わす》れるところだった。しかし声に聞《き》き憶《おぼ》えがあるはずとぼくは言《い》ったのです」

ナツミは考《かんが》え込《こ》んだ。

「解《わか》りません、憶《おぼ》えはないように思《おも》いますが」

「解《わか》りませんか？　もっともささやき声《ごえ》ですからね、あまり特徴的《とくちょうてき》ではないかもしれない」

「ああ！　幽霊の声ですか！」

ナツミは大声《おおごえ》を出《だ》した。

「ご名答《めいとう》。今《いま》はこのとおり老《お》いぼれているが、この爺《じい》さんはこれでもともとはサーカスの出身《しゅっしん》なのです。歳《とし》はとっても、あなたの部屋《へや》の天井裏《てんじょううら》に潜《もぐ》り込《こ》んで指《ゆび》を鳴《な》らしたり、幽《ゆう》霊《れい》の真似《まね》をするくらいは朝飯前《あさめしまえ》です」

「しかし、何故《なぜ》です？　よりによってどうして私《わたし》などを、わざわざ脅《おど》かしたのです？」

「あなたがロンドンに住《す》む、数少《かずすく》ない東洋人だからですよ。それもあなたは以前《いぜん》、プライオリィ・ロードに住《す》んでおられた。自分《じぶん》でもおっしゃっていたとおり、下宿《げしゅく》からリンキイ邸《てい》まで、歩《ある》けば十分《じっぷん》とかからないくらいの距離《きょり》でした。

リンキイ邸《てい》の裏《うら》には生垣《いけがき》をはさんですぐに隣家《りんか》があったのを憶《おぼ》えていませんか？　あの家《いえ》の二階《にかい》の、リンキイ家《け》からよく見《み》える大《おお》きな窓《まど》に、これまた大《おお》きく『空室《フォー・レント》』という札《ふだ》が下《さ》がっていましたよ。あなたを下宿《げしゅく》から追《お》い出《だ》せば、あなたはすぐ近所《きんじょ》のあの家《いえ》に、たぶん引《ひ》っ越《こ》すだろうとブリッグストンは考《かんが》えたのです。遥《はる》かに離《はな》れたフロッデン・ロードなどではなく、同《おな》じプライオリィ・ロードにね。

教養《きょうよう》あるあなたにこんな言《い》い方《かた》をするのは失礼《しつれい》だが、このイギリスで東洋《とうよう》の方《かた》を歓迎《かんげい》してくれる下宿《げしゅく》は、今《いま》のところそう多《おお》くはないのです。リンキイ邸《てい》の裏《うら》の下宿《げしゅく》は、数少《かずすく》ないそういう下宿屋《げしゅくや》の一軒《いっけん》でした」

「しかし、何故《なぜ》私《わたし》をあの下宿屋《げしゅくや》に入《い》れたかったのです?」

「それはむろん演出効果《えんしゅつこうか》を完璧《かんぺき》にするためです。東洋《とうよう》の呪《のろ》いに怯《おび》えているリンキイ邸《てい》の隣家《りんか》の窓《まど》に、東洋人《とうようじん》の顔《かお》が見《み》え隠《かく》れすればジム君《くん》の名演技《めいえんぎ》にも磨《みが》きがかかるだろう。それに、メアリー・リンキイの神経《しんけい》に与《あた》える効果《こうか》も倍増《ばいぞう》するというものです」

「なるほど、そういうことだったのですか……。私《わたし》がフロッデン・ロードに移《うつ》っても、まだあきらめなかったのですね」

ナツミは複雑《ふくざつ》な感慨《かんがい》に打《う》たれたらしかった。

「だがあなたがぼくのところへ相談《そうだん》にきたので、多少《たしょう》の危険《きけん》を感《かん》じて、この計画《けいかく》のほうはあきらめたのです」

「そうか、しかし私《わたし》は日本人《にほんじん》です。中国人《ちゅうごくじん》じゃありません」

「ナツミさん、われわれ英国人《えいこくじん》はまだまだ東洋《とうよう》について知《し》りません。今《いま》ロンドンっ子《こ》で、中国人《ちゅうごくじん》と日本人《にほんじん》の区別《くべつ》がつく者《もの》が何人《なんにん》いるでしょう。ましてこのブリッグストンなんて無教養《むきょうよう》なやからは、中国《ちゅうごく》と日本《にほん》がイギリスとフランスみたいに、海《うみ》をへだてた別々《べつべつ》の国《くに》だなんてことさえ知《し》っちゃいません。賭《か》けてもいい、この爺《じい》さんは、日本《にほん》はホンコンのどこかの一部分《いちぶぶん》だと思《おも》っていますよ。イギリス人《じん》は何故《なぜ》か昔《むかし》からそう考《かんが》える癖《くせ》があるのです。おいブリッグストン、日本《にほん》が島《しま》だって知《し》ってたかい？」

「え？　日本《にほん》てのは島《しま》なんですかい⁉」

「ほらねナツミさん、このとおりです。今度《こんど》の事件《じけん》では、最初《さいしょ》からそういう傾向《けいこう》が目立《めだ》ちました」

「なるほど、わが日本《にほん》はまだまだ知《し》られていないのですね」

「まだ若《わか》く、これからの国《くに》だからです。モンタギュー街《がい》にささやかな事務所《じむしょ》を開業《かいぎょう》して、事件《じけん》が持《も》ち込《こ》まれるのをじっと待《ま》っていた若《わか》い頃《ころ》のホームズのようにね。あの頃《ころ》のぼくに必要《ひつよう》なものは犯罪捜査《はんざいそうさ》の能力《のうりょく》ではなく、宣伝《せんでん》だったものです」

「ホームズさん、私《わたし》にもひとつ、まだ解《わか》らない点《てん》があるんですがね」

レストレイドが言《い》いはじめた。

「例《れい》の六十一《ろくじゅういち》ですよ。あれは何《なん》なのです？　キングスレイの喉《のど》から出《で》てきた紙《かみ》きれは」

「ああ、『つね六十一《ろくじゅういち》』ですね⁉」

ナツミも言《い》った。

ホームズはそれを聞《き》くと、顎《あご》をカラーの中《なか》にうずめるような仕草《しぐさ》をして、パイプの煙《けむり》をひと息大《いきおお》きく吐《は》き出《だ》した。

「今《いま》となっては、それだけが残《のこ》った謎《なぞ》です。そいつを尋《たず》ねようと思《おも》って君《きみ》たちにも今《いま》までつき合《あ》ってもらったんだ。さあジョニー・ブリッグストン、あれは何《なん》だ？」

「何《なん》のこってす？」

ブリッグストンは、きょとんとした顔《かお》をホームズのほうへ向《む》けた。

「例《れい》のミイラの喉《のど》には、東洋《とうよう》の文字《もじ》らしいものと、六十一《ろくじゅういち》と書《か》いた紙《かみ》きれが詰《つ》まっていたんだ。紙《かみ》はランガム・ホテルの便箋《びんせん》だ。知《し》らなかったのか？」

ないですぜ！」

「全然知《ぜんぜんし》りませんや。今《いま》はじめて聞《き》きました。嘘《うそ》じゃないです。あっしのしわざじゃないですぜ！」

「ジム、君《きみ》はどうだ？」

「見当《けんとう》もつきません」

「ホームズさん、ここまできてあっしは嘘《うそ》なんぞつきませんぜ。正真正銘《しょうしんしょうめい》、そんな話《はなし》は生《う》まれてはじめて聞《き》きました。本当《ほんとう》ですぜ⁉」

「ふむ、解《わか》ってるよ、どうせそんなことだろうとは思《おも》っていたさ。

レストレイド君《くん》、ぼくが思《おも》うにこれはたぶん生前《せいぜん》のキングスレイが、自分《じぶん》の意志《いし》でやったことでしょう。おそらく死《し》ぬ直前《ちょくぜん》のことだと思《おも》う。

この点《てん》には残念《ざんねん》ながら完全《かんぜん》な説明《せつめい》を与《あた》えることはできないが、なに、これはそれほど重要《じゅうよう》な問題《もんだい》ではないと考《かんが》えます。キングスレイは餓死したのです。飢《う》えて死《し》にかかっている時《とき》、そばにあるもので何《なに》か空腹《くうふく》の足《た》しになるものはと考《かんが》え、口《くち》に入《い》れるとしたら、食《た》べ物《もの》以外《いがい》ではおそらく紙《かみ》でしょう。紙《かみ》が一番食《いちばんた》べられそうだ。これはそんなところじゃないかと思《おも》うね。

あの数字《すうじ》と文字《もじ》は、その紙《かみ》にキングスレイがたまたま書《か》いていたいたずら書《が》きか、それともメモの類《たぐ》いだと思《おも》う。キングスレイにとってだけ意味《いみ》があったものです。われわれや、今度《こんど》の事件《じけん》とは何《なん》の関係《かんけい》もない。あるいはあの紙《かみ》が喉《のど》に詰《つ》まったことによる窒息《ちっそく》が、彼《かれ》の直接《ちょくせつ》の死因《しいん》かもしれないという程度《ていど》には関《かか》わりますが、それ以上《いじょう》の意味《いみ》なんてないと思《おも》う。

さあ、もうずいぶんと夜《よ》も更《ふ》けてきた。ぼくとワトスン君《くん》から、音楽《おんがく》に身《み》を浸《ひた》す喜《よろこ》びを奪《うば》わないでください。

ワトスン君《くん》、君《きみ》も今夜《こんや》は音楽《おんがく》を聴《き》きたい気分《きぶん》じゃないかい？　結構《けっこう》。それでこそぼくの友《とも》だ。今《いま》からならマルチニの店《みせ》で軽《かる》く夕食《ゆうしょく》をとったにしても、ワーグナーの夕《ゆう》べの第三《だいさん》幕《まく》には楽《らく》に間《ま》に合《あ》うよ」

13.

事件《じけん》はこうして解決《かいけつ》した。自分《じぶん》はワトソン先生《せんせい》に大変感謝《たいへんかんしゃ》された。そしてずいぶんと辞《じ》退《たい》したのだが、それから数度《すうど》に亘《わた》って食事《しょくじ》をご馳走《ちそう》になった。

ワトソン先生《せんせい》に自分《じぶん》が感謝《かんしゃ》されたのは、事件《じけん》を解決《かいけつ》したせいばかりではない。ホームズさんが窓《まど》から転落《てんらく》した折《お》りに、用水桶《ようすいおけ》の底《そこ》で頭《あたま》を打《う》って、その拍子《ひょうし》に精神《せいしん》がすっかりもとに戻《もど》ったからである。もとどおりの完璧《かんぺき》な紳士《しんし》になり、今後《こんご》は再《ふたた》び英国市民《えいこくしみん》のために大活躍《だいかつやく》ができるだろうという。

自分《じぶん》は半信半疑《はんしんはんぎ》だったが、そう聞《き》くとやはり嬉《うれ》しかった。その後《ご》ホームズさんとは何度《なんど》も会《あ》ったが、ワトソンさんの言《い》うとおりだった。まるで別人《べつじん》のように礼儀正《れいぎただ》しく、自分《じぶん》がそれまで英国《えいこく》で会《あ》ったどんな紳士《しんし》よりも立派《りっぱ》だった。やはり自分《じぶん》が会《あ》った頃《ころ》のホームズさんは、少《すこ》し頭《あたま》がおかしくなっていたのである。

それからの自分《じぶん》はというと、なんだか実《じつ》にこまごまとあった。主《しゅ》として下宿屋《げしゅくや》の騒動《そうどう》であるが、自分《じぶん》のほかにもう一人《ひとり》だけ居《い》た下宿人《げしゅくにん》が、とうとう出《で》ていってしまったので、おかみ姉妹《しまい》は下宿屋《げしゅくや》をたたむはめになってしまった。

自分《じぶん》はそれでよそへ移《うつ》る気《き》でいたら、倫敦《ロンドン》の街《まち》はずれのツーチングという処《ところ》にもっと小《ちい》さな家《いえ》を見《み》つけたので、自分《じぶん》らと一緒《いっしょ》に移《うつ》ってくれとおかみが再三頼《さいさんたの》んでくる。自分《じぶん》は当分返事《とうぶんへんじ》を渋《しぶ》っていたが、とうとう折《お》れた。そこで四月二十五日《しがつにじゅうごにち》に自分《じぶん》らは引《ひ》っ越《こ》した。ツーチングという処《ところ》は、東京《とうきょう》でいえば小石川《こいしかわ》の場末《ばすえ》といえば間違《まちが》いない。

越《こ》して一《いっ》カ月《げつ》もしたら、伯林《ベルリン》より池田菊苗君《いけだきくなえくん》が訪《たず》ねてきて、約一《いっ》カ月《げつ》ばかり寄宿《きしゅく》していったり、公使館員《こうしかんいん》の神田乃武君《かんだないぶくん》や諸井君《もろいくん》が幾度《いくど》か訪《たず》ねてくるようになったりで、自分《じぶん》の周囲《しゅうい》は急《きゅう》に賑《にぎ》やかになった。特に池田君《いけだくん》との交際《こうさい》は自分《じぶん》にはすこぶる有益《ゆうえき》であった。彼《かれ》は理学者《りがくしゃ》だけれども、話《はな》してみると偉《えら》い哲学者《てつがくしゃ》であったのには驚《おどろ》いた。彼《かれ》は六月二十六日《ろくがつにじゅうろくにち》にケンジントンに部屋《へや》を見《み》つけ、自分《じぶん》の処《ところ》から移《うつ》っていった。

ホームズさんたちの消息《しょうそく》は、つき合《あ》いが途絶《とだ》えても倫敦《ロンドン》にいる限《かぎ》りは苦《く》もなく届《とど》いてくる。自分《じぶん》が七月《しちがつ》二十日《はつか》に今度はクラパムコンモンの下宿屋《げしゅくや》に移《うつ》った頃《ころ》、トレヴァ・リンキィという名《な》の、例《れい》の不幸《ふこう》な婦人《ふじん》の義弟《ぎてい》が逮捕《たいほ》されたという新聞記事《しんぶんきじ》が出《で》た。この男《おとこ》が未亡人《みぼうじん》の財産《ざいさん》を横取《よこど》りしようとして、あんな事件《じけん》を画策《かくさく》したのである。これで倫敦《ロンドン》っ児《こ》の話題《わだい》をさらったプライオリィ・ロードのミイラ事件《じけん》は、完全《かんぜん》な決着《けっちゃく》を見《み》た。

いや、これは正確《せいかく》ではない。むろん世間的《せけんてき》にはそのとおりであるが、ホームズさんや、特《とく》に自分《じぶん》にとってはそうではなかった。そこで自分《じぶん》は、以下にその後日談《ごじつだん》を記《しる》しておく心《こころ》づもりである。

西暦一九〇二年《せいれきせんきゅうひゃくにねん》、即《すなわ》ちわが明治三十五年《めいじさんじゅうごねん》が明《あ》ける頃《ころ》、自分《じぶん》はワトソン先生《せんせい》より手紙《てがみ》をもらった。それによると二人《ふたり》は、ミイラ事件《じけん》でキングスレイの替《か》え玉《だま》を演《えん》じたジム・ブラウナーを特別《とくべつ》のはからいで出所《しゅっしょ》させ、更生《こうせい》に努《つと》めさせたうえで、メアリィ・リンキィに会《あ》わせたそうである。自分《じぶん》はそれを聞《き》いて、ワトソンさんとホームズさんが自分《じぶん》の思《おも》いつきをまだ憶《おぼ》えていてくれたのかと、驚《おどろ》きもし、嬉《うれ》しくもあった。

しかし結果《けっか》については触《ふ》れてないので、さして上々《じょうじょう》とはいえなかったものと思《おも》われる。メアリィ・リンキィはその後《ご》もランズ・エンドの精神病院《せいしんびょういん》を出《で》ることはなかったから、この再会《さいかい》が彼女《かのじょ》に劇的《げきてき》な回復《かいふく》を与《あた》えるなどという都合《つごう》のよい出来事《できごと》は、どうやら起《お》きなかったものとみえる。

自分《じぶん》はメアリィ夫人《ふじん》へのショック療法《りょうほう》の結果《けっか》に若干《じゃっかん》の責任《せきにん》に似《に》たものを感《かん》じたので、チャリング・クロスに古書《こしょ》の渉猟《しょうりょう》に出《で》かけた折《お》りなどベイカー街《がい》の部屋《へや》に二度《にど》ばかり寄《よ》ったのだが、ワトソンさんの言《げん》のとおり、ホームズさんはあれからずっと、人《ひと》が変《か》わったように紳士的《しんしてき》な態度《たいど》である。だからもうコケコッコーの必要《ひつよう》もない。ワトソンさんによれば、ホームズ氏《し》は発作《ほっさ》さえ起《お》きねば、昔《むかし》からずっとこういう様子《ようす》なのだという。

クレイグ先生《せんせい》のところはもうその前年《ぜんねん》でよしにした。そうして自分《じぶん》は、先生《せんせい》が沙翁字典《さおうじてん》に打《う》ち込《こ》む様子《ようす》を手本《てほん》にして、クラパムコンモンの三階《さんがい》に蟄居《ちっきょ》し、文学論《ぶんがくろん》の草稿《そうこう》に打《う》ち込《こ》むことにした。それだから、自然《しぜん》ベイカー街《がい》からも足《あし》が遠《とお》のいた。

体《からだ》を回復《かいふく》したホームズさんにとって、明治三十五年《めいじさんじゅうごねん》はすこぶる忙《いそが》しい年《とし》となったようであったが、自分《じぶん》にとってもこの年《とし》は英吉利滞在最後《イギリスたいざいさいご》の年《とし》であったため、きわめて多忙《たぼう》な年《とし》であった。

文学論《ぶんがくろん》に打《う》ち込《こ》まんとしている自分《じぶん》の処《ところ》に、四月《しがつ》には中村是公君《なかむらぜこうくん》(漱石《そうせき》の学友《がくゆう》、後《のち》の満鉄総裁《まんてつそうさい》）がやってくるし、六月末《ろくがつすえ》には巴里《パリ》より浅井忠君《あさいちゆうくん》が立《た》ち寄《よ》る、七月《しちがつ》になると芳《は》賀矢一君《がやいちくん》（後《のち》の国学院大学学長《こくがくいんだいがくがくちよう》）が独乙《ドイツ》よりやってくるし、九月《くがつ》には土井晩翠君《つちいばんすいくん》がしばらく寄宿《きしゆく》した。そうして十一月七日《じゆういちがつなのか》には自分《じぶん》は、日本郵船《にほんゆうせん》の「丹波丸《たんばまる》」に乗《の》って帰朝《きちよう》せねばならぬのである。現在独乙《げんざいドイツ》にいる藤代禎輔君《ふじしろていすけくん》と二人《ふたり》、この船《ふね》に乗《の》り込《こ》むべく早《はや》くから予約《よやく》の手配《てはい》をしていた。

こうしたことであるから、自然文学論《しぜんぶんがくろん》の草稿《そうこう》も筆《ふで》が滑《なめ》らかには運《はこ》ばず、自分《じぶん》は国家《こつか》の大《たい》金《きん》を費《つい》やしてこの国《くに》からいったい何《なに》を学《まな》んだのであろうと、心寒《こころさむ》い気《き》が絶《た》えずしていた。

十一月《じゆういちがつ》に入《はい》ったはじめての夜《よる》、夜半枕《やはんまくら》の上《うえ》でぱちぱちいう音《おと》を聞《き》いて眠《ねむ》れないことがあった。自分《じぶん》は余程《よほど》こうした音《おと》に縁《えん》があるものとみえる。

といってもこれは、むろん怨霊《おんりよう》の仕業《しわざ》ではない。近所《きんじよ》にクラパム・ジャンクション（乗《の》り換《か》え駅《えき》）という大停車場《だいステーション》のあるお蔭《かげ》である。このジャンクションには、一日《いちにち》のうちに汽車《きしや》が千《せん》いくつか集《あつ》まってくる。それを細《こま》かに割《わ》りつけてみると、一分間《いつぷんかん》に一列車《いちれつしや》ずつ出入《ではい》りをするような勘定《かんじよう》になる。そういう各列車《かくれつしや》が霧《きり》の深《ふか》い夜《よる》には、何《なに》かの仕掛《しか》けで、停車場間《ていしやじようま》ぎわへ来《く》ると爆竹《ばくちく》のような音《おと》を立《た》てて合図《あいず》をする。信号《しんごう》の灯光《とうこう》が青《あお》でも赤《あか》でもまったく役《やく》にたたぬほどに暗《くら》くなるからである。自分《じぶん》は停車場《ていしやじよう》のこのぱちぱちいう音《おと》を聞《き》くと、ああ今夜《こんや》は霧《きり》が深《ふか》いのだなと考《かんが》えた。

じっと目《め》を閉《と》じて聞《き》いていると、何《なん》だか賑《にぎ》やかなお祭《まつ》りの音《おと》のようにも思《おも》われてくる。窓下《まどした》には人《ひと》があふれ、道《みち》に縁日《えんにち》の屋台《やたい》でも軒《のき》を並《なら》べているような錯覚《さつかく》が起《お》こる。

思《おも》いついて自分《じぶん》は寝台《ねだい》を這《は》いおり、北窓《きたまど》の日蔽《ブラインド》を捲《ま》きあげて、三階《さんがい》から外面《そと》を見渡《みわた》す。外面《そと》は一面《いちめん》に茫《ぼう》としている。誰《だれ》も居《い》ない。下《した》は芝生《しばふ》の底《そこ》から、三方煉瓦《さんぽうれんが》の塀《へい》に囲《かこ》われた一《いっ》間余《けんよ》の高《たか》さにいたるまで、何《なに》も見《み》えない。ただ空《むな》しいものがいっぱい詰《つ》まっている。そうしてそれが寂《しん》として凍《こお》っている。

自分《じぶん》はこれを眺《なが》めながら、明日《あす》はベイカー街《がい》へ、お別《わか》れの挨拶《あいさつ》に行《い》っておこうと考《かんが》えた。

冷《つめ》たい風《かぜ》が高《たか》い建物《たてもの》にあたって、思《おも》うごとく真《ま》っすぐに抜《ぬ》けられないから、急《きゅう》に稲妻《いなずま》に折《お》れて、頭《あたま》の上《うえ》から斜《はす》に敷石《しきいし》まで吹《ふ》きおろしてくる。自分《じぶん》は歩《ある》きながら、被《かぶ》っていた山高帽《やまたかぼう》を右《みぎ》の手《て》で押《お》さえた。

顔《かお》をあげると前《まえ》に客《きやく》待《ま》ちの御者《ぎよしや》が居《い》た。御者台《ぎよしやだい》からこの様子《ようす》を眺《なが》めていたものとみえ、自分《じぶん》と目《め》が合《あ》うと人指《ひとさ》し指《ゆび》を竪《たて》に立《た》てた。乗《の》らないかという符牒《ふちよう》である。自分《じぶん》は乗《の》らなかった。すると御者《ぎよしや》は、右《みぎ》の手《て》を拳骨《げんこつ》に固《かた》めて、烈《はげ》しく胸《むね》の辺《あた》りを打《う》ちだした。二《に》、三間《さんけん》離《はな》れて聞《き》いていてもとんとん音《おと》がする。倫敦《ロンドン》の御者《ぎよしや》はこうして己《おのれ》とわが手《て》を暖《あたた》めるのである。御者《ぎよしや》は、毛布《ケット》を継《つ》ぎ合《あ》わせたような粗《あら》い茶《ちや》の外套《がいとう》を着《き》ていた。

自分《じぶん》はベイカー街《がい》の景色《けしき》を心《こころ》に刻《きざ》んでおかんとして、ゆっくりと歩《ある》く。道行《みちゆ》く者《もの》は皆《みな》自分《じぶん》を追《お》い越《こ》していく。女《おんな》でさえ後《おく》れてはいない。腰《こし》の後部《うしろ》でスカアトを軽《かる》く撮《つま》んで、踵《かかと》の高《たか》い靴《くつ》が折《お》れるかと思《おも》うほどに烈《はげ》しく舗石《ほせき》を鳴《な》らしていく。

見《み》るとどの顔《かお》も皆切羽詰《みなせつぱつ》まっている。あたかも往来《おうらい》は歩《ある》くに堪《た》えん、戸外《こがい》は居《い》るに忍《しの》びん、一刻《いつこく》も早《はや》く屋根《やね》の下《した》へ身《み》を隠《かく》さなければ生涯《しようがい》の恥辱《ちじよく》である、というかのごとき態度《たいど》だ。

のそのそと歩《ある》きながら自分《じぶん》は、この都《みやこ》に居辛《いづら》い感《かん》じがのべつしていた頃《ころ》を思《おも》い出《だ》した。高《たか》い石《いし》の建物《たてもの》が道《みち》を狭《せま》くはさみ込《こ》み、まるで谷底《たにぞこ》を行《ゆ》くようである。この底《そこ》を掬《すく》うようにして、冷《ひ》えた風《かぜ》が抜《ぬ》けていく。

これは博覧会《はくらんかい》だ。素朴《そぼく》なるわが民《たみ》をここへ連《つ》れ来《き》たるなら、誰《だれ》しもそう感《かん》ずるであろう。二頭《にとう》だての馬車《ばしゃ》は、白《しろ》い荒々《あらあら》しい息《いき》を吐《は》いて往《ゆ》きかい、乗合馬車《パス》の二階《にかい》には、人影《ひとかげ》が行儀《ぎょう》よくすわっている。女《おんな》たちは大袈裟《おおげさ》な羽根飾《はねかざ》りを頭《あたま》に載《の》せ、男《おとこ》たちは皆清潔《みなせいけつ》なカラーで首《くび》を覆《おお》っている。

蟻《あり》は砂糖《さとう》の甘《あま》きに集《あつ》まり、人《ひと》は文明《ぶんめい》の新《あたら》しきに集《あつ》まる。遥《はる》かな波《なみ》を越《こ》え、自分《じぶん》もまた文明《ぶんめい》の甘《あま》きに魅《ひ》かれたる一人《ひとり》であった。

文明《ぶんめい》の民《たみ》ほど自己《じこ》の活動《かつどう》を誇《ほこ》るものはなく、また文明《ぶんめい》の民《たみ》ほど自己《じこ》の沈滞《ちんたい》に苦《くる》しむものもない。彼《かれ》らはデイレー・テレグラフの三行広告《さんぎょうこうこく》に、その苦《くる》しい吐息《といき》を吐《つ》く。文明《ぶんめい》は人《ひと》の神経《しんけい》を髪剃《かみそり》に削《けず》り、精神《せいしん》を擂木《すりこぎ》と鈍《にぶ》くする。刺激《しげき》に麻痺《まひ》し、しかも刺激《しげき》に渇《かわ》いて、人《ひと》はついに犯罪《はんざい》を為《な》す。しかし自分《じぶん》も、今《いま》やこの刺激《しげき》になじんだ文明《ぶんめい》の民《たみ》となりつつあった。やがてはすべての日本人《にほんじん》も、遠《とお》からず文明《ぶんめい》の蜜《みつ》を吸《す》い、自分《じぶん》のように変《か》わるやもしれぬ。

北《きた》の都《みやこ》の冬《ふゆ》は早《はや》い。気《き》づけば街《まち》ははや冬《ふゆ》である。ホームズさんたちと親《した》しく交際《こうさい》のできたあの懐《なつ》かしい日々《ひび》も、思《おも》えば季節《きせつ》は冬《ふゆ》であった。自分《じぶん》は近々《ちかぢか》この地《ち》を去《さ》る。それはあと五日《いつか》に迫《せま》っている。そう思《おも》うと、やがて眼前《がんぜん》に現《あら》われた二二一《にひゃくにじゅういち》―Bのドアも、いいささか感慨深《かんがいぶか》いものに感《かん》じられる。

「これはこれは夏目《なつめ》さん、ようこそ。昨日《きのう》もワトスン君《くん》とあなたのお噂《うわさ》をしていたところですよ」


とシャーロック・ホームズさんは相変《あいか》わらず快活《かいかつ》に自分《じぶん》を迎《むか》え入《い》れてくれる。

「今日《きょう》はお別《わか》れにまいったのです」

自分《じぶん》は言《い》った。泣《な》いても笑《わら》ってもあと五日《いつか》で、自分《じぶん》はこの古《ふる》めかしい瓦斯灯《ガスとう》と霧《きり》の都《みやこ》を、おそらくは永遠《えいえん》に去《さ》る。


ホームズさんはパイプの先《さき》を両手《りょうて》で覆《おお》うような仕草《しぐさ》で火《ひ》をつけていたが、自分《じぶん》のその言葉《ことば》を聞《き》くと動作《どうさ》をぴたと静止《せいし》し、上目遣《うわめづか》いに自分《じぶん》を見《み》た。それから揺《ロッキング・チェア》り椅子に大《おお》きくそり返《かえ》り、ひと息大《いきおお》きく煙《けむり》を吐《は》き出《だ》すと、それは残念《ざんねん》と言《い》う。

「もう少《すこ》し親《した》しくなりたかったが」

と例《れい》の気取《きど》った調子《ちょうし》で言《い》った。

倫敦《ロンドン》を発《た》つのはいつなんです、と横《よこ》からワトソン先生《せんせい》が尋《たず》ねてくる。日《ひ》にちはまだはっきりしないのです、と自分《じぶん》はわざとそんなふうに言《い》った。見送《みおく》られるのは好《この》まぬ。またこの二人《ふたり》が倫敦市民《ロンドンしみん》の平安《へいあん》を守《まも》るために忙《いそが》しい身《み》であることを自分《じぶん》は充分承知《じゅうぶんしょうち》していたから、仕事《しごと》の邪魔《じゃま》はしたくないと考《かんが》えた。

また自分《じぶん》のこの言葉《ことば》は、まるきりの嘘《うそ》でもない。というのも、自分《じぶん》はいざ去《さ》る日《ひ》が迫《せま》ってくると、この英国《えいこく》から存分《ぞんぶん》に学《まな》び尽《つ》くせなかったという思《おも》いがますます強《つよ》くなり、また仏蘭西国《フランスこく》などももう一度見《いちどみ》たいと強《つよ》く願《ねが》うようになって、ためにあと半年《はんとし》でも二《に》、三《さん》カ月《げつ》でもよい、送金《そうきん》の延長《えんちょう》をたまわれぬものかと本国《ほんごく》のほうにすでに書《か》き送《おく》っていたのである。これがもし聞《き》き入《い》れられれば、出航《しゅっこう》はもう少《すこ》し先《さき》になるであろう。しかし、おそらくは無理《むり》であろうと覚悟《かくご》もしていた。

大変《たいへん》お世話《せわ》になりました、と自分《じぶん》は二人《ふたり》に向《む》かってあらためて頭《あたま》を下《さ》げた。それから、お二人《ふたり》とこうして親《した》しく言葉《ことば》を交《か》わせたことは、この先私《さきわたし》の一生《いっしょう》の財産《ざいさん》となりましょう、と重《かさ》ねて言《い》った。するとホームズさんは、それはこちらこそですと真顔《まがお》で言《い》う。

「あなたの助《たす》けがなければ、プライオリィ・ロードのミイラ事件《じけん》はぼくの引退《いんたい》を早《はや》めたでしょう」

だが自分《じぶん》はこの時《とき》、何《なん》となく解《わか》るような心地《ここち》がした。この高名《こうめい》な人物《じんぶつ》が、これほどに過《か》去《こ》のミイラ事件《じけん》のことを気《き》にかけるのは、例《れい》のメアリィ・リンキィの発狂《はっきょう》があるからだ。

「メアリィ・リンキィさんのことに関《かん》しても、私《わたし》は縮《ちぢ》みあがっておるのです」

と自分《じぶん》は言《い》った。

「私《わたし》の言《い》ったことなど何《なん》のお役《やく》にもたたなかったようで」

するとホームズさんは、即座《そくざ》に自分《じぶん》を遮《さえぎ》って言《い》う。

「ジム・ブラウナーをメアリーにひき合《あ》わせたことをおっしゃっているのなら、それは違《ちが》いますよ。彼女《かのじょ》は明《あき》らかに快方《かいほう》に向《む》かっています。この結果《けっか》に、ジムとの会見《かいけん》が貢献《こうけん》していることは明《あき》らかです。

ただ彼女《かのじょ》の脳裏《のうり》からは、ベッドの上《うえ》に横《よこ》たわっていた例《れい》のミイラの視覚的《しかくてき》な記憶《きおく》が、容《よう》易《い》に去《さ》らないでいるのです。このため彼女《かのじょ》には、死体発見当時《したいはっけんとうじ》のショックが、少《すこ》しずつ和《やわ》らぎながらではありますが、頻繁《ひんぱん》に戻《もど》ってくるのです。この事実《じじつ》が、彼女《かのじょ》を日常《にちじょう》に復帰《ふっき》させにくくしています。

メアリーに、あのミイラは眼前《がんぜん》にいるジムとは別人《べつじん》であること、またあの悲惨《ひさん》な出来事《できごと》は仕組《しく》まれたものであるというわれわれの説明《せつめい》を、正《ただ》しく受《う》け入《い》れるだけの論理的《ろんりてき》な思考《しこう》能力《のうりょく》が戻《もど》ってくれば、事態《じたい》は大《おお》きく一歩《いっぽ》進《すす》むに違《ちが》いありません。

もっともそうなると、自分《じぶん》が弟《おとうと》と思《おも》っていた人物《じんぶつ》に陥《おとしい》れられたというショックと、再《ふたた》び闘《たたか》う結果《けっか》にはなりますがね。そうして行《ゆ》く行《ゆ》くは、弟《おとうと》は実《じつ》はすでに死《し》んでいるという事実《じじつ》と対決《たいけつ》しなくてはなりません。しかしこれは殺《ころ》されたものではないですからね、いくらか望《のぞ》みはあるでしょう。

いずれにしてもこんなふうに道《みち》は遠《とお》いのですが、彼女《かのじょ》が着実《ちゃくじつ》に前進《ぜんしん》していることもまた確《たし》かです。希望《きぼう》を捨《す》てるなんて馬鹿《ばか》げていますし、また日々《ひび》彼女《かのじょ》に起《お》こっている小《ちい》さな成功《せいこう》が、決《けっ》してぬか喜《よろこ》びなどでないこともあきらかです」

ホームズさんがそんなふうに言《い》うと、ワトソン先生《せんせい》も続《つづ》けて言《い》う。

「われわれは着実《ちゃくじつ》に前進《ぜんしん》しています。ただメアリーに子供《こども》でもあったらと思《おも》うことはありますがね。自《みずか》らの愛情《あいじょう》を注《そそ》ぐ対象《たいしょう》を持《も》つのと持《も》たないのとでは、女性《じょせい》の場合《ばあい》事情《じじょう》がまったく異《こと》なります。そのためにかえって悪《わる》くなる例《れい》もないではありませんが、この場合《ばあい》はそれがあれば大《おお》いに助《たす》かるケースです。しかしこればかりは、われわれがプレゼントするわけにもいきませんのでね」

自分《じぶん》はこの二人《ふたり》の親切《しんせつ》そうな話《はな》しぶりを聞《き》いて、ずいぶん安心《あんしん》した。この二人《ふたり》がついているなら、あの婦人《ふじん》もやがてはよい運命《うんめい》に巡《めぐ》り遭《あ》えるやもしれぬ。

自分《じぶん》は安楽椅子《あんらくいす》にもたれたまま、少《すこ》し目《め》を閉《と》じてみた。ゆったりとして、なかなかよい心持《こころも》ちであった。いつまでもこうしていたい気分《きぶん》になる。自分《じぶん》はほんの一時《いっとき》その気分《きぶん》を楽《たの》しみ、また心《こころ》に刻《きざ》むようにして、それからきりをつけた。

「メアリィ・リンキィさんの容態《ようだい》をうかがって少《すこ》し安心《あんしん》いたしました。名残《なご》りはつきませんが、いつまでもこうしておるわけにもいきませんので」

自分《じぶん》がそこまで言《い》うと、でっぷりと肉《にく》の付《つ》いた大《おお》きな男《おとこ》が、ドアを開《あ》けて部屋《へや》にとび込《こ》んできた。顔色《かおいろ》を真《ま》っ赤《か》にして、その薄《うす》くなった額《ひたい》には汗《あせ》を滲《にじ》ませている。男《おとこ》は揺《ロッキング・チェア》り椅子に落《お》ちついているホームズさんを睨《にら》みつけるようにして見《み》ると、

「あんたがホームズさんですな。今《いま》ロンドンじゅうでわしほど困《こま》っておる人間《にんげん》はありませんぞ。どうあっても今日《きょう》は、このわしをまごつかせ続《つづ》ける馬鹿《ばか》げた出来事《できごと》に、納得《なっとく》のいく

説明《せつめい》をつけてもらわなくちゃなりますまい！」

そうわめいてのち、自分《じぶん》のほうをちらりと見《み》ると、

「ここへ入《はい》るなり話《はなし》を聞《き》いてもらえるもんと思《おも》っておりましたが、先客《せんきやく》があったとは残《ざん》念《ねん》ですわい」

と言《い》った。

自分《じぶん》は、今《いま》ちょうど帰《かえ》るところですと言《い》ってから、ホームズさんとワトソン先生《せんせい》と、かわるがわる握手《あくしゆ》をした。ホームズさんの手《て》は大《おお》きく、骨《ほね》ばった印象《いんしよう》であるが、ワトソンさんのは柔《やわ》らかく、清潔《せいけつ》そうな様子《ようす》である。

それから騒々《そうぞう》しい来客《らいきやく》に安楽椅子《あんらくいす》をすすめると、さっさと帰《かえ》ってきた。二人《ふたり》はすまなそうな顔《かお》つきだったが、自分《じぶん》はかえってよかったと思《おも》った。

それからその足《あし》で、自分《じぶん》はクレイグ先生《せんせい》の処《ところ》へも帰朝《きちよう》の挨拶《あいさつ》に行《い》った。家政婦《かせいふ》のいつもびっくりしたような顔《かお》も、先生《せんせい》の縞《しま》のフラネルのシャツも相変《あいか》わらずであった。

クラパムコンモンの下宿《げしゆく》へ帰《かえ》ってきたら、下宿人仲間《げしゆくにんなかま》の婆《ばあ》さんが、仏蘭西《フランス》語訛《ごなま》りの大声《おおごえ》をあげて自分《じぶん》を出迎《でむか》えた。

「夏目《なつめ》さん、見《み》てごらんなさいな」

そう自分《じぶん》に言《い》うから、婆《ばあ》さんの合《あ》わせた両手《りょうて》のひらを見《み》ると、何《なに》やら白鼠《しろねずみ》のようなものがもぞもぞと二《ふた》つばかり動《うご》いている。これは何《なん》ですと自分《じぶん》が尋《たず》ねたら、猫《ねこ》の子《こ》だという。

「あのペルシア猫《ねこ》からやっと生《う》まれたんですよ」

と聞《き》くに及《およ》んでようやく納得《なっとく》した。食堂《しょくどう》の隅《すみ》に、籠《かご》に入《はい》った親猫《おやねこ》がいる。そばへ寄《よ》ってみたら、まだ三匹《さんびき》ばかり小《ちい》さいのがいる。合計五匹《ごうけいごひき》生《う》まれたらしい。

手《て》にとってみたら、みなまだ目《め》が開《あ》いていない。そろそろなんだが、なかなか生《う》まれないと家人《かじん》が言《い》っていたのを思《おも》い出《だ》した。貰《もら》い手《て》を探《さが》さなくちゃね、と奥《おく》でおかみの言《い》うのが聞《き》こえた。

三階《さんがい》の自室《じしつ》へ戻《もど》ると、正岡子規《まさおかしき》の死亡《しぼう》を報《しら》せた手紙《てがみ》と、留学《りゅうがく》の延長《えんちょう》は一切認《いっさいみと》められぬと書《か》いた文部省《もんぶしょう》よりの手紙《てがみ》が自分《じぶん》を待《ま》っていた。

これで自分《じぶん》の十一月七日《じゅういちがつなのか》の出発《しゅっぱつ》は、いよいよ決定《けってい》した。

自分《じぶん》と合流《ごうりゅう》して共《とも》に日本《にほん》に帰《かえ》るため、伯林《ベルリン》より藤代禎輔君《ふじしろていすけくん》がやってきた。発《た》つ前《まえ》に、倫敦《ロンドン》を知《し》らぬ藤代《ふじしろ》を連《つ》れ歩《ある》いた。ケンジントン博物館《はくぶつかん》と大英博物館《ブリテツシユ・ミユージアム》は特《とく》に念入《ねんい》りに案《あん》内《ない》した。

十一月七日《じゆういちがつなのか》はたちまちやってくる。どんよりと曇《くも》った金曜日《きんようび》であった。もっともこの国《くに》ではこの季節《きせつ》、晴《は》れる日《ひ》の方《ほう》が少《すく》ない。自分《じぶん》の気《き》はすこぶる重《おも》かった。あれほど不愉快《ふゆかい》に感《かん》じたこの地《ち》の生活《せいかつ》も、いざ去《さ》る段《だん》になると名残《なご》りおしい。

出航《しゆつこう》の時刻《じこく》が近《ちか》づき、自分《じぶん》らは英国最後《えいこくさいご》の食事《しよくじ》をせんものと、二人《ふたり》でテームズ川《がわ》の川《かわ》面《も》を望《のぞ》める焼肉屋《グリル・ルーム》に入《はい》った。テームズ川《がわ》の濁《にご》った水面《みなも》をかすめて鷗《かもめ》が舞《ま》っている。自《じ》分《ぶん》らはそれを窓越《まどご》しに眺《なが》めながら、エールで乾杯《かんぱい》した。

二年《にねん》に及《およ》ぶ英国滞在《えいこくたいざい》を一人思《ひとりおも》い返《かえ》していたら、店内《てんない》の一隅《ひとすみ》でどっと歓声《かんせい》があがったので冥想《めいそう》を破《やぶ》られた。何《なに》ごとか確《たし》かめんとして自分《じぶん》は、上体《じようたい》をうんと背後《はいご》に捻《ね》じ曲《ま》げた。

すると、今《いま》まさに一匹《いつぴき》の猫《ねこ》が、しきりに肉《にく》を焼《や》いている親爺《おやじ》の卓《たく》に、さっと飛《と》び乗《の》ったところであった。料理人《りようりにん》の親爺《おやじ》は大《おお》あわてでしゃもじやらナイフやらを振《ふ》り廻《まわ》してこの侵入者《しんにゆうしや》を追《お》い払《はら》った。獲物《えもの》をあきらめると猫《ねこ》はひらりと床《ゆか》に飛《と》び降《お》り、自分《じぶん》らのテーブルの下《した》を悠々《ゆうゆう》と抜《ぬ》けて往来《おうらい》へと出《で》ていった。

藤代《ふじしろ》が、何処《いずこ》も同《おな》じだな、自分《じぶん》は独乙《ドイツ》でやはり似《に》たような光景《こうけい》を見《み》た、西洋《せいよう》では猫《ねこ》も肉《にく》を食《く》らうとみえる、とにやにやしながら自分《じぶん》に語《かた》った。

自分《じぶん》の場合《ばあい》も同《おな》じような場面《ばめん》を四国《しこく》の松山《まつやま》で見《み》た。それで余程《よほど》そのことを口《くち》に出《だ》そうとしたその刹那《せつな》、自分《じぶん》の頭《あたま》に閃光《せんこう》のごとく飛来《ひらい》したある考《かんが》えがあった。自分《じぶん》はためにしばし茫然《ぼうぜん》としたものである。

後《あと》で聞《き》けばこの時《とき》、藤代《ふじしろ》はさかんに何《なに》かを自分《じぶん》に向《む》かって言《い》ったそうだが一向《いっこう》に憶《おぼ》えていない。肉《にく》が届《とど》き、自分《じぶん》はどうやら料理《りょうり》だけは平《たい》らげたとみえる。だがすっかり心《こころ》ここにあらずといったていであった。

この時《とき》の自分《じぶん》が、他人《たにん》にはどう映《うつ》ったものか知《し》らぬが、内心《ないしん》では大《おお》いにあわてていた。自分《じぶん》の思《おも》いついた考《かんが》えを実行《じっこう》に移《うつ》すなら、急《きゅう》を要《よう》するのである。ふとわれに返《かえ》ると、鼻《はな》先《さき》にいたく心配《しんぱい》そうな藤代《ふじしろ》の顔《かお》がある。どうやら自分《じぶん》が、神経《しんけい》の発作《ほっさ》を起《お》こしたかと案《あん》じたものらしい。

「ぜんたいどうしたのだ?」

と藤代《ふじしろ》は言《い》った。言《い》われて自分《じぶん》ははたと困《こま》った。余程《よほど》細《こま》かくことわけを説明《せつめい》しようかと思《おも》った。しかし藤代《ふじしろ》のこの誤解《ごかい》をそのまま利用《りよう》するのも一策《いっさく》と計算《けいさん》した。ありていに話《はな》してもなかなか解《わか》ってはもらえない。話《はな》した挙句《あげく》、したり顔《がお》のお談義《だんぎ》（お説教《せっきょう》）などはまっぴらである。それで自分《じぶん》は面倒《めんどう》とばかり、

「もう船《ふね》まで送《おく》っていかないよ」

といきなり言《い》ってやった。

一緒《いっしょ》に帰《かえ》る気《き》でいた藤代《ふじしろ》は、当然腰《とうぜんこし》を抜《ぬ》かした。口《くち》をぽかんと開《あ》けて、金魚《きんぎょ》みたように目《め》をまん丸《まる》くした。ずいぶんと経《た》ってから、

「どうするんだ？　英吉利《イギリス》に残《のこ》る気《き》か」

と言《い》った。

「ひと足先《あしさき》に帰《かえ》って皆《みな》によろしく言《い》っておいてくれ。自分《じぶん》は来週《らいしゅう》の船《ふね》で帰《かえ》る」

それだけ言《い》い置《お》いて、自分《じぶん》はさっさとグリルを出《で》た。藤代《ふじしろ》の顔《かお》は見《み》なかった。往来《おうらい》で辻馬車《つじばしや》を停《と》め、御者《ぎょしゃ》にクラパムコンモンと命《めい》じた。下宿屋《げしゆくや》へ着《つ》くと戸《と》を開《あ》けるのももどかしいようにして中《なか》に入《はい》った。するとはたして間《ま》に合《あ》った。有難《ありがた》いことにまだ猫《ねこ》の子《こ》が一匹《いっぴき》、籠《かご》の中《なか》に売《う》れ残《のこ》っている。

おかみにこの子猫《こねこ》を自分《じぶん》にくれ、訳《わけ》は後《あと》で話《はな》すと言《い》い置《お》いて、また表《おもて》へ出《で》た。それから思《おも》いついてもう一度《いちど》中《なか》へ取《と》って返《かえ》し、自分《じぶん》をあと一週間《いっしゅうかん》置《お》いてくれと頼《たの》んだ。

ベイカー街《がい》へ向《む》かう辻馬車《つじばしゃ》の中《なか》で、子猫《こねこ》は自分《じぶん》の腕《うで》にしがみついたまま、不安《ふあん》がってうるさく鳴《な》き続《つづ》けた。

猫《ねこ》の子《こ》を抱《だ》いて階段《かいだん》を昇《のぼ》り、ホームズさんの部屋《へや》へ入《はい》っていくと、二人《ふたり》は時《とき》ならぬ猫《ねこ》の鳴《な》き声《ごえ》で、椅子《いす》からとびあがった。

「ご覧《らん》なさい、可愛《かわい》いでしょう」

と自分《じぶん》は、ちょっと、ホームズさんの口調《くちょう》を真似《まね》て言《い》った。猫《ねこ》は爪《つめ》でしっかりと胸《むね》のあたりにしがみついているから、自分《じぶん》が両手《りょうて》を離《はな》していくらおどけても、一向《いっこう》に平気《へいき》である。

「血統書《けっとうしょ》つきのペルシア猫《ねこ》です。どうです、お二人《ふたり》とも気《き》に入《い》りましたか？」

自分《じぶん》がこう言《い》うと、二人《ふたり》はにこにこして合点合点《がてんがてん》をする。それで自分《じぶん》はますます得意《とくい》になってこう言《い》った。

「それなら大丈夫《だいじょうぶ》、メアリィ・リンキィさんだってきっと気《き》に入《い》りますよ」

シャーロック・ホームズという人《ひと》は、感動《かんどう》するといたってせっかちになる人《ひと》である。自《じ》分《ぶん》たち三人《さんにん》は、すぐその足《あし》でコーンウォルに向《む》かう列車《れっしゃ》の人《ひと》となった。自分《じぶん》の考《かんが》えを聞《き》いた時《とき》のホームズさんの台詞《せりふ》はこうである。

「今《いま》うまい具合《ぐあい》に仕事《しごと》がひとつ片《かた》づいたところだ。ランズ・エンドで週末《しゅうまつ》の骨休《ほねやす》みをするとしたら、今以上《いまいじょう》に都合《つごう》のよい日《ひ》がまたとあるだろうかね、ワトスン」

そしてすぐに外套《がいとう》とステッキを取《と》りに奥《おく》へ引《ひ》っこんだ。

ランズ・エンドに着《つ》く頃《ころ》には冬《ふゆ》の早《はや》い陽《ひ》はとうに落《お》ち、一帯《いったい》には薄《うす》く靄《もや》がかかっていた。自分《じぶん》はもとよりはじめての土地《とち》であるから勝手《かって》は解《わか》らぬ。二人《ふたり》についていって、街《まち》はずれの木賃宿《きちんやど》でひと晩《ばん》をすごした。

夜《よ》も更《ふ》けていたので表《おもて》の様子《ようす》は少《すこ》しも見《み》えなかったが、ここが荒涼《こうりょう》たる土地《とち》であるとの噂《うわさ》は以前《いぜん》に聞《き》いた。自分《じぶん》は宿《やど》の粗末《そまつ》な寝台《ねだい》の内《うち》で、眠《ねむ》りに落《お》ちるまで遠《とお》く波《なみ》の砕《くだ》ける音《おと》を聞《き》いていた。

一夜明《いちやあ》けて見《み》るその土地《とち》は、自分《じぶん》の想像以上《そうぞういじょう》に寒々《さむざむ》としている。朝靄《あさもや》がうっすらとあたりを覆《おお》い、空気《くうき》は冷《ひ》えて湿《しめ》っていた。宿《やど》を出《で》ると自分《じぶん》らは狭《せま》い一本道《いっぽんみち》をたどり、子猫《こねこ》の一匹入《いっぴきはい》った籠《かご》を提《さ》げて、まだ明《あ》けきらぬ朝《あさ》のうちを急《いそ》いだ。

波《なみ》の音《おと》がだんだんに近《ちか》くなり、道《みち》は海《うみ》に向《む》かうようであった。と思《おも》う間《ま》にぽっかりと崖《がけ》っぷちに出《で》た。潮《しお》の香《かお》りがする。道《みち》は崖《がけ》に沿《そ》って続《つづ》く。遥《はる》かな足《あし》もとに荒々《あらあら》しく波《なみ》が砕《くだ》け、そのあたりを低《ひく》く舞《ま》う鷗《かもめ》も、ともすれば翼《つばさ》を濡《ぬ》らしそうだ。

次第《しだい》に夜《よ》が明《あ》け、あたりがはっきりとしてきた。陽《ひ》が昇《のぼ》るにつれ、自分《じぶん》は何度《なんど》もあたりを見廻《みまわ》した。目《め》に映《うつ》る岩《いわ》も、枯《か》れ草《くさ》の原《はら》も、処々《ところどころ》に草《くさ》を破《やぶ》って露出《ろしゅつ》した土《つち》も、すべてが冬《ふゆ》の色《いろ》に沈《しず》んでいる。昨夜《さくや》のうちに霧雨《きりさめ》が襲《おそ》い、この土地《とち》を軽《かる》く湿《しめ》らせたものとみえる。

この国《くに》の土地《とち》には特有《とくゆう》の色《いろ》がある。自分《じぶん》は以前《いぜん》よりそう感《かん》じている。日本《にほん》には決《けっ》してない、北《きた》の地《ち》に特有《とくゆう》の色《いろ》あいだ。そしてその色《いろ》が最《もっと》もその特徴《とくちょう》をはっきりと見《み》せるのが晩秋《ばんしゅう》のこの季節《きせつ》である。

英国《えいこく》は晩秋《ばんしゅう》の色《いろ》を内懐《うちぶところ》に抱《いだ》く国《くに》だ。自分《じぶん》はこの地《ち》に足《あし》を踏《ふ》み入《い》れ、以前《いぜん》にも増《ま》してこの感慨《かんがい》を抱《いだ》いた。

精神病院《せいしんびょういん》は海《うみ》べりよりずいぶん離《はな》れた丘《おか》の上《うえ》にある。肌《はだ》にひんやりとする靄《もや》をついて、自分《じぶん》らはそれからも大分喘《だいぶあえ》がなくてはならなかった。

ホームズさんはこのあたりを歩《ある》き馴《な》れているとみえ、少《すこ》しも息《いき》を乱《みだ》さず、長身《ちょうしん》を折《お》るようにして大股《おおまた》に山道《やまみち》を行《い》く。ぐいぐいと登《のぼ》っていく。ホームズさんが自分《じぶん》などより遥《はる》かに歳上《としうえ》であることを思《おも》って、自分《じぶん》は幾度《いくど》も感心《かんしん》した。

精神病院《せいしんびょういん》は、想像《そうぞう》より余程小《よほどちい》さなものであった。自分《じぶん》はケンジントンの博物館《はくぶつかん》くらいな建物《たてもの》を予想《よそう》していた。ところが目《め》の前《まえ》に現《あら》われた病院《びょういん》は、プライオリィ・ロードのあのリンキィ邸《てい》の館《やかた》より小《ちい》さいくらいである。

自分《じぶん》らは院長《いんちょう》のニーブヒル氏《し》の案内《あんない》で、高《たか》い塀《へい》をまるで倫敦塔《ロンドンとう》のように巡《めぐ》らせた庭《にわ》に通《とお》った。庭《にわ》は、一面《いちめん》に芝生《しばふ》が覆《おお》うているが、これもリンキィ邸《てい》の庭《にわ》などに較《くら》べれば遥《はる》かに小《こ》ぢんまりとした、中庭《なかにわ》のごときものである。

庭《にわ》に出《で》ると、大勢《おおぜい》の患者《かんじゃ》たちが無気味《ぶきみ》な沈黙《ちんもく》のうちで、三々五々散歩《さんさんごごさんぽ》している光景《こうけい》に出《で》遭《あ》った。そして、彼《かれ》らのほとんどささやくような会話《かいわ》のざわめきに混《ま》じって、ヴァイオリンの音《おと》が聞《き》こえてきた。

自分《じぶん》はうんと首《くび》を巡《めぐ》らし、その音《おと》の発《はっ》せられている処《ところ》を探《さが》した。見《み》るとホームズさんも自分《じぶん》と同《おな》じような仕草《しぐさ》で、音楽《おんがく》の主《ぬし》を探《さが》している。

自分《じぶん》とワトソンさんが、ホームズさんについて芝生《しばふ》を横《よこ》ぎっていくと、やがてぶなの木《き》の陰《かげ》、石《いし》に腰《こし》をおろして静《しず》かにヴァイオリンを奏《かな》でる婦人《ふじん》の姿《すがた》を見《み》つけた。

自分《じぶん》には、西洋《せいよう》の音楽《おんがく》は少《すこ》しも解《わか》らぬ。ましてヴァイオリンの巧拙《こうせつ》などとんと判定《はんてい》がつかぬから、この婦人《ふじん》の腕前《うでまえ》の程《ほど》など判定《はんてい》のしようもない。しかし婦人《ふじん》の腕前《うでまえ》がかなりのものであることは解《わか》った。素人芸《しろうとげい》ではない。のちに聞《き》けば、夫《おっと》に見初《みそ》められる前《まえ》、彼女《かのじょ》はヴァイオリンを弾《ひ》くのを職業《しょくぎょう》にしていたという話《はなし》である。うまいのも道理《どうり》であった。精神《せいしん》を患《わずら》っても、正気《しょうき》の頃憶《ころおぼ》えた音楽《おんがく》の芸《げい》は忘《わす》れぬものとみえる。

ふとヴァイオリンの音《ね》がやんだ。それはむろん彼女《かのじょ》が手《て》を停《と》めたからである。そしてその理由《りゆう》は、自分《じぶん》が手《て》に提《さ》げている籠《かご》の内《うち》で猫《ねこ》の子《こ》が鳴《な》いたからであった。

彼女《かのじょ》はきょろきょろと周《まわ》りを見廻《みまわ》した。その仕草《しぐさ》は盲人《もうじん》のようでもあり、この様子《ようす》を見《み》る限《かぎ》りでは、この婦人《ふじん》がはたしてどこまで回復《かいふく》しているかは判然《はんぜん》としない。

じきに声《こえ》のする処《ところ》を見《み》つけると、狂《くる》える女《おんな》は自分《じぶん》のほうを向《む》き、それから自分《じぶん》の顔《かお》などはちっとも見《み》ないで、ヴァイオリンを草《くさ》の上《うえ》に放《ほう》り出《だ》し、自分《じぶん》のほうにやってくると、籠《かご》をひったくるようにして奪《うば》った。

蓋《ふた》を開《あ》けるのももどかしいというふうであった。蓋《ふた》の留《と》め金《がね》が思《おも》うようにはずれず、女《おんな》は低《ひく》く苛立《いらだ》った呻《うめ》き声《ごえ》をあげた。そのありさまは、死《し》ぬほど腹《はら》をすかせた乞食《こじき》が、あわてて握《にぎ》り飯《めし》の包《つつ》みを開《ひら》こうとする様子《ようす》に似《に》ている。

やがて蓋《ふた》が開《あ》いて、中《なか》にいた子猫《こねこ》の姿《すがた》を認《みと》めると、メアリィ・リンキィは悲鳴《ひめい》とも歓《かん》声《せい》ともつかぬ叫《さけ》び声《ごえ》をあげた。そして猫《ねこ》を抱《だ》きあげると、何度《なんど》も何度《なんど》も狂《くる》った者《もの》の執拗《しつよう》さで頬《ほお》ずりを繰《く》り返《かえ》した。

ホームズさんはと見《み》ると、彼女《かのじょ》の放《ほう》り出《だ》したヴァイオリンを拾《ひろ》って、じっと立《た》ちつくしている。

船《ふね》は翌週《よくしゅう》も、その翌週《よくしゅう》も予約《よやく》が詰《つ》まっていた。このぶんでは倫敦《ロンドン》を発《た》てるのは十二《じゅうに》月《がつ》に入《はい》ってからになりそうである。先日《せんじつ》乗《の》らずにすませた十一月七日《じゅういちがつなのか》の船《ふね》も、予約《よやく》をとったのが十月《じゅうがつ》のなかばであったことを思《おも》えばそれも道理《どうり》であった。自分《じぶん》はこうなったからには書《か》きかけの文学論《ぶんがくろん》の草稿《そうこう》を、この英国《えいこく》にて一応完成《いちおうかんせい》させておこうと考《かんが》えた。

丹波丸《たんばまる》を見送《みおく》っておよそ二週間《にしゅうかん》ばかりが経《た》った頃《ころ》、自分《じぶん》が英国《えいこく》に残《のこ》っている噂《うわさ》が届《とど》いたのであろう。高浜虚子君《たかはまきよしくん》と河東碧梧桐君《かわひがしへきごとうくん》より、正岡子規《まさおかしき》の臨終《りんじゅう》の模様《もよう》を詳《くわ》しく報《しら》せた手紙《てがみ》がきた。高浜君《たかはまくん》は、自分《じぶん》に正岡《まさおか》の生前《せいぜん》の思《おも》い出話《でばなし》を書《か》くようにも言《い》ってきている。臨終《りんじゅう》は九月十九日《くがつじゅうくにち》であったという。

それからこの手紙《てがみ》に、自分《じぶん》の鬱病《うつびょう》の噂《うわさ》は日本《にほん》にまで聞《き》こえていると書《か》いてあった。自《じ》分《ぶん》は焼肉屋《やきにくや》での藤代《ふじしろ》との一件《いっけん》を思《おも》い出《だ》して、やや苦《にが》い気分《きぶん》になった。これは日本《にほん》へ帰《かえ》ってから知《し》ったことであるが、藤代《ふじしろ》はやはり帰朝《きちょう》するや「夏目《なつめ》、精神《せいしん》に異常《いじょう》あり」と文部《もんぶ》省《しょう》に報告《ほうこく》したらしい。それは自分《じぶん》も至極当然《しごくとうぜん》の処置《しょち》であったと思《おも》う。

高浜《たかはま》が、自分《じぶん》に正岡《まさおか》の思《おも》い出話《でばなし》を書《か》けと言《い》ってきている理由《りゆう》は、「ホトトギス」（雑誌《ざっし》名《めい》）に載《の》せんがためらしい。以前自分《いぜんじぶん》が子規《しき》に宛《あ》てた書簡《しょかん》が、どうやら「倫敦消息《ロンドンしょうそく》」と題《だい》してすでに掲載《けいさい》されているという。自分《じぶん》はしまったと思《おも》った。あれは困《こま》る。あれは病《びょう》床《しょう》の子規《しき》の気《き》をひきたたせんとして、少々《しょうしょう》ふざけすぎた。

正岡《まさおか》の訃報《ふほう》に接《せつ》し、自分《じぶん》がどれほどの衝撃《しょうげき》を受《う》けたかは、いかに紙数《しすう》を費《つい》やしても書《か》きおおせるとは思《おも》われぬ。今《いま》はとても書《か》けぬ。また自分《じぶん》は天《あま》の邪鬼《じやく》であるから、たった今《いま》生前《せいぜん》の正岡《まさおか》に対《たい》し浮《う》かぶ記憶《きおく》といえば、彼《かれ》に対《たい》する一種《いっしゅ》のからかいのような文句《もんく》ばかりだ。正岡子規《まさおかしき》という男《おとこ》は、何《なん》でも自分《じぶん》が先生《せんせい》のようなつもりで居《い》る男《おとこ》であった。自分《じぶん》が自作《じさく》の俳句《はいく》を披露《ひろう》に及《およ》んだら、すぐそれを直《なお》したり圏点《けんてん》をつけたりしたがった。俳句《はいく》に限《かぎ》らず、自分《じぶん》が漢詩《かんし》を作《つく》って見《み》せると、やっぱりこれにも朱筆《しゅひつ》をとって圏点《けんてん》をつけて寄越《よこ》す。そこで今度《こんど》は英文《えいぶん》を綴《つづ》って見《み》せてやったら、あの先生《せんせい》もこれだけは仕様《しよう》がないものだから、Very Good とだけ書《か》いて返《かえ》してきた。

また、あれは自分《じぶん》が上野氏《うえのし》の裏座敷《うらざしき》を借《か》りていた頃《ころ》のことだったが、子規《しき》が支那《しな》から帰《かえ》っていきなり自分《じぶん》の処《ところ》へ来《き》たことがある。家《いえ》へも帰《かえ》らず親族《しんぞく》の処《ところ》へも行《い》かず、此処《ここ》に居《い》るのだと言《い》う。自分《じぶん》が承知《しょうち》もしないうちに、勝手《かって》に決《き》めてしまった。すると上野家《うえのけ》の人《ひと》が陰《かげ》でしきりに自分《じぶん》を留《と》める。正岡《まさおか》さんは肺病《はいびょう》だそうだからおよしなさいというのである。

自分《じぶん》も多少《たしょう》気味《きみ》が悪《わる》かったが、かまわず置《お》いた。あの時《とき》追《お》い帰《かえ》さないでよかったと今《いま》つくづく思《おも》う。こんなことが、自分《じぶん》の頭《あたま》に次々《つぎつぎ》に浮《う》かんだ。

しかしこういう思《おも》い出話《でばなし》は畏友《いゆう》に対《たい》する追悼文《ついとうぶん》としてはふさわしくないから、高浜君《たかはまくん》宛《あ》ての返事《へんじ》には詳《くわ》しく様子《ようす》を報《しら》せてくれたことへの礼《れい》と、ただ、今《いま》は書《か》けぬというふうにだけ書《か》いた。そうして封《ふう》をしようとした時《とき》、思《おも》いついて、

筒袖《つつそで》や　秋《あき》の柩《ひつぎ》にしたがはず

と一句《いっく》書《か》き添《そ》えておいた。今《いま》ではこの句《く》に圏点《けんてん》をつける者《もの》もおらぬ。

帰朝《きちょう》の船《ふね》は十二月五日《じゅうにがついつか》の博多丸《はかたまる》と決《き》まった。やはりテームズ川《がわ》のアルバート・ドックからの出航《しゅっこう》である。

十二月五日《じゅうにがついつか》の金曜日《きんようび》は、この北《きた》の都《みやこ》にあっても一段《いちだん》と寒々《さむざむ》とした日《ひ》であった。気《き》の早《はや》い店《みせ》はもうクリスマスの飾《かざ》りつけまですませている。

テームズ河岸《がし》に立《た》つと、褐色《かっしょく》に濁《にご》った水面《みなも》は、吹《ふ》き渡《わた》る寒風《かんぷう》に鳥肌《とりはだ》をたてるように、一面《いちめん》に漣《さざなみ》を浮《う》かべた。寒《さむ》さのせいか、鷗《かもめ》の姿《すがた》もない。

博多丸《はかたまる》はすでに埠頭《ふとう》に姿《すがた》を見《み》せている。しかし出航《しゅっこう》にはまだだいぶん間《ま》があった。自分《じぶん》は波止場《はとば》をほぼ埋《う》めた、寒《さむ》そうに身《み》をすくめる人々《ひとびと》を見《み》た。東洋人《とうようじん》の姿《すがた》など少《すこ》しも見《み》えぬ。

見送《みおく》る者《もの》もない淋《さび》しい旅立《たびだ》ちである。公使館員《こうしかんいん》の連中《れんちゅう》も、自分《じぶん》は十一月七日《じゅういちがつなのか》に帰朝《きちょう》したものと思《おも》っているからやってくることはない。自分《じぶん》は身《み》の周《まわ》りのわずかばかりのものを入《い》れた革鞄《かわかばん》を足《あし》もとに置《お》き、外套《がいとう》の襟《えり》を立《た》てて寒風《かんぷう》を防《ふせ》ぎながら、乗船《じょうせん》の許可《きょか》が下《お》りるのを待《ま》った。

川下《かわしも》より空舟《からぶね》が昇《のぼ》ってくる。左右《さゆう》に褐色《かっしょく》の波襞《なみひだ》を従《したが》えている。起《お》こされた波《なみ》は、やがて埠頭《ふとう》に停泊《ていはく》する博多丸《はかたまる》にも届《とど》く。しかし三千八百《さんぜんはっぴゃく》トン余《よ》の汽船《きせん》は微動《びどう》だにしない。

どこかでにゃーにゃーと海猫《うみねこ》のものらしい鳴《な》き声《ごえ》が聞《き》こえた。自分《じぶん》は明治二十二年《めいじにじゅうにねん》の夏《なつ》、房州《ぼうしゅう》を旅行《りょこう》したことを思《おも》い出《だ》した。そしてこの国《くに》にも房州《ぼうしゅう》と同《おな》じく、海猫《うみねこ》が居《い》るのだなとぼんやり考《かんが》えた。

その時《とき》、ふいに肩《かた》を叩《たた》かれた。

港《みなと》に知《し》り合《あ》いのいるはずもない自分《じぶん》はとびあがるほどに驚《おどろ》き、後《うし》ろを振《ふ》り向《む》いた。すると、見《み》あげるような大男《おおおとこ》が立《た》っている。耳あてのついた鹿射帽子《ディアストーカー》を被《かぶ》り、鳥《とり》の嘴《くちばし》のように突《つ》き出《で》たパイプ越《ご》しに、

「見送《みおく》られるのはお嫌《きら》いとみえますね、夏目《なつめ》さん」

と言《い》った。

ホームズさんであった。見ると、隣《となり》にワトソン先生《せんせい》もいる。そうしてこの時自分《ときじぶん》が何《なに》より驚《おどろ》いたことには、二人《ふたり》の後《うし》ろにあのメアリィ・リンキィが立《た》っていたことだ。彼女《かのじょ》の胸《むね》には、例《れい》のペルシア猫《ねこ》がしっかりとしがみついている。

自分《じぶん》は何《なん》だかすっかり嬉《うれ》しくなった。それで思《おも》わず大声《おおごえ》を出《だ》した。

「ホームズさん、ワトソンさんも。よくこの船《ふね》と解《わか》りましたね！」

するとホームズさんは、大袈裟《おおげさ》に肩《かた》をすくめてから言《い》った。

「おやおや、そいつはひどい。友人《ゆうじん》に黙《だま》って帰国《きこく》する罪《つみ》は許《ゆる》すにしても、専門家《せんもんか》に対《たい》するその暴言《ぼうげん》は許《ゆる》しがたいですな。あなたがどんなにこっそりこのロンドンから逃亡《とうぼう》しようと思《おも》っても、ぼくはちゃんとその前《まえ》に立《た》ちふさがってみせますよ」

ワトソン先生《せんせい》も言《い》った。

「わが国《くに》とあなたの国《くに》とは今年同盟《ことしどうめい》を結《むす》んだそうじゃないですか（日英同盟《にちえいどうめい》。明治三十《めいじさんじゅう》五年締結《ごねんていけつ》。大正十二年廃止《たいしょうじゅうにねんはいし》）。ぼくらはお仲間《なかま》ですよ」

しかし自分《じぶん》は、背後《はいご》の婦人《ふじん》のことが何《なに》より気《き》にかかった。それで、

「しかしメアリィさんまでおられるが、この方《かた》はもうよろしいのですか」と尋《たず》ねた。

病《や》みあがりの英国婦人《えいこくふじん》は、自分《じぶん》の問《と》いに答《こた》えるかわりに、猫《ねこ》の子《こ》を大事《だいじ》そうに抱《かか》えたまま自分《じぶん》の前《まえ》まで進《すす》み出《で》た。そして非常《ひじょう》にしっかりしたアクセントで、

「子猫《こねこ》を有難《ありがと》う、夏目《なつめ》さん」

と言《い》った。自分《じぶん》はそれでうやうやしく彼女《かのじょ》の手《て》を握《にぎ》り、西洋《せいよう》の騎士《きし》ふうの挨拶《あいさつ》をした。彼女《かのじょ》はとりたてて美人《びじん》というのではないが、非常《ひじょう》に好感《こうかん》のもてる顔《かお》だちである。この婦人《ふじん》と会《あ》うのは今度《こんど》がはじめてではなかったが、こんなふうにしっかりと意思《いし》の疎通《そつう》があるのははじめてだ。この様子《ようす》からして、婦人《ふじん》はもうほとんど回復《かいふく》しているのかもしれぬ、そう自分《じぶん》は考《かんが》えた。それで自分《じぶん》は、

「もうすっかりご病気《びょうき》はよいようですね」

と言《い》ってみた。これはまったくのところ本心《ほんしん》である。ここにもし藤代禎輔《ふじしろていすけ》あたりが居《お》り、自分《じぶん》とこの婦人《ふじん》と、どっちが狂人《きょうじん》と思《おも》うかと問《と》えば、奴《やっこ》さんは間違《まちが》いなく自分《じぶん》のほうを指《ゆび》さすであろう。

「こうして散歩《さんぽ》ができるほどによくなったのです。あなたのおかげでね」

ホームズさんは言《い》う。自分《じぶん》はいくぶんあわてた。

「私《わたし》のおかげですって、こいつのおかげでしょう」

自分《じぶん》は猫《ねこ》の子《こ》を指《ゆび》さす。ホームズさんは考《かんが》え込《こ》んだ。

「そう、どっちのおかげがより強《つよ》いかはなかなかむずかしい問題《もんだい》です」

高名《こうめい》な探偵《たんてい》はむずかしい顔《かお》で言《い》う。

「しかしこの難問《なんもん》を解決《かいけつ》するうまい方法《ほうほう》にわれわれは気《き》づきましてね」

自分《じぶん》は、はあと言《い》いながら待《ま》った。

「この猫《ねこ》を夏目《なつめ》と名《な》づける方法《ほうほう》です」

自分《じぶん》は思《おも》わず声《こえ》をたてて笑《わら》った。

「まさか嫌《いや》だなんておっしゃらないでしょうね」

「とんでもない、光栄《こうえい》です。さすがにあなたは頭《あたま》のよい方《かた》だ。そうなると私《わたし》はこの国《くに》を去《さ》っても、私《わたし》の分身《ぶんしん》は残《のこ》るわけですな?」

すると、あなたの first name は何《なん》でしたかしら、とホームズさんが問《と》う。

「金之助《きんのすけ》です」

自分《じぶん》が答《こた》えると、

「キン……、ふむ、やはりそっちにしなくてよかった。その名前《なまえ》じゃ、当人《とうにん》も憶《おぼ》えるのが大変《たいへん》でしょうからね」

と言《い》った。

この時《とき》メアリィが進《すす》み出《で》て、自分《じぶん》に黒《くろ》い小型《こがた》の手提《てさ》げ鞄《かばん》のようなものを差《さ》し出《だ》した。

「猫《ねこ》のお礼《れい》です」

と婦人《ふじん》は言《い》う。

「これはもう要《い》らなくなりましたので」

それは古《ふる》いヴァイオリンであった。いつかランズ・エンドの精神病院《せいしんびょういん》を訪《たず》ねた時《とき》、この婦人《ふじん》がぶなの木《き》の下《した》で奏《かな》でていたものだ。

自分《じぶん》は大《おお》いに戸惑《とまど》った。しかしホームズさんを見《み》ると、よいよい貰《もら》ってあげなさいと言《い》うように、黙《だま》って合点合点《がてんがてん》をしている。自分《じぶん》はそれでもしばらく迷《まよ》ったが、この楽器《がっき》を必《ひつ》要《よう》とした者《もの》が必要《ひつよう》でなくなり、その代《かわ》りのものをあげたのは確《たし》かに自分《じぶん》なのであるから、これを自分《じぶん》が貰《もら》うのは理《り》にかなっていると思《おも》い直《なお》した。

「では有難《ありがた》く、あの事件《じけん》と、それから私《わたし》の英国滞在《えいこくたいざい》と、皆《みな》さんのご親切《しんせつ》を忘《わす》れないための記念にいただくことにいたします。国《くに》へ帰《かえ》ったら、これを弾《ひ》けるように練習《れんしゅう》をしましょう」

自分《じぶん》がこう言《い》うと、

「では忙《いそが》しくなりますよ、この本《ほん》も読《よ》んでもらわなくちゃなりません。これは私《わたし》からのお土産《みやげ》です。ホームズ君《くん》との事件《じけん》を書《か》いたものです」

そう言《い》ってワトソン先生《せんせい》が、立派《りっぱ》な装幀《そうてい》の著書《ちょしょ》を三冊《さんさつ》自分《じぶん》にくれた。それから荷物《にもつ》にならなければいいがと心配《しんぱい》した。

自分《じぶん》は彼《かれ》らの親切《しんせつ》が身《み》にしみた。するとあわてたのはホームズさんである。

「こいつは弱《よわ》ったな」

とホームズさんは言《い》う。

「ぼくにはあげるものがない」

何《なに》をおっしゃってるんです、と自分《じぶん》は言《い》った。彼《かれ》からは一番大《いちばんおお》きな土産《みやげ》を貰《もら》った気《き》が自《じ》分《ぶん》はしている。これ以上貰《いじょうもら》ってはもう持《も》つ手《て》がない。

「よし」

とホームズさんは意《い》を決《けつ》したように言《い》う。

「ぼくは手《て》にかさばらない贈《おく》り物《もの》をするとしよう。夏目《なつめ》さん、ちょっとそれをこっちへ貸《か》してください」

ホームズさんはヴァイオリンのケースを取《と》ると、蓋《ふた》を開《ひら》く。そして馴《な》れた仕草《しぐさ》で楽器《がっき》を取《と》りあげると、弦《げん》の張《は》り具合《ぐあい》を確《たし》かめた。

やがてシャーロック・ホームズ氏《し》の顎《あご》の下《した》から、嫋々《じょうじょう》とすすり泣《な》くような音楽《おんがく》が生《う》まれた。

自分《じぶん》はこの時《とき》、ちょっと形容《けいよう》のし難《がた》い衝撃《しょうげき》を感《かん》じて立《た》ちつくした。二年《にねん》の長《なが》きに亘《わた》る英国滞在《えいこくたいざい》であったが、自分《じぶん》はこれほどに鮮《あざ》やかな瞬間《しゅんかん》に出遭《であ》うことはついになかった。自分《じぶん》はこの時《とき》、生《う》まれてはじめて音楽《おんがく》というものを聴《き》いたと思《おも》った。そうして、音楽《おんがく》というものはかくも自然《しぜん》の一部《いちぶ》として成《な》されるものであるかという真理《しんり》に、思《おも》いいたった。実際《じっさい》それは自然《しぜん》であった。寒々《さむざむ》とした埠頭《ふとう》や、テームズ川《がわ》の水面《みなも》の風情《ふぜい》によく溶《と》け合《あ》い、

この古《ふる》い国《くに》の持《も》つ喜《よろこ》びや悲《かな》しみを、百万言《ひゃくまんげん》の言葉《ことば》を超越《ちょうえつ》して自分《じぶん》に訴《うった》えるようである。神《かみ》の調《しら》べだ。自分《じぶん》は知《し》らず胸《むね》のうちに、かくも大袈裟《おおげさ》な言葉《ことば》が湧《わ》き起《お》こるのを感《かん》じた。ホームズさんはまぎれもない名人《めいじん》である。自分《じぶん》がこれまで演奏会場《えんそうかいじょう》で聴《き》いたどんな専《せん》門家《もんか》のものよりもそれは美《うつく》しく、また憐《センチメント》れが滲《にじ》み出《で》ている。彼《かれ》は犯罪学者《はんざいがくしゃ》にならなければ、間違《まちが》いなく音楽家《おんがくか》として大成《たいせい》したであろう。

そして自分《じぶん》は、この音色《ねいろ》により欧羅巴《ヨーロッパ》という国々《くにぐに》の伝統《でんとう》に感《かん》じ入《い》った。ここにも何百《なんびゃく》年《ねん》という歴史《れきし》が生《い》きている。この天《てん》に駈《か》け昇《のぼ》るような高音《こうおん》に、深《ふか》い憂鬱《ゆううつ》を奏《かな》でる低音《ていおん》に、気《き》の遠《とお》くなるような文明《ぶんめい》への歩《あゆ》みの、一時一時《いっときいっとき》が息《いき》を潜《ひそ》めている。

何《なん》とすごい人間《にんげん》たちであろう、そう自分《じぶん》は思《おも》った。彼《かれ》らはついにこれほどの音色《ねいろ》に到達《とうたつ》している。わが同胞《どうほう》は、余程《よほど》の覚悟《かくご》がなければとても追《お》いつけまい。自分《じぶん》は生《う》まれてはじめて気持《きも》ちのよい涙《なみだ》が、瞼《まぶた》のうちに満《み》ちるのを覚《おぼ》えた。音楽《おんがく》がふいと停《と》まった。自分《じぶん》は俯《うつむ》けていた顔《かお》をあげた。

「あ、いかん」

とホームズさんが言《い》った。

「雨《あめ》が落《お》ちてきた。楽器《がっき》が傷《いた》んでしまう」

この時《とき》、突然《とつぜん》割《わ》れるような拍手《はくしゅ》があたりに巻《ま》き起《お》こった。気《き》づくとほとんど埠頭中《ふとうじゅう》の人々《ひとびと》が自分《じぶん》たちを取《と》り囲《かこ》み、音楽《おんがく》に聴《き》き入《い》っていた。

シャーロック・ホームズ氏《し》は思《おも》いがけない聴衆《ちょうしゅう》のほうを振《ふ》り返《かえ》ると、大袈裟《おおげさ》に驚《おどろ》いてみせ、弓《ゆみ》を持《も》つ手《て》でちょっと帽子《ぼうし》を持《も》ちあげ、挨拶《あいさつ》をした。それから急《いそ》いでヴァイオリンをケースにしまうと、自分《じぶん》に返《かえ》して寄越《よこ》した。自分《じぶん》は思《おも》わずホームズさんの右手《みぎて》を強《つよ》く握《にぎ》りしめた。彼《かれ》の手《て》は、自分《じぶん》の手《て》よりも冷《つめ》たく冷《ひ》えていた。

「ホームズさん、私《わたし》は何《なん》と言《い》ったらよいか……」

そう言《い》ったまま、自分《じぶん》は言葉《ことば》に窮《きゅう》した。ホームズさんは一瞬《いっしゅん》自分《じぶん》の目《め》を見《み》つめ、

「気《き》に入《い》ってくれましたかしら」

とだけ言《い》った。

しかし次《つぎ》の瞬間《しゅんかん》、ホームズさんは自分《じぶん》の顔《かお》からさっと視線《しせん》をそらすと、ほとんどそっ気《け》ないような口調《くちょう》で、

「さあ夏目《なつめ》さん、乗船《じょうせん》が始《はじ》まっていますよ」

と言《い》った。

自分《じぶん》は万感《ばんかん》の思《おも》いを込《こ》めて深《ふか》く頭《あたま》を下《さ》げ、それからワトソン先生《せんせい》とメアリィさんにも下《さ》げて、降《ふ》り出《だ》した霧雨《きりさめ》の中《なか》を舷梯《タラップ》の方《ほう》へと歩《ある》いた。何《なん》だかひどくもどかしいような心《こころ》持《も》ちである。

舷梯《タラップ》をゆっくりとあがっていくと、倫敦《ロンドン》の街《まち》とホームズさんたちが小《ち い》さくなっていく。その上《うえ》に粉《こな》を撒《ま》くようにして、静《しず》かに霧雨《きりさめ》が注《そそ》いでいた。

もう二度《にど》とこの国《くに》に来《く》ることはあるまい、そう自分《じぶん》は考《かんが》えた。日本《にほん》と英吉利《イギリス》は遠《とお》すぎる。自分《じぶん》の人生《じんせい》の残《のこ》りがあと何年《なんねん》あるか知《し》れぬが、ついと気軽《きがる》にやってこられるような距離《きょり》ではない。

さらば英吉利《イギリス》――、と自分《じぶん》は胸《むね》のうちでつぶやいた。

さらば馬車《ばしや》の往《ゆ》きかう石《いし》の街《まち》よ。そして霧《きり》と瓦斯灯《ガスとう》の街《まち》よ、生《い》きて再《ふたた》びまみえることはあるまい。さらば。

自分《じぶん》ははるか遠《とお》い距離《きより》を、波《なみ》を越《こ》えてやってきた。着《つ》いた年《とし》は西暦一九〇〇年《せいれきせんきゆうひやくねん》、奇《く》しくも十九世紀最後《じゆうきゆうせいきさいご》の年《とし》である。欧州《おうしゆう》の地《ち》では十九世紀《じゆうきゆうせいき》が終《お》わる頃《ころ》、世紀末《せいきまつ》を叫《さけ》ぶ憂《ゆう》鬱《うつ》な思想《しそう》が、ペストのように蔓延《まんえん》したと聞《き》く。自分《じぶん》は脱皮《だっぴ》を迫《せま》られている祖国《そこく》と、それからこの古《ふる》い世紀《せいき》をも乗《の》り越《こ》えてきたつもりであった。新《あたら》しい国《くに》、新《あたら》しい世紀《せいき》、新《あたら》しい人生《じんせい》。自分《じぶん》はそういう場所《ばしょ》に一人勇躍乗《ひとりゆうやくの》り込《こ》んできたつもりでいた。そしてあの時《とき》も自分《じぶん》は、今《いま》のように胸《むね》の奥《おく》でさらばと叫《さけ》んだものである。さらば十九世紀《じゅうきゅうせいき》と——。

この時《とき》、自分《じぶん》は思《おも》わず声《こえ》をあげるところであった。知《し》らず舷梯《タラップ》の途中《とちゅう》で足《あし》が停《と》まった。再《ふた》び、自分《じぶん》に天啓《てんけい》が訪《おとず》れている。そうか、解《わか》ったぞ、と自分《じぶん》は思《おも》わず声《こえ》に出《だ》した。立《た》ち停《ど》まった自分《じぶん》の肩《かた》を、背後《はいご》から打《う》つようにして乗客《じょうきゃく》たちの群《む》れが舷梯《タラップ》をあがる。自分《じぶん》は立《た》ち停《ど》まったなり、しばらく考《かんが》えていた。そうして次《つぎ》の瞬間《しゅんかん》、人々《ひとびと》の群《む》れに逆《さか》らい、押《お》しのけるようにして、自分《じぶん》は舷梯《タラップ》を早足《はやあし》でおりていった。

ホームズさんたちは霧雨《きりさめ》の下《した》に立《た》ち、何《なに》やら話《はな》し込《こ》んでいる。自分《じぶん》がずんずん近《ちか》づいていったら目《め》を丸《まる》くして、

「おや夏目《なつめ》さん、日本《にほん》へ帰《かえ》るのはよしたのですか」

と言《い》った。

解《わか》りましたよ、と自分《じぶん》が息《いき》をきらせて言《い》うと、何《なに》がです？　とワトソン先生《せんせい》は尋《たず》ねた。

「例《れい》の『つね六十一《ろくじゆういち》』ですよ」

こう自分《じぶん》が言《い》っても、二人《ふたり》は当分怪訝《とうぶんけげん》な顔《かお》つきである。しかしじきに解《わか》ったとみえて、目《め》が輝《かがや》いた。

「ワトソンさん、あの『六十一《ろくじゆういち》』の写《うつ》しを今《いま》お持《も》ちじゃないでしょうね」

自分《じぶん》は一応《いちおう》こう尋《たず》ねた。ワトソン先生《せんせい》は外套《がいとう》の隠袋《ポケツト》を探《さぐ》った。次《つぎ》に上着《うわぎ》の隠《かく》しを探《さぐ》る。もとより自分《じぶん》はあきらめている。あれから時間《じかん》が経《た》ちすぎているから、彼《かれ》がまだあの文字《もじ》の写《うつ》しを身《み》につけていようはずもない。ところがワトソン先生《せんせい》は歓声《かんせい》をあげたのである。

「ちょうど持《も》っていましたよ。偶然《ぐうぜん》ですね。この上着《うわぎ》を着《き》るのが、うまい具合《ぐあい》にちょうどあの時以来《ときいらい》なんでね、まだポケットに入《はい》ったままだった。さっき出《で》る時《とき》、思《おも》いついてこの服《ふく》にしてよかった」

そう言《い》って彼《かれ》は、自分《じぶん》も一時預《いちじあず》かっていたことのある、例《れい》の紙片《かみきれ》を差《さ》し出《だ》した。

衣裳持《いしようも》ちのワトソン先生《せんせい》ならではの幸運《こううん》である。一着《いつちやく》のフロックコートを何度《なんど》も洗濯《せんたく》しては着《き》ている自分《じぶん》なら、とてもこうはいかぬ。

自分《じぶん》は受《う》け取《と》った例《れい》の紙片《かみきれ》を両手《りょうて》で広《ひろ》げた。その上《うえ》に細《こま》かな雨《あめ》が降《ふ》りかかり、小《ちい》さな丸《まる》い虫《むし》のように光《ひか》った。

「これはどうという意味《いみ》はないのです、ホームズさん」

自分《じぶん》は講釈《こうしやく》を始《はじ》めた。

「それにこれが写しでなければきっと誰《だれ》も迷《まよ》わなかったに違《ちが》いありません。それとも死体《したい》の中《なか》で時間《じかん》が経《た》って、インクの線《せん》もほとんど消《き》えていたのでしょうかしら。この紙《かみ》はこう見《み》ると確《たし》かに『六十一《ろくじゅういち》』です。しかしそれはこの下《した》の『ランガム・ホテル』という活字《かつじ》に惑《まど》わされたからです。

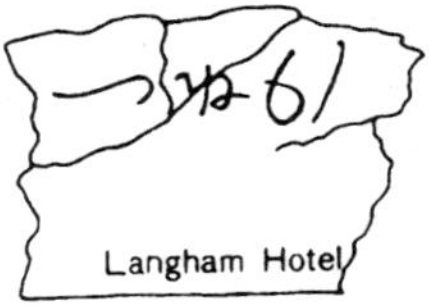

ランガム・ホテルの字《じ》の向《む》きでこの紙《かみ》を読《よ》むと『六十一《ろくじゅういち》』ですが、このホテル名《めい》までキングスレイが書《か》いたわけじゃないのですからね。ほら、こんなふうに見《み》るのです」

自分《じぶん》はそう言《い》うなり、紙片《しへん》をぐるりと逆《さか》さにした。

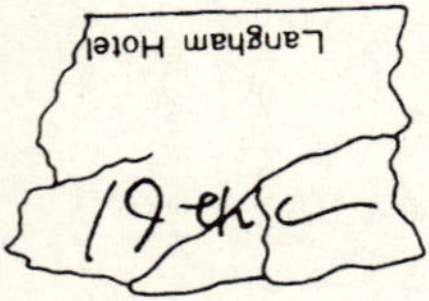

「するとほら、『六十一《ろくじゅういち》』じゃなく『十九《じゅうきゅう》』ですよ。写《うつ》しでなければペンの勢《いきお》いなどから上下《じょうげ》の区別《くべつ》はついたと思《おも》われます。この後《うし》ろに続《つづ》く文字《もじ》は、ずいぶん癖《くせ》はあるけどthとCではありませんかしら。

このtは一般的《いっぱんてき》なやり方《かた》と書《か》き順《じゅん》が違《ちが》うようですが、自分《じぶん》が英国《えいこく》へ来《き》て驚《おどろ》いた事柄《ことがら》のひとつは、あまり教育《きょういく》を受《う》けてない人《ひと》は、文字《もじ》の書《か》き順《じゅん》が各人《かくじん》でまちまちだということです。私《わたし》の国《くに》では文字《もじ》の書《か》き順《じゅん》はいたってうるさいのですが、英国人《えいこくじん》はそうではありませんな。この人《ひと》はtの字《じ》を書《か》く時《とき》、横棒《よこぼう》のほうを先《さき》に書《か》く癖《くせ》があったのでしょう。

つまりこの文字《もじ》は『Ↄ ɥʇ61』ではなく『19th C』、即《すなわ》ち『十九世紀《ナインティーンス・センチュリー》』の略《りゃく》ではないでしょうか」

ほう、なるほど、とホームズさんとワトソン先生《せんせい》は声《こえ》を揃《そろ》えた。

「今《いま》となってはもうどちらでもよいことです。それにこの文字《もじ》は、事件《じけん》の内容《ないよう》とは何《なん》の関《かか》わりも持《も》たぬものです。おそらくこのキングスレイという人《ひと》は、『さらば十九世紀《じゅうきゅうせいき》』とか何《なん》とか、走《はし》り書《が》きをしていたのではないでしょうか。

彼《かれ》が死《し》んだのは、考《かんが》えてみますと一九〇〇年《せんきゅうひゃくねん》のことですから、十九世紀最後《じゅうきゅうせいきさいご》の年《とし》です。彼《かれ》はほとんど十九世紀《じゅうきゅうせいき》が終《お》わるとともに死《し》んだのです。

われわれ東洋人《とうようじん》にはそれほどの感慨《かんがい》はありませんが、欧羅巴《ヨーロッパ》の方々《かたがた》にとっては一九〇〇《せんきゅうひゃく》年《ねん》から一九〇一年《せんきゅうひゃくいちねん》にかけての変《か》わり目《め》は、大変印象深《たいへんいんしょうぶか》いものだったのではないですか。

この地《ち》では、十九世紀《じゅうきゅうせいき》とともにこの世《よ》が終《お》わるなんて言《い》い出《だ》す人《ひと》もいたと聞《き》いております」

自分《じぶん》がこう言《い》うとホームズさんは、

「なるほど、これは一本《いっぽん》まいりましたよ夏目《なつめ》さん。退屈《たいくつ》な文学《ぶんがく》なんかやめて、探偵《たんてい》になってはいかがです？」

と真顔《まがお》で言《い》った。

「ふむ、それを餓死寸前《がしすんぜん》の彼《かれ》は口《くち》に入《い》れたというわけだね」

ワトソン先生《せんせい》が言《い》う。

「ただ飢《う》えていたからで、書《か》かれていた内容《ないよう》にはたいした意味《いみ》はなかったんだね」

するとホームズさんが苦々《にがにが》しそうに続《つづ》けた。

「それをぼくらは事件《じけん》に結《むす》びつけて考《かんが》えてしまった。しかもさかさに見《み》てね。ワトスン君《くん》、まさかこんなことを書《か》く気《き》じゃあるまいね」

ホームズさんがはじめてこの紙《かみ》を見《み》た時《とき》、彼《かれ》の精神《せいしん》はメアリィ・リンキィのこともあって尋常《じんじょう》ではなかった。そうでなければこんな簡単《かんたん》なことを、彼《かれ》ほどの人物《じんぶつ》が見逃《みのが》すはずもない。

「だが、この紙《かみ》の残《のこ》りの本体《ほんたい》は、どこへ行《い》ったんだろう?」

ホームズさんが言《い》いだした。

「切《き》れ端《はし》はこうして出《で》てきた。しかし彼《かれ》は誰一人《だれひとり》訪《たず》ねてこない一軒家《いっけんや》で、一人淋《ひとりさび》しく餓死《がし》した。すると、こうしてちぎって口《くち》に入《い》れた紙《かみ》の残《のこ》りは、当然《とうぜん》あの家《いえ》に残《のこ》って、ジョニー・ブリッグストンに発見《はっけん》されていなくてはならない。ぼくはあれからこの点《てん》をあの小悪党《こあくとう》に何度《なんど》も質《ただ》した。しかし彼《かれ》は正真正銘《しょうしんしょうめい》知《し》らないと言《い》い張《は》った。嘘《うそ》を言《い》っているとは思《おも》えなかったんだがな……」

ホームズさんはパイプを右手《みぎて》に持《も》ち、自分《じぶん》らの周《まわ》りをぐるぐると歩《ある》き廻《まわ》った。

「この紙《かみ》に書《か》かれた文章《ぶんしょう》は、何《なん》だっただろう。何《なに》かのメモか、走《はし》り書《が》きか、それとも、詩《し》か何《なに》かだろうか。夏目《なつめ》さん、何《なん》だと思《おも》います?」

「私《わたし》は走《はし》り書《が》きだと思《おも》いましたがね、でも、そう、詩《し》かもしれませんな」

自分《じぶん》は答《こた》える。

「いやいや夏目《なつめ》さん、ぼくはそうは思《おも》わない。今死《いまし》んでいこうとする人間《にんげん》が、いやむろん死《し》の間《ま》ぎわに書《か》いたとは限《かぎ》らないが、早晩死《そうばんし》んでいくと覚悟《かくご》をした人間《にんげん》が書《か》くものは、詩《し》やメモなんかじゃない」

「と言《い》われますと？」

「手紙《てがみ》ですよ。遺書《いしよ》だ。うん、蓋然性《がいぜんせい》がある。この可能性《かのうせい》はうんと高《たか》いよワトスン、間違《まちが》いないね、手紙《てがみ》だ。しかしそれがどこかへ消《き》えてしまっている。何故《なぜ》だ？　妙《みよう》だな」

ホームズさんは立《た》ち停《ど》まり、考《かんが》え込《こ》んだ。

「みんな食《た》べてしまったんじゃないか？」

ワトソンさんが言《い》った。

「そんなことは考《かんが》えられない」

即座《そくざ》にホームズさんは言《い》う。

「遺書《いしよ》、手紙《てがみ》を、誰《だれ》に宛《あ》てるんです？」

「そここそが重要《じゆうよう》だ夏目《なつめ》さん。宛《あ》てるとしたら、唯一人《ただひとり》の人物《じんぶつ》しか考《かんが》えられない。この人《ひと》です」

ホームズさんは、悄然《しようぜん》と佇《たたず》むメアリィ・リンキィを手《て》で示《しめ》した。

「孤独《こどく》なキングスレイは、両親《りようしん》も死《し》に、身《み》よりは生《い》き別《わか》れた姉《あね》のあなただけです。そうではありませんか？　メアリーさん。死《し》ぬ間《ま》ぎわキングスレイ君《くん》が誰《だれ》かに手紙《てがみ》を書《か》くとすれば、どこかで生《い》きているはずのお姉《ねえ》さんでしょう。そして……」

この時《とき》、ホームズさんの目《め》がらんらんと光《ひか》り、メアリィ・リンキィ夫人《ふじん》のほうへ数歩《すうほ》歩《ある》いた。夫人《ふじん》は訳《わけ》が解《わか》らないらしく、ぼんやりと立《た》っている。

その首《くび》から、ホームズさんはゆっくりとロケットをはずした。夫人《ふじん》は、同《おな》じ型《かた》の青《あお》いロケットを二《ふた》つ、首《くび》に下《さ》げていた。

「傷《きず》がついている。こちらが弟《おとうと》さんの持《も》っていたロケットですな？　キングスレイ君《くん》はそして生《い》き別《わか》れた姉《あね》に通《つう》ずる唯一《ゆいいつ》の思《おも》い出《で》の中《なか》に、手紙《てがみ》をしまったかもしれない、いつかは姉《あね》の手《て》に渡《わた》るかもしれないと考《かんが》えてね。ほら、こんなふうに」

ホームズさんが手《て》の中《なか》でロケットを開《ひら》くと、中《なか》に小《ちい》さく折《お》り畳《たた》んだ紙片《かみきれ》が見《み》えた。メアリィ・リンキィが、弾《はじ》かれたようにホームズさんのそばに駆《か》け寄《よ》った。

ホームズさんは、ゆっくりと紙片《かみきれ》を広《ひろ》げる。寄《よ》っていって自分《じぶん》も覗《のぞ》きこんだ。ランガム・ホテルの便箋《びんせん》であった。埠頭《ふとう》を渡《わた》ってくる霧雨《きりさめ》まじりの寒風《かんぷう》に、便箋《びんせん》ははたはたと揺《ゆ》れた。

「親愛《しんあい》なる姉《ねえ》さん」

ホームズさんは、それを声《こえ》に出《だ》して読《よ》んだ。

「次《つぎ》が破《やぶ》れていて読《よ》めない。『もうすぐ……は逝《ゆ》き、新《あたら》しい時代《じだい》が始《はじ》まるけれど、ぼくらに新《あたら》しい時代《じだい》は来《き》そうもありませんね。ぼくは失敗《しっぱい》したけれど、姉《ねえ》さんは幸《しあわ》せになれますように。キングスレイ』か、短《みじか》いが、胸《むね》を打《う》つ手紙《てがみ》だ。ワトスン君《くん》、その写《うつ》しをこちらへ、ありがとう」

ホームズさんが、その一部破《いちぶやぶ》れた手紙《てがみ》を例《れい》の「つね六十一《ろくじゅういち》」の紙《かみ》に重《かさ》ね合《あ》わせてみると、破《やぶ》れ目《め》もぴたりとつながり、「親愛《しんあい》なる姉《ねえ》さん、もうすぐ十九世紀《じゅうきゅうせいき》は逝《ゆ》き——」と文章《ぶんしょう》もつながった。

「おそらくキングスレイは、こんな手紙《てがみ》を書《か》いて父《ちち》の形見《かたみ》のロケットに入《い》れていた。しかし食《た》べる物《もの》がなくなり、ふと思《おも》いついてロケットを開《あ》け、一部《いちぶ》をちぎり取《と》って口《くち》に入《い》れた、それを噛《か》みながら残《のこ》りはもとどおり畳《たた》んでロケットにしまい、呑《の》み込《こ》んだ時喉《ときのど》につかえた。そして唾液《だえき》が気管《きかん》に入《はい》り、体《からだ》の弱《よわ》っていたキングスレイは窒息死《ちっそくし》した」

ホームズさんは、手紙《てがみ》と、「つね六十一《ろくじゅういち》」の写《うつ》しとの二枚《にまい》を、メアリィ夫人《ふじん》に返《かえ》した。

夫人《ふじん》はこの二枚《にまい》の紙《かみ》を胸《むね》に抱《だ》きしめて、はらはらと涙《なみだ》をこぼした。

「何《なん》ということでしょう。何《なん》という無慈悲《むじひ》なことを神《かみ》はなさったのでしょう。いいえ、でも私《わたし》が悪《わる》いのです。もう少《すこ》し早《はや》く、弟《おとうと》に手《て》をさしのべるべきでした」

「ご自分《じぶん》をお責《せ》めになるのはよくありません、メアリーさん。神《かみ》は最《もつと》も苦痛《くつう》の少《すく》ない方《ほう》法《ほう》で、キングスレイ君《くん》を御許《みもと》に召《め》したのです」

「そうでしょうか、ホームズさま、そうでしょうか」

「そうですとも。今《いま》はご自分《じぶん》の体《からだ》のほうを心配《しんぱい》なすってください」

「おお」

と夫人《ふじん》は思《おも》い出《だ》したように高《たか》い声《こえ》を出《だ》した。

「私《わたし》のことならご心配《しんぱい》なく。皆《みな》さまや、この日本《にほん》の紳士《しんし》のご厚意《こうい》を無駄《むだ》にするようなことは、断《だん》じていたしませんとも。私《わたし》はしっかりしています。このくらいではもう負《ま》けはしません。ただ、あまりに思《おも》いがけない悲《かな》しい事実《じじつ》を今《いま》、知《し》ったものですから。少《すこ》し、自《じ》分《ぶん》を見失《みうしな》ってしまいました。もう大丈夫《だいじょうぶ》です」

「よく解《わか》ります」

自分《じぶん》が言《い》った。

乗船《じょうせん》して荷物《にもつ》を船室《せんしつ》に置《お》いてから、自分《じぶん》はデッキに出《で》た。ホームズさんたちが眼下《がんか》にずいぶん小《ちい》さく見《み》える。

「お元気《げんき》で!」

と自分《じぶん》は叫《さけ》んだ。

しかしその声《こえ》は余程《よほど》小《ちい》さかったとみえ、ホームズさんは耳《みみ》に手《て》を当《あ》て、聞《き》こえないぞという仕草《しぐさ》をした。あるいは彼《かれ》の帽子《ぼうし》についた耳《みみ》あてのせいかもしれぬ。

そこで今度《こんど》はもっとずっと大声《おおごえ》で、

「一緒《いっしょ》にこの船《ふね》で日本《にほん》に行《い》きましょう!」

と叫《さけ》んだ

すると彼《かれ》は口《くち》に両手《りょうて》を添《そ》えると、何《なに》ごとか大声《おおごえ》で叫《さけ》び返《かえ》した。しかしこの時《とき》、ちょうど出航《しゅっこう》の銅鑼《どら》と汽笛《きてき》が鳴《な》り渡《わた》ったので、自分《じぶん》はホームズさんの声《こえ》がちっとも聞《き》き取《と》れなかった。

汽笛《きてき》はずいぶん長《なが》く鳴《な》り続《つづ》けた。そうして鳴《な》り終《お》わらぬうち船《ふね》はしずしずと岸壁《がんぺき》を離《はな》れはじめたから、自分《じぶん》はもう一度《いちど》と叫《さけ》ぶこともならず、ホームズさんの最後《さいご》の言葉《ことば》は、とうとう解《わか》らずじまいになった。

ただ、今《いま》もはっきりと憶《おぼ》えているのは、何《なに》ごとか叫《さけ》び終《お》わった後《あと》、ホームズさんが大声《おおごえ》で笑《わら》ったらしく見《み》えたことである。そうして隣《となり》に立《た》つワトソン先生《せんせい》が、驚《おどろ》いたといった顔《かお》で、しばらく親友《しんゆう》の顔《かお》を見《み》つめていたことだ。

日本《にほん》へ帰《かえ》ってからも自分《じぶん》は、この時《とき》のことを思《おも》い出《だ》し、何度《なんど》も考《かんが》えた。ワトソン先生《せんせい》はあの時《とき》、どうしてあんなに驚《おどろ》いた顔《かお》をしたのだろうと思《おも》った。が、結局解《けっきょくわか》らなかった。

しかしずいぶんして、彼《かれ》の書《か》いた本《ほん》を読《よ》んでいたら解《わか》った。ホームズさんは含《ふく》み笑《わら》いを洩《も》らすのみで、高《たか》らかに笑《わら》うことをしない人《ひと》だというのである。言《い》われてみるとどうもそのようである。それであの時驚《ときおどろ》いたのか、と自分《じぶん》はのちに一人合点《ひとりがてん》をした。

船《ふね》が英国《えいこく》を離《はな》れるにつれ、埠頭《ふとう》の一人一人《ひとりひとり》の顔《かお》はじきに判然《はんぜん》としなくなったが、ひときわ痩《や》せて端整《たんせい》なホームズさんの姿《すがた》は、いつまでもそれと解《わか》る。したがってその横《よこ》に立《た》つ、子猫《こねこ》を抱《だ》いているはずのメアリィ・リンキィも、それから長《なが》く手《て》を振《ふ》っているのがワトソン先生《せんせい》の姿《すがた》であることも、自分《じぶん》には容易《ようい》に知《し》れた。

自分《じぶん》は霧雨《きりさめ》の中《なか》だから、早《はや》く引《ひ》き揚《あ》げてくれればよいということを考《かんが》え続《つづ》けた。けれども自分《じぶん》では、いつまでも手《て》を振《ふ》った。

格別《かくべつ》これという理由《りゆう》もなかったが、思《おも》いついてしばらく目《め》を閉《と》じてみた。すると瞼《まぶた》の裏側《うらがわ》で、ホームズさんが例《れい》の特徴深《とくちょうぶか》い、気取《きど》った動作《どうさ》で動《うご》き廻《まわ》っていた。あの気取《きど》った様子《ようす》は西洋人《せいようじん》に独特《どくとく》である。日本人《にほんじん》には決《けっ》して見《み》られぬ。

自分《じぶん》はついさっき、自分《じぶん》がホームズさんに叫《さけ》んだ言葉《ことば》を思《おも》い返《かえ》した。この船《ふね》で一緒《いっしょ》に日《に》本《ほん》へ行《い》きませんかと思《おも》わず自分《じぶん》が叫《さけ》んだ理由《りゆう》には、思《おも》いあたることがある。それはクレイグ先生《せんせい》である。自分《じぶん》が最後《さいご》のお別《わか》れにうかがった時《とき》、先生《せんせい》はこう問《と》われた。

「君《きみ》の国《くに》の大学《だいがく》に、西洋人《せいようじん》の教師《きょうし》は要《い》らんかね」

自分《じぶん》が何《なん》とも答《こた》えずにいると、

「ぼくももう少《すこ》し若《わか》いと行《い》くがな」

こう言《い》って、何《なん》となく無常《むじょう》を感《かん》じたような顔《かお》をしていられた。先生《せんせい》の顔《かお》に、センチメントの出《で》たのはこの時《とき》だけである。

自分《じぶん》がまだ若《わか》いじゃありませんかと言《い》って慰《なぐさ》めたら、いやいや、いつどんなことがあるかもしれない。もう五十六《ごじゅうろく》だから、と言《い》って妙《みよう》に沈《しず》んでしまった。

クレイグ先生《せんせい》はどういうわけか英吉利人《イギリスじん》に、それとも西洋人《せいようじん》に、うんざりしているようなところがあった。ホームズさんにはそんなところはないが、しかしホームズさんとクレイグ先生《せんせい》とは、どことなく似《に》た点《てん》がある。ベイカー街《がい》という処《ところ》は、余程変人《よほどへんじん》の集《あつ》まる街《まち》とみえる。


やがて手《て》を振《ふ》っても無意味《むいみ》な距離《きょり》に遠《とお》ざかった頃《ころ》、自分《じぶん》の脳裏《のうり》にあの猫《ねこ》の子《こ》の顔《かお》がふいと浮《う》かんだ。

あの英国婦人《えいこくふじん》の腕《うで》に抱《だ》かれるペルシア猫《ねこ》に、日本男子《にほんだんし》たる自分《じぶん》の名《な》がついたとは愉快《ゆかい》であった。まるで猫《ねこ》になったような気分《きぶん》である。

「おれは猫《ねこ》だ」

日本語《にほんご》でそう口《くち》に出《だ》して言《い》ってみた。するともう少《すこ》し馬鹿馬鹿《ばかばか》しい言《い》い方《かた》がしてみたく

なり、

「吾輩《わがはい》は、猫《ねこ》である！」

と言《い》った。言《い》ってから、自分《じぶん》はひとしきり笑《わら》った。なかなかよいぞ、と自分《じぶん》は思《おも》った。

ひとつ日本《にほん》へ帰《かえ》ったら、こんな題《だい》で小説《しょうせつ》でも書《か》いてやるか、と考《かんが》えた。

後《こう》記《き》

世界中《せかいじゅう》にいるシャーロッキアンの、頭《あたま》の下《さ》がる研究《けんきゅう》によると、シャーロック・ホームズ氏《し》はその六十《ろくじゅう》の全作品《ぜんさくひん》の内《うち》で、二百九十二《にひゃくきゅうじゅうに》回笑《かいわら》ったそうである。しかし多《おお》くの研究家《けんきゅうか》は、これらがすべて感情《かんじょう》を押《お》し殺《ころ》したくすくす笑《わら》いであって、彼《かれ》は一度《いちど》も手放《てばな》しの高笑《たかわら》いというものを読者《どくしゃ》に見《み》せたことがないと主張《しゅちょう》している。

この「六十一番目《ろくじゅういちばんめ》のホームズ物語《ものがたり》」を書《か》くにあたって、ぼくが是非《ぜひ》やってみたかったことがひとつあり、ホームズ氏《し》に二百九十三回目《にひゃくきゅうじゅうさんかいめ》の高笑いをさせてみたかった、ということである。しかし夢中《むちゅう》で書《か》いているうちにすっかり忘《わす》れてしまい、お終《しま》いのあたりではっと思《おも》い出《だ》したので、あんなとってつけたようなものになってしまった。

それから是非《ぜひ》ともここに書《か》いておかなくてはならない事柄《ことがら》がもうひとつあって、それはあのベイカー街《がい》の高名《こうめい》でないほうの住人《じゅうにん》、クレイグ先生《せんせい》に関《かん》することである（正確《せいかく》にはクレイグ氏《し》の住所《じゅうしょ》は、ベイカー・ストリートに平行《へいこう》して走《はし》る一本隣《いっぽんとなり》の通《とお》りで、グロスター・プレイス五五番《ごじゅうごばん》A）。

明治四十二年《めいじよんじゅうにねん》（一九〇九年《せんきゅうひゃくきゅうねん》）に漱石《そうせき》によって書《か》かれた『永日小品《えいじつしょうひん》』中《ちゅう》、珠玉《しゅぎょく》の短編《たんぺん》、『クレイグ先生《せんせい》』の内《うち》に、彼《かれ》のその後《ご》が見《み》える。最後《さいご》の部分《ぶぶん》をここに引用《いんよう》しておく。

《日本《にほん》へ帰《かえ》って二年程《にねんほど》したら、新着《しんちゃく》の文芸雑誌《ぶんげいざっし》にクレイグ氏《し》が死《し》んだと云《い》う記事《きじ》が出《で》た。沙翁《さおう》の専門学者《せんもんがくしゃ》であると云《い》うことが、二三行《にさんぎょう》書《か》き加《くわ》えてあった丈《だけ》である。自分《じぶん》は其《そ》の時《とき》雑誌《ざっし》を下《した》へ置《お》いて、あの字引《じびき》はついに完成《かんせい》されずに、反故《ほご》になって仕舞《しま》ったのかと考《かんが》えた》

あの青表紙《あおびょうし》の手帳《てちょう》は今《いま》どこにあるのか。チャリング・クロス、ノックス銀行地下金庫《ぎんこうちかきんこ》のブリキ箱《ばこ》にぎっしり詰《つ》まっているはずの、ワトスン先生《せんせい》の事件憶《じけんおぼ》え書《が》き資料《しりょう》とともに、誰《だれ》かが陽《ひ》を当《あ》てる労《ろう》をとるべきだと思《おも》う。

もうひとつ、この物語《ものがたり》を書《か》き進《すす》んでいたら、一九八一年十一月十七日付《せんきゅうひゃくはちじゅういちねんじゅういちがつじゅうしちにちづけ》の毎日新聞《まいにちしんぶん》に、コーンウォル半島《はんとう》の突端《とったん》ランズ・エンド岬《みさき》が、なんと売《う》りに出《で》たという記《き》事《じ》が載《の》った。買《か》い手《て》はおそらく外国人《がいこくじん》になろうという。

思《おも》えばホームズの時代《じだい》、すなわちヴィクトリア朝後半《ちょうこうはん》の時代《じだい》は、大英帝国《だいえいていこく》は地球上《ちきゅうじょう》の隅々《すみずみ》にまで植民地《しょくみんち》を持《も》ち、陽《ひ》の沈《しず》む時《とき》がないと言《い》われていた。颯爽《さっそう》と洒落《しゃれ》た服《ふく》に身《み》を包《つつ》み、ガス灯《とう》の道《みち》を闊歩《かっぽ》した当時《とうじ》のロンドンっ児《こ》の誰《だれ》が、今日《こんにち》の斜陽《しゃよう》を予想《よそう》したであろう。かつての超大国《ちょうたいこく》は、海外《かいがい》の植民地《しょくみんち》をすべて失《うしな》ったばかりか、自分自身《じぶんじしん》のつま先《さき》までが、他国《たこく》の手《て》に渡《わた》ろうとしている。

そして今《いま》こそ東洋《とうよう》の魔術《まじゅつ》が、彼《かれ》らの憂鬱《ゆううつ》に拍車《はくしゃ》をかけている。ナツミの国《くに》が送《おく》り込《こ》む自動車《じどうしゃ》やテレビの優秀性《ゆうしゅうせい》は、彼《かれ》らにとってはまさに東洋《とうよう》の魔術《まじゅつ》以外《いがい》のものではあるまい。

かつてホームズの気質《きしつ》に最《もっと》も合《あ》った土地《とち》とワトスンに言《い》わしめたランズ・エンド岬《みさき》が、外国人《がいこくじん》の競売《きょうばい》にふされると聞《き》いたら、地面《じめん》の下《した》でシャーロック・ホームズ氏《し》は何《なん》と言《い》うだろう——？

女王陛下《じょおうへいか》からのサーの称号《しょうごう》の贈与《ぞうよ》を、きっぱりと辞退《じたい》したほどのホームズ氏《し》なら、あるいは今日《こんにち》の英国《えいこく》の姿《すがた》を見通《みとお》していたかもしれない。とすれば何《なに》も言《い》わず、ただ皮肉《ひにく》な笑《え》みを洩《も》らすだけだろうか。その笑《わら》いこそは、確《たし》かに声《こえ》を押《お》し殺《ころ》した例《れい》の忍《しの》び笑《わら》いがふさわしい。

一九《せんきゅうひゃく》八《はちじゅう》四《よ》年《ねん》八月《はちがつ》

島田荘司《しまだそうじ》

【参考文献《さんこうぶんけん》】

人《ひと》と文学《ぶんがく》シリーズ『夏目《なつめ》漱石《そうせき》』学習研究社《がくしゅうけんきゅうしゃ》
名探偵読本《めいたんていどくほん》1『シャーロック・ホームズ』プレジデント社《しゃ》
「永日小品《えいじつしょうひん》」「倫敦消息《ロンドンしょうそく》」夏目《なつめ》漱石著《そうせきちょ》　角川文庫《かどかわぶんこ》
『シャーロック・ホームズ全集《ぜんしゅう》』東京図書《とうきょうとしょ》

特別《とくべつ》エッセイ

夢見《ゆめみ》る時代《じだい》の力《ちから》

島田荘司《しまだそうじ》

もうずいぶん前《まえ》に書《か》いた『漱石《そうせき》と倫敦《ロンドン》ミイラ殺人事件《さつじんじけん》』を、総《そう》ルビにして、少年少女《しょうねんしょうじょ》向《む》けにも刊行《かんこう》しては、という計画《けいかく》が立《た》ちあがって、城芽《じょうめ》ハヤトさんに挿絵《さしえ》をお願《ねが》いして、こんな本《ほん》ができました。自分《じぶん》ではとても気《き》に入《い》っています。

でももともとこの物語《ものがたり》、きちんとそう意識《いしき》して子供向《こどもむ》けに書《か》いたものではないから、話《はなし》をいただいた時《とき》にはびっくりしましたが、言《い》われてみればユーモアふうの事件展開《じけんてんかい》といい、有名《ゆうめい》な夏目漱石先生《なつめそうせきせんせい》や、シャーロック・ホームズ氏《し》が出《で》てくることといい、子供《こども》さんや若《わか》いみなさんがはじめて読《よ》む「本格《ほんかく》のミステリー」にはふさわしい内容《ないよう》だと思《おも》って、なるほどなと感心《かんしん》した次第《しだい》です。

けれどもそういうことなので、言《い》い廻《まわ》しや、使《つか》っている漢字《かんじ》などは、少々《しょうしょう》むずかしいところがあるかもしれません。特《とく》に夏目漱石《なつめそうせき》さんの書《か》いた部分《ぶぶん》は、明治《めいじ》の大文学者《だいぶんがくしゃ》のことで、とても古風《こふう》で、むずかしい言《い》い廻《まわ》しがあちこちにあります。でも漢字《かんじ》にはルビがふってありますから、そこはちょっと我慢《がまん》して、漢字《かんじ》や言《い》い方《かた》を憶《おぼ》えるような気分《きぶん》で読《よ》んでいただけたらと思《おも》います。教科書《きょうかしょ》にはないような楽《たの》しい感覚《かんかく》、遠《とお》い異国《いこく》での、ぞくぞくするような謎解《なぞと》きの世界《せかい》がひらけるかもしれません。

　と言《い》っても、もちろんこれは書《か》いたぼくの手柄《てがら》ではなくて、コナン・ドイルのオリジナルのホームズものが持《も》っている力《ちから》です。そして漱石《そうせき》さんは言《い》うまでもなく日本《にほん》の文豪《ぶんごう》。日英《にちえい》の二大文豪《にだいぶんごう》が激突《げきとつ》したのですから、面白《おもしろ》くて当然《とうぜん》ですよね。もしも本書《ほんしょ》を面白《おもしろ》かったと感《かん》じていただけたなら、次《つぎ》は原典《げんてん》のホームズものを読《よ》むのもいいし、それとも夏目漱石《なつめそうせき》の名作群《めいさくぐん》、あるいは日本《にほん》で今《いま》もさかんに書《か》かれている、本格《ほんかく》のミステリー小説《しょうせつ》の世界《せかい》に進《すす》んでもいいかと思《おも》います。

　今《いま》「本格《ほんかく》のミステリー」という、みなさんにはたぶん耳《みみ》なれない言葉《ことば》を使《つか》いました。この言葉《ことば》について少《すこ》しだけ説明《せつめい》すると、ミステリー小説《しょうせつ》とは、神秘的《しんぴてき》な出来事《できごと》、つまり、どうしてこんな不思議《ふしぎ》が起《お》こったのか理由《りゆう》がわからず、謎《なぞ》だとみんながそろって首《くび》をひねるような出来事《できごと》を描写《びょうしゃ》した小説《しょうせつ》のことです。だから小泉八雲《こいずみやくも》の「怪談《かいだん》」なども、広《ひろ》い意味《いみ》でこの小説《しょうせつ》のお仲間《なかま》です。

そういう中《なか》に、物語《ものがたり》の前方《ぜんぽう》に現《あらわ》れたそうした謎《なぞ》がきちんと解《と》かれ、後段《こうだん》で解答《かいとう》がしめされるような一群《いちぐん》の小説《しょうせつ》があります。【謎《なぞ》↓解決《かいけつ》】というはっきりした背骨《せぼね》を持《も》つ物語《ものがたり》ですね。つまりそれは、幽霊《ゆうれい》が起《お》こした事件《じけん》ではなくて、人間《にんげん》が起《お》こした事件《じけん》だったわけで、こういう物語《ものがたり》を「探偵小説《たんていしょうせつ》」とか、「謎解《なぞと》き小説《しょうせつ》」というふうに呼《よ》びます。本編《ほんぺん》『漱石《そうせき》と倫敦《ロンドン》ミイラ殺人事件《さつじんじけん》』も、このお仲間《なかま》に入《はい》ります。

さらにこのグループの中《なか》でも、その謎《なぞ》を解《と》く際《さい》の考《かんが》え、これを「推理《すいり》」と呼《よ》びますが、それが凝《こ》っていて、ちょっとややこしく感《かん》じるくらいなのだけれども、考《かんが》えてもいなかった思《おも》いがけない理由《りゆう》がしめされ、ああそういうことだったのかと読《よ》み手《て》が納得《なっとく》でき、しかも感心《かんしん》する、つまり強《つよ》い説得力《せっとくりょく》を感《かん》じるような謎解《なぞと》きの説明《せつめい》、こういう部分《ぶぶん》を後半《こうはん》に持《も》った小説群《しょうせつぐん》を、とりたてて「本格《ほんかく》のミステリー」と呼《よ》びます。

謎解《なぞと》きの小説《しょうせつ》は、頭脳《ずのう》パズルともいうべき側面《そくめん》を持《も》っているので、頭脳《ずのう》、つまり思考《しこう》力《りょく》を高度《こうど》に使《つか》っている、あるいは「本格的に頭《あたま》を使《つか》っている」と感《かん》じられる一群《いちぐん》の作例《さくれい》に対《たい》しては、いつの間《ま》にかこんな呼《よ》び名《な》ができて定着《ていちゃく》しました。本編《ほんぺん》『漱石《そうせき》と倫敦《ロンドン》ミイラ殺人事件《さつじんじけん》』も、こうした「本格《ほんかく》のミステリー」の仲間《なかま》に入《はい》るだろうとぼくは考《かんが》えています。でもそれを決《き》めるのは、実《じつ》はぼくではなくてみなさんなのですけれどもね。

これは昔《むかし》、江戸川乱歩《えどがわらんぽ》さんの小説《しょうせつ》がさかんに読《よ》まれた頃《ころ》、乱歩《らんぽ》さんの小説《しょうせつ》は謎《なぞ》を解《と》く推理《すいり》の部分《ぶぶん》よりも、読者《どくしゃ》をぞくぞくさせる恐怖《きょうふ》の方《ほう》に重心《じゅうしん》が置《お》かれ、そしてその恐《きょう》怖《ふ》は、江戸時代《えどじだい》から明治《めいじ》にかけてよくあった見世物小屋《みせものごや》、つまり奇形《きけい》と呼《よ》ばれる人《ひと》とかろくろ首《くび》、蛇女《へびおんな》、処刑《しょけい》された罪人《ざいにん》の生首《なまくび》、なんかをお金《かね》を取《と》って見《み》せていたお化《ば》け屋敷《やしき》のセンスがベースになっていて、これを物語《ものがたり》に持《も》ち込《こ》んだものだったわけですが、こういうものは普通《ふつう》の小説《しょうせつ》とはちょっと変《か》わった趣味《しゅみ》のものだぞ、という理解《りかい》から、「変格《へんかく》」の探偵小説《たんていしょうせつ》だ、と呼《よ》んだ人《ひと》がいて、そうならそこを基準《きじゅん》に、そうじゃなく、不思議《ふしぎ》な出来《でき》事《ごと》も理屈《りくつ》で推理《すいり》し、知的《ちてき》に謎《なぞ》を解《と》きあかすんだ、としっかり意識《いしき》して書《か》かれた小説《しょうせつ》のことを「本格《ほんかく》」、と区別《くべつ》して呼《よ》んだわけです。

これは見世物小屋《みせものごや》でみんなを怖《こわ》がらせることが目的《もくてき》ではなくて、そういう怖《こわ》い謎《なぞ》も頭《あたま》を使《つか》って解《と》きほぐす、その頭脳的《ずのうてき》な楽《たの》しさの方《ほう》をみんなに読《よ》んでもらうのだ、といった心意気《こころいき》で、それが「本格《ほんかく》」の精神《せいしん》です。でも誤解《ごかい》しないで欲《ほ》しいのですが、これはどちらがよいといったことはなくて、どちらも面白《おもしろ》いのですが、その面白《おもしろ》さの質《しつ》が違《ちが》うわけです。

ところでこういう「本格《ほんかく》」も「変格《へんかく》」も、読《よ》むのと同《おな》じくらいに書《か》くことが楽《たの》しい小説《しょうせつ》なんですね。だからみなさんにも挑戦《ちょうせん》して欲《ほ》しいんです。と言《い》うのも、人《ひと》の一生《いっしょう》を重々《おもおも》しく描《えが》いて、熟年層《じゅくねんそう》に感動《かんどう》を与《あた》えたり、多《おお》くの読《よ》み手《て》に生《い》き方《かた》の指標《しひょう》を与《あた》えたりするような小説《しょうせつ》は、これは人生《じんせい》をまだ十年《じゅうねん》とか二十年《にじゅうねん》しか送《おく》ってきていない人《ひと》には書《か》けません。異性《いせい》を好《す》きになって、そういう気持《きも》ちの楽《たの》しさや苦《くる》しさ、好《す》きになって以降《いこう》に出《で》遭《あ》う困難事《こんなんごと》などを俯瞰的《ふかんてき》に描《えが》いていくことも、その年代《ねんだい》ではなかなかむずかしい。もし書《か》けても、大勢《おおぜい》の人《ひと》たちを感心《かんしん》させることはできないでしょう。

でも【謎《なぞ》→解決《かいけつ》】という背骨《せぼね》を持《も》った探偵小説《たんていしょうせつ》ならば、小学生《しょうがくせい》の時《とき》から書《か》くことができます。そしておとなたちが見《み》すごす謎《なぞ》について表現《ひょうげん》したり、おとなたちが思《おも》いもしなかったその解決法《かいけつほう》をしめすことだってできます。子供《こども》たちや若者《わかもの》たちの日常空間《にちじょうくうかん》には、年長者《ねんちょうしゃ》たちが知《し》らない特有《とくゆう》の出来事《できごと》や、世界《せかい》があります。そして誰《だれ》も気《き》づかない不思議《ふしぎ》や、冒険《ぼうけん》もきっとそこにあるでしょう。

物語《ものがたり》に現《あらわ》れる不思議《ふしぎ》、つまりミステリーの質《しつ》は、なにも人《ひと》が死《し》んで、警察《けいさつ》が出《で》てこなくてはならないようなものばかりである必要《ひつよう》はありません。それは新聞《しんぶん》に載《の》りそうなそういうものの方《ほう》がショッキングだから、大勢《おおぜい》のおとなたちの関心《かんしん》をひきつけることは間違《まちが》いないのですが、小《ちい》さくてもきらりと光《ひか》る日常《にちじょう》の不思議《ふしぎ》はたくさんあります。こういうものは、その世界《せかい》を遥《はる》かな後方《こうほう》にしてしまったおとなでは、なかなか気《き》づけません。そして彼《かれ》らは、自分《じぶん》たちは成長《せいちょう》して立派《りっぱ》になったと考《かんが》えていますから、自分《じぶん》たちの世界《せかい》で起《お》こる事件《じけん》の方《ほう》が価値《かち》が高《たか》いと思《おも》いがちです。でもおとなたちの世界《せかい》で起《お》こる出来事《できごと》こそ、利己的《りこてき》で、損得勘定的《そんとくかんじょうてき》で、ただの威張《いば》り合《あ》い、面子《メンツ》の張《は》り合《あ》いであったりすることも多《おお》いのです。そんな事件《じけん》のどこにもミステリーはありません。

ぼくの子供《こども》の頃《ころ》のことをお話《はな》しすると、ぼくは小学校時代《しょうがっこうじだい》を目黒区《めぐろく》の大原町《おおはらちょう》、今《いま》は八雲《やくも》と言《い》っているようですが、それから駒沢《こまざわ》、柿《かき》の木坂《きざか》、そういう一帯《いったい》ですごしました。目《め》黒区《ぐろく》の東根《ひがしね》小学校《しょうがっこう》という小学校《しょうがっこう》にかよっていたその当時《とうじ》、江戸川乱歩《えどがわらんぽ》の「少年探偵《しょうねんたんてい》団《だん》」や「怪人二十面相《かいじんにじゅうめんそう》」が子供《こども》たちのヒーローで、ラジオでさかんに放送劇《ほうそうげき》をやっていました。だから友達《ともだち》と江戸川乱歩《えどがわらんぽ》の本《ほん》を貸《か》し借《か》りしては、夢中《むちゅう》で読《よ》みました。

二十面相《にじゅうめんそう》が黒《くろ》いマントをひるがえして駈《か》け巡《めぐ》る東京《とうきょう》の街《まち》は、実際《じっさい》にはたぶん浅草《あさくさ》や谷《や》中《なか》、麹町《こうじまち》とか神田《かんだ》のあたりだったのでしょうが、ぼくも、それから一緒《いっしょ》に探偵団《たんていだん》を結成《けっせい》して町内《ちょうない》を歩《ある》き廻《まわ》る仲間《なかま》たちも、神田《かんだ》や谷中《やなか》に憧《あこが》れるような気分《きぶん》は皆無《かいむ》でした。何故《なぜ》ならあの頃《ころ》の駒沢周辺《こまざわしゅうへん》や柿《かき》の木坂《きざか》の住宅街《じゅうたくがい》ほど、二十面相《にじゅうめんそう》の活躍舞台《かつやくぶたい》にふさわしく思《おも》える場所《ばしょ》はなかったからです。これはただの地元《じもと》びいきというのとは違《ちが》って、ちゃんと理由《りゆう》がありました。

今《いま》は駒沢公園《こまざわこうえん》になっている緑地一帯《りょくちいったい》は、ぼくの小学校四年《しょうがっこうよねん》の頃《ころ》は広大《こうだい》なゴルフ場《じょう》の跡地《あとち》で、丘《おか》あり谷《たに》ありの一面《いちめん》が緑《みどり》に覆《おお》われ、白《しろ》や黄色《きいろ》の花《はな》が咲《さ》き乱《みだ》れ、その上《うえ》をさまざまな種類《しゅるい》の蝶々《ちょうちょう》が乱舞《らんぶ》して、草《くさ》の葉《は》を濡《ぬ》らしながら小川《おがわ》が流《なが》れていました。そこが一《せん》九六四年《きゅうひゃくろくじゅうよねん》の東京《とうきょう》オリンピックの第二競技場《だいにきょうぎじょう》になることが決《き》まり、工事《こうじ》が始《はじ》まり、丘《おか》は削《けず》られ、緑地《りょくち》は埋《う》められ、ある日《ひ》小川《おがわ》までが巨大《きょだい》なセメント製《せい》の土管《どかん》に入《はい》ってしまいました。

しかし当時《とうじ》のぼくらは、貴重《きちょう》な自然《しぜん》が失《うしな》われたことを悔《くや》しくなんて思《おも》いませんでした。今《いま》はあんなことはないのでしょうが、当時《とうじ》は管理《かんり》がずさんで、休日《きゅうじつ》など、地上《ちじょう》に突《つ》き出《だ》した筒《つつ》の上《うえ》から、梯子《はしご》を下《くだ》って土管《どかん》の中《なか》に入《はい》ることもできたのです。この筒《つつ》の高《たか》さまで、土《つち》が盛《も》られる予定《よてい》でした。

そして下《くだ》ったぼくらの眼前《がんぜん》にひらけた、暗《くら》くて果《は》てしのないトンネルの道《みち》、真新《まあたら》しいセメントと水《みず》の匂《にお》い、懐中電灯《かいちゅうでんとう》の光芒《こうぼう》に浮《う》かぶぞくぞくする暗《くら》がりは、二十面相《にじゅうめんそう》の新《あら》たなアジトにつながると信《しん》じさせる、充分《じゅうぶん》なリアリティを持《も》っていました。オリンピック用《よう》の大規模工事《だいきぼこうじ》なんて説明《せつめい》こそは彼一流《かれいちりゅう》のカムフラージュで、実《じつ》はこれは巨大地下要塞《きょだいちかようさい》の建設《けんせつ》に相違《そうい》ない、二十面相《にじゅうめんそう》のアジトは、町中《まちなか》の何《なん》でもない暗《くら》がりから、不意《ふい》に入《い》り口《ぐち》が開《ひら》けるものなんですから。そんなことを仲間《なかま》と一緒《いっしょ》に考《かんが》える日々《ひび》、つまりぼくらは、緑《みどり》の自然《しぜん》と引《ひ》き換《か》えに、めくるめくような冒険《ぼうけん》の舞台《ぶたい》を手《て》に入《い》れたのです。

当時東根小学校《とうじひがしねしょうがっこう》のぼくのクラスは、昼食時《ちゅうしょくどき》になると、机《つくえ》を押《お》して移動《いどう》して向《む》きを変《か》え、周囲《しゅうい》の生徒《せいと》たちとくっつけ合《あ》って島《しま》を作《つく》り、数人単位《すうにんたんい》のグループで、おしゃべりしながら給食《きゆうしよく》を食《た》べるという習慣《しゆうかん》がありました。ぼくもしばらくはただそういうおしゃべりをしていたのですが、その非創造性《ひそうぞうせい》に次第《しだい》に退屈《たいくつ》を感《かん》じて、ある時《とき》、駒沢公園《こまざわこうえん》で考《かん》えていた冒険妄想《ぼうけんもうそう》を、みなに話《はな》してあげました。江戸川乱歩《えどがわらんぽ》の真似《まね》をした探偵物語《たんていものがたり》だったのですが、みんな意外《いがい》に面白《おもしろ》がってくれ、途中《とちゆう》で終了《しゆうりよう》の鐘《かね》が鳴《な》ったので、明日《みようにち》の給食時間《きゆうしよくじかん》にまた続《つづ》きを話《はな》すようにと約束《やくそく》させられました。

次《つぎ》の日《ひ》も、口《くち》から出《で》るにまかせてなんとかお話《はなし》をこなしたのですが、だんだんに妄想《もうそう》が尽《つ》きてきて、翌日《よくじつ》もまたすらすら語《かた》るには、相応《そうおう》の準備《じゆんび》が必要《ひつよう》に思《おも》えてきました。そこで給食時《きゆうしよくじ》のため、家《いえ》でノートに物語《ものがたり》の下書《したが》きをすることにしました。そして翌日《よくじつ》これをみんなに披露《ひろう》すると、ますます人気《にんき》が出《で》てしまって、とても解放《かいほう》してくれそうもなくなりました。

机《つくえ》にノートを広《ひろ》げ、それをちらちらと眼下《がんか》に見《み》ながら話《はな》していたのですが、面倒《めんどう》になって、いっそ朗読《ろうどく》することにしました。するとみんな、もう、食《く》い入《い》るように聞《き》いてくれます。ふだん批判的《ひはんてき》で、厄介《やつかい》なことばかりを言《い》いつのる女《おんな》の子《こ》たちも、見《み》れば眉根《まゆね》にしわを寄《よ》せ、真剣《しんけん》な表情《ひようじよう》で聞《き》き入《い》っています。そんな様子《ようす》を見《み》るのは驚《おどろ》きであり、誇《ほこ》らしくもありましたが、同時《どうじ》に物語《ものがたり》というものの持《も》つ強《つよ》い力《ちから》を知《し》りました。

今《いま》はもう少《すく》なくなりましたが、当時《とうじ》は放送劇《ほうそうげき》や、小説朗読《しょうせつろうどく》の番組《ばんぐみ》がラジオに多《おお》くあり、朗読《ろうどく》という表現《ひょうげん》が、ひとつのジャンルを形成《けいせい》している感《かん》じでした。そうした世情《せじょう》にも助《たす》けられたのでしょうし、また当時《とうじ》の駒沢公園《こまざわこうえん》は、子供《こども》にとっては夢《ゆめ》の国《くに》で、柿《かき》の木坂《きざか》の一《いっ》角《かく》に東映《とうえい》テレビ部《ぶ》の撮影所《さつえいじょ》があったのですが、当時目覚《とうじめざま》しい勢《いきお》いで普及《ふきゅう》しはじめたテレビのため、ここで実写版《じっしゃばん》の「鉄腕《てつわん》アトム」や、「月光仮面《げっこうかめん》」の製作《せいさく》が行《おこな》われていました。またロケ隊《たい》がここから出《で》てきて、目《め》と鼻《はな》の先《さき》の駒沢周辺《こまざわしゅうへん》に、しょっちゅう繰《く》り出《だ》していました。当時《とうじ》は道《みち》に自動車《じどうしゃ》も少《すく》なく、撮影《さつえい》はすこぶる楽《らく》そうでした。

浅草《あさくさ》や神田《かんだ》をうらやましく思《おも》わなかった理由《りゆう》は、こういうところにもあります。テレビドラマの撮影《さつえい》が行《おこな》われているここ柿《かき》の木坂《きざか》や駒沢《こまざわ》こそは、ぼくらにとって輝《かがや》けるハリウッドだったのです。そういうロケ隊《たい》に、自分《じぶん》たちのテリトリーで出《で》くわせば、ブラウン管《かん》で観《み》た顔《かお》が遠《とお》くに見《み》え隠《かく》れして、本当《ほんとう》にわくわくしたものです。ぼくの妄想《もうそう》の物語《ものがたり》は、もうよく憶《おぼ》えてはいませんが、そういう日常《にちじょう》から、たぶん発生《はっせい》していました。

ぼくの島《しま》での朗読連載《ろうどくれんさい》が、クラス内《ない》でだんだんに評判《ひょうばん》を呼《よ》び、あちこちの島《しま》に次々《つぎつぎ》と作家《さっか》が現《あらわ》れ、みな負《ま》けじと自作《じさく》の朗読《ろうどく》を始《はじ》めました。多《おお》くはぼくの真似《まね》をした乱歩《らんぽ》ふうの探偵小説《たんていしょうせつ》だったのですが、中《なか》には新機軸《しんきじく》で時代劇《じだいげき》を語《かた》る者《もの》もいて、これには意表《いひょう》を衝《つ》かれ、その本格的《ほんかくてき》な気配《けはい》に少々焦《しょうしょうあせ》りを感《かん》じたりもしました。

この本《ほん》に収録《しゅうろく》してある年譜《ねんぷ》を見《み》ていただけると解《わか》りますが、一九八七年《せんきゅうひゃくはちじゅうななねん》に講談社《こうだんしゃ》の編集部《へんしゅうぶ》、宇山日出臣《うやまひでおみ》さんの協力《きょうりょく》でもって「新本格《しんほんかく》ムーヴメント」という一種《いっしゅ》の潮流《ちょうりゅう》を起《お》こすことができるのですが、この時《とき》の東根小学校《ひがしねしょうがっこう》の教室内《きょうしつない》もまた、時代《じだい》に三十年先駆《さんじゅうねんさきが》ける新本格《しんほんかく》の一大勃興期《いちだいぼっこうき》でした。講談社《こうだんしゃ》のものより以前《いぜん》に、プレ新本格《しんほんかく》のブームは、目黒《めぐろ》ですでに起《お》こっていたわけです。ただ残念《ざんねん》なことに、この時《とき》のクラスメイトから、作家《さっか》になった人《ひと》はいませんね。

ともかくこんなふうに、謎解《なぞと》きの探偵小説《たんていしょうせつ》というものは、子供《こども》にも書《か》けるし、もしかしたら、子供《こども》たちにこそ向《む》いた小説《しょうせつ》のジャンルかもしれません。三十歳《さんじっさい》になって『占星《せんせい》術殺人事件《じゅつさつじんじけん》』を書《か》き、探偵文壇《たんていぶんだん》にデビューして割《わり》とすぐにぼくは、この『漱石《そうせき》と倫敦《ロンドン》ミイラ殺人事件《さつじんじけん》』という小説《しょうせつ》を書《か》くのですが、思《おも》えばそれは、この小学校時代《しょうがっこうじだい》の経験《けいけん》が影響《えいきょう》しているかもしれません。超有名人二人《ちょうゆうめいじんふたり》の登場《とうじょう》なんて、いかにも聴衆《ちょうしゅう》を目《め》の前《まえ》にしての朗読《ろうどく》に向《む》いています。反応《はんのう》がすぐに期待《きたい》できますからね。

こうした体験《たいけん》が全然《ぜんぜん》なく、三十歳《さんじっさい》になってはじめて何《なに》か小説《しょうせつ》を書《か》こうと構想《こうそう》を開始《かいし》していたら、もっとずっと真面目《まじめ》な、松本清張《まつもとせいちょう》さんなどに似《に》たものになっていたかもしれません。そうできていれば、それはそれでもちろん素晴《すば》らしいことなのですけれども、ユーモアとか、子供《こども》らしい夢《ゆめ》の味《あじ》などは、影《かげ》を潜《ひそ》めたでしょう。そうなら島田荘司《しまだそうじ》の作風《さくふう》は、今《いま》とは全然違《ぜんぜんちが》ったでしょうね。

デビュー作《さく》の『占星術殺人事件《せんせいじゅつさつじんじけん》』も、あらためて思《おも》い出《だ》してみれば、舞台《ぶたい》はこの東根《ひがしね》探偵団《たんていだん》のまさに活動範囲《かつどうはんい》です。芸術家《げいじゅつか》の暮《く》らす八雲《やくも》の邸宅内《ていたくない》で怪《あや》しい事件《じけん》が起《お》こり、警《けい》察官《さつかん》が柿《かき》の木坂一帯《きざかいったい》の住宅《じゅうたく》や、マネキン工房《こうぼう》を聞《き》き込《こ》んで歩《ある》き、犯人《はんにん》は工事《こうじ》が始《はじ》まる以《い》前《ぜん》の駒沢公園《こまざわこうえん》に潜《ひそ》みます。東根《ひがしね》小学校当時《しょうがっこうとうじ》のものよりはずっと上手《じょうず》にできているかもしれませんが、給食《きゅうしょく》の時間《じかん》に語《かた》っていた連続朗読探偵小説《れんぞくろうどくたんていしょうせつ》の舞台装置《ぶたいそうち》や材料《ざいりょう》が、そのまま使《つか》われていることに気《き》づきます。

こうして書《か》いていけばだんだんに実感《じっかん》しますが、東根《ひがしね》小学校時代《しょうがっこうじだい》の探偵小説創作《たんていしょうせつそうさく》には、デビューから大《おお》いに助《たす》けられていたのです。思《おも》い返《かえ》せば昭和三十年代《しょうわさんじゅうねんだい》の東京《とうきょう》は、探偵小説《たんていしょうせつ》の時代《じだい》をすごしていました。江戸川乱歩《えどがわらんぽ》さんの影響《えいきょう》で、東京《とうきょう》の街《まち》の上空《じょうくう》を、探偵小説《たんていしょうせつ》の空気《くうき》がすっぽりと覆《おお》っていました。そんな小説本《しょうせつぼん》がたくさん出《で》ていて、ラジオにも、新興《しんこう》のテレビにも探偵趣味《たんていしゅみ》の番組《ばんぐみ》があふれ、道《みち》には主題曲《しゅだいきょく》が聞《き》こえていました。

そういう街《まち》の空気《くうき》をたっぷり吸《す》ってぼくは育《そだ》ちましたが、今《いま》の子供《こども》たちが観《み》ている探偵《たんてい》アニメもまたそうですね。作中《さくちゅう》の空気《くうき》は驚《おどろ》くほどわれわれのものと似《に》ています。「名探偵《めいたんてい》コナン」は、たぶんぼくらの頃《ころ》の「少年探偵団《しょうねんたんていだん》」と同《おな》じような役割《やくわり》を子供《こども》たちに対《たい》し、果《は》たしているのでしょうが、登場《とうじょう》する刑事《けいじ》は、今《いま》はあまり流行《はや》らないトレンチコートを着《き》ていたり、ソフト帽《ぼう》をかぶっていたりします。あの物語《ものがたり》の舞台《ぶたい》は東京《とうきょう》なのでしょうけれども、二十一世紀《にじゅういっせいき》の今《いま》の話《はなし》ではなさそうに見《み》えます。たぶんわが東根少年探偵団《ひがしねしょうねんたんていだん》の時代《じだい》なのでしょう。コナンもまた、あの時代《じだい》からタイムスリップして、今《いま》にやってきています。

探偵小説《たんていしょうせつ》というものは、どういうわけかたった今《いま》よりも、懐《なつ》かしさとか、回想《かいそう》の気分《きぶん》が混《ま》じる何十年《なんじゅうねん》か以前《いぜん》に舞台《ぶたい》を設定《せってい》する方《ほう》が、しっくりとくる性質《せいしつ》を持《も》ちます。でもこれは、二十一世紀《にじゅういっせいき》の今《いま》が舞台《ぶたい》にできないという意味《いみ》ではありませんよ。生物学《せいぶつがく》や医学《いがく》、ロボット学《がく》などが大《おお》いに進歩《しんぽ》した今《いま》だからこそ創《つく》れるミステリーというものは、たくさんあるはずです。でも確《たし》かに今《いま》は、鋼鉄《こうてつ》とガラスのモダンな高層《こうそう》ビルや、庭《にわ》がとぼしい住宅《じゅうたく》ばかりが都市《とし》を埋《う》めて、ゴルフ場跡地《じょうあとち》も、工場跡地《こうじょうあとち》も、広場《ひろば》も野球場《やきゅうじょう》も町内《ちょうない》から消《き》えてしまって、少年探偵団《しょうねんたんていだん》がパトロールしたり、野球《やきゅう》をしたりする舞台《ぶたい》はなくなってしまいましたね。

でも郊外《こうがい》を探《さが》せばまだまだあります。先日《せんじつ》、三鷹《みたか》の天文台《てんもんだい》を訪《たず》ねてみて、あまりに乱歩《らんぽ》的《てき》な世界《せかい》が、塀《へい》に囲《かこ》われて保存《ほぞん》されているのを知《し》って、びっくりしてしまいました。うっそうと繁《しげ》る武蔵野《むさしの》ふうの雑木林《ぞうきばやし》、その中《なか》に点在《てんざい》する蔦《つた》が絡《から》まる廃屋《はいおく》、黒《くろ》ずんだセメント壁《かべ》の、今《いま》は使《つか》われていないらしい古風《こふう》な天文台《てんもんだい》、その内部《ないぶ》にそびえる古《ふる》い巨大《きょだい》な天体望遠鏡《てんたいぼうえんきょう》、アインシュタイン塔《とう》と呼《よ》ばれる、レンガ積《づ》みの不思議《ふしぎ》なかたちの建造物《けんぞうぶつ》。今《いま》にも建物《たてもの》のどれかが割《わ》れ、秘密《ひみつ》ロケットが月《つき》に向《む》かって打《う》ちあげられそうだし、あちこちの暗《くら》がりからは、黒《くろ》いマントをひるがえした二十面相《にじゅうめんそう》が、さっと飛《と》び出《だ》してきそうでした。

いずれにしても、謎解《なぞと》きの探偵小説《たんていしょうせつ》というものは、若《わか》いみなさんにも面白《おもしろ》く書《か》ける、もしかしたら唯一《ゆいいつ》の小説《しょうせつ》かもしれないということ。そういうことがわかっていただけたでしょうか。ぼくは三十歳《さんじっさい》になって小説《しょうせつ》を書《か》きはじめたけれど、本当《ほんとう》のスタートは、お話《はなし》したように小学生時代《しょうがくせいじだい》でした。そういうことをお伝《つた》えしたくて、この文章《ぶんしょう》を書《か》きました。

三十歳《さんじっさい》まで待《ま》ったのは、そのくらいの年齢《ねんれい》になれば、世《よ》の中《なか》の仕組《しく》みがすっかりわかっているだろうと考《かんが》えたからで、それはそれで正《ただ》しい面《めん》もあるのですが、小学校《しょうがっこう》の時《とき》に執筆《しっぴつ》を始《はじ》めていなければ、ぼくは作風《さくふう》に充分《じゅうぶん》な幅《はば》が作《つく》れず、創作《そうさく》に行《ゆ》き詰《づま》っていたかもしれません。また二十歳前後《にじっさいぜんご》の頃《ころ》には何《なに》も書《か》かなかったため、永遠《えいえん》に失《うしな》われてしまった青春《せいしゅん》の物語《ものがたり》もたくさんある気《き》がします。

経験《けいけん》から言《い》えることですが、世《よ》の中《なか》のことがすっかりわかるまで、書《か》くのを待《ま》たなくてはならない理由《りゆう》なんてなにもありません。いくつになってもわからないことはあるし、若《わか》い頃《ころ》にはよくわかっていて、次第《しだい》に失《うしな》われる世界《せかい》や知識《ちしき》もあります。また物語《ものがたり》というものは生《い》き物《もの》で、もしもそれが傑作《けっさく》なら、書《か》くという行為自体《こういじたい》がわからない部分《ぶぶん》をあなたに教《おし》えてくれます。読者《どくしゃ》にとって意味深《いみぶか》い物語《ものがたり》は、世《よ》の中《なか》の仕組《しく》みを何《なに》も知《し》らない頃《ころ》に書《か》いたものであっても、不思議《ふしぎ》に矛盾《むじゅん》は現《あらわ》れないものです。それは、あなたという純粋《じゅんすい》な魂《たましい》を通《とお》し、天《てん》の誰《だれ》かが、世《よ》の中《なか》に対《たい》して語《かた》っているからです。

もしもあなたがこの本《ほん》を読《よ》み、へえこんな世界《せかい》もあるんだ、面白《おもしろ》かったな、と思《おも》ってくださったなら、ちょっと書《か》くことも考《かんが》えてみてください。あなたの内側《うちがわ》に、あなた自身《じしん》も知《し》らない、巨大《きょだい》な書《か》く能力《のうりょく》が潜《ひそ》んでいるかもしれません。ぼく自身小学生《じしんしょうがくせい》の頃《ころ》、自分《じぶん》の内部《ないぶ》に物語《ものがたり》を書《か》く力《ちから》が潜《ひそ》んでいるかなんて、考《かんが》えてもみませんでした。野山《のやま》を駈《か》けめぐったり、絵《え》を描《か》いたり、野球《やきゅう》をやったり、模型《もけい》を造《つく》ったりする力《ちから》はあると思《おも》っていましたけれどね。

でも今《いま》、それらのどれでもなく、自分《じぶん》が小説《しょうせつ》を書《か》く人《ひと》になっているなんて、とても不《ふ》思議《しぎ》な感《かん》じがします。それは、あの夢見《ゆめみ》る時代《じだい》の力《ちから》のゆえだったと今《いま》は思《おも》います。子供《こども》時代《じだい》のあの日《ひ》、思《おも》い切《き》って物語《ものがたり》を語《かた》り、書《か》いてもみたということ、そしてその朗読《ろうどく》を、真剣《しんけん》に聞《き》くことでぼくを励《はげ》ましてくれた、東根小学校《ひがしねしょうがっこう》の仲間《なかま》たちがいたからなんでしょう。

だから今《いま》ぼくは、彼《かれ》らにとても感謝《かんしゃ》しています。聞《き》いてくれた彼《かれ》らも楽《たの》しんだかもしれないけれど、書《か》いたぼくの方《ほう》は、その何倍《なんばい》も楽《たの》しみました。あれは生《う》まれてはじめて感《かん》じた、自分《じぶん》という人間《にんげん》の価値《かち》でした。最後《さいご》までこれを読《よ》んでくれたあなたにも、あの頃《ころ》のぼくのような楽《たの》しみが訪《おとず》れますように。

二〇〇九年二月十日《にせんきゅうねんにがつとおか》

解説《かいせつ》

新《あら》たなミステリーの魅力《みりよく》を発見《はっけん》しよう

新保博久《しんぽひろひさ》
（ミステリー評論家《ひょうろんか》）

これまでいちばんたくさんの日本人《にほんじん》に読《よ》まれた小説《しょうせつ》は何《なん》だと思《おも》いますか？　統計《とうけい》をとった人《ひと》がいるかどうか知《し》りませんが、夏目漱石《なつめそうせき》の『坊《ぼ》っちゃん』は有力《ゆうりょく》な候補《こうほ》でしょう。明治三十九《めいじさんじゅうきゅう》（一九〇六《せんきゅうひゃくろく》）年《ねん》に発表《はっぴょう》されて以来《いらい》、百年間《ひゃくねんかん》も読《よ》まれる機会《きかい》があったうえ、読《よ》みやすくて面白《おもしろ》いし、あまり長《なが》くないところも高得点《こうとくてん》です。少年少女《しょうねんしょうじょ》向《む》けの日本文学全集《にほんぶんがくぜんしゅう》などには、たいてい収録《しゅうろく》されているでしょう。

みなさんの中《なか》にもお読《よ》みになった方《かた》が多《おお》いでしょうが、しかしよく考《かんが》えると、親《おや》や学校《がっこう》の先生《せんせい》が子供《こども》にすすめたくなるような内容《ないよう》とはちょっと違《ちが》います。主人公《しゅじんこう》の坊《ぼ》っちゃんをはじめ、そこに登場《とうじょう》する教師《きょうし》たちは模範的《もはんてき》な先生《せんせい》とはいえません。物語《ものがたり》の最後《さいご》で、正義派《せいぎは》の坊《ぼ》っちゃんたちが悪《わる》い教頭《きょうとう》らをたたきのめしますが、「貴様《きさま》のような奸物《かんぶつ》はなくならなくっちゃ、答《こた》えないんだ」という、乱暴《らんぼう》な正義《せいぎ》です。しかも、それで悪人《あくにん》たちが滅《ほろ》びるわけでも悪《わる》だくみが中止《ちゅうし》されるわけでもなく、坊《ぼ》っちゃんは敵《てき》に一太刀浴《ひとたちあ》びせて腹《はら》いせしただけで、東京《とうきょう》に逃《に》げ帰《かえ》るにすぎないではありませんか。なんだか不思議《ふしぎ》な小説《しょうせつ》です。

それなのに、『坊《ぼ》っちゃん』が読《よ》まれることを推奨《すいしょう》され、実際《じっさい》、多《おお》くの人《ひと》が読《よ》んで面白《おもしろ》がっているのは、読書《どくしょ》の喜《よろこ》びを覚《おぼ》えるのに最適《さいてき》な一冊《いっさつ》であるからにほかならないでしょう。暴力《ぼうりょく》はいけません、みんな仲《なか》よく、正義《せいぎ》は勝《か》ちますといった教育的《きょういくてき》な内容《ないよう》であったなら、百年《ひゃくねん》も長《なが》く愛読《あいどく》されはしなかったはずです。『坊《ぼ》っちゃん』では登場人物《とうじょうじんぶつ》たちの本名《ほんみょう》はほとんど明記《めいき》されず、あだ名《な》で呼《よ》ばれます。現在《げんざい》はどうだか、私《わたし》どもの高校時代《こうこうじだい》も必《かなら》ずといっていいくらい、先生《せんせい》をあだ名《な》で呼《よ》んでいました（好悪《こうお》にかかわらず）。漱石《そうせき》がイギリスに留学《りゅうがく》する五年前《ごねんまえ》、松山中学《まつやまちゅうがく》で教師《きょうし》をしていたとき実状《じつじょう》がそうだったのを映《うつ》しただけかもしれませんが、もし、先生《せんせい》にあだ名《な》をつけるのが『坊《ぼ》っちゃん』の創案《そうあん》だったとすれば、後世《こうせい》にたいへん大《おお》きな影響《えいきょう》を与《あた》えたことになります。

本《ほん》というのは、ちょっぴりいけないことが書《か》いてあるほうが魅力的《みりょくてき》なのだと、はっきり言《い》ってしまいましょうか。私《わたし》が子供《こども》だったころ、昭和三十年代《しょうわさんじゅうねんだい》、一九六〇年代《せんきゅうひゃくろくじゅうねんだい》ごろですが、ミステリーでは人《ひと》が殺《ころ》されたり、その謎《なぞ》を解《と》くのを楽《たの》しむわけですから、それを愛読《あいどく》するのは少《すこ》し後《うし》ろめたい快楽《かいらく》でした。大《おお》っぴらに読《よ》んでもよかったのは、コナン・ドイルのシャーロック・ホームズものか、江戸川乱歩《えどがわらんぽ》の少年探偵団《しょうねんたんていだん》シリーズぐらいだったものです。それはそれで、正統的《せいとうてき》なミステリー入門《にゅうもん》のコースではあったわけですが。

しかし、現在《げんざい》は様子《ようす》が変《か》わってきました。ミステリーが悪書呼《あくしょよ》ばわりされなくなったのは結構《けっこう》ですが、それだけにミステリーへの入口《いりぐち》も多《おお》くなったようです。探偵小説研究会《たんていしょうせつけんきゅうかい》というグループの会員《かいいん》の原稿《げんこう》を集《あつ》めた『ニアミステリのすすめ』(原書房《はらしょぼう》)を読《よ》むと、ある大学《だいがく》でミステリーについて女子学生《じょしがくせい》を対象《たいしょう》にしたアンケートを行《おこな》った結果《けっか》、生《う》まれて初《はじ》めて触《ふ》れたミステリー作品《さくひん》は何《なに》かという設問《せつもん》では、回答総数百十五《かいとうそうすうひゃくじゅうご》のうち四十二人《よんじゅうににん》が漫画《まんが》『金田一少年《きんだいいちしょうねん》の事件簿《じけんぼ》』を挙《あ》げてトップだったといいます(廣澤吉泰《ひろざわよしひろ》「むしろ好《この》んで普通《ふつう》をよそおい」による)。それが二〇〇五年《にせんごねん》の調査結果《ちょうさけっか》で、二〇〇七年《にせんななねん》には同《おな》じく漫画《まんが》の『名探偵《めいたんてい》コナン』が一位《いちい》だったそうです。

これらミステリー漫画《まんが》の人気《にんき》が高《たか》いのは、それだけ魅力的《みりよくてき》な作品《さくひん》に仕上《しあ》がっているからでしょうし、ミステリーの面白《おもしろ》さに開眼《かいがん》する読者《どくしや》の年齢《ねんれい》を下《した》に広《ひろ》げたことも手柄《てがら》だと評価《ひようか》できるでしょう。しかし、ひところ問題視《もんだいし》されて一応終息《いちおうしゆうそく》した一件《いつけん》ですが、『金田《きんだ》一少年《いちしようねん》の事件簿《じけんぼ》』の第二話《だいにわ》「異人館村殺人事件《いじんかんむらさつじんじけん》」(テレビドラマ版《ばん》では第一話《だいいちわ》)が、島田《しまだ》荘司《そうじ》のデビュー長編《ちようへん》ミステリー『占星術殺人事件《せんせいじゆつさつじんじけん》』のトリックをそのまま流用《りゆうよう》しているのには感心《かんしん》できません。『占星術殺人事件《せんせいじゆつさつじんじけん》』はトリックを知《し》って再読三読《さいどくさんどく》に耐《た》える作品《さくひん》ではありますが、やはり最初《さいしよ》はよけいな予備知識《よびちしき》なく読《よ》んで衝撃《しようげき》を味《あじ》わいたい。現在《げんざい》では、テレビ版《ばん》「異人館村殺人事件《いじんかんむらさつじんじけん》」のソフトは廃版《はいばん》となり、アニメ化《か》もされず、コミックス版《ばん》では『占星術殺人事件《せんせいじゆつさつじんじけん》』のトリックを流用《りゆうよう》した旨《むね》、クレジットされているそうです。とはいっても、『占星術殺人事件《せんせいじゆつさつじんじけん》』より先《さき》に「異人館村殺人事件《いじんかんむらさつじんじけん》」を読《よ》んでしまう可《か》能性《のうせい》は非常《ひじよう》に高《たか》いでしょう。しかも「異人館村殺人事件《いじんかんむらさつじんじけん》」のほうが作品的《さくひんてき》に優《すぐ》れているとは、とうてい考《かんが》えられないので、読者《どくしや》にとっても『占星術殺人事件《せんせいじゆつさつじんじけん》』という小説《しようせつ》にとっても、不幸《ふこう》な状況《じようきよう》だと言《い》わざるをえません。

そういうせいもあって、みんながみんなミステリー入門《にゅうもん》は金田一《きんだいち》少年《しょうねん》やコナンからというのも、必《かなら》ずしも望《のぞ》ましいとは思《おも》えません。低年齢層《ていねんれいそう》から親《した》しめる点《てん》では、小説《しょうせつ》は漫《まん》画《が》やアニメに敵《かな》いませんが、それを変《か》えてゆくには、漫画《まんが》やゲームソフトに拮抗《きっこう》できるだけの魅力《みりょく》を備《そな》えた若年者向《じゃくねんしゃむ》けのミステリー小説《しょうせつ》がもっと増《ふ》えて、より選択肢《せんたくし》を広《ひろ》げるべきでしょう。書《か》き手《て》や活字出版者《かつじしゅっぱんしゃ》の課題《かだい》なのです。それなのに、年少者《ねんしょうしゃ》に自信《じしん》をもってすすめられるミステリーが絶対的《ぜったいてき》に少《すく》ないのは残念《ざんねん》でなりません。本当《ほんとう》は「子《こ》どもほど子《こ》ども騙《だま》しを嫌《きら》う読者《どくしゃ》はいない」（辻真先《つじまさき》。はやみねかおる著《ちょ》『機巧館《からくりやかた》のかぞえ唄《うた》』講談《こうだん》社文庫版解説《しゃぶんこばんかいせつ》）のですが、ジュニア・ミステリーは本気《ほんき》で書《か》くなら大人向《おとなむ》け作品以上《さくひんいじょう》に手数《てかず》がかかるものなのに、たいてい大人向《おとなむ》け作品《さくひん》ほどに売《う》れないせいもあるでしょう。結《けっ》果《か》として手《て》を抜《ぬ》いた作品《さくひん》がまかり通《とお》り、年少読者《ねんしょうどくしゃ》に見放《みはな》されてしまったという歴史《れきし》があります。

二〇〇七年《にせんななねん》、広島県《ひろしまけん》のふくやま文学館《ぶんがくかん》で「島田荘司展《しまだそうじてん》Ⅱ」が開催《かいさい》されました。そのさいに行《おこな》われた記者会見《きしゃかいけん》で、市《し》の教育広報誌《きょういくこうほうし》「げんき情報局《じょうほうきょく》」の記者《きしゃ》である女子小学生《じょししょうがくせい》から「私《わたし》たちにも読《よ》みやすい、本格的《ほんかくてき》なミステリーで、おすすめの作品《さくひん》は？」という意《い》味《み》の質問《しつもん》が出《で》たそうです。辻真先《つじまさき》、はやみねかおる、また赤川次郎《あかがわじろう》らの一部《いちぶ》の作品《さくひん》があるとはいえ、旺盛《おうせい》な読書欲《どくしよよく》を満《み》たすにはまだまだ数《かず》が足《た》りないでしょう。

本書《ほんしよ》、総《そう》ルビ（ふりがな）版《ばん》『漱石《そうせき》と倫敦《ロンドン》ミイラ殺人事件《さつじんじけん》』というコペルニクス的《てき》な逆転《ぎやくてん》の発想《はつそう》（大《おお》げさかな）が担当編集者《たんとうへんしゆうしや》にひらめいたのは、この時《とき》だったといいます。つまり、年少読者《ねんしようどくしや》にも楽《たの》しめそうな内容《ないよう》をもつ大人向《おとなむ》けミステリーでも、難《むずか》しい漢字《かんじ》が多《おお》いため読《よ》めないという唯一最大《ゆいいつさいだい》のハードルさえクリアすればいいのではないかと。それが、島田荘司《しまだそうじ》が今年度《こんねんど》（二〇〇八年度《にせんはちねんど》）、第十二回日本《だいじゆうにかいにほん》ミステリー文学大賞《ぶんがくたいしよう》を受賞《じゆしよう》した記念出版《きねんしゆつぱん》として二年越《にねんご》しで実現《じつげん》したのは、きわめてふさわしい企画《きかく》ともなりました。

というのは、日本《にほん》ミステリー文学大賞受賞《ぶんがくたいしようじゆしよう》の理由《りゆう》に、島田荘司自身《しまだそうじじしん》すぐれた作品《さくひん》を数《かず》多《おお》く書《か》いているだけでなく、綾辻行人《あやつじゆきと》をはじめ後続《こうぞく》の若《わか》い作家《さつか》を何人《なんにん》も発掘《はつくつ》し育《そだ》ててきた点《てん》も高《たか》く評価《ひようか》されたことがあります。たびたび日本推理作家協会賞《にほんすいりさつかきようかいしよう》の候補《こうほ》に挙《あ》げられながら辞退《じたい》してきたのも、一《ひと》つには、自分《じぶん》がベテランになったぶん選考《せんこう》で優遇《ゆうぐう》されて、同《おな》じ時《とき》に候補《こうほ》になった後進作家《こうしんさつか》が受賞《じゆしよう》するのに不利《ふり》になってはいけないと考《かんが》えたからだそうです。そのように特定《とくてい》の相手《あいて》を支援《しえん》するのでなく、『漱石《そうせき》と倫敦《ロンドン》ミイラ殺人事件《さつじんじけん》』のように楽《たの》しいミステリーなら、読《よ》むだけでなく自分《じぶん》も書《か》いてみたいという、見知《みし》らぬ才能《さいのう》を不特定多数《ふとくていたすう》のなかから呼《よ》び起《お》こすきっかけにもなりうるわけで、それは島田荘司《しまだそうじ》がめざしてきた新人発掘《しんじんはっくつ》の究極《きゅうきょく》の形《かたち》ともいえるでしょう。

必《かなら》ずしも自分《じぶん》で書《か》くところまで行《い》かなくとも、綾辻行人《あやつじゆきと》の『十角館《じゅっかくかん》の殺人《さつじん》』(一九八七年《せんきゅうひゃくはちじゅうななねん》)がたまたま本文庫版《ほんぶんこばん》に先《さき》んじましたが、より若《わか》い読者《どくしゃ》に読《よ》まれるよう、ルビを増《ふ》やして講談社《こうだんしゃ》の〝YA(ヤングアダルト)!ENTERTAINMENT〟叢書《そうしょ》に収録《しゅうろく》されたのが昨《さく》二〇〇八年《にせんはちねん》、子供《こども》だましでない本格的《ほんかくてき》なミステリーをもっと読《よ》みたいという希望《きぼう》が年少読者間《ねんしょうどくしゃかん》に高《たか》まっているのを感《かん》じさせます。今《いま》の若者《わかもの》は漢字《かんじ》を知《し》らない、とは昔《むかし》ながらの年配者《ねんぱいしゃ》たちの嘆《なげ》きでした。それは不勉強《ふべんきょう》なのがいけないのではない、昔《むかし》の本《ほん》は大人向《おとなむ》けの本《ほん》でも総《そう》ルビが多《おお》かったから読《よ》むだけは読《よ》めたし、それで漢字《かんじ》を覚《おぼ》えたものだ、総《そう》ルビを復活《ふっかつ》せよという意見《いけん》もあるほどです。まあ、なんでもかんでも総《そう》ルビにというのは極論《きょくろん》でしょうが、そうやって読者《どくしゃ》にとっても作品《さくひん》にとっても出会《であ》いの場《ば》が広《ひろ》がる試《こころ》みは今後《こんご》も推進《すいしん》されるべきでしょう。

『漱石《そうせき》と倫敦《ロンドン》ミイラ殺人事件《さつじんじけん》』はその最初《さいしょ》の試《こころ》みとして持《も》ってこいの一冊《いっさつ》なのです。

夏目漱石《なつめそうせき》とシャーロック・ホームズ、片《かた》や実在《じつざい》の作家《さっか》、片《かた》や架空《かくう》のキャラクターですが、漱石《そうせき》が『吾輩《わがはい》は猫《ねこ》である』で小説家《しょうせつか》としてデビューする以前《いぜん》、ロンドンに留学《りゅうがく》していた時期《じき》（一九〇〇《せんきゅうひゃく》～一九〇二年《せんきゅうひゃくにねん》）が、ホームズが主《おも》に活躍《かつやく》していたと設定《せってい》される時期《じき》（一八八七《せんはっぴゃくはちじゅうなな》～一九〇三年《せんきゅうひゃくさんねん》）にそっくり含《ふく》まれます。漱石《そうせき》とホームズ、仮《かり》に作品《さくひん》は読《よ》んでなくとも、名前《なまえ》ぐらいはだれでも知《し》っているでしょう。その二人《ふたり》が霧《きり》のロンドンですれ違《ちが》っていたかもしれない！　そう夢想《むそう》するだけで、わくわくするではありませんか（わくわくしないという人《ひと》は、そうですね、ミステリーに縁《えん》のない人《ひと》かもしれません）。

漱石《そうせき》とホームズとを共演《きょうえん》させる、というアイデアはじつは本書《ほんしょ》が最初《さいしょ》ではありません。両者《りょうしゃ》の同時代性《どうじだいせい》にいち早《はや》く注目《ちゅうもく》した山田風太郎《やまだふうたろう》が短編《たんぺん》に書《か》いております。こちらも傑作《けっさく》なので、『眼中《がんちゅう》の悪魔《あくま》』（光文社文庫《こうぶんしゃぶんこ》）に収《おさ》められていますから、興味《きょうみ》のある人《ひと》は探《さが》して読《よ》んでみてください。山田風太郎《やまだふうたろう》は奇想天外《きそうてんがい》な忍法帖《にんぽうちょう》や、明治時代《めいじじだい》を背景《はいけい》にした小説《しょうせつ》で人気《にんき》があったものの、それ以前《いぜん》にミステリーをたくさん書《か》いていたことはひところ忘《わす》れられて本《ほん》も手《て》に入《はい》らなくなっておりました（それを埋《う》め合《あ》わせる意味《いみ》もあったのでしょう、二〇〇〇年度《にせんねんど》に日本《にほん》ミステリー文学大賞《ぶんがくたいしょう》が贈《おく》られました）から、島田荘司《しまだそうじ》はたぶんその先例《せんれい》を知《し》らずに『漱石《そうせき》と倫敦《ロンドン》ミイラ殺人事件《さつじんじけん》』を書《か》いたのだと思《おも》います。知《し》っていれば、書《か》こうという意欲《いよく》が鈍《にぶ》って、本書《ほんしょ》が生《う》まれなかったかもしれないので、知《し》らなくて幸《さいわ》いでした。

コナン・ドイルのホームズ物語《ものがたり》には長編《ちょうへん》もありますが、本質《ほんしつ》は短編《たんぺん》にあり、その山田《やまだ》風太郎作品《ふうたろうさくひん》も短《みじか》いものです。原典《げんてん》どおりワトスン博士《はかせ》の視点《してん》からだけで語《かた》られ、登場《とうじょう》する謎《なぞ》の日本人《にほんじん》が漱石《そうせき》だったというのがオチになっているので、私《わたし》もはっきりその風太郎《ふうたろう》短編《たんぺん》の題名《だいめい》を書《か》けませんでした（でも、これで丸分《まるわ》かりですね）。

本書《ほんしょ》『漱石《そうせき》と倫敦《ロンドン》ミイラ殺人事件《さつじんじけん》』は漱石側《そうせきがわ》からの視点《してん》と、ホームズ専属《せんぞく》の語《かた》り手《て》であるワトスン博士《はかせ》の視点《してん》とが重《かさ》なり合《あ》い、微妙《びみょう》にズレて爆笑《ばくしょう》を誘《さそ》うのですが、こうして長編《ちょうへん》を保《も》たせる工夫《くふう》をしたのが風太郎短編《ふうたろうたんぺん》を超《こ》える美点《びてん》でしょう（Watson が漱石側《そうせきがわ》からは綴《つづ》りどおりに「ワトソン」、ホームズ側《がわ》からは発音《はつおん》どおりに「ワトスン」となっている芸《げい》の細《こま》かさにもご注目《ちゅうもく》！）。漱石側《そうせきがわ》から描《えが》かれたホームズは、かなりカリカチュアされているのですが、これも島田荘司《しまだそうじ》が人一倍《ひといちばい》、ホームズ物語《ものがたり》を愛《あい》するゆえでしょう。『占星術殺人事件《せんせいじゅつさつじんじけん》』で、名探偵御手洗潔《めいたんていみたらいきよし》がホームズをからかう発言《はつげん》をしているので、作者《さくしゃ》はホームズ嫌《ぎら》いなのではないかと思《おも》った読者《どくしゃ》があるそうですが、じつは正反対《せいはんたい》でした。コナン・ドイルのホームズ・シリーズ長短六十編《ちょうたんろくじっぺん》を「いったい何度《なんど》読《よ》み返《かえ》したか数《かぞ》えきれない」そうです。「この六十《ろくじゅう》の物語《ものがたり》は、実《じつ》は壮大《そうだい》なユーモア小説群《しょうせつぐん》なのである。ある日《ひ》ぼくは、この一連《いちれん》の物語《ものがたり》の裏側《うらがわ》に、ユーモア小説《しょうせつ》としての仕掛《しか》けが随所《ずいしょ》にほどこされていることに突如気《とつじょき》づいた。すると、俄然《がぜん》この物語《ものがたり》が以前《いぜん》にも増《ま》して面白《おもしろ》くなった」（エッセイ集《しゅう》『異邦人《いほうじん》の夢《ゆめ》』収録《しゅうろく》の「わが友《とも》ホームズ」より）と、本書《ほんしょ》を刊行《かんこう》したころ述《の》べています。

本書《ほんしょ》は著者《ちょしゃ》のごく初期《しょき》の作品《さくひん》、七冊目《ななさつめ》の長編《ちょうへん》に当《あ》たるものです。一九八四年《せんきゅうひゃくはちじゅうよねん》、集英社《しゅうえいしゃ》からハードカバーで刊行《かんこう》されたさいは、表紙裏《ひょうしうら》に“A Study in 61 : Soseki and the Mummy Murder Case in London”と英文題名《えいぶんだいめい》が刷《す》られていました。ホームズが初《はつ》登場《とうじょう》する『緋色《ひいろ》の研究《けんきゅう》』（一八八七年《せんはっぴゃくはちじゅうななねん》）“A Study in Scarlet”をもじると同時《どうじ》に、作中《さくちゅう》に61という謎《なぞ》の数字《すうじ》が出《で》てくるだけでなく、六十一番目《ろくじゅういちばんめ》のホームズ物語《ものがたり》であるという自負《じふ》を込《こ》めたものでしょう。実際《じっさい》には、本書以前《ほんしょいぜん》にも以後《いご》にも多《おお》くの作家《さっか》が贋作《がんさく》ホームズ譚《たん》を書《か》いており、その総数《そうすう》は原典《げんてん》の何十倍《なんじゅうばい》もの量《りょう》に及《およ》んでいるので、それらについて詳《くわ》しく知《し》りたい人は日暮雅通監修《ひぐらしまさみちかんしゅう》『シャーロック・ホームズ・イレギュラーズ』(二〇〇八年《にせんはちねん》、エンターブレイン）などを参照《さんしょう》してください。

デビュー当初《とうしょ》の島田《しまだ》長編《ちょうへん》は、当時発言力《とうじはつげんりょく》の強《つよ》かったおじさん読者《どくしゃ》の支持《しじ》を必《かなら》ずしも得《え》られなかったのですが、本書《ほんしょ》が「週刊文春《しゅうかんぶんしゅん》」が毎年末《まいねんまつ》に行《おこな》うアンケート「傑作《けっさく》ミステリー・ベスト10」に島田作品《しまださくひん》として初《はじ》めてランクインし、以後十年間《いごじゅうねんかん》にわたって欠《か》かさず選《えら》ばれつづけた最初《さいしょ》となりました。二〇〇六年後半《にせんろくねんこうはん》、ほぼ月刊《げっかん》ペースで新作《しんさく》を刊行《かんこう》したころの挟《はさ》み込《こ》みチラシで、それらの新作《しんさく》では「ポー、ドイルの精神《せいしん》への回帰《かいき》」をめざすと述《の》べ、推理作家《すいりさっか》の初心《しょしん》がそこにあったことを明《あき》らかにしています。

「家《いえ》を飛《と》び出《だ》し、野《の》や街《まち》を走《はし》り、行動《こうどう》する物語《ものがたり》への復帰《ふっき》です。言葉少《ことばすく》なに語《かた》られる片隅《かたすみ》の人々《ひとびと》の思《おも》い。みなが見《み》すごしていた、名《な》もない人々《ひとびと》の心《こころ》の温《ぬく》もり。ホームズこそが持《も》っていた、それらへの柔《やわ》らかなまなざし。その男気《おとこぎ》と勇気《ゆうき》。本格《ほんかく》ミステリーの真髄《しんずい》は、実《じつ》はそこにこそあったのだということを、示《しめ》してみます」

これから島田《しまだ》ミステリーの豊《ゆた》かな世界《せかい》を知《し》ろうとする人《ひと》にも、『漱石《そうせき》と倫敦《ロンドン》ミイラ殺人《さつじん》事件《じけん》』がおすすめの一冊《いっさつ》だという理由《りゆう》がお分《わ》かりでしょう。はじめから年少者向《ねんしょうしゃむ》けに書《か》かれた作品《さくひん》としては『透明人間《とうめいにんげん》の納屋《なや》』（二〇〇三年《にせんさんねん》、講談社《こうだんしゃ》〝ミステリーランド〟）がありますが、甘《あま》いばかりの駄菓子《だがし》のような児童《じどう》ものと一線《いっせん》を画《かく》して、子供《こども》にとっても避《さ》けて通《とお》れない問題《もんだい》を手加減《てかげん》なく取《と》り入《い》れたビターな一編《いっぺん》になっていました。本書《ほんしょ》に続《つづ》いてそちらへ進《すす》んでも、また少《すこ》し背伸《せの》びして『占星術殺人事件《せんせいじゅつさつじんじけん》』などを手《て》に取《と》るのもよいでしょう。いろいろなミステリー小説《しょうせつ》の魅力《みりょく》を覚《おぼ》えていくための、文学一般《ぶんがくいっぱん》における『坊《ぼ》っちゃん』のような作品《さくひん》として迎《むか》えられることを私《わたし》も願《ねが》ってやみません。

島田荘司年譜

新保博久編

凡例　各年の年齢はその年の誕生日以前のものである。作品目録は小説を中心とした。著書目録は原則的に初刊本に限った。雑誌掲載月は月号に、単行本は奥付の発行月に従っている。＊は書下ろし長編、§は御手洗潔シリーズ、（§）は御手洗シリーズ外編、†は吉敷竹史シリーズ。敬称はすべて省略した。

１９４８（昭和23）年
10月12日、広島県福山市地吹町にて島田千秋・千津子夫妻の長男として生まれる。

１９４９（昭和24）年　0歳
父が大蔵省勤務のため、母と東京に移住。荘司は福山の母方の祖父母に育てられる。弟妹は東京で生まれた。

１９５５（昭和30）年　6歳
福山市立霞小学校に入学。四年生のとき両親が目黒区大原町（現・八雲）の大きめの家に移ったので同居のため上京、東京都目黒区立東根小学校に転校した。江戸川乱歩の少年物に親しみ、小学五、六年生ごろは友人たちと少年探偵団を気取って目黒区内を歩き廻った。昼食時、数人単位で机を集め、給食をとる習慣がクラスにあったため、この席で自作の乱歩ふう探偵小説を朗読して聞かせる。大いに好評を博し、他の集団にも書き手が現れて、自作小説の朗読がクラス内で小ブームとなる。

1962（昭和37）年 13歳
目黒区立第十中学校を経て、一家で帰郷したので福山市立城南中学校に転校。在校中、図書館のSFをすべて読む一方、『黄色い部屋の謎』に強い印象を受ける。

1964（昭和39）年 15歳
広島県立福山誠之館高校に入学。在校中はラグビー部に所属し、また友人とバンド活動をする一方、『Yの悲劇』に出会って「こんなに面白い読み物がこの世にあったのか、と感嘆し」（『本格ミステリー館』）た。

1967（昭和42）年 18歳
武蔵野美術大学商業デザイン科に入学。在学中は学業のほか音楽、バイク、クルマなどに耽溺。同期に、のち作家となった戸井十月がおり、生年月日も同じだった。

1970（昭和45）年 21歳
福山帰省のたび、ビートルズ・ファンだった弟量司と2人、ビートルズのコピー演奏をして楽しんでいた。ところがこの年、母校・誠之館高校で教育実習のさなか、量司がバイクで事故死し、その弔いの意味を込めてミュージシャンをめざす決意をする。

1971（昭和46）年　22歳

大学卒業。実家の会社を継ぐように要請があったため、就職活動はせず、帰省までのつもりで若者雑誌にイラストや雑文の執筆、また運転のアルバイトなどをして生活する。占星術を本格的に勉強したくなり、友人の紹介で京都烏丸車庫前に占星術専門家を訪ね、参考書の手ほどきを受けるなどして独学する。のち、雑誌に占星術講座を持つ。そうしたかたわら、3年間に100本を超えるデモテープをレコード会社に持ち込む。小説デビュー以前の活動にはシマダソウジ名義を用いた。

1973（昭和48）年　24歳

目黒のパンドラというスナックで知り合ったデビュー間もない女性シンガー、りりィに乞われ、彼女のステージ用のバックバンドに入る。そして彼女の所属したプロダクション、モス・ファミリィのボスで、音楽プロデューサーの寺本幸司と知り合う。寺本にスポーツニッポン文化部長、小西良太郎を紹介され、小西が率いる同新聞の若者向けコーナー「キャンバスNOW」の執筆陣に参加する。ここに、のちに脚本家となり、2004年から「吉敷竹史シリーズ」も手がける高田純がいた。

1974（昭和49）年　25歳

「キャンバスNOW」内にイラストと社会戯評を持つのと並行して、6月26日から12月31日まで香山佳代の連載小説「おんなの四畳半」の挿絵を描く。

1975（昭和50）年 26歳

フォーク歌手いまなりあきよし（現・祝二郎）のLP「無風地帯」の一曲「九条物語」を作詞、シングルカットされて東北地方で小ヒットした。8月から12月まで刊行された詩と童話の雑誌「銀河」（海潮社）の表紙イラストを描く。

1976（昭和51）年 27歳

寺本幸司の協力で、プロデュースからジャケットデザインまでを一人でこなしたLPレコード「LONELY MEN」（ポリドール）を発表。演奏はりりィのバックバンド仲間だった。発表された「LONELY MEN」を持って帰郷、弟の墓に詣でて、これをもってミュージシャン活動には終止符を打つ。しかし会社は継がない旨、母親に告げる。

1977（昭和52）年 28歳

親しくなったポリドール社員から、これ面白いよと伴野朗の江戸川乱歩賞受賞作、『五十万年の死角』を示される。これを借りて読むうち、小学生時代に持っていた探偵小説執筆の意欲がよみがえった矢先、ベッドで覚醒時、突然「占星術のマジック」のアイデアを得る。今後進むべき進路が、なにものかによって次々に示される心地がして、30歳になったら小説を書こうと決意する。

1978（昭和53）年　29歳
「一九七八年十月十二日の誕生日が来て、それまでやっていたイラストレーションや雑文の類いの仕事をすべて断わった」（「異邦の扉の前に立った頃」、『異邦の騎士』改訂版付録）。しかし残務整理のため、執筆開始は年明けまで持ち越される。

1979（昭和54）年　30歳
1月26日、たまたま大阪で三菱銀行人質立てこもり事件（梅川昭美事件）が起こった日、御手洗潔の最初期の活躍を描く「良子の思い出」（『異邦の騎士』）に着手。同時進行的に「占星術のマジック」、近未来SF「ショウワン・ロブスター」（未発表）といった作品も書く。「占星術のマジック」執筆には、京都に占星術の専門家を訪ね、独習した経験などが、すべて無駄なく役立った。

1980（昭和55）年　31歳
第26回江戸川乱歩賞に「占星術のマジック」を応募するが、井沢元彦の受賞作『猿丸幻視行』の次点に終わる。

1981（昭和56）年　32歳
第27回乱歩賞に「斜め屋敷の犯罪」を応募。12月「占星術のマジック」を＊『占星術殺人事件』§（講談社）と改題して刊行、天才探偵・御手洗潔とともにデビューする。批評家には時代錯誤と酷評されたが、若い世代を中心に本格推理ファンの熱烈な支持を集める。

プロではただ一人、森村誠一からの絶賛を得た。

1982（昭和57）年　33歳

11月に2冊目の長編＊『斜め屋敷の犯罪』§（講談社ノベルス）を刊行、支持層は確固となったが、売れ行き面では苦戦が続く。このため、時流に配慮した担当編集者が刑事による地道なアリバイ崩しものを書くよう強く勧め、「死者が飲む水」を仕上げて乱歩賞に応募するも、まったく問題にされなかった。

1983（昭和58）年　34歳

6月「死者が飲む水」が＊『死体が飲んだ水』（講談社ノベルス）と改題されて刊行される（のち『死者が飲む水』に復題）。12月、初の短編「都市の声」（別冊小説現代）を発表。

1984（昭和59）年　35歳

1月、京都の立命館大学で講演、京大生だった綾辻行人と初めて会う。『死体が飲んだ水』に着目したカッパ・ノベルスから、トラベル・ミステリーの依頼を受け、2月＊『寝台特急「はやぶさ」1/60秒の壁』†（カッパ・ノベルス）を刊行、これによってベストセラー作家の仲間入りを果たす。6月の＊『出雲伝説7/8の殺人』†（同）はじめ、美男子の吉敷竹史刑事が活躍するシリーズがしばらく中軸となる。並行してユーモア・ミステリー＊『嘘でもいいから殺人事件』（集英社）を4月に、＊『漱石と倫敦ミイラ殺人事件』（同）を9月に刊行。5月、日本テレビ系で「都市の声」が「電話魔」として初めてドラマ化される。

5月「発狂する重役」†（別冊小説宝石）、7月「網走発遙かなり」（別冊小説現代）、7月30日から12月2日まで初の連載長編「殺人ダイヤルを捜せ」（日刊ゲンダイ）を発表。他にも長編で9月「火刑都市」（別冊小説現代）、「高山殺人行1/2の女」（別冊小説宝石）をそれぞれ一挙掲載。また掌編として8月「数字のある風景」（歴史読本特別増刊）、9月「ガラスケース」（ショートショートランド）、10月と合併号）を発表。この時、原稿を依頼してきた「ショートショートランド」の編集者、宇山日出臣と出逢う。のちに新本格推理ムーヴメントの仕掛人となった人物である。

1985（昭和60）年　36歳

前年の『漱石と倫敦ミイラ殺人事件』で第92回直木賞候補、第6回吉川英治文学新人賞候補、第38回日本推理作家協会賞候補、また日本シャーロック・ホームズ・クラブ特別賞を受賞。夏、インドネシアへ初の海外旅行。『眩暈』の取材のためだったが、発表は'92年まで持ち越され、副産物的に「インドネシアの恋唄」が生まれた。『消える「水晶特急」』†で女性探偵、『サテンのマーメイド』でハードボイルド、『夏、19歳の肖像』で青春小説と多彩な活躍を示す。年末、マカオ・グランプリを観戦、俳優ジャッキー・チェンに遭遇して、1時間単独会見をする。上海にも旅行する。

2月「死聴率」（小説現代）、3月「緑色の死」（小説宝石）、4月「糸ノコとジグザグ」（§）（小説現代）、「紫電改研究保存会」§（別冊文藝春秋）、5月「展望塔の殺人」†

(別冊小説宝石)、長編「消える『水晶特急』」†(野性時代)、「疾走する死者」§(EQ)、「ダイエット・コーラ」(ショートショートランド。6月と合併号)、7月に長編「夏、19歳の勲章(刊行時『夏、19歳の肖像』と改題)」(オール讀物)、11月「インドネシアの恋唄」(小説宝石)、「数字錠」§(EQ)、12月「渇いた都市」(小説新潮)を発表。

1月*『北の夕鶴2/3の殺人』†(カッパ・ノベルス)、3月『高山殺人行1/2の女』(同)、5月『殺人ダイヤルを捜せ』(講談社ノベルス)、6月『消える「水晶特急」』†(カドカワノベルズ)、9月*『確率2/2の死』†(光文社文庫)、*『サテンのマーメイド』(集英社)、10月『夏、19歳の肖像』(文藝春秋)を刊行。

1986(昭和61)年　37歳

『夏、19歳の肖像』で第94回直木賞候補となる。4月からロンドンに2カ月滞在、切り裂きジャックの被害者発見現場などを取材する。帰路、西ベルリンへ、また24時間レースを見物に、ル・マンへも立ち寄った。

1月「丘の上」(小説現代)、4月に長編「消える上海レディ」(野性時代)、5月「バイクの舞姫」(GOGGLE)、7月「化石の街」(小説現代)、7月11日「D坂の密室殺人」(増刊週刊大衆)、8月「毒の女(のち「毒を売る女」と改題)」(小説新潮臨時増刊)を発表。

4月『火刑都市』(講談社)、『消える上海レディ』(カドカワノベルズ)、12月*『Yの構図』†(カッパ・ノベルス)を刊行。

1987（昭和62）年　38歳

1月にパリ・ダカール・ラリーに随走、3月にジュネーブ・モーターショウを見にスイスへ、5月にモナコF1観戦からドイツへ、ベンツとポルシェ工場見学と海外旅行が相次ぐ。

8月、吉祥寺に仕事場を構える。9月、綾辻行人の『十角館の殺人』でのデビューにさいし熱烈に推薦する。講談社文芸第三編集部に異動してきた宇山日出臣と2人で、翌年以降、京大推理研出身者を中心に法月綸太郎、歌野晶午、我孫子武丸ら俊秀を次々とフィールドに送り出し、新本格ブームを起こす。11月27日に設定されている「御手洗潔の誕生日を祝う会」が初めて企画され、親しい作家や編集者、ファンらが集まる。以後、集いは第4回まで行われた。

1月「嘘でもいいから誘拐事件」（別冊Cobalt）、2月「乱歩の幻影」（小説現代）、6月から8月まで「灰の迷宮」†（小説宝石）、9月「ギリシャの犬」§（EQ）、9月から12月まで「ひらけ！　勝鬨橋」（野性時代）、11月「嘘でもいいから温泉ツアー」（Cobalt）、12月「見えない女」（サントリークォータリー）を発表。

4月『網走発遙かなり』（講談社）、6月に紀行『砂の海の航海――パリ・ダカール・ラリー』（新潮文庫）、8月『展望塔の殺人』（カッパ・ノベルス）、10月『御手洗潔の挨拶』§（講談社）、11月『ひらけ！　勝鬨橋』（カドカワノベルズ）、12月『灰の迷宮』†（カッパ・ノベルス）を刊行。

1988（昭和63）年　39歳

4月、久々の御手洗シリーズの長編『異邦の騎士』§でその若き日の活躍を描く。同年8月の『切り裂きジャック・百年の孤独』（§）とともに、翌年の第42回日本推理作家協会賞候補となる。さらに翌々年から3年連続候補に選ばれるが辞退するようになった。8月、F1の第10戦ハンガリーGPを観戦。御手洗潔ファンジン「BEWITH」創刊。

2月「土の殺意」†（小説現代）、3月「赤と白の殺意」（GOGGLE）、5月「一人で食事をする女」（別冊小説宝石）を発表。

3月『毒を売る女』（カッパ・ノベルス）、4月＊『異邦の騎士』§（講談社）、8月＊『切り裂きジャック・百年の孤独』（§）（集英社）、11月『嘘でもいいから誘拐事件』（同）、＊『夜は千の鈴を鳴らす』†（カッパ・ノベルス）を刊行。

1989（平成元）年　40歳

初のエッセイ集『ポルシェ911の誘惑』『異邦人の夢』を刊行。また評論集『本格ミステリー宣言』を刊行して、幻想的で美しい謎の重要性を説く。それに先んじて出版された『奇想、天を動かす』†はその実践編といえるもので、それまでの吉敷シリーズの集大成でもある。御手洗潔ファンジン「人馬宮時代」創刊。

1月「鳥人間事件（のち「山高帽のイカロス」と改題）」§（EQ）、2月「踊る手なが猿」（コットン・ストリート）、3月から5月まで「幽体離脱殺人事件」†（小説宝石）、

7月（解決編は9月）「ある騎士の物語」§（小説宝石）、9月「Y字路」†（別冊小説宝石）を発表。

1月『ポルシェ911の誘惑』（講談社）、5月『幽体離脱殺人事件』†（カッパ・ノベルス）、9月『見えない女（別題『インドネシアの恋唄』）』（光文社文庫）、＊『奇想、天を動かす』†（カッパ・ノベルス）、11月『異邦人の夢』（PHP研究所）、『嘘でもいいから誘拐事件』（集英社）、12月『本格ミステリー宣言』（講談社）を刊行。

1990（平成2）年　41歳

1月、初の時代小説「暗闇団子」を発表。『都市のトパーズ』あたりから日本人論の小説化、エッセイが増えはじめる。本年10月の『暗闇坂の人喰いの木』§を皮切りに、'93年まで四年連続して年一作『水晶のピラミッド』§、『眩暈』§、『アトポス』§と御手洗シリーズの大作を問う。11月、名古屋の「御手洗同人の集い」に綾辻行人とともに参加。

12月、エジプト旅行を経て、パリ・ダカール・ラリーに再度随走。

1月（解決編は3月）「塔の幻想（のち「舞踏病」と改題）」§（EQ）、「暗闇団子」（小説現代）、6月に長編「都市のトパーズ」（小説すばる）、7月「近況報告」§（『御手洗潔のダンス』）、9月「幻の扉X（のち「ドアX」と改題）」（小説宝石）、12月に長編「ら抜き言葉殺人事件」†（別冊小説宝石）を発表。

2月＊『羽衣伝説の記憶』†（光文社文庫）、3月『エンゼル・ハイ——スポーツカー王国日本の誕生』（PHP研究所）、6月『島田荘司の名車交遊録』（立風書房。2005年8月『名車交遊録』として増補再編集）、7月『御手洗潔のダンス』§（講談社）、8月『踊る手なが猿』（カッパ・ノベルス）、9月『都市のトパーズ』（集英社）、10月＊『暗闇坂の人喰いの木』§（講談社）を刊行。

1991（平成3）年　42歳

1月、湾岸戦争が勃発して急遽アフリカから帰国する。第4回より日本推理サスペンス大賞選考委員となる。11月、来日したコリン・ウィルソンと会い、私費で英訳した『切り裂きジャック・百年の孤独』（§）の原稿を託す。12月より鮎川哲也との共編で本格推理アンソロジー『ミステリーの愉しみ』（立風書房）を刊行し、'92年9月に全5巻完結。

5月「IgE」§（EQ）を発表。

2月『ら抜き言葉殺人事件』†（カッパ・ノベルス）、8月『自動車社会学のすすめ』（講談社）、9月＊『水晶のピラミッド』§（講談社）、12月＊『飛鳥のガラスの靴』†（カッパ・ノベルス）を刊行。

1992（平成4）年　43歳

4月3日から'93年4月2日までフォト・ルポルタージュ「島田荘司の世紀末ニッポン紀行（刊行時『世紀末日本紀行』と改題）」（フライデー）を連載。10月、小杉健治の結婚式を山崎洋子とともに司会し、アトラクションに井上夢人、宮部みゆき、山崎洋子と即成バンドを組んで、ビートルズ・メドレーを披露する。

9月「天国からの銃弾」（別冊小説宝石）、12月「首都高速の亡霊」（小説現代）を発表。

9月＊『眩暈』§（講談社）、11月に綾辻行人との対談『本格ミステリー館にて（のち『本格ミステリー館』と改題）』（森田塾出版）、12月『天国からの銃弾』（カッパ・ノベルス）を刊行。

1993（平成5）年　44歳

2月、「世紀末ニッポン紀行」の取材中に死刑囚、秋好英明と知り合う。4月、アメリカ、ロスアンジェルスに活動の拠点を移す。

10月LA取材を生かして＊『アトポス』§（講談社）を書下ろし刊行。

1994（平成6）年　45歳

1月、「御手洗同人の集い」のため綾辻行人と名古屋を再訪。初のノンフィクション・ノベル『秋好事件（のち『秋好英明事件』と改題）』を刊行、死刑制度反対論の作品化でもある。

3月に笠井潔との対談『日本型悪平等起源論』（カッパ・サイエンス）、7月『世紀末日本紀行』（講談社）、10月＊『天に昇った男』（光文社文庫）、＊『秋好事件』（講談社）を刊行。

1995（平成7）年　46歳

夏、ＥＶ（電気自動車）ラリーの取材のため、スウェーデンとノルウェーへ旅行。

5月「レオナからの手紙（のち「レオナからの三通の手紙①石岡氏への手紙」と改題）」（§）（別冊ぱふ・活字倶楽部 Special 2）を発表。

6月『本格ミステリー宣言Ⅱ――ハイブリッド・ヴィーナス論』（講談社）を刊行。

1996（平成8）年　47歳

日本推理サスペンス大賞が新潮ミステリー倶楽部賞に移行しても選考委員を継続する（'98年の第3回まで）。第3回には選考委員に与えられた権限により、響堂新『紫の悪魔』に島田荘司特別賞を授賞。

11月7・14日から'99年6月24日まで「涙流れるままに」†（週刊宝石）を連載。

1997（平成9）年　48歳

1月＊『龍臥亭事件（上・下）』§（カッパ・ノベルス）、4月『死刑囚・秋好英明との書簡集』（南雲堂）、5月に対談集『奇想の源流』（有朋書院）を刊行。

第8回より鮎川哲也賞の選考委員となる。

6月「SIVAD SELIM」§（原書房版『島田荘司読本』）を発表。

6月に責任編集した『島田荘司読本』（原書房）、LA取材を生かした二冊、8月『アメリカからのEV報告』（南雲堂）、11月＊『三浦和義事件』（角川書店）を刊行。

1998（平成10）年　49歳

2月、総指揮を担当したコミック・アンソロジー『御手洗さんと石岡君が行く』（今井ゆきる編)、9月、さちみりほのコミックとのコラボレーション『石岡和己の事件簿』、10月、同じく今井ゆきるとのコラボレーション『ちっぱーみたらいくん』を、いずれも原書房より刊行。

2月「さらば遠い輝き」(§)(『御手洗さんと石岡君が行く』)、9月「里美上京」(§)(『石岡和己の事件簿』)、10月「ボストン幽霊絵画事件」§(メフィスト)、「最後のディナー」(§)(『ちっぱーみたらいくん』)を発表。

9月『御手洗潔のメロディ』§(講談社)、12月に錦織淳との対談『死刑の遺伝子』(南雲堂)を刊行。

1999(平成11)年　50歳

1月、原案を提供した源一(のち源一実と改名)のコミック『御手洗くんの冒険①』(南雲堂)を刊行(②③は2003年刊)。4月、広島県福山市でふくやま文学館のオープンにさいし、ゆかりの文学者として常設展示される一人に加えられる。第3回より日本ミステリー文学大賞新人賞の選考委員となる(2002年の第6回まで)。

5月「鈴蘭事件」§(メフィスト)、9月「Pの密室」§(メフィスト)、11月「大根奇聞」§(『最後のディナー』)、11月から2001年4月まで「ハリウッド・サーティフィケイト」(§)(KADOKAWAミステリ)を発表。

6月『涙流れるままに(上・下)』†(カッパ・ノベルス)、10月『Pの密室』§(講談社)、11月『最後のディナー』§(原書房)を刊行。

2000(平成12)年 51歳

6月より、小説とエッセイを一人で書下ろすムック『季刊 島田荘司』(原書房)を刊行しはじめる(実際に季刊だったのは3号まで)。11月、責任編集した『御手洗潔攻略本』(原書房)を刊行。

6月「山手の幽霊」§(『季刊 島田荘司 Vol.1』)、7月「天使の名前」(§)(講談社文庫版『島田荘司読本』)、9月「ロシア幽霊軍艦事件」§および「金獅子出現」(『季刊 島田荘司 Vol.2』)、12月に「セント・ニコラスの、ダイヤモンドの靴」§(『季刊 島田荘司 Vol.3』)を発表。

4月『御手洗パロディ・サイト事件(上・下)』(§)(南雲堂)、6月『聖林輪舞――セルロイドのアメリカ文化史』(徳間文庫)を刊行。

2001(平成13)年 52歳

2月、石川良脚色・坂俊一主演(演出は両人の共同)により坂企画プロデュース公演として「嘘でもいいから殺人事件」が築地本願寺ブディスト・ホールにて舞台上演される。5月、責任編集した『石岡和己攻略本』(原書房)を刊行。12月、超自然と見える謎を最新科学で合理的に解明する作法を新世紀本格のひとつのありようと提唱し、7人の作家と自身の中短編アンソロジー『21世紀本格』(光文社)を責任編集する。

12月、「ヘルター・スケルター」（『21世紀本格』）を発表。

8月『ハリウッド・サーティフィケイト』（§）（角川書店）、9月『パロサイ・ホテル（上・下）』（§）（南雲堂SSKノベルス）、10月『ロシア幽霊軍艦事件』§（原書房）を刊行。

2002（平成14）年　53歳

3月「シアルヴィ」§（『ミタライ・カフェ』）、11月「光る鶴」†および「吉敷竹史、十八歳の肖像」†（『吉敷竹史の肖像』）、12月「シアルヴィ館のクリスマス」§（『セント・ニコラスの、ダイヤモンドの靴』）を発表。

3月『季刊 島田荘司』の姉妹編『ミタライ・カフェ』（原書房）、8月＊『魔神の遊戯』§（文藝春秋）、11月に吉敷竹史読本『吉敷竹史の肖像』†（カッパ・ノベルス）、12月『セント・ニコラスの、ダイヤモンドの靴』§（原書房）を刊行。

2003（平成15）年　54歳

12月『牧逸馬の世界怪奇実話』（光文社文庫）を編纂。

3月「上高地の切り裂きジャック」§（『上高地の切り裂きジャック』）、12月から’05年6月まで「摩天楼の怪人」§（ミステリーズ！）を発表。

3月『上高地の切り裂きジャック』§（原書房）、6月『21世紀本格宣言』（講談社）、7月＊『透明人間の納屋』（講談社）、10月＊『ネジ式ザゼツキー』§（講談社ノベルス）を刊行。

2004（平成16）年　55歳

4月から6月まで、ふくやま文学館で「島田荘司展」を開催。『占星術殺人事件』の英訳版“The Tokyo Zodiac Murders”（IBCパブリッシング）を刊行。10月、『龍臥亭幻想』の刊行に合わせて、四都（大阪、福山、福岡、東京）をめぐるサイン会ツアー。12月、鹿賀丈史主演で警視庁三係・吉敷竹史シリーズがTBS系で放映されはじめ、「寝台特急「はやぶさ」1/60秒の壁」を皮切りに、「灰の迷宮」（'06年）、「北の夕鶴2/3の殺人」、「幽体離脱殺人事件」（ともに'08年）と現在までに4作を数える。

1月「UFO大通り」§（メフィスト）、4月「海と毒薬」（『島田荘司「異邦」の扉に還る時』）、5月「ジャングルの虫たち」（メフィスト）を発表。

4月『島田荘司「異邦」の扉に還る時』（原書房）、10月＊『龍臥亭幻想（上・下）』§†（カッパ・ノベルス）を刊行。

2005（平成17）年　56歳

2月に長編「最後の一球」（『季刊 島田荘司 Vol. 4』）、8月「人魚兵器」（『名車交遊録（上）』）、「耳の光る児」（『名車交遊録（下）』）、8月23・30日から'06年9月19日まで「犬坊里美の冒険」（§）（女性自身）、11月「エデンの命題」（『エデンの命題』）を発表。

2月『季刊 島田荘司 Vol. 4』（原書房）、7月に小島正樹と共作で＊『天に還る舟』（南雲堂SSKノベルズ)、8月『名車交遊録(上・下)』(原書房。1990年6月刊を増補再編集)、10月『摩天楼の怪人』§(東京創元社)、11月『エデンの命題』(カッパ・ノベルス)を刊行。

2006(平成18)年　57歳

前年刊行の『摩天楼の怪人』§により第6回本格ミステリ大賞候補となる。5月から半年間、ほぼ毎月新刊を刊行した。9月より『島田荘司全集』(南雲堂)刊行開始。

1月「帝都衛星軌道」(メフィスト)、5月「傘を折る女」§(メフィスト)、7月「溺れる人魚」(『溺れる人魚』)、9月「電車最中」†(『光る鶴』)を発表。

5月『帝都衛星軌道』(講談社)、7月『溺れる人魚』(原書房)、8月『UFO大通り』§(講談社)、9月『光る鶴』†(光文社文庫)、10月『犬坊里美の冒険』(§)(カッパ・ノベルス)、11月『最後の一球』§(原書房)を刊行。

2007(平成19)年　58歳

2月、ブックレット『本格ミステリー・ワールド2007』(南雲堂)を監修刊行。以後、年末に発売されるようになる。4月に台湾を訪れ、台北でサイン会を行い、読者と交流する。また、同月、福山市主催の「島田荘司選 ばらのまち福山ミステリー文学新人賞」が立ち上げられた。また9月から11月まで、ふくやま文学館で「島田荘司展Ⅱ――ミステリーとは、限りなく脳の小説である」を開催。

5月「クロアチア人の手」§（メフィスト）、9月「リベルタスの寓話」§（メフィスト）を発表。
1月『島田荘司のミステリー教室』（南雲堂）、10月『リベルタスの寓話』§（講談社）、
12月『島田荘司 very BEST 10』（講談社ＢＯＸ）2分冊を刊行。

２００８（平成20）年　59歳

1月、士郎正宗のイラストによる大河ノベル『Classical Fantasy Within』（全12巻を予定。以下ＣＦＷと略記）を講談社ＢＯＸより刊行開始。同月、『島田荘司全集Ⅱ』を配本。
皇冠文化出版有限公司が島田荘司推理小説賞を創設、中国語の創作長編を公募。9月4日から「写楽　閉じた国の幻」（週刊新潮）を連載。10月、第12回日本ミステリー文学大賞に受賞決定。同月、福山と東京で「第1回島田荘司選 ばらのまち福山ミステリー文学新人賞」の受賞作（松本寛大「玻璃の家」）発表記者会見。
1月＊『ＣＦＷ 第一話 ロケット戦闘機「秋水」』、2月＊『ＣＦＷ 第二話 怪力光線砲』、
3月＊『ＣＦＷ 第三話 火を噴く龍』、10月＊『ＣＦＷ 第四話 アル・ヴァジャイヴ戦記 決死の千騎行』、11月＊『ＣＦＷ 第五話 アル・ヴァジャイヴ戦記 ヒュッレム姫の救出』、
12月＊『ＣＦＷ 第六話 アル・ヴァジャイヴ戦記 ポルタトーリの壺』（以上、講談社ＢＯＸ）を刊行。

２００９（平成21）年　60歳

3月、日本ミステリー文学大賞を贈賞される。同月13日より8月29日まで、東京のミステリー文学資料館、9月4日より10月3日まで、台北MOCAで、それぞれ島田荘司展を開催。後者の開催期間中、同会場内で第1回島田荘司推理小説賞の授賞式。また、10月1日より10月31日まで、金沢、石川県立図書館で島田荘司展を開催（以上すべて予定）。

1月＊『ＣＦＷ 第七話 アル・ヴァジャイヴ戦記 再生の女神、アイラ』（講談社ＢＯＸ）を刊行。

一九八四年九月　集英社刊
一九八七年十月　集英社文庫刊
一九九四年二月　光文社文庫刊
二〇〇八年一月　「島田荘司全集Ⅱ」（南雲堂刊）に所収
本書は「島田荘司全集Ⅱ」を底本とし、著者が加筆・訂正した作品です。

光文社文庫

漱石《そうせき》と倫敦《ロンドン》ミイラ殺人事件《さつじんじけん》　〔完全改訂総ルビ版〕

著　者　島《しま》　田《だ》　荘《そう》　司《じ》

2009年3月20日　初版1刷発行
2021年8月5日　3刷発行

発行者　鈴　木　広　和
印　刷　堀　内　印　刷
製　本　榎　本　製　本

発行所　株式会社　光　文　社
〒112-8011　東京都文京区音羽1-16-6
電話 (03)5395-8149　編　集　部
8116　書籍販売部
8125　業　務　部

ISBN978-4-334-74568-4　Printed in Japan

組版　萩原印刷

21世紀に甦る推理文学の源流！

江戸川乱歩全集

全30巻

新保博久　山前　譲　監修

光文社文庫

松本清張短編全集 全11巻

「清張文学」の精髄がここにある!

01 西郷札

西郷札 くるま宿 或る「小倉日記」伝 火の記憶
啾々吟 戦国権謀 白梅の香 情死傍観

02 青のある断層

青のある断層 赤いくじ 権妻 梟示抄 酒井の刃傷
面貌 山師 特技

03 張込み

張込み 腹中の敵 菊枕 断碑 石の骨 父系の指
五十四万石の嘘 佐渡流人行

04 殺意

殺意 白い闇 蓆 箱根心中 疵 通訳 柳生一族 笛壺

05 声

声 顔 恋情 栄落不測 尊厳 陰謀将軍

06 青春の彷徨

喪失 市長死す 青春の彷徨 弱味 ひとりの武将
捜査圏外の条件 地方紙を買う女 廃物 運慶

07 鬼畜

なぜ「星図」が開いていたか 反射 破談変異 点
甲府在番 怖妻の棺 鬼畜

08 遠くからの声

遠くからの声 カルネアデスの舟板 左の腕 いびき
一年半待て 写楽 秀頼走路 恐喝者

09 誤差

装飾評伝 氷雨 誤差 紙の牙 発作
真贋の森 千利休

10 空白の意匠

空白の意匠 潜在光景 剝製 駅路 厭戦
支払い過ぎた縁談 愛と空白の共謀 老春

11 共犯者

共犯者 部分 小さな旅館 鴉 万葉翡翠 偶数
距離の女囚 典雅な姉弟

ミステリー文学資料館編　傑作群

江戸川乱歩の推理教室

江戸川乱歩の推理試験

江戸川乱歩に愛をこめて

「宝石」一九五〇　牟家《ムウチャア》殺人事件

〈探偵小説傑作集〉

幻の名探偵

〈傑作アンソロジー〉

甦《よみがえ》る名探偵

〈探偵小説アンソロジー〉

麺'sミステリー倶楽部

〈傑作推理小説集〉

古書ミステリー倶楽部

古書ミステリー倶楽部II

古書ミステリー倶楽部III

〈傑作推理小説集〉

さよならブルートレイン

〈寝台列車ミステリー傑作選〉